TESS

Docteur en médecine, Tess Gerritsen a longtemps exercé dans ce domaine avant de commencer à écrire lors d'un congé maternité. À partir de 1987, elle publie des livres romantiques à suspense avant de mettre à profit son expérience professionnelle et de se lancer dans les thrillers médicaux qui vont marquer ses débuts sur la liste des best-sellers du *New York Times*, avec, notamment, *Chimère* (2000) – en cours d'adaptation pour le grand écran –, *Le Chirurgien* (2004), *L'Apprenti* (2005), *Mauvais sang* (2006), *La Reine des morts* (2007), *Lien fatal* (2008), *Au bout de la nuit* (2009), *En compagnie du diable* (2010), *L'Embaumeur de Boston* (2011) ou encore *Le Voleur de morts* (2012) et *La Disparition de Maura* (2013). Tous ont paru aux Presses de la Cité. Les livres de Tess Gerritsen ont inspiré la série télévisée *Rizzoli & Isles*, diffusée sur France 2 depuis février 2013. Tess Gerritsen vit actuellement dans le Maine avec sa famille.

Retrouvez toute l'actualité de Tess Gerritsen sur :
www.tessgerritsen.com

L'EMBAUMEUR
DE BOSTON

TESS GERRITSEN

L'EMBAUMEUR
DE BOSTON

Traduit de l'anglais (États-Unis)
par Nathalie Mège

PRESSES DE LA CITÉ

Titre original :
THE KEEPSAKE

Pocket, une marque d'Univers Poche,
est un éditeur qui s'engage pour la préservation
de son environnement et qui utilise du papier fabriqué
à partir de bois provenant de forêts gérées
de manière responsable.

Le Code de la propriété intellectuelle n'autorisant, aux termes de l'article
L. 122-5, 2° et 3° a, d'une part, que les « copies ou reproductions strictement
réservées à l'usage privé du copiste et non destinées à une utilisation collec-
tive » et, d'autre part, que les analyses et les courtes citations dans un but
d'exemple et d'illustration, « toute représentation ou reproduction intégrale
ou partielle faite sans le consentement de l'auteur ou de ses ayants droit ou
ayants cause est illicite » (art. L. 122-4).
Cette représentation ou reproduction, par quelque procédé que ce soit,
constituerait donc une contrefaçon, sanctionnée par les articles L. 335-2 et
suivants du Code de la propriété intellectuelle.

© Tess Gerritsen, 2008

© Presses de la Cité, un département de place des éditeurs, 2011
pour la traduction française
ISBN : 978-2-266-23364-4

À Adam et Joshua,
pour qui se lève le soleil

Chaque momie est une exploration, un continent inconnu que l'on découvre pour la première fois.

Professeur Jonathan Elias,
égyptologue

1

Il vient me chercher, je le sens dans mes os.

Son odeur plane, aussi reconnaissable que celle du sable brûlant, qu'un fumet d'épices ou que la sueur de cent hommes trimant sous le soleil. Un demi-globe terrestre a beau me séparer du Sahara égyptien, tout me revient distinctement, dans la chambre obscure où je me tiens à présent. Quinze ans se sont écoulés depuis que j'ai arpenté ce désert, mais quand je ferme les yeux je m'y retrouve en un rien de temps, postée à la lisière du campement, regardant le jour disparaître à l'horizon, vers la frontière libyenne. Le vent gémissait comme une femme en dévalant l'oued. J'entends encore le choc sourd des pioches, le grattement des pelles. Je revois l'armée de terrassiers affairés comme des fourmis, hissant leurs immenses paniers d'osier remplis de sable sur le site des fouilles. À cette époque, je me sentais comme une actrice interprétant l'aventure d'une autre, pas la mienne. En tout cas pas celle qu'une jeune fille sans histoire, originaire de Californie, pouvait s'attendre à vivre.

Des phares de voiture viennent miroiter à travers mes paupières closes. Quand j'ouvre les yeux, la terre des Pharaons s'efface. Je ne me tiens plus dans le désert, perdue dans la contemplation d'un crépuscule violacé. Me revoici allongée dans ma chambre obscure de San Diego.

Je m'extirpe du lit pour m'avancer pieds nus jusqu'à la fenêtre. Je regarde le lotissement banal des années 1950, aux maisonnettes chaulées toutes identiques, construites avant que Rêve américain ne signifie grosse bâtisse à garage triple. Il y a de la dignité dans ces demeures modestes, conçues pour servir de havres de paix, pas pour impressionner son prochain. Leur anonymat me protège. Je n'y suis qu'une mère célibataire de plus s'escrimant à élever son adolescente rebelle de fille.

Scrutant la rue derrière les rideaux, j'aperçois une berline de couleur sombre qui ralentit à un demi-pâté de maisons de chez moi. Elle se gare au bord du trottoir. Les phares s'éteignent. Je guette, attendant la sortie du conducteur, mais rien ne se passe. Peut-être écoute-t-il la radio, à moins qu'il ne redoute d'aller affronter sa femme après une dispute conjugale. Ou bien s'agit-il d'amants n'ayant nulle part où aller ? Je pourrais trouver quantité d'explications, toutes anodines, pourtant j'ai la chair de poule.

Quelques instants plus tard, les feux arrière se rallument. La voiture redémarre et disparaît après le carrefour. Malgré tout, j'agrippe le rideau d'une main moite, tremblante.

Je regagne mon lit. En nage, incapable de dormir. En dépit de la douceur de cette nuit de juillet, je garde ma fenêtre verrouillée. J'insiste pour que ma fille Tari agisse de même. Mais elle fait parfois la sourde oreille.

Elle m'écoute de moins en moins, à mesure qu'elle grandit.

Quand je ferme les yeux me reviennent les visions d'Égypte, immuablement. Avant même de fouler ce sol, j'en avais rêvé. À six ans, je repérai une photo de la Vallée des Rois en couverture d'un numéro de *National Geographic*. J'ai eu aussitôt l'impression de reconnaître cet endroit, comme lorsqu'on contemple un visage familier, aimé et pourtant presque oublié. Oui, voilà ce qu'il signifiait pour moi : des traits bien-aimés que je me languissais de revoir.

Au fil des ans, j'ai posé les bases d'un retour. J'ai travaillé, étudié. Une bourse m'a valu d'entrer à l'université de Stanford, où j'ai attiré l'attention d'un professeur enthousiaste qui m'a recommandée pour un stage d'été sur un site archéologique du Sahara égyptien.

En juin, à la fin de ma première année, j'embarquais à bord d'un vol pour Le Caire.

Encore aujourd'hui, dans la pénombre qui baigne ma petite maison de Californie, je me souviens de l'aveuglante réverbération du soleil sur le sable brûlant. Je sens l'odeur de l'écran solaire sur ma peau, la gifle du vent chargé de débris du désert cinglant mon visage. Ces souvenirs m'enchantent. La truelle que je brandissais, ce soleil sur mes épaules constituaient l'apogée de mes rêves de petite fille.

Ah, comme les rêves virent vite au cauchemar ! Une étudiante heureuse avait pris cet avion pour Le Caire. Trois mois plus tard, devenue femme, je rentrais chez moi changée à jamais.

Je ne suis pas revenue seule du désert. Un monstre m'a suivie.

Soudain, j'ouvre les yeux dans le noir. Ces bruits, étaient-ce des pas ? Un grincement de porte ? Étendue sur mes draps détrempés, j'ai le cœur qui cogne. Je redoute autant de me lever que de rester allongée.

Quelque chose ne va pas.

Après toutes ces années passées à me cacher, je ne commettrai pas l'erreur d'ignorer les avertissements que mon cerveau me souffle. Je ne dois la vie qu'à ses murmures pressants. J'ai appris à me méfier de la moindre anomalie, de la moindre agitation. Je remarque toute voiture inconnue qui remonte la rue. Lorsqu'un collègue évoque quelqu'un qui s'est renseigné à mon propos, ça me met aussitôt la puce à l'oreille. Je conçois des itinéraires de fuite bien avant d'en avoir besoin. J'ai toujours un temps d'avance. En l'espace de deux heures, ma fille et moi pouvons nous retrouver au Mexique sous des identités nouvelles. Ma valise contient déjà les passeports correspondants.

Nous aurions déjà dû partir, au lieu d'attendre aussi longtemps.

Mais comment convaincre une jeune fille de quatorze ans de quitter ses amies ? Tari ne comprend pas les risques que nous courons.

J'ouvre le tiroir de ma table de chevet pour y prendre le pistolet. Il n'a aucune existence légale, et ce n'est pas sans appréhension que je conserve une arme à feu sous le toit familial. Quoi qu'il en soit, après six week-ends passés au stand de tir, je sais m'en servir.

Quand je sors de la chambre, mes pieds nus ne font aucun bruit dans le couloir. Je dépasse la porte fermée de Tari. Je mène les vérifications effectuées des milliers de fois – toujours dans le noir. Comme toute proie, je me sens plus en sécurité sous le couvert de l'obscurité.

Dans la cuisine, je vérifie les fenêtres, la porte. Pareil dans le séjour. Tout est bouclé. Je m'arrête devant la chambre de Tari. Elle protège farouchement son intimité, désormais, mais sa porte ne ferme pas à clé, car je ne le permettrai jamais. Je dois être en mesure d'inspecter cette pièce, de m'assurer que ma fille ne risque rien.

La porte grince quand je l'ouvre, mais ça ne la réveille pas. Comme chez la plupart des adolescents, son sommeil tient du coma. La première chose que je remarque, c'est le courant d'air. Je pousse un soupir. Elle a passé outre à mes avertissements, une fois de plus : sa fenêtre est grande ouverte.

Apporter une arme de poing dans cette chambre me fait l'effet d'un sacrilège, mais je dois refermer le battant. Je m'arrête à côté du lit pour regarder Tari dormir, écoutant son souffle régulier. Je me rappelle quand je l'ai vue pour la première fois, écarlate, braillant dans les bras de l'obstétricien. L'accouchement avait duré dix-huit heures et m'avait tant épuisée que c'est à peine si je parvenais à lever la tête de l'oreiller. Pourtant, il m'a suffi d'un regard pour me sentir capable de jaillir du lit, de combattre une légion d'oppresseurs afin de la protéger. À cet instant-là, j'ai su son futur prénom : j'ai songé aux mots sculptés dans le mur du grand temple d'Abou Simbel, aux termes choisis par Ramsès II pour proclamer son amour envers sa femme :

NÉFERTARI, POUR QUI SE LÈVE LE SOLEIL

Ma fille Néfertari est l'unique trésor que j'aie rapporté d'Égypte. Et je suis terrifiée à l'idée de la perdre.

Elle est mon portrait craché. À croire que c'est moi que je regarde dormir. À dix ans, elle déchiffrait déjà les hiéroglyphes. À douze, elle récitait toutes les dynasties jusqu'aux Lagides. Elle passe ses week-ends au musée de l'Homme local. À mesure que les années s'écoulent, je ne retrouve rien de son père dans ses traits, pas plus sa voix que son âme. C'est ma fille, rien qu'à moi, vierge du mal qui l'a engendrée.

C'est aussi une gamine de quatorze ans tout ce qu'il y a de plus normal, et c'est bien ce qui m'a tourmentée ces dernières semaines, alors que je guettais chaque soir dans mon lit les pas d'un monstre. Je sentais les ténèbres se refermer autour de nous. Elle est inconsciente du danger, car je lui ai caché la vérité. Je veux qu'elle devienne forte, intrépide : une guerrière qui ne craint pas les ombres. Elle ne comprend pas ce qui me pousse à déambuler dans la maison aux petites heures de la nuit, à boucler les fenêtres et à revérifier chaque serrure. Elle me prend pour une angoissée – et elle n'a pas tort : je m'inquiète pour deux, afin de préserver l'illusion que le monde tourne rond.

Tari croit en ce mirage. Elle aime San Diego, elle a hâte d'entrer au lycée. Elle est parvenue à se faire des amies dans cette ville. Le ciel vienne en aide au parent qui tente de s'interposer entre une adolescente et son cercle d'amies. La volonté de ma fille est aussi trempée que la mienne. Sans la résistance qu'elle m'a opposée, nous aurions quitté les lieux depuis des semaines.

Le vent glace la sueur sur ma peau.

Je pose le pistolet sur la table de chevet, je traverse la chambre pour fermer la fenêtre. Je m'attarde un instant, le temps d'inspirer de l'air frais. Mis à part le vrombissement d'un moustique, le silence s'est emparé de la nuit. Une piqûre me picote la joue. La signification de cette sensation m'échappe tant que je n'ai pas rabattu la vitre.

Je frémis alors, des pieds à la tête. Il n'y a plus de moustiquaire devant. Où est-elle passée ?

C'est à ce moment que je sens sa présence maléfique. Pendant que je me tenais là, à couver ma fille d'un regard adorateur, il m'observait. Il m'a toujours surveillée, guettant son heure, l'occasion de surgir. À présent, il nous a trouvées.

Le mal. Je me retourne pour l'affronter.

2

Maura Isles atermoyait. Fallait-il rester ou prendre ses jambes à son cou ?

Elle s'attarda parmi les ombres du parking de l'hôpital Pilgrim, bien loin de l'éclat des lampes à arc et du cercle des caméras de télévision. Elle tenait à entrer incognito, mais la plupart des reporters auraient reconnu le teint livide et la tignasse noire en bataille qui lui avaient valu le surnom de « Reine des morts ». Pour l'instant, personne n'avait remarqué son arrivée et aucun objectif n'était orienté dans sa direction : la bonne dizaine d'envoyés spéciaux se concentrait sur le fourgon blanc qui venait de se garer devant l'entrée de l'établissement. Les portières arrière s'ouvrirent. Lorsqu'on souleva délicatement la célèbre patiente pour la déposer sur une civière, un orage de flashs vint éclairer la nuit. Sa notoriété médiatique éclipsait, et de loin, celle d'une médecin légiste telle que Maura. Par cette douce soirée dominicale, elle faisait figure de simple badaud. Les reporters jouant les groupies hystériques comptaient bien apercevoir Madame X.

Maura avait déjà affronté les journalistes à de nombreuses reprises, mais l'avidité de cette foule-ci lui

18

faisait froid dans le dos. Leur attention pouvait basculer d'un instant à l'autre si une nouvelle proie s'aventurait dans leur champ de vision. Or, la jeune femme se sentait meurtrie et vulnérable. Elle pouvait échapper à la meute en remontant dans sa voiture, mais tout ce qui l'attendait chez elle, c'étaient une maison silencieuse et la perspective probable de quelques verres de vin de trop. Encore une soirée où Daniel ne pouvait lui tenir compagnie. Ce schéma se répétait trop souvent ces derniers temps, mais tel était son sort depuis qu'elle était tombée amoureuse de Daniel Brophy : le cœur choisit sans penser aux conséquences, sans s'imaginer les soirées de solitude à venir.

La civière qui transportait Madame X pénétra dans l'hôpital, les journalistes dans son sillage. On distinguait des lumières crues et des visages enfiévrés à travers les portes vitrées du hall.

Maura entra à son tour.

La civière traversa le hall, dépassa les visiteurs et patients interdits qui contemplaient la scène, les membres du personnel hospitalier, le téléphone portable à la main, prêts à voler des photos. Le défilé poursuivit son chemin, se dirigeant vers l'imagerie médicale. Arrivé à hauteur d'un sas, un représentant de l'établissement en costume-cravate s'avança pour bloquer le passage aux journalistes.

— Désolé, on n'entre pas. Je sais que vous aimeriez tous assister à l'examen, mais la pièce est trop exiguë.

Il fit taire d'un geste les grommellements déçus.

— Je m'appelle Phil Lord, je suis le chargé des relations publiques de l'hôpital Pilgrim. Nous sommes ravis de participer à cette étude, car des patients comme Madame X ne se présentent... eh bien, que tous les deux mille ans...

Il sourit devant les rires prévisibles.

— Le scanner ne devrait pas prendre longtemps. Si vous avez la patience d'attendre, l'un des archéologues viendra vous annoncer les résultats.

Il se tourna vers le quadragénaire blafard qui avait battu en retraite dans un coin.

— Souhaitez-vous dire quelques mots avant que nous commencions ?

S'adresser à la foule était à l'évidence le dernier désir de cet homme, qui inspira profondément avant de s'avancer en remontant ses lunettes sur son nez aquilin. L'archéologue pris dans l'éclat aveuglant des caméras n'avait manifestement rien d'un Indiana Jones. Avec son début de calvitie et son léger strabisme, on aurait plutôt dit un comptable.

— Je me présente : Nicholas Robinson. Je suis le conservateur du...

— Pourriez-vous parler plus fort ? lança l'un des journalistes.

— Euh, pardon, dit l'archéologue avant de s'éclaircir la voix. Je suis le conservateur du musée Crispin. Nous sommes extrêmement reconnaissants à l'hôpital Pilgrim d'avoir proposé d'effectuer ce scanner de Madame X. C'est une occasion extraordinaire d'avoir un aperçu intime du passé, et à en juger par votre nombre vous devez brûler vous aussi d'en savoir plus à ce propos. Ma collègue Joséphine Pulcillo, elle-même égyptologue, viendra s'adresser à vous après la tomodensitométrie. Elle vous annoncera les résultats et répondra à toutes vos questions.

— Quand Madame X sera-t-elle montrée au public ? demanda un reporter.

— D'ici une semaine, selon nos estimations. La nouvelle exposition n'attend plus que sa présence, et...

— Possède-t-on des indices quant à son identité ?

— Pourquoi n'a-t-elle pas été montrée jusqu'ici ?

— Pourrait-elle être de sang royal ?

— Je l'ignore, répondit Robinson, les yeux papillotant sous le déluge de questions. Il nous reste encore à confirmer qu'il s'agit d'une femme...

— La découverte remonte à six mois et vous ne le savez toujours pas ? !

— De telles analyses demandent du temps.

— On devrait pourtant s'en rendre compte au premier coup d'œil ! commenta un journaliste, déclenchant un éclat de rire général.

— Ce n'est pas aussi évident que vous le croyez, répondit Robinson, ses lunettes lui tombant à nouveau sur le nez. Les ossements vieux de deux mille ans sont extrêmement fragiles. On doit manipuler Madame X avec le plus grand soin. Le simple fait de l'avoir transportée dans ce fourgon ce soir m'a mis sur des charbons ardents. Notre préoccupation première est la conservation de nos collections. Je me considère comme le gardien de cette momie, et il est de mon devoir de la protéger. Voilà pourquoi nous avons pris tout notre temps pour coordonner cette tomodensitométrie avec l'hôpital. Nous prenons toutes les précautions nécessaires.

— Qu'espérez-vous apprendre grâce à l'examen de ce soir ?

L'enthousiasme vint soudain éclairer le visage de Robinson.

— Eh bien, enfin, tout ! Son âge, son état de santé au moment de la mort. La méthode employée pour préserver le corps. Si nous avons de la chance, nous parviendrons même à découvrir la cause du décès.

— Est-ce la raison de la présence de la légiste ?

Le groupe se tourna comme une bête à mille yeux pour dévisager Maura, campée en retrait. Quand les caméras s'orientèrent vers elle, elle éprouva l'envie familière de reculer d'un pas.

— Docteur Isles, êtes-vous venue effectuer un diagnostic ? s'enquit l'un des reporters.

— Pourquoi ce recours au service de médecine légale ? demanda un autre.

Cette dernière question exigeait une réponse immédiate, avant que la presse écrive n'importe quoi.

Maura prit donc la parole, d'un ton ferme :

— Personne n'a requis l'intervention du service de médecine légale. Je ne suis pas ici à ce titre.

— Alors, pourquoi votre présence ? s'étonna le beau blond de Channel 5, qu'elle avait toujours trouvé horripilant.

— Je suis venue à l'invitation du musée Crispin. M. Robinson s'est dit qu'il serait utile d'avoir l'avis d'un légiste. Il m'a appelée la semaine dernière pour me demander si j'accepterais d'assister au scanner. N'importe quel membre de ma profession aurait sauté sur l'occasion, croyez-moi. Madame X me fascine autant que vous et j'ai hâte de faire sa connaissance…

Elle adressa un regard appuyé au conservateur.

— Justement, monsieur Robinson, n'est-ce pas l'heure ?

Il saisit la perche :

— Oui. Oui, tout à fait. Docteur Isles, si vous voulez bien me suivre…

Maura fendit la foule pour entrer sur les pas de l'archéologue dans le service d'imagerie médicale. Au moment où la porte se refermait, Robinson laissa échapper un long soupir.

— Seigneur, je suis épouvantablement nul lorsqu'il s'agit de s'exprimer en public, lâcha-t-il. Merci d'avoir mis fin à cette épreuve.

— J'ai de la bouteille, dans ce domaine. Beaucoup trop, à mon goût.

Ils échangèrent une poignée de main.

— C'est un plaisir de vous rencontrer enfin, chère madame. M. Crispin aurait aimé se joindre à moi pour vous accueillir, mais il a été opéré de la hanche il y a quelque temps et la station debout prolongée lui est pénible. Il m'a demandé de vous saluer de sa part.

— Quand vous m'avez invitée, vous avez omis de m'avertir que je devrais affronter cette meute.

— Les journalistes ? s'enquit Robinson avec un regard de souffrance. C'est un mal nécessaire.

— Nécessaire pour qui ?

— Pour la survie de notre établissement. Depuis la parution de l'article sur Madame X, nous avons décuplé nos entrées, alors qu'elle n'est même pas encore exposée…

Robinson la précéda dans une succession de couloirs. La pénombre et le silence régnaient dans les salles vides qu'ils longeaient.

— La pièce sera bondée, prévint Robinson. Il y a à peine la place pour accueillir notre petit groupe.

— Qui d'autre sera présent ?

— Ma collègue, Joséphine Pulcillo, le Dr Brier – le radiologue –, ainsi qu'un technicien. Ah oui, il y aura également une équipe vidéo.

— Du musée ?

— Non, de Discovery Channel.

Maura laissa échapper un rire surpris.

— Là, vous m'impressionnez.

— Ça signifie que nous devrons prendre garde à nos propos… Je pense qu'ils ont commencé le tournage, ajouta-t-il à voix basse en s'arrêtant près de la porte marquée « Tomodensitométrie ».

Ils se glissèrent sans bruit dans la salle de visionnage, où se trouvaient effectivement déjà les vidéastes, occupés à enregistrer les explications du Dr Brier sur la technique employée :

— … du scanner, ou tomodensitomètre, qui projette des rayons X vers le sujet selon des milliers d'angles différents. L'ordinateur traite ensuite cette information pour produire une image tridimensionnelle de l'anatomie interne du patient. Vous la verrez sur ce moniteur. Cela aura l'air d'une série de tranches, comme si nous découpions le corps en lamelles…

Maura se dirigea vers la baie vitrée qui la séparait de Madame X.

Les momies étaient des stars incontestées dans l'univers méconnu des musées. C'était devant elles qu'on trouvait en général les écoliers, nez collé à la vitrine. De nos jours, on a rarement l'occasion de se confronter à un cadavre. À l'instar du public, Maura adorait les momies. Celle-ci la captivait particulièrement, même si l'on ne voyait qu'une forme reposant dans une caisse ouverte, dissimulée sous d'antiques lanières de lin. Un masque en carton-pâte – le visage peint d'une femme aux yeux noirs obsédants – recouvrait sa figure.

C'est alors que Maura avisa la femme présente dans la salle de tomodensitométrie. Les mains gantées de coton, penchée au-dessus de la caisse, elle ôtait les couches successives de mousse de conditionnement en polyéthylène qui entouraient la relique. Des boucles noires retombaient sur son visage juvénile. Elle se redressa en les balayant en arrière, révélant des yeux aussi sombres et aussi frappants que ceux du masque. Si ses traits méditerranéens auraient aisément pu figurer sur une fresque de temple égyptien, sa tenue était résolument contemporaine : jean moulant et tee-shirt *Live Aid*.

— Superbe, non ? murmura Robinson.

Il était venu se placer à côté de Maura, qui se demanda un instant s'il parlait de Madame X ou de la jeune femme.

— Elle semble en excellent état. J'espère simplement que le corps est aussi bien conservé que les bandelettes.

— Quel âge lui attribuez-vous ? Disposez-vous d'une estimation ?

— Nous avons envoyé un échantillon de la couche extérieure à analyser au carbone 14. Ça a pratiquement épuisé notre budget, mais Joséphine a insisté. Résultat : Madame X a été embaumée au cours du deuxième siècle avant Jésus-Christ.

— La période des Lagides, ou je me trompe ?

Il eut un sourire ravi.

— Vous connaissez les dynasties égyptiennes ?

— J'ai suivi une UV d'anthropologie à la fac, mais je crains de ne pas me rappeler grand-chose, à part ça et les Yanomami.

— Tout de même, vous m'impressionnez.

Maura contempla la dépouille enveloppée, s'émerveillant qu'elle remonte à plus de deux mille ans. Quel périple elle avait effectué, traversant l'océan et les siècles pour finir sur une table d'examen dans un hôpital de Boston, sous le regard épaté des curieux !

— Allez-vous la laisser dans cette caisse pour le scanner ? s'enquit-elle.

— Nous tenons à la manipuler aussi peu que possible. La caisse ne pose pas de problème pour discerner ce qui se cache sous ces linges.

— Vous n'avez donc pas soulevé un coin de tissu pour voir ce qu'il y a en dessous ?

Les yeux doux de son interlocuteur s'écarquillèrent d'horreur.

— Surtout pas ! Les archéologues l'auraient sans doute fait il y a un siècle, or c'est exactement ainsi que l'on a fini par endommager autant de spécimens. Il y a sûrement plusieurs couches de résine sous ces bandelettes extérieures. On ne peut pas se contenter de les dérouler. On risquerait de devoir percer un trou. Ce qui serait tout à la fois destructeur et irrespectueux. Je n'agirai jamais de cette manière.

Il considéra la jeune personne de l'autre côté de la vitre.

— Sans compter que Joséphine me tuerait.

— C'est votre collègue ?

— Oui. Mlle Pulcillo.

— Elle a l'air d'avoir seize ans, tout au plus.

— Oui. Étonnant, n'est-ce pas ? Et douée d'une rare intelligence. Nous n'aurions pas pu organiser cet examen sans elle. Quand les avocats de l'hôpital ont tenté de nous en empêcher, c'est elle qui a réussi à les contrecarrer.

— Quelle raison aurait-on de refuser le scanner ?

— Tenez-vous bien... Cette patiente n'a pas pu donner son consentement éclairé.

— Ils exigeaient la signature de votre momie ? ! s'esclaffa Maura, incrédule.

— Dans leur profession, toutes les petites cases doivent être remplies. Même lorsque la patiente est morte depuis vingt siècles.

Joséphine Pulcillo avait ôté l'intégralité des protections. Elle rejoignit le groupe dans la salle attenante après avoir refermé la porte de communication. La momie attendait le premier tir nourri des rayons.

— Monsieur Robinson ? Nous devons entrer les données requises à propos du patient avant de démarrer la tomo, signala le technicien, les doigts au-dessus du clavier de l'ordinateur. Je mets quoi, comme date de naissance ?

Le conservateur fronça les sourcils.

— Oh, mince. C'est vraiment nécessaire ?

— Je ne peux pas lancer l'examen tant qu'il n'y a rien de saisi dans tous ces champs. J'ai essayé l'an zéro, mais la machine a refusé d'en tenir compte.

— Pourquoi ne pas prendre la date d'hier ? Dites qu'elle a un jour.

— D'accord... À présent, le programme tient à connaître son sexe. Homme, femme, ou autre ?

Les paupières de Robinson battirent.

— La catégorie « autre » est prévue ?

Le technicien sourit jusqu'aux oreilles.

— Oui… mais je n'ai jamais eu l'occasion de la sélectionner jusqu'à aujourd'hui.

— Eh bien, ma foi, ça me paraît être le bon moment. Ce masque représente un visage de femme, mais on ne sait jamais. On ne pourra pas en être sûrs avant le scanner.

— Bon, nous sommes prêts, indiqua le Dr Brier.

Robinson opina du chef.

— Allons-y.

Ils se rassemblèrent autour du moniteur, attendant qu'apparaissent les premières images. À travers la vitre, on distinguait la table d'examen qui faisait avancer la tête de Madame X dans l'ouverture circulaire, sous le bombardement des multiples rayons. La tomodensitométrie n'avait rien d'une technique nouvelle, mais son utilisation à des fins archéologiques était relativement récente. Nul dans la pièce n'avait jamais assisté en direct à la tomo d'une momie.

Maura avait conscience de la caméra cadrant leurs visages, prête à immortaliser leurs réactions. Nicholas Robinson, posté à son côté, oscillait d'avant en arrière, irradiant une énergie suffisante pour contaminer toutes les personnes présentes. Le pouls de Maura s'accéléra. Elle tordit le cou pour mieux voir, mais la première image ne suscita que des soupirs d'impatience.

— C'est juste la structure de la caisse, commenta le Dr Brier.

Maura coula un regard vers Robinson. Ses lèvres pincées ne formaient plus que deux traits. Madame X se révélerait-elle un simple amas de guenilles ? Joséphine Pulcillo, campée à côté de lui, scrutait le moniteur, l'expression tout aussi tendue. Agrippée au fauteuil du radiologue, elle attendait d'apercevoir un quelconque détail identifiable susceptible de confirmer le caractère humain du cadavre enfoui sous le tissu.

Le cliché suivant changea la donne. Il s'agissait d'un disque d'une luminosité frappante. Dès qu'il s'afficha, les observateurs s'étranglèrent de concert.

De la matière osseuse.

— C'est le haut du crâne, indiqua le Dr Brier. Félicitations, nous avons sans conteste quelqu'un là-dedans…

Robinson et Pulcillo se flanquèrent mutuellement des claques dans le dos.

— Voilà ce qu'on cherchait ! exulta le premier.

Pulcillo sourit.

— À présent, nous pouvons finir d'installer cette expo.

— Les momies ! Tout le monde adore ça !

Ils se concentrèrent à nouveau sur le moniteur : apparurent d'autres lamelles de la boîte crânienne, qui contenait des filaments noueux rappelant un entortillement de vers.

— Ce sont des bandes de tissu, s'émerveilla Pulcillo à voix basse comme s'il s'agissait là du plus beau spectacle qu'il lui ait jamais été donné de voir.

— Il n'y a pas de matière cérébrale, commenta le technicien.

— Non, le cerveau a été vidé.

— Est-il vrai qu'ils plantaient un crochet dans le nez du cadavre pour extirper le contenu du crâne ? demanda-t-il.

— Presque. On ne peut pas vraiment faire sortir le cerveau, il est trop mou. On devait employer un instrument afin de le réduire à l'état liquide. Ensuite, on faisait basculer le corps pour évacuer cette purée par le nez.

— Bon sang, c'est dégueulasse, dit le technicien, pourtant pendu aux lèvres de Pulcillo.

— Soit ils laissaient la cavité crânienne vide, soit ils la remplissaient de bandes de tissu, comme on le voit ici. Et d'oliban.

— Ah oui… C'est quoi, déjà ?

— Une résine odorante qui provient d'un arbre africain. Elle était fort prisée dans l'Antiquité.

— Voilà donc pourquoi les Rois mages en ont apporté à Bethléem.

Pulcillo acquiesça.

— Ce devait être un cadeau d'une très grande valeur…

— Bien, intervint le Dr Brier, nous atteignons à présent le niveau suborbital. Ici, on distingue la mâchoire supérieure, et là…

Il se tut, plissant les yeux devant une densité inattendue.

— Seigneur ! souffla Robinson.

— C'est un objet métallique, remarqua le Dr Brier. Il se trouve dans la cavité buccale.

— Peut-être une feuille d'or, suggéra Pulcillo. On en mettait parfois dans la bouche des morts.

Robinson se tourna vers la caméra qui enregistrait leurs moindres propos.

— Il semble que la bouche contienne du métal. Ce qui corroborerait notre hypothèse de datation, l'Antiquité gréco-romaine…

— Qu'est-ce que c'est que ça ? s'exclama le Dr Brier.

Une étoile brillante s'était matérialisée à l'intérieur de la mâchoire inférieure de la momie, image stupéfiante sur un cadavre vieux de deux mille ans. Maura s'inclina, scrutant ce détail qui n'aurait déclenché aucune remarque sur un corps fraîchement arrivé en salle d'autopsie.

— Je sais que c'est impossible, lâcha-t-elle doucement, mais voyez-vous ce que je vois ?

Le radiologue hocha la tête.

— Oui. On dirait… un plombage.

Maura se tourna vers Robinson, apparemment aussi interloqué que les autres.

— En a-t-on déjà découvert sur des momies égyptiennes ? demanda-t-elle. Des réparations dentaires de l'époque pourraient-elles passer pour des plombages modernes ?

Il secoua la tête, les yeux écarquillés.

— Non, mais ça ne signifie pas que les Égyptiens en aient été incapables. Leur système de santé était le plus évolué de l'Antiquité… Joséphine, ajouta-t-il avec un coup d'œil à sa collègue, ça vous évoque quoi ? Il s'agit de votre domaine.

Pulcillo prit son temps pour répondre.

— Eh bien, il existe des papyrus à caractère médical remontant à l'Ancien Empire, dit-elle enfin. Ils décrivent des méthodes destinées à sertir les dents déchaussées et à fabriquer des bridges. On a également la trace d'un guérisseur, célèbre pour les prothèses qu'il façonnait. Les Égyptiens faisaient preuve d'une grande ingéniosité en matière de soins dentaires. Leur civilisation était très en avance sur son temps.

— Mais pouvaient-ils effectuer des réparations similaires à celle-là ? insista Maura en désignant l'écran du doigt.

Le regard troublé de Pulcillo se porta à nouveau sur l'image.

— Pas à ma connaissance, admit-elle à voix basse.

Sur l'écran, de nouveaux clichés du corps apparaissaient en dégradés de gris. Cette patiente pouvait endurer des doses massives de radiations, sans redouter cancer ni effets secondaires. Aucun malade n'aurait pu être plus docile.

Encore secoué par les images de tout à l'heure, Robinson était un arc tendu à l'extrême, prêt pour la surprise suivante.

Les premières lamelles du torse se matérialisèrent. Une cavité thoracique charbonneuse et vide.

— Apparemment, les poumons ont été ôtés, commenta le radiologue.

— Je ne vois qu'un fragment desséché de médiastin dans la poitrine.

— Le cœur, expliqua Pulcillo, d'une voix raffermie par cette vision attendue. Ils s'efforçaient toujours de le laisser à l'intérieur.

— Ça et rien d'autre ?

Elle fit non de la tête.

— Ils le considéraient comme le siège de l'intelligence. On ne le séparait jamais du corps. Le *Livre des morts* égyptien contient trois sorts distincts destinés à le maintenir en place.

— Et les autres organes ? s'enquit le technicien. J'ai entendu dire qu'on les enfermait dans des vases sacrés ?

— Seulement avant la vingt et unième dynastie. À partir de mille avant Jésus-Christ environ, on s'est mis à les envelopper dans quatre paquets différents, que l'on remisait ensuite dans le corps.

— Donc, on devrait les voir ?

— À l'intérieur d'une momie de la période des Lagides, oui.

— Je crois pouvoir émettre une hypothèse quant à son âge au moment de la mort, intervint le radiologue. Les dents de sagesse ont fini de sortir et les sutures crâniennes sont refermées. Je ne constate aucun changement dégénératif des cervicales…

— Une jeune adulte, compléta Maura.

— De moins de trente-cinq ans, sans doute.

— Un âge déjà avancé, pour l'époque où elle vivait, commenta Robinson.

Le scanner avait atteint la partie inférieure du torse, les rayons X tranchant à travers les couches successives de lin, l'enveloppe de peau séchée, puis les os, pour révéler la cavité abdominale. Ce spectacle très inhabituel donnait l'impression d'assister à l'autopsie d'un extraterrestre. Là où Maura s'était attendue à trouver le foie et la rate, l'estomac et le pancréas, elle découvrait des entortillements de tissu, paysage intérieur auquel manquait tout élément identifiable. Seules les rotondités éclatantes des vertèbres indiquaient qu'il s'agissait effectivement d'un corps humain, d'un cadavre éviscéré… Une simple coquille vide, rembourrée ensuite telle une poupée de chiffon.

Si l'anatomie des momies lui était étrangère, elle constituait un territoire familier aux yeux de Robinson comme de Pulcillo. À mesure qu'apparaissaient de nouvelles images, tous deux se penchaient, désignant ce qu'ils reconnaissaient.

— Là, ce sont les quatre paquets enveloppés de tissu en lin contenant les organes, précisa Robinson.

— Bien, nous nous trouvons à présent à l'intérieur du bassin, commenta le Dr Brier.

Il avait montré deux courbes pâles : les bords supérieurs des crêtes iliaques.

Lamelle après lamelle, les hanches se matérialisèrent lentement, compilées par l'ordinateur en un effeuillage numérique révélant chaque fois quelque nouvel aperçu.

— Regardez la forme du détroit supérieur, dit le Dr Brier.

— C'est une femme, constata Maura.

Le radiologue approuva de la tête.

— Ça ne fait guère de doute, à mon avis, dit-il avec un sourire en se tournant vers les deux archéologues. Vous pouvez désormais l'appeler officiellement « Madame X », en aucun cas « Monsieur X ».

— Et voyez la symphyse pubienne, signala Maura, toujours concentrée sur le moniteur. Le cartilage est intact.

— D'accord avec vous, dit Brier.

— Ça signifie quoi ? demanda Robinson.

Maura se chargea de l'explication :

— Au cours de l'accouchement, le passage du fœtus dans le détroit supérieur peut carrément écarter les os pubiens à l'endroit où ils se rejoignent, ce que l'on nomme la symphyse pubienne. Il semble que cette femme n'ait jamais eu d'enfants.

— Votre momie n'a donc jamais été mamie ! s'esclaffa le technicien.

Le scanner avait atteint la partie inférieure du corps. On distinguait désormais des sections transversales des deux fémurs enchâssés dans la chair desséchée des cuisses.

— Nick, nous devons appeler Simon, avertit Pulcillo. Il doit ronger son frein à côté du téléphone.

— Mince, j'avais complètement oublié…

Robinson tira son portable de sa blouse, composa un numéro.

— Simon ?… dit-il au bout de quelques secondes. Devinez ce que j'ai sous les yeux en ce moment… Oui, elle est magnifique. Sans compter que nous avons eu droit à quelques surprises. La conférence de presse sera sans doute très in…

Il se tut un instant, regard rivé sur l'écran.

— C'est quoi, ce bordel ? laissa échapper le technicien.

L'image qui scintillait sur le moniteur était si inattendue que l'assistance en resta coite. Si un cadavre contemporain avait reposé sur la table du scanner, Maura aurait identifié sans peine ce petit objet incrusté dans le mollet qui avait fait voler en éclats la fine diaphyse du péroné. Pourtant, un tel morceau de métal n'avait pas sa place dans la jambe d'une momie.

Une balle n'avait rien à faire dans son millénaire.

— C'est bien ce que je crois ? demanda le technicien.

Robinson secoua la tête.

— Il s'agit forcément de dégâts post mortem. Que voulez-vous que ce soit d'autre ?

— Post mortem… Vous voulez dire deux mille ans plus tard ?

— Je... je vous rappelle, Simon, lança Robinson avant de couper la communication. Éteignez ça, s'il vous plaît, ordonna-t-il en se tournant vers le cameraman. Arrêtez de filmer.

Il prit une grande inspiration.

— Bon. Bon, considérons la chose de façon logique...

Il se redressa, sa confiance revenue.

— Les momies ont souvent été malmenées ou endommagées par des chasseurs de souvenirs. Manifestement, quelqu'un lui aura tiré une balle dans le corps. Et un conservateur aura tenté de réparer les dégâts par la suite en l'enveloppant dans de nouvelles bandelettes. Voilà pourquoi nous n'avons constaté aucune plaie d'entrée...

— Ce scénario n'est pas le bon, intervint Maura.

Robinson tiqua.

— Que voulez-vous dire ? C'est la seule explication.

— Cette jambe n'a pas été endommagée post mortem. La femme était encore vivante.

— C'est impossible, voyons !

— Malheureusement, le Dr Isles a raison, coupa le radiologue en se tournant vers Maura. Vous aussi, vous avez repéré les cals osseux précoces autour de la fracture, c'est ça ?

— Des cals osseux précoces ? Ça signifie quoi ? demanda Robinson.

— L'os cassé avait déjà débuté sa régénération quand cette femme est morte. Elle a survécu au moins quelques semaines à sa blessure.

Maura regarda le conservateur.

— D'où provient cette momie ?

Les lunettes de Robinson avaient recommencé à glisser sur son nez. Il était comme hypnotisé par ce qui scintillait dans le mollet.

Ce fut Joséphine Pulcillo qui répondit à la question, d'un murmure à peine audible :

— Elle se trouvait dans les sous-sols du musée. Nick... je veux dire M. Robinson, l'y a découverte en janvier dernier.

— Et comment le musée l'a-t-il obtenue ?

Pulcillo secoua la tête.

— Nous l'ignorons.

— Il doit exister des archives. Son origine doit bien être mentionnée dans un quelconque dossier...

— Pas dans ce cas précis, expliqua Robinson, qui avait enfin retrouvé sa voix. La fondation du musée Crispin remonte à cent trente ans, de nombreux documents ont disparu. Nous n'avons pas la moindre idée du temps qu'elle a passé dans nos réserves.

— Comment êtes-vous tombé dessus ?

Malgré l'air conditionné, le visage livide de Robinson s'était mis à perler de sueur.

— On m'a engagé il y a trois ans, à la suite de quoi j'ai entamé un inventaire des collections. Elle était dans une caisse non étiquetée.

— Et ça ne vous a pas étonné de trouver quelque chose d'aussi rare qu'une momie égyptienne dans un conteneur anonyme ?

— Sachez que les momies ne sont pas des raretés. Au cours des années 1880, on pouvait en acheter en Égypte pour seulement cinq dollars. Les touristes américains les rapportaient au pays par centaines. On en retrouve au fond des greniers et chez des anti-quaires. Un cabinet de curiosités de Niagara Falls affirme même avoir détenu Ramsès Ier dans sa collection. Il n'y a donc rien de surprenant à ce que l'on découvre une momie oubliée dans notre musée...

— Docteur Isles, nous avons le cliché de débrouillage, annonça Brier. Vous feriez bien de regarder.

Maura se tourna vers le moniteur, qui affichait une radio conventionnelle pareille à celles qu'elle-même suspendait sur son négatoscope à la morgue. Nul besoin d'être radiologue pour interpréter ce qu'elle avait sous les yeux.

— Ça ne laisse guère de doute, à présent, constata le Dr Brier.

En effet, songea Maura. Aucun. C'est bien une balle qui est fichée dans ce mollet.

Elle sortit son téléphone portable.

— Docteur Isles ? Qui appelez-vous ? s'alarma Robinson.

— J'organise le transport à la morgue, annonça-t-elle. Désormais, le cadavre de Madame X relève officiellement de la médecine légale.

3

— Je rêve, ou on hérite de tous les dossiers tordus, toi et moi ? demanda Barry Frost.

Madame X relevait assurément du bizarre, songea Jane Rizzoli en longeant les fourgons télé avant de bifurquer vers le parking de l'institut médico-légal. Il n'était que huit heures du matin, mais les hyènes hurlaient déjà. Elles se montraient avides de détails sur cette affaire, véritable caricature d'un épisode de *Cold Case*, que Jane avait d'abord accueillie d'un rire sceptique lorsque Maura l'avait appelée, la veille au soir.

Il est peut-être temps de reprendre ton sérieux, se dit-elle. Venant d'une légiste qui manque singulièrement d'humour, il ne s'agissait sûrement pas d'une farce.

Elle se gara sur un emplacement autorisé, puis elle resta à contempler les fourgons en se demandant combien d'autres caméras les attendraient, Frost et elle, lorsqu'ils ressortiraient du bâtiment.

— Enfin, remarqua-t-elle, voilà au moins un cadavre qui ne nous agressera pas les narines...

— Sauf qu'on peut attraper des maladies en s'approchant des momies, tu sais.

Jane se tourna vers son coéquipier. Son visage au teint pâle et aux traits enfantins montrait une inquiétude sincère.

— Quelles maladies ?

— Je regarde pas mal la télé, depuis qu'Alice est partie. Hier soir, j'ai vu une émission qui en parlait sur Discovery Channel. Ces trucs-là véhiculent des champignons.

— Des champignons... Brr, j'en ai la chair de poule rien que d'y penser.

— Je ne blague pas, insista-t-il. C'est dangereux pour la santé.

— Dis donc, j'espère qu'Alice ne va pas tarder à revenir. S'agirait pas que tu deviennes accro aux documentaires...

Les deux inspecteurs sortirent de la voiture, pour émerger dans une moiteur écœurante qui ferait sûrement friser le cheveu rebelle de Jane. Au cours des quatre années que la jeune femme avait passées à la Criminelle, elle avait maintes fois parcouru le parking de l'institut médico-légal, glissant sur du verglas au mois de janvier, courant sous les giboulées de mars ou se traînant sur l'asphalte bouillant en août. Ces quelques dizaines de mètres lui étaient familiers, tout comme sa destination macabre. Elle avait cru que ça s'arrangerait avec le temps, qu'elle finirait par être immunisée contre les atrocités que lui réservaient les tables en acier inoxydable, mais, depuis la naissance de sa fille Regina, un an auparavant, la mort suscitait plus que jamais de la terreur chez elle. La maternité ne vous fortifie pas, elle vous rend vulnérable. Elle vous fait pétocher rien qu'à penser à ce que la mort risque de vous voler.

Malgré tout, le sujet qui l'attendait à la morgue ce jour-là n'était pas du genre à inspirer de l'horreur. Plutôt de la fascination. Dans le vestibule, Jane se dirigea droit vers la paroi vitrée des salles d'autopsie, impatiente d'apercevoir pour la première fois la dépouille allongée sur la table.

« Madame X » était le sobriquet donné par le *Boston Globe* à la momie, un surnom accrocheur évoquant une beauté sulfureuse, une Cléopâtre aux yeux noirs. Jane n'avait devant elle qu'une cosse desséchée enveloppée de guenilles.

— On dirait une crêpe fourrée, constata-t-elle.

— Qui c'est, ces gars-là ? s'enquit Frost.

Il désignait deux inconnus, de l'autre côté de la vitre : un grand type efflanqué au nez surmonté de lunettes d'intello et une jeune brune menue en jean et en blouse.

— Sans doute les archéologues du musée. On m'a annoncé leur présence.

— Cette nana, une archéologue ? Waouh.

Jane lui décocha un coup de coude agacé.

— Alice s'offre quelques semaines loin de Boston et tu oublies déjà que tu portes une alliance !

— Je ne me serais jamais imaginé qu'une fille faisant son métier puisse avoir l'air aussi sexy…

Ayant enfilé des surchaussures et des blouses, tous deux poussèrent la porte du labo.

— Alors, demanda Jane, c'est vraiment un dossier pour nous ?

Maura, campée près du négatoscope, se retourna avec son regard sérieux habituel. Là où d'autres légistes pouvaient plaisanter, émettre des commentaires ironiques autour de la table d'autopsie, il était rare de l'entendre rire en présence d'un mort.

— Nous n'allons pas tarder à le savoir.

Elle leur présenta le duo entrevu depuis le couloir.

— Voici le conservateur, Nicholas Robinson, ainsi que sa collègue, Joséphine Pulcillo.

— Tous les deux du musée Crispin ? s'enquit Jane.

— Oui, et très mécontents de ce que je m'apprête à faire.

— C'est destructeur, plaida Robinson. Il y a forcément moyen d'en apprendre plus sans porter atteinte au corps…

— Voilà pourquoi je tenais à ce que vous soyez présent, monsieur Robinson. Vous m'aiderez à minimiser les dégâts. Loin de moi l'idée de détruire une relique antique.

— Je croyais que le scanner d'hier soir avait montré très clairement la présence d'une balle ? fit remarquer Jane.

— Voici les radios que nous avons prises ce matin, dit Maura en désignant du doigt le caisson lumineux. Tu en penses quoi ?

Jane s'approcha pour étudier les tirages qui y étaient accrochés. Dans le mollet droit rutilait ce qui avait assurément l'air d'une balle.

— Ah, je comprends pourquoi ça a pu t'affoler, hier soir.

— Je ne me suis pas affolée.

Jane rigola.

— Je ne t'ai jamais entendue plus proche de la panique !

— Je veux bien reconnaître que j'étais sous le choc. Comme nous tous. Regarde la fracture au péroné, sans doute due à ce projectile, dit Maura en désignant les os inférieurs de la jambe droite.

— Tu dis que la jambe a été brisée de son vivant ?

— On constate une formation précoce de cals osseux. Cet os commençait à se ressouder au moment du décès.

— Mais les bandages sont vieux de deux mille ans, nous en avons la confirmation, objecta Robinson.

Jane examina la radio, s'efforçant de trouver une explication rationnelle au spectacle qu'ils avaient sous les yeux.

— Il ne s'agit peut-être pas d'une balle. Et si c'était un autre truc métallique ? Une pointe de lance, ou quelque chose comme ça ?

— Ça n'a rien d'une pointe de lance, Jane, c'est une balle.

— Alors, extrais-la. Prouve-le-moi.

— Oui, et ensuite ?

— Ma foi, on aura de quoi se torturer sérieusement les méninges. Tu vois une explication ?

— Tu sais ce qu'a suggéré Alice quand je l'ai appelée, hier soir, pour la prévenir ? dit Frost. Un voyageur temporel. C'est la première hypothèse qui lui est venue à l'esprit.

— Elle donne dans les théories échevelées, maintenant ? s'esclaffa Jane.

— Remonter dans le passé, c'est possible sur le papier. Alors pourquoi quelqu'un n'aurait pas expédié une arme à feu jusqu'en Égypte ancienne ?

Maura les interrompit impatiemment :

— Ça ne vous ferait rien de revenir sur Terre ?

Jane fronça les sourcils devant le gros bout de métal, semblable à tous ceux qu'elle avait déjà vus sur d'innombrables radios de membres inertes ou de crânes fracassés.

— Je sèche un peu, là, dit-elle. Pourquoi ne pas te contenter d'ouvrir le corps pour vérifier ce que c'est ? Les archéologues ont peut-être raison. Si ça se trouve, tu as conclu un peu hâtivement...

Robinson intervint :

— En tant que conservateur, il est de mon devoir de protéger cette momie et d'empêcher qu'on la charcute. Pouvez-vous au moins restreindre les dégâts à la zone concernée ?

— Voilà une approche raisonnable, approuva Maura en rejoignant la table. Retournons-la. S'il y a une blessure d'entrée, elle se trouvera dans le mollet droit.

— Mieux vaut nous y mettre tous ensemble, dit Robinson.

Il se plaça derrière la tête tandis que Pulcillo se postait près des pieds.

— Il faut soutenir le corps pour éviter que la traction ne s'exerce en un seul point. L'idéal, ce serait de s'y prendre à quatre...

Maura glissa ses mains gantées sous les épaules de la momie en lançant :

— Inspecteur Frost, pourriez-vous vous charger des hanches ?

Ledit Frost hésita, fixant les bandelettes en lin taché.

— On ne devrait pas porter un masque, ou un truc comme ça ?

— Il s'agit juste de la retourner, lui rappela Maura.

— Les momies sont porteuses de maladies. On inhale des champignons microscopiques qui filent des pneumonies.

— Oh, bon sang ! s'agaça Jane.

Elle enfila des gants, qu'elle fit claquer à ses poignets, puis elle s'approcha de la table.

— Prête, indiqua-t-elle après avoir casé ses mains sous les hanches.

— Bon, soulevez, ordonna Robinson. À présent, faites-la tourner. C'est ça...

— La vache, dit Jane, elle est légère comme une plume.

— Le corps humain se compose surtout d'eau. Ôtez les organes, déshydratez ce qui reste, et vous n'avez plus qu'une fraction du poids de départ. Elle ne doit pas peser plus de vingt-cinq kilos, bandelettes comprises.

— Un peu comme du bœuf séché, disons ?

— C'est exactement ça : de l'humain séché... Maintenant, reposons-la. Doucement...

— Vous savez, dit Frost, je ne plaisantais pas, pour les champignons. J'ai vu ça dans une émission...

— Vous faites référence à la malédiction de Toutankhamon ? demanda Maura.

— Ouais, c'est ça. Des tas de gens sont morts après être entrés dans sa tombe. Ils ont respiré des spores microscopiques qui les ont rendus malades.

— De l'aspergillose bronchopulmonaire, expliqua Robinson. Quand l'équipe d'Howard Carter a fait irruption dans le tombeau, ils ont dû inhaler de l'*Aspergillus fumigatus* qui s'y était accumulé au fil des siècles. Certains ont été victimes de pneumonies mortelles.

— Alors Frost ne raconte pas de conneries ? dit Jane. Il y avait vraiment une malédiction de la momie ?

L'agacement flamboya dans les yeux de Robinson.

— Bien sûr que non. Quelques personnes sont mortes, c'est tout. Mais on en viendrait presque à regretter qu'elle n'ait pas été réelle, vu la façon dont Carter et ses gars ont traité ce pauvre Toutankhamon…

— Que lui ont-ils donc fait ?

— Ils l'ont martyrisé. Lacéré pour trouver des bijoux et des amulettes, tout en lui brisant les os. Après quoi ils l'ont sorti du sarcophage en lui arrachant bras et jambes et en lui sciant la tête… Ce n'était pas de la science, mais une profanation, conclut-il en baissant vers la momie un regard chargé d'une admiration proche de l'amour. Il est impensable qu'une telle chose arrive à Madame X.

— Je ne veux surtout pas la mutiler, dit Maura. Alors, ôtons juste ce qu'il faut de bandages pour découvrir à quoi nous avons affaire.

— Vous ne réussirez sans doute pas à n'ôter que les bandelettes, dit Robinson. Si la couche inférieure a été trempée dans la résine, la peau sera comme collée.

Maura se tourna vers la radio pour un ultime aperçu, puis elle attrapa un scalpel et des pinces. Jane l'avait vue inciser d'autres corps, mais jamais en marquant une telle hésitation : sa lame planait au-dessus du mollet comme si elle redoutait de pratiquer sa première entaille. Ce qu'ils s'apprêtaient à faire endommagerait à jamais Madame X, et une franche désapprobation se lisait dans les yeux de Robinson et de Pulcillo.

Quand Maura trancha dans la momie, son geste n'eut rien des incisions assurées dont elle était coutumière. Elle souleva chaque bande de lin au moyen des pinces pour permettre au scalpel d'entamer les couches successives l'une après l'autre.

— Ça se détache assez facilement, constata-t-elle.

Pulcillo plissa le front.

— Curieux. En temps normal, les lanières étaient trempées dans de la résine fondue. Au cours des années 1830, on était parfois obligé de les arracher lorsqu'on déballait les momies.

— Ah bon ? À quoi servait cette résine ? demanda Frost.

— À maintenir les bandelettes solidaires. Ça les rigidifiait, elles formaient comme une enveloppe de papier mâché destinée à protéger le contenu.

— J'atteins déjà la dernière couche, prévint Maura. Il n'y a de résine nulle part.

Jane se tordit le cou pour apercevoir ce qui gisait sous les bandelettes.

— C'est sa peau ? On dirait du cuir tanné.

— Justement, inspecteur, d'une certaine façon, le cuir, c'est ça : de la peau séchée, précisa Robinson.

Maura attrapa les ciseaux pour détacher avec précaution les lanières, révélant une plus grande parcelle d'épiderme. On aurait dit un squelette enveloppé dans du parchemin beige. Elle consulta à nouveau la radio, avant de promener une loupe au-dessus du mollet.

— Je ne trouve aucune plaie d'entrée dans la peau.

— Donc la blessure n'est pas postérieure à la mort, traduisit Jane.

— Ça colle avec ce qu'on voit sur la radio. Ce corps étranger a dû être introduit alors qu'elle vivait encore. Son os a eu le temps de commencer à se recalcifier. Et la plaie de se refermer.

— Combien ça prendrait ?

— Plusieurs semaines. Un mois, peut-être.

— Quelqu'un a dû s'occuper d'elle pendant ce temps-là, non ? La nourrir, l'abriter…

Maura hocha la tête.

— Ce qui complique d'autant la recherche des causes de la mort.

— Que voulez-vous dire ? s'enquit Robinson.

— En d'autres termes, nous nous demandons si elle a été assassinée, expliqua Jane.

— Établissons d'abord le plus urgent, conclut Maura en tendant la main vers son scalpel.

La momification avait durci les chairs, leur conférant une consistance dans laquelle la lame ne tranchait pas facilement.

En regardant vers l'autre côté de la table, Jane se rendit compte que Pulcillo pinçait les lèvres comme pour étouffer des protestations. Malgré tout, la jeune archéologue ne parvenait pas à détourner les yeux. Chacun, du reste, y compris Frost, s'était penché en avant, fasciné par le secteur exposé de la jambe. Maura s'empara de forceps, qu'elle inséra dans l'incision. Elle ne mit que quelques secondes à fouiller dans la chair ratatinée, puis elle referma les dents de l'instrument sur son trophée, qu'elle laissa tomber sur un plateau en acier. L'objet heurta la surface dans un tintement métallique.

Pulcillo s'étrangla. Ça n'avait rien d'une pointe de flèche ni d'un fragment de lame de couteau.

Maura finit par mettre des mots sur ce qui sautait aux yeux :

— Bon, nous pouvons affirmer sans crainte de nous tromper que Madame X n'a pas deux mille ans.

4

— Je ne comprends pas, murmura Pulcillo. Le lin a été analysé. Le carbone 14 a confirmé la datation.

— Pourtant, c'est une balle, indiqua Jane en montrant le plateau. De calibre 22. Vos chimistes se sont plantés.

— C'est un labo très respecté : ils n'avaient aucun doute sur la date.

— Vous pourriez avoir raison toutes les deux, intervint Robinson à mi-voix.

— Ah bon ? s'étonna Jane en le regardant. J'aimerais bien savoir comment !

Il prit une profonde inspiration puis recula, comme s'il lui fallait plus d'espace pour s'éclaircir les idées.

— J'en vois parfois à la vente. J'ignore à quel point elles sont authentiques, mais il doit y en avoir des stocks sur le marché clandestin des antiquités.

— De quoi parlez-vous ?

— Des bandelettes de momie. Elles sont plus faciles à se procurer que les corps. J'en ai repéré sur eBay.

— On peut acheter des bandelettes de momie sur le Net ? s'esclaffa Jane, interloquée.

— Il existait autrefois un commerce de momies florissant. On les réduisait en poudre pour servir de médicament, ou on les expédiait en Angleterre en guise d'engrais. Les touristes aisés en ramenaient chez eux pour organiser des fêtes où ils les déballaient devant leurs amis. Comme les bandelettes contenaient souvent des pierres précieuses et des amulettes, le tout faisait office de pochette-surprise, et les invités repartaient en emportant des babioles.

— Mettre au jour un cadavre était considéré comme une distraction ? s'indigna Frost.

— Certaines des familles victoriennes les plus sélectes s'y sont adonnées, répondit Robinson. Pour vous dire le peu de considération qu'ils avaient envers les Égyptiens. Et quand le grand déballage était terminé, on jetait le corps, ou on le brûlait, tout en gardant les bandelettes en souvenir. Voilà pourquoi on en trouve encore des stocks à la vente.

— Donc, celles-ci pourraient être d'époque, même si le cadavre ne l'est pas ?

— Ça expliquerait le résultat de la datation au carbone 14. En revanche, pour ce qui concerne Madame X…

Robinson avait secoué la tête, perplexe.

— Mais on ne pas peut prouver qu'il y ait eu meurtre, dit Frost. Aucun juge n'irait inculper quelqu'un sur la base d'une plaie par balle qui commençait déjà à cicatriser.

— Quelque chose me dit qu'elle ne s'est pas portée volontaire pour la momification, lâcha Jane.

— En fait, si, c'est possible.

Tout le monde dévisagea Robinson, qui paraissait sérieux comme un pape.

— Qui voudrait se faire ôter le cerveau et les organes ? lança Jane. Pas moi, en tout cas.

— Certaines personnes ont précisément légué leur corps à la science pour subir ce traitement.

— Oui, j'ai aussi vu ça dans une émission ! s'exclama Frost. Toujours sur Discovery Channel. Il y a un archéologue qui a carrément momifié un mec !

Jane contempla la momie. Elle s'imagina enfouie, étouffée, sous des couches successives de lin. Dans une camisole de force pendant un, puis deux milliers d'années. Jusqu'au jour où un fouineur déciderait de dérouler les bandelettes pour mettre au jour ses restes racornis. Plus rien à voir avec la poussière qui retourne à la poussière. La chair devenue cuir. Elle avala sa salive.

— Qu'est-ce qui peut pousser quelqu'un à se porter volontaire pour un truc pareil ?

— C'est une sorte d'immortalité, vous ne voyez pas ? dit Robinson. Une alternative à la putréfaction. La préservation du corps. Ceux qui vous aiment n'ont pas besoin de vous abandonner à la pourriture.

« Ceux qui vous aiment. » Jane leva les yeux.

— Vous dites que cet acte pourrait avoir été motivé par une forme d'affection ?

— Ça permet de vous accrocher à la personne aimée. De la préserver des vers et du faisandage.

Ainsi va toute chair, songea Jane. Elle eut soudain l'impression que la température de la pièce venait de grimper en flèche.

— Et si ce n'était pas du tout une question d'amour mais de possessivité ?

Robinson la fixa droit dans les yeux, manifestement déstabilisé par cette interprétation.

— Je ne l'avais pas vu sous cet angle.

Elle se tourna vers Maura.

— Continuons l'autopsie, toubib. Il nous faut plus d'informations.

Maura s'approcha du négatoscope. Elle ôta les radios, qu'elle remplaça par les résultats du scanner.

— Remettons-la sur le dos.

Cette fois, au moment de trancher dans les bandes de lin qui recouvraient le torse, Maura ne perdit pas d'énergie à tenter de préserver quoi que ce soit. Il ne s'agissait plus d'une enquête sur un cadavre antique, mais d'une investigation criminelle dont les réponses gisaient non dans les bandelettes mais dans la chair et l'os mêmes. Le tissu s'écarta, révélant la peau marron et tannée à travers laquelle on distinguait clairement le contour des côtes, voûte d'os soutenant une tente parcheminée. Progressant vers la tête, Maura détacha le masque peint en papyrus plâtré, puis elle entreprit de découper le tissu qui masquait le visage.

Jane considéra d'abord les tirages du scanner accrochés sur le caisson lumineux, avant de froncer les sourcils devant le torse mis à nu.

— Pendant l'embaumement, on ôte bien tous les organes ?

Robinson acquiesça.

— L'élimination des viscères ralentit le processus de putréfaction. C'est l'une des raisons qui empêchent le corps de se déliter.

— Mais il n'y a qu'une entaille minime sur le ventre, dit-elle en montrant la courte incision, maladroitement recousue, qu'on apercevait sur le côté gauche. Comment extirper tout cela par une telle ouverture ?

— C'est exactement comme ça que les Égyptiens s'y prenaient pour ôter les viscères. Une petite entaille sur le flanc gauche. La personne qui a préservé ce cadavre était une habituée des méthodes antiques. Et elle les a manifestement suivies à la lettre.

— Méthodes antiques ? Lesquelles exactement ? demanda Jane. Comment fabrique-t-on une momie ?

Le conservateur se tourna vers sa collègue.

— Joséphine en sait plus que moi à ce propos. C'est plutôt à elle de vous le préciser.

— Mademoiselle Pulcillo ? offrit Jane.

La jeune femme paraissait encore sous le choc de la découverte de la balle. Elle se racla la gorge, se redressa.

— La majorité de ce qu'on sait là-dessus nous vient d'Hérodote, expliqua-t-elle. On pourrait sans doute le qualifier d'écrivain voyageur. Il y a vingt-cinq siècles, il a parcouru le monde antique pour consigner ce qu'il apprenait. Le problème notoire, c'est qu'il s'est trompé en notant certains détails… à moins qu'il ne se soit fait avoir par des guides locaux…

Elle afficha un sourire forcé, poursuivit :

— Ça le rend plus humain, vous ne trouvez pas ? Il a connu le même sort que le vacancier qui se rend en Égypte de nos jours. Les vendeurs de colifichets devaient le pourchasser. Les autochtones lui racontaient probablement n'importe quoi. Un naïf en pays étranger…

— D'accord. Que dit-il sur la fabrication des momies ?

— On lui a expliqué qu'on commence par baigner rituellement le cadavre dans une solution de natron.

— De natron ?

— Un mélange de sels, en gros. Pour en fabriquer, il suffit de mélanger de la levure de boulanger et du sel de table.

Jane rit jaune.

— De la levure de boulanger ? Je ne regarderai plus jamais un pain du même œil.

— Le mort une fois lavé, on l'étend sur des billots en bois, poursuivit Pulcillo. On se sert d'un couteau en pierre d'Éthiopie acéré comme un rasoir, de l'obsidienne, sans doute, pour pratiquer une petite incision semblable à celle que vous avez ici. Ensuite, à l'aide d'un instrument en forme de crochet, on extrait les organes en les retirant par ce trou. On rince la cavité vide, puis on la remplit de natron. On en recouvre également le corps, qui doit rester quarante jours à se déshydrater. Un peu comme quand on sale un poisson...

Elle se tut, contemplant les ciseaux de Maura, qui soulevait les dernières lanières recouvrant la figure.

— Et ensuite ? relança Jane.

La jeune femme déglutit.

— À ce stade, le corps s'est allégé d'environ soixante-quinze pour cent de son poids. On bourre la cavité de lin et de résine. Les organes internes embaumés sont parfois remis en place. Et...

Elle s'interrompit en écarquillant les yeux au moment où les derniers bouts de tissu se détachaient.

Pour la première fois, ils distinguaient le visage de Madame X.

Une longue tignasse noire adhérait encore au cuir chevelu. La peau était tendue comme un tambour au-dessus des pommettes saillantes. Mais ce furent les lèvres qui déclenchèrent chez Jane un mouvement de recul. On les avait cousues grossièrement, comme l'aurait fait le tailleur de Frankenstein.

Pulcillo secoua la tête.

— C'est... c'est n'importe quoi !

— On ne ferme pas la bouche de cette façon, d'habitude ? s'enquit Maura.

— Bien sûr que non ! Sinon, comment manger dans l'au-delà ? Et comment parler ? Ça revient à la condamner pour toujours à la faim. Et au silence.

Un silence éternel... Tu as fait quoi pour offenser ton assassin ? se demanda Jane en scrutant les coutures répugnantes. Tu lui as répondu ? Tu l'as insulté ? Tu as témoigné contre lui ? C'est ça, ton châtiment, d'avoir les lèvres scellées pour l'éternité ?

Le corps était entièrement exposé, à présent, dépouillé de toute enveloppe extérieure. La chair se réduisait presque à une peau racornie collée au squelette. Maura trancha dans le torse.

Jane avait déjà assisté à des incisions en Y, et elle avait chaque fois flanché devant les odeurs relâchées quand le scalpel perçait la cage thoracique. Même le plus récent des cadavres laissait échapper des relents de pourriture, aussi faibles soient-ils, comme une mauvaise haleine chargée de soufre. Hormis que les sujets ne respiraient plus. Elle appelait ça « le souffle de la mort ». Une simple petite bouffée suffisait à vous soulever le cœur.

Sauf que Madame X n'émit aucune puanteur écœurante quand Maura lui ouvrit le thorax en lui brisant méthodiquement les côtes, pour soulever la poitrine comme le plastron d'une armure et révéler la cavité thoracique. Le parfum qui s'éleva évoquait l'encens. Jane se pencha pour inhaler plus profondément. Du

56

santal, songea-t-elle. Du camphre, aussi. Agrémentés d'autre chose, entre réglisse et clou de girofle.

— Tiens, je ne m'attendais pas à ça, dit Maura en piochant dans une concrétion desséchée d'épices.

— On dirait de l'anis étoilé, commenta Jane.

— Curieux, non ?

— La tradition veut qu'on emploie de la myrrhe, dit Pulcillo. C'est de la résine fondue. On s'en servait pour masquer les mauvaises odeurs et pour rigidifier le cadavre.

— Sauf qu'on aurait bien du mal à en obtenir en grande quantité de nos jours, compléta Robinson. Ce qui explique peut-être qu'on y ait substitué des épices.

— En tout cas, ce corps semble en très bon état de conservation, précisa Maura tout en extrayant de l'abdomen le rembourrage de tissu, qu'elle déposa dans une cuvette pour l'inspecter plus tard. C'est sec comme une trique, là-dedans. Et il n'y a aucune odeur de décomposition.

— Alors, en l'absence d'organes, comment allez-vous faire pour établir les causes de la mort ? demanda Frost.

— C'est impossible. Pour l'instant.

Frost regarda le résultat du scanner sur le négatoscope.

— Et la tête ? Il n'y a pas non plus de cerveau.

— Le crâne est intact. Je n'ai constaté aucune fracture.

Jane contempla la bouche du cadavre, ses lèvres cousues par des points rudimentaires, et elle tiqua mentalement en songeant à l'aiguille qui avait percé cette chair tendre. J'espère que ç'a été fait après la mort, pas avant, se dit-elle. À un moment où tu ne pouvais pas le sentir.

Elle se tourna en frissonnant vers le caisson lumineux.

— C'est quoi, ce truc brillant ? s'enquit-elle. On dirait que ça se trouve dans la bouche.

— Il y a deux densités métalliques dans la cavité buccale, répondit Maura. La première semble être un plombage. Mais je vois aussi autre chose, qui explique peut-être qu'on lui ait cousu les lèvres : pour maintenir cet objet en place.

Elle prit des ciseaux. Le matériau utilisé pour la suture n'était pas du simple fil mais du cuir séché, un cordon dur comme de la pierre. Même après qu'elle l'eut découpé, les lèvres continuèrent d'adhérer l'une à l'autre, comme figées à jamais. La bouche était une fente étroite qu'il faudrait forcer.

Maura y introduisit le bout d'une pince hémostatique. Elle élargit l'ouverture avec ménagement dans un raclement de métal : elle touchait les dents. L'articulation temporo-maxillaire céda soudain, faisant tressaillir Jane. La mâchoire inférieure venait de se détacher. Elle béait, pendante, révélant une dentition esthétiquement si parfaite que n'importe quel orthodontiste aurait été fier de revendiquer un tel alignement.

— Voyons ce que c'est, dit Maura.

Ayant plongé le reste de la pince hémostatique dans le trou, elle en tira une pièce dorée de forme oblongue, qu'elle posa sur le plateau en inox dans un tintement étouffé. Tout le monde écarquilla les yeux, surpris.

Jane finit par rigoler.

— Quelqu'un a un sens de l'humour très tordu.

Sur la pièce était gravée une inscription en anglais :

Maura la retourna. Deux symboles se trouvaient au verso : une chouette et une main.

— C'est un cartouche, expliqua Robinson. Un sceau personnel. On les vend comme souvenirs en Égypte. Il suffit de donner votre nom au bijoutier, il le traduit sous forme de hiéroglyphes et il vous le grave en direct.

— Ça signifie quoi, ces symboles ? demanda Frost. Je vois un hibou. C'est une marque de sagesse ou un truc comme ça ?

— Non, les hiéroglyphes ne sont pas censés être lus comme des logogrammes, dit Robinson.

— Des logogrammes ?

— Des signes qui représentent exactement ce qu'ils montrent. Par exemple, l'image d'un homme qui court veut dire « courir ». Ou deux hommes qui se battent signifie « guerre ».

— Et pas là ?

— Non, il s'agit de phonogrammes. Ça constitue des sons, comme notre alphabet.

— Et ces sons disent quoi ?

— Je ne suis pas spécialiste. Joséphine pourra vous l'expliquer…

Il se tournait vers sa collègue quand il afficha une expression préoccupée.

— Ça va, Josie ?

La jeune femme avait la lividité d'un cadavre reposant sur une table de morgue. Elle contemplait le cartouche comme s'il s'agissait d'une horreur inimaginable.

— Mademoiselle Pulcillo ? dit Frost.

Tout à coup, elle leva les yeux, apparemment étonnée d'entendre son nom.

— Ça va, murmura-t-elle.

— Alors, ces hiéroglyphes ? demanda Jane. Pouvez-vous les déchiffrer ?

Les yeux de Joséphine Pulcillo se posèrent à nouveau sur le cartouche.

— La chouette équivaut à notre *mé*. Et la petite main en dessous est censée représenter le son *dé*.

— Peut-être Médée, alors ? suggéra Robinson.

— Il n'y a pas une tragédie grecque à ce propos ? demanda Frost.

— Si. C'est l'histoire d'une vengeance. Le mythe veut que Médée tombe amoureuse de Jason, l'un des Argonautes. Ils ont deux fils. Quand Jason la quitte pour une autre femme, Médée riposte en sacrifiant ses rejetons et en assassinant sa rivale. Uniquement pour prendre sa revanche sur Jason.

— Que devient-elle ? demanda Jane.

— Il existe plusieurs versions de cette légende, mais dans chacune elle s'en tire.

— Après un double infanticide ? jeta Jane en secouant la tête. C'est infect, comme fin.

— S'il y a une morale à cette histoire, c'est peut-être que ceux qui commettent le mal n'ont jamais à affronter la justice.

Jane regarda le cartouche.

— Donc, Médée est une meurtrière.

Robinson opina.

— Doublée d'une rescapée.

5

À sa descente du bus, Joséphine Pulcillo parcourut la rue animée comme en rêve, sans remarquer les voitures ni le raffut infatigable des autoradios. Elle traversa au carrefour, moins ébranlée par le crissement aigu des pneus pilant à quelques dizaines de centimètres d'elle que par la découverte effectuée ce matin même dans la salle d'autopsie.

Médée.

Forcément une coïncidence. Saisissante, mais quelle autre explication envisager ? Ce cartouche ne devait pas être une traduction exacte. Les vendeurs de souvenirs du Caire étaient prêts à tout pour faire cracher leurs dollars aux touristes américains. Pour peu qu'on leur en fasse miroiter suffisamment, ils jureraient la main sur le cœur que la grande Cléopâtre en personne avait porté leurs colifichets. On avait peut-être demandé à l'orfèvre d'écrire Mado, Melody ou Mabel. Il y avait peu de chance que les hiéroglyphes signifient « Médée ». Ce prénom se cantonnait en général au contexte de la tragédie grecque.

Joséphine tressaillit : on venait de la klaxonner.

Elle découvrit une camionnette pick-up roulant au pas à côté d'elle. La vitre se baissa et un jeune homme l'apostropha :

— Hé, ma jolie, je te dépose quelque part ? J'ai plein de place sur mes genoux !

Un geste du majeur sans équivoque suffit à lui faire savoir ce qu'elle pensait de sa proposition. Le chauffeur rigola, avant de s'éloigner à grand bruit dans un nuage de fumée noire. Au moment de grimper le perron de sa résidence, Joséphine en avait encore les yeux qui piquaient. Elle s'arrêta devant les boîtes aux lettres situées dans l'entrée en plongeant la main dans son sac pour y prendre sa clé, avant de pousser un soupir.

Elle alla frapper à la porte de l'appartement 1A, au bout du hall.

La porte s'ouvrit brusquement, révélant un extra-terrestre aux yeux protubérants.

— Vous avez retrouvé vos clés ?

— Monsieur Ricco ? C'est bien vous ?

— Hein ? Oh, pardon. Ma vue n'est plus ce qu'elle était, j'ai besoin de lunettes à la Robocop pour voir les pas de vis.

Le gardien de l'immeuble ôta ses loupes binoculaires et l'extraterrestre reprit les traits d'un sexagénaire banal au crâne surmonté de mèches grises hirsutes, dressées comme autant de cornes miniatures.

— Alors ? demanda-t-il. Vous l'avez retrouvé, ce trousseau ?

— Je suis sûre de l'avoir égaré au bureau. J'avais heureusement des doubles de ma clé de voiture et de celle de l'appartement au bureau, mais pas de…

— Je sais. Vous voulez celle de la nouvelle boîte, c'est ça ?

— Vous m'avez dit que vous seriez forcé de changer la serrure…

— Je l'ai fait ce matin. Entrez donc, que je vous donne le nouveau jeu.

Elle le suivit avec réticence. Une fois qu'on se hasardait dans l'antre de M. Ricco, on mettait facilement une demi-heure avant de pouvoir s'échapper. Les locataires le surnommaient « Briccolo », pour des raisons qui sautaient aux yeux dès qu'on mettait le pied dans son séjour – ou dans ce qui aurait dû en tenir lieu. On aurait plutôt dit un paradis pour ferrailleurs. De vieux sèche-cheveux, des radios anciennes et des bidules électroniques à divers stades de démontage recouvraient la moindre surface. « Un simple passe-temps, lui avait-il expliqué une fois. Plus besoin de jeter quoi que ce soit, je peux vous le rafistoler ! »

— J'espère que vous retrouverez votre trousseau, dit-il en passant devant plusieurs dizaines de réparations en souffrance. Ça ne me rassure pas de savoir que des clés d'appartement se baladent dans la nature. Le monde est plein de détraqués. Au fait, vous avez entendu parler de ce qu'a vu M. Lubin ?

— Non.

Elle ne tenait pas à savoir ce que le grincheux de l'autre bout du couloir avait à raconter.

— Il a repéré une voiture noire qui épie notre immeuble. Elle longe très lentement la façade tous les après-midi. C'est un homme qui est au volant.

— Il doit sûrement chercher une place pour se garer. Moi, je ne prends presque plus ma voiture, vu le manque d'emplacements autorisés. Sans compter le prix de l'essence.

— M. Lubin a l'œil pour ce genre de choses. Il était agent secret, dans le temps, vous le saviez ?

Elle s'esclaffa.

— Vous y croyez vraiment, à cette voiture ?

— Pourquoi il mentirait ?

Vous n'avez pas idée des affabulations que profèrent les gens, songea-t-elle.

M. Ricco ouvrit un tiroir dans un raclement de métal bruyant. Il en tira une clé.

— Tenez. Je vais devoir vous facturer quarante-cinq dollars pour le changement de serrure.

— Je peux vous régler en même temps que le loyer ?

— Pas de problème, dit-il avec un sourire. Je vous fais confiance.

Je suis la dernière personne digne d'être crue.

Elle tourna les talons, prête à partir.

— Hé, attendez. J'ai pris votre courrier.

Il traversa la pièce pour s'approcher de la table et y récupérer une pile de lettres et un paquet rassemblés par un élastique.

— Le facteur n'a pas pu le caser dans votre boîte, je lui ai dit que je vous le donnerais en mains propres, dit-il en désignant le colis de la tête. Je vois que vous avez encore commandé chez LL Bean ? Vous devez aimer leurs produits, hein ?

— Oui. Merci d'avoir gardé mon courrier.

— Alors, c'est quoi que vous leur achetez ? Des vêtements de randonnée, du matériel de camping ?

— Des vêtements, surtout.

— Et ils vous vont ? Même sans essayage ?

— Oui, parfaitement. À plus tard.

Elle se retourna pour s'éclipser avant qu'il ne lui demande où elle achetait ses dessous.

— Moi, je préfère quand même essayer avant.

— Je vous donnerai le chèque du loyer demain.

— Et retrouvez votre trousseau, d'accord ? Il faut faire attention, de nos jours, surtout une jolie fille qui vit toute seule comme vous. Vos clés risqueraient de tomber dans de mauvaises mains.

Elle fila de chez lui et attaqua l'escalier.

— Attendez ! lança-t-il. Encore un truc ! J'allais oublier… Vous connaissez une certaine Joséphine Sommer ?

Le dos raide comme une planche, elle se figea sur les marches. Elle pivota lentement pour le regarder, son courrier plein les bras.

— Quel nom, vous dites ?

— Le facteur m'a demandé si ça pouvait être vous, mais je lui ai répondu que vous vous appeliez Pulcillo.

— Pourquoi… pourquoi a-t-il posé cette question ?

— Parce qu'il y a une lettre là-dedans qui porte votre numéro d'appartement, seulement l'enveloppe est adressée à une certaine Joséphine Sommer, pas Pulcillo. Il s'est dit que c'était peut-être votre nom de jeune fille. Je lui ai expliqué que vous n'étiez pas mariée, autant que je sache. Mais bon, comme il y a votre numéro d'appart et que les Joséphine ne courent pas les rues, je me suis dit que ça devait être pour vous. Du coup, je l'ai mis avec le reste de votre courrier.

Elle déglutit, avant de murmurer :

— Merci.

— Alors, c'est bien vous ?

Joséphine ne répondit rien. Elle se contenta de grimper l'escalier alors qu'il la regardait en attendant sa réponse. Puis, lui coupant toute possibilité de placer une nouvelle question, elle se dépêcha de rentrer dans son appartement et de tirer la porte derrière elle.

Elle étreignait si fort son courrier qu'elle sentait son cœur battre tout contre. Ayant détaché l'élastique d'une pichenette, elle laissa le tout tomber sur sa table basse. Les enveloppes et les catalogues sur papier glacé s'y étalèrent. Elle mit de côté son paquet puis scruta les lettres, pour finir par repérer celle adressée à *Joséphine* SOMMER. Elle ne reconnut pas l'écriture. Le tampon de la poste indiquait Boston, mais il n'y avait aucune adresse d'expéditeur.

Quelqu'un à Boston connaît ce nom. Que sait-on d'autre sur moi ?

Elle resta longtemps sans ouvrir l'enveloppe, redoutant d'en lire le contenu. Craignant que sa vie ne change une fois qu'elle l'aurait parcouru. Elle voulait par-dessus tout continuer à être Joséphine Pulcillo, la jeune femme discrète qui n'évoquait jamais son passé. L'archéologue sous-payée qui ne demandait rien d'autre que pouvoir se tapir dans les coulisses du musée Crispin, dissimulée derrière les fragments de papyrus et les lambeaux de lin.

Je me suis montrée prudente, songea-t-elle. J'ai fait très attention à me fondre dans la masse et à m'effacer dans mon travail – et pourtant, de façon incompréhensible, mon histoire m'a rattrapée.

Elle prit une profonde inspiration, déchira l'enveloppe. Une feuille était glissée dedans. Elle ne comportait que quelques mots, rédigés en capitales. Qui lui disaient ce qu'elle savait déjà.

NE TE FIE PAS À LA POLICE

6

La guide du musée Crispin semblait assez âgée pour figurer dans une des vitrines. Sa petite tête de gnome aux cheveux gris dépassait à peine du comptoir d'accueil.

— Désolée, annonça-t-elle, nous n'ouvrons pas avant dix heures précises. Si vous voulez bien revenir d'ici sept minutes, je pourrai vous vendre des billets.

— Nous ne venons pas en visiteurs, répondit Jane. Nous sommes inspecteurs de police. Rizzoli et Frost. M. Crispin nous attend.

— On ne m'a pas prévenue...

— Il est là ?

— Oui. En réunion avec Mlle Duke à l'étage, dit la vieille dame en appuyant bien sur le « mademoiselle », comme pour insister sur le fait qu'au sein de ce bâtiment le statut marital signifiait encore quelque chose.

Elle les rejoignit devant le comptoir, donnant à voir une jupe écossaise et d'énormes chaussures orthopédiques. Le badge agrafé à son chemisier en coton blanc annonçait *Mme WILLEBRANDT, Guide*.

— Je vous conduis à son bureau, mais je dois d'abord remettre la caisse au coffre. Il est déconseillé de la laisser sans surveillance, nous attendons beaucoup de visiteurs aujourd'hui.

— Oh, nous trouverons le chemin, dit Frost. Vous n'avez qu'à nous indiquer où c'est.

— Il ne faudrait pas que vous vous égariez.

Frost lui décocha un sourire propre à ensorceler même la plus myope des petites mémés.

— J'ai été scout, madame. Je vous promets que je ne me perdrai pas.

Mme Willebrandt le scruta d'un regard dubitatif derrière ses lunettes cerclées d'acier.

— C'est au deuxième étage, finit-elle par lâcher. Vous pouvez prendre l'ascenseur, mais il est très lent.

Elle avait montré du doigt une cage grillagée qui évoquait plus un piège antique qu'une cabine élévatrice.

— Nous monterons à pied, dit Jane.

— Alors, au bout de la grande galerie, tout droit.

Hélas, « tout droit » n'était pas une indication fiable dans ce corps de bâtiment. En pénétrant dans la galerie du rez-de-chaussée, Frost et Jane se retrouvèrent face à un dédale de vitrines d'exposition. La toute première contenait une statue en cire grandeur nature : un gentleman du dix-neuvième siècle, vêtu d'un costume trois pièces en laine de bonne coupe. Il tenait un compas dans une main, une carte jaunie dans l'autre. Il leur faisait face, mais il regardait ailleurs, concentré sur quelque destination noble et éloignée qu'il était le seul à entrevoir.

Frost se pencha en avant pour lire la plaque fixée aux pieds du bonhomme.

— « Cornelius Crispin, explorateur et scientifique, 1830-1912. Les trésors qu'il a rapportés du monde entier ont constitué les premières collections du musée Crispin »... Waouh, fit-il en se redressant, imagine ça sur ta carte de visite : exploratrice...

— Il a surtout l'air d'un gusse pété de tune...

Jane passa à la vitrine suivante, où des pièces d'or rutilaient sous un éclairage étudié.

— Hé, mate-moi ça. Elles viendraient du royaume de Crésus.

— Ah, celui-là, c'était un mec vraiment riche.

— Tu veux dire qu'il a vraiment existé ? Je croyais que c'était juste une légende.

Ils poursuivirent leur chemin, s'arrêtant à la vitrine d'après, remplie de poteries et de figurines en argile.

— Cool, dit Frost. C'est sumérien. Ça remonte à la plus haute antiquité. Quand Alice rentrera, je l'amènerai ici. Elle adorera. Marrant que j'aie jamais entendu parler de ce musée...

— Il est célèbre, maintenant. Rien de tel qu'un meurtre pour vous situer sur la carte.

Ils progressèrent dans le labyrinthe au fil des grincements du parquet antédiluvien, dépassant des bustes grecs ou romains en marbre, des épées rouillées, des bijoux rutilants. La galerie contenait tant de vitrines que seuls des goulets étroits permettaient le passage, et que de nouvelles surprises, de nouveaux trésors captivants, guettaient le visiteur au moindre tournant.

Ils émergèrent enfin dans un espace ouvert, non loin de la cage d'escalier. Frost entama l'ascension vers les étages, mais Jane ne lui emboîta pas le pas. Une porte étroite, encadrée de fausse pierre, avait retenu son attention.

— Rizzoli ? demanda Frost après un coup d'œil par-dessus son épaule.

— Minute, dit-elle, nez levé vers l'inscription qui invitait à entrer.

POUSSEZ LA PORTE DU PAYS DES PHARAONS

Elle fut incapable de résister.

En franchissant le seuil, elle découvrit une salle si chichement éclairée qu'elle dut s'arrêter pour laisser son regard s'accoutumer à la pénombre. Une salle regorgeant de merveilles se dévoila alors lentement devant elle.

— Ben dis donc, murmura Frost, apparu sur ses talons.

Ils se tenaient dans une chambre funéraire égyptienne aux parois couvertes de hiéroglyphes et de peintures funèbres. Des reliques de tombeaux étaient exposées sous un éclairage feutré – des spots aux emplacements discrets. Jane aperçut un sarcophage béant, à croire qu'il attendait son occupant depuis une éternité. Une tête de chacal ciselée, au regard sournois, surmontait une urne en pierre. Au mur étaient accrochés des masques mortuaires d'aspect irréel, des visages peints aux yeux sombres et scrutateurs. Un papyrus sous verre montrait un passage du *Livre des morts*.

Le mur du fond était flanqué d'une vitrine vide de la taille d'un cercueil. En en examinant l'intérieur, Jane avisa la photo d'une momie reposant dans une caisse en bois, ainsi qu'une fiche cartonnée annonçant dans une écriture manuscrite : *Bientôt, ici, la dernière demeure de Madame X ! Guettez son arrivée !*

La momie ne ferait jamais son apparition en ces lieux, pourtant elle y avait déjà joué un rôle de poids : on se bousculait à l'entrée du musée. Elle avait attiré les curieux, les foules en quête de frissons morbides, brûlant d'obtenir un aperçu de la mort. Un amateur de sensations fortes avait poussé sa passion un cran plus loin que les autres : il avait carrément embaumé une femme, allant jusqu'à déshydrater son cadavre et le farcir avec des épices. Puis il l'avait enveloppée dans du lin, ceignant ses membres et son torse d'une série de bandelettes comme une araignée tisse sa toile autour d'une proie impuissante...

Jane contempla la vitrine vide. Face à la perspective de passer l'éternité dans ce tombeau de verre, elle eut soudain l'impression que la pièce rétrécissait, se vidait de son air. Ses poumons se contractèrent tout à coup, comme si c'était elle qu'on s'apprêtait à enfermer dans ce sarcophage, ficelée des pieds à la tête dans des étrangloirs de tissu.

Elle tritura les boutons de son décolleté pour se dégager le cou.

— Vous êtes les policiers ?

Surprise, Jane se retourna pour découvrir une femme campée à contrejour sur le seuil de la salle. La nouvelle arrivante était vêtue d'un tailleur-pantalon ajusté qui épousait sa silhouette élancée, et sa courte chevelure blonde scintillait dans un halo de lumière.

— Mme Willebrandt nous a prévenus de votre arrivée. Nous vous attendions en haut. J'ai cru que vous vous étiez perdus.

— Ce musée est vraiment passionnant, répondit Frost. Nous n'avons pas pu nous empêcher de l'explorer un peu.

Jane et lui s'arrachèrent à l'exposition consacrée au tombeau. La femme avait une poignée de main ferme et professionnelle. Sous l'éclairage plus tangible de la grande galerie, Jane constata que c'était une belle quadragénaire – plus jeune de près d'un siècle que la guide croisée à l'accueil.

— Debbie Duke. Je suis l'une des bénévoles de l'équipe.

— Jane Rizzoli, inspecteur à la Criminelle. Et voici mon collègue Barry Frost.

— Si vous voulez bien me suivre... Simon nous attend dans son bureau.

Debbie Duke tourna les talons, les précédant dans l'escalier, ses escarpins chics cliquetant sur les marches usées par le temps. Sur le palier du premier étage, l'attention de Jane fut à nouveau distraite : s'y dressait un grizzly empaillé aux babines retroussées qui donnait l'impression de vouloir mordre tout nouvel arrivant.

— C'est l'un des ancêtres de M. Crispin qui a tiré cette bête ? s'enquit-elle.

Debbie se retourna puis afficha un regard de dégoût.

— Ah. C'est Big Ben. Il faudra que je vérifie, mais il me semble qu'il a été rapporté d'Alaska par le père de Simon. Je commence à peine à me familiariser avec les collections.

— Vous débutez ?

— Je suis arrivée en avril. Nous sommes en manque chronique de bénévoles. Si vous connaissez quelqu'un qui aimerait se joindre à nous, il nous faut surtout des jeunes, pour travailler avec les enfants.

Jane ne parvenait pas à détacher les yeux des crocs meurtriers.

— Je croyais me trouver dans un musée archéologique, dit-elle. Que vient faire cet ours ici ?

— En fait, notre établissement n'a aucune vocation particulière, ce qui explique d'ailleurs son déficit d'image. La majorité de ce que vous voyez a été collationnée par les cinq dernières générations de Crispin, mais nous acceptons également les dons d'objets. Au premier étage sont exposés bon nombre d'animaux sauvages. Bizarrement, les enfants aiment toujours s'y attarder. Ils préfèrent les carnivores, en fait. Les petits lapins les barbent.

— Un petit lapin, ça ne risque pas de vous tuer, commenta Jane.

— Exact, vous tenez peut-être l'explication. Tout le monde aime se faire peur, n'est-ce pas ?

Duke pivota pour reprendre l'ascension.

— Qu'y a-t-il au deuxième étage ? s'enquit Frost.

— D'autres espaces ouverts au public. Je vous les montrerai. Nous nous en servons pour nos expos tournantes.

— Vous accueillez des objets de l'extérieur ?

— Oh, ce n'est pas nécessaire. Nos réserves du sous-sol sont tellement remplies que nous pourrions changer de thème chaque mois pendant vingt ans sans jamais nous répéter.

— Alors, que présentez-vous en ce moment ?

— Des ossements.

— Humains, vous voulez dire ?

Debbie lui adressa un regard tranquillement amusé.

— Bien entendu. Sinon, comment attirer l'attention ? Les gens sont blasés. On pourrait leur montrer le vase Ming le plus exquis ou des paravents perses en ivoire gravé qu'ils leur tourneraient le dos pour se diriger vers les squelettes.

— Et d'où proviennent ceux-là ?

— N'ayez crainte, nous connaissons leur origine par le menu. Ils ont été rapportés de Turquie il y a un siècle par l'un des Crispin. Je ne me rappelle pas lequel, sans doute Cornelius. M. Robinson pensait qu'il était temps de les soustraire à la poussière. Cette exposition est entièrement consacrée aux pratiques funéraires anciennes.

— Vous parlez comme une archéologue…

— Moi ? s'esclaffa Debbie. Non, j'ai simplement beaucoup de temps libre et j'adore les belles choses. Ça vaut la peine de soutenir les musées, je trouve. Avez-vous vu l'expo du rez-de-chaussée ? C'est sur ça que nous devrions nous concentrer, pas sur des ours empaillés. Enfin, il faut donner au public ce qu'il demande. Voilà pourquoi nous entretenions tant d'espoirs autour de Madame X : elle nous aurait au moins permis de laisser le chauffage allumé.

Ils parvinrent à l'expo « Cimetières antiques » du deuxième étage. Les vitrines étaient remplies d'ossements humains disposés sur du sable, comme si la truelle de l'archéologue venait à peine de les déterrer. Debbie les dépassa d'un pas vif. Jane, qui s'était arrêtée pour contempler un squelette enroulé en position fœtale, se retrouva distancée. Une mère morte serrait contre elle les restes fragmentaires d'un enfant. Au moment de sa mort, il ne devait pas être beaucoup plus âgé que sa propre fille, Regina.

Tout un village gît ici, songea-t-elle. Quel genre d'homme pouvait arracher aussi brutalement des défunts à leur sépulture pour les livrer en pâture au regard des curieux, dans un autre pays ? L'ancêtre de Simon Crispin avait-il ressenti la moindre once de culpabilité en extrayant ces squelettes de leur tombe ? Pièces de monnaie, statues de marbre, ossements anciens... la famille Crispin traitait tout de la même façon. Comme des objets de collection juste bons à être exhibés. Des trophées...

— Madame Rizzoli ? lança Debbie.

Laissant derrière elle les deux disparus muets, Jane suivit Duke et Frost jusque dans le bureau de Simon Crispin.

L'homme qui les attendait paraissait très frêle. Le cheveu blanc clairsemé, il avait les mains et le crâne tavelés de taches de vieillesse. Malgré tout, son regard d'un bleu perçant semblait brûler d'une lueur d'intérêt sincère lorsqu'il se leva pour échanger une poignée de main avec ses deux visiteurs.

— Merci de nous recevoir, monsieur Crispin, dit Jane.

— J'aurais aimé assister à l'autopsie, mais ma hanche n'est pas tout à fait remise de son opération, et je clopine encore avec ma canne. Asseyez-vous, je vous en prie.

Jane observa brièvement la pièce, meublée d'un bureau en chêne massif et de fauteuils en velours vert effiloché. Avec ses panneaux en bois sombre et ses baies triples, on aurait dit un de ces clubs masculins surannés où on carburait au xérès. Mais, à l'inverse du reste du bâtiment, elle faisait son âge. Le tapis persan était usé presque jusqu'à la corde, et dans les casiers de la bibliothèque les ouvrages jaunissants semblaient remonter à un siècle au moins.

Jane prit place dans l'un des fauteuils, rapetissée par le siège aux allures de trône, comme une petite fille qui jouerait les reines d'un jour. Frost l'avait imitée, sauf qu'au lieu d'arborer un port royal il semblait vaguement constipé.

— Nous ferons tout notre possible pour vous aider dans votre enquête, affirma Simon Crispin. C'est M. Robinson qui gère le quotidien au musée. Depuis que je me suis brisé la hanche, je ne suis malheureusement plus d'un grand secours.

— Comment est-ce arrivé ? s'enquit Jane.

— Une chute au fond d'une fosse pendant une campagne de fouilles en Turquie... Oui, dit-il avec un sourire en voyant le sourcil haussé de Jane, je travaillais encore sur le terrain malgré mes quatre-vingt-deux printemps. Si l'on ne met pas la main à la pâte, on reste un dilettante...

La note de mépris qui transparaissait dans sa voix ne laissait aucun doute sur ce qu'il pensait de ce genre d'individus.

— Vous serez très vite de retour sur le terrain, commenta Debbie. C'est juste qu'à votre âge les os mettent du temps à se ressouder...

— Je n'ai plus le temps. Je suis parti de Turquie il y a sept mois, et il y a fort à craindre que nos chantiers ne soient dans un état déplorable... Mais enfin, soupira-t-il, la situation ne peut pas être pire qu'ici.

— J'imagine que M. Robinson vous a tenu au courant de nos découvertes d'hier lors de l'autopsie... fit Jane.

— Oui. Et il va sans dire que nous sommes sous le choc. Aucun musée ne souhaite s'attirer une telle publicité.

— Madame X ne le souhaitait sans doute pas non plus.

— J'ignorais même que nous comptions une momie parmi nos réserves avant que Nicholas ne la découvre pendant son inventaire.

— Il fait remonter cette trouvaille au mois de janvier.

— Oui. Peu après mon opération de la hanche.

— Comment un musée peut-il perdre la trace d'une relique aussi précieuse ?

Il sourit, penaud.

— Visitez n'importe quel établissement qui dispose d'un fonds d'envergure et vous verrez des collections aussi désordonnées que les nôtres. Le musée Crispin est vieux d'un siècle. Plus d'une douzaine de conservateurs se sont succédé sous son toit au cours de cette période, ainsi que des centaines de stagiaires, guides et autres bénévoles. Les notes de terrain disparaissent, les archives s'égarent, ainsi que les objets. Il n'est pas étonnant que nous ayons perdu le fil de ce que nous possédons... Hélas, ajouta-t-il avec un soupir, je crains d'être le premier à blâmer dans ce domaine.

— Pourquoi donc ?

— J'ai trop longtemps laissé les aspects opérationnels aux seules mains de M. William Scott-Kerr, notre ex-conservateur. Je séjournais si souvent à l'étranger que j'ignorais ce qui se passait ici. Mais Mme Willebrandt a été témoin de sa dégénérescence. Il s'est mis à égarer des documents, à afficher des étiquettes erronées sur des vitrines... Au bout du compte, il a tellement perdu la tête qu'il ne parvenait plus à identifier jusqu'aux outils les plus élémentaires. Une tragédie, car il avait été un homme des plus brillants. Un archéologue de terrain qui avait travaillé sur toute la planète. Mme Willebrandt m'a écrit pour me faire part de ses préoccupations, et à mon retour je me suis rendu compte que nous étions dans une situation critique. Je n'ai pas eu le cœur de me séparer de lui tout de suite, et il se trouve que je n'ai pas eu à le faire. Il a été renversé par une voiture juste devant le bâtiment. Il n'avait que soixante-quatorze ans, mais cela valait sans doute mieux, étant donné les perspectives d'évolution de sa maladie.

— Un Alzheimer ? s'enquit Jane.

Simon Crispin hocha la tête.

— Les signes précurseurs avaient dû se manifester sur toute une décennie, mais William a réussi à les dissimuler. Les collections ont été laissées dans un désordre absolu. Nous n'avions pas idée de la gravité du problème jusqu'à ce que j'engage M. Robinson il y a trois ans. Il a découvert que plusieurs registres d'acquisitions avaient disparu. Il n'a pas pu mettre la main sur les documents correspondant à certaines des caisses stockées au sous-sol. En janvier, lorsqu'il a ouvert celle qui contenait Madame X, il n'avait pas la plus petite idée de ce qu'il y avait dedans. Cette découverte nous a tous époustouflés, croyez-moi. Nous ne nous doutions pas du tout que nous comptions une momie dans nos collections.

— Mlle Duke m'a indiqué que la plupart des objets proviennent de votre famille, intervint Frost.

— Oui, cinq générations de Crispin qui ont manié la pelle et la truelle eux-mêmes. La collecte archéologique est une passion chez nous. Hélas, c'est également une obsession coûteuse, et le musée a fini d'engloutir le restant de mon héritage… Ce qui nous laisse dans la situation actuelle, conclut-il dans un soupir. Dépourvus de trésorerie, dépendant de nos bénévoles et de nos donateurs.

— Se pourrait-il que Madame X ait atterri en bas comme ça ? demanda Frost. Par le biais d'un donateur ?

— On nous confie effectivement des objets, dit Simon Crispin. Certaines personnes cherchent à mettre en sécurité des antiquités de prix dont elles ne peuvent s'occuper comme il convient... À moins qu'elles ne désirent voir figurer leur nom sur une petite plaque à côté d'une vitrine, pour la postérité. Nous acceptons à peu près n'importe quoi.

— Mais vous n'avez aucune trace enregistrée d'un don de momie ?

— Nicholas n'en a pas trouvé. Et pourtant il a cherché, croyez-moi. Il a pris cela très à cœur. Au mois de mars, nous avons engagé Joséphine, qui n'a pas plus réussi à remonter la piste de ses origines.

— Il se peut que Madame X ait été ajoutée aux collections à l'époque où le conservateur était M. Scott-Kerr, précisa Debbie.

— Le malade d'Alzheimer, commenta Jane.

— Oui. S'il avait mal classé le dossier, ça expliquerait tout.

— Votre théorie paraît sensée, mais nous devons passer en revue les autres possibilités, dit Jane. Qui a accès à vos sous-sols ?

— Pratiquement tous nos effectifs. Les clés sont conservées à l'accueil.

— Donc n'importe quel membre de vos équipes aurait pu flanquer Madame X à la cave ?

Un silence plana. Debbie et Crispin se dévisagèrent. L'expression de ce dernier s'assombrit.

— Je n'aime pas ce que vous sous-entendez, madame Rizzoli.

— Pourtant, ma conclusion semble logique.

— Nous sommes une institution vénérable au personnel chevronné, pour l'essentiel composé de bénévoles. Nos guides, nos étudiants stagiaires, tous sont là parce qu'ils se vouent corps et âme à la conservation.

— Je ne remets pas en cause leur dévouement, je veux juste savoir qui a accès à vos réserves.

— En somme, votre vraie question, c'est : qui pourrait avoir caché un cadavre chez nous ?

— Il s'agit d'une hypothèse que nous devons prendre en compte.

— Nous n'avons jamais employé d'assassin, faites-moi confiance.

— Pouvez-vous en être absolument sûr, monsieur Crispin ? insista Jane d'une voix légère – accompagnée toutefois d'un regard appuyé.

Manifestement, cela déstabilisa son interlocuteur. Il se trouvait obligé d'admettre que dans ces murs, bastion de la connaissance, quelqu'un risquait d'avoir trempé plus ou moins récemment dans une mort suspecte.

— Désolée, monsieur Crispin, finit par lâcher Jane, mais il se peut que pendant quelque temps le cours normal des choses soit légèrement bouleversé au musée...

— Que voulez-vous dire ?

— Un cadavre a mystérieusement atterri dans vos murs. Peut-être à l'occasion d'un don fait il y a une dizaine d'années, mais peut-être aussi dissimulé depuis peu au sous-sol. Le problème, c'est ce manque d'archives fiables. Vous ignorez le contenu de vos collections. Nous sommes donc dans l'obligation d'inspecter vos réserves.

Simon Crispin secoua la tête, éberlué.

— Mais qu'espérez-vous donc trouver ?

Elle ne répondit pas. Ce n'était pas nécessaire.

7

— C'est vraiment indispensable ? protesta Nicholas Robinson. Il n'y a pas d'autre possibilité ?

— Malheureusement, non, assura Jane en lui tendant le mandat.

Elle resta debout avec ses collègues le temps qu'il le parcoure – Frost et elle s'étaient adjoint les inspecteurs Tripp et Crowe pour la perquisition. Robinson lut le document à une allure d'escargot pendant que Darren Crowe, éternel impatient, laissait échapper un soupir énervé. Jane le rembarra d'un regard agacé, sur le mode « On se calme ». Le message était clair : c'était elle qui dirigeait l'équipe, il avait intérêt à filer droit.

Robinson avait plissé le front en découvrant le motif inscrit sur le papier. Il releva la tête pour regarder Jane.

— Vous cherchez des restes humains ? Bien sûr que vous en trouverez, vous êtes dans un musée ! Et je vous assure que le squelette du rez-de-chaussée remonte à l'Antiquité. Sa dentition suffit à prouver ce que j'avance…

— Ce sont les réserves du sous-sol qui nous intéressent. Veuillez déverrouiller la porte pour nous permettre de commencer.

Robinson considéra brièvement les trois autres inspecteurs campés à proximité, puis il avisa le pied-de-biche que tenait Tripp.

— Vous ne pouvez pas forcer des caisses n'importe comment ! Vous risquez d'endommager des objets d'une valeur inestimable !

— N'hésitez pas à rester en observateur pour nous conseiller, mais sans rien toucher et sans rien déplacer.

— Pourquoi transformer ce musée en scène de crime ?

— Nous craignons que Madame X ne soit pas la seule surprise qui figure dans vos collections. Et maintenant, veuillez descendre avec nous, s'il vous plaît.

Robinson déglutit à grand-peine puis regarda la guide chevronnée qui avait observé la confrontation.

— Madame Willebrandt, auriez-vous l'amabilité d'appeler Joséphine pour lui demander de nous rejoindre tout de suite ? J'ai besoin d'elle.

— Il est dix heures moins cinq, monsieur Robinson. Les visiteurs ne vont pas tarder à arriver…

— Le musée devra rester fermé aujourd'hui, indiqua Jane. Nous préférons que les médias n'aient pas vent de ce qui se passe. Veuillez laisser les portes extérieures bouclées.

Mme Willebrandt, ignorant sciemment ses propos, se tourna vers le conservateur.

— Monsieur Robinson ?

Il poussa un soupir résigné.

— Il semble que nous n'ayons pas voix au chapitre. Faites ce que disent ces policiers, s'il vous plaît.

Il ouvrit un tiroir situé derrière le comptoir d'accueil pour en tirer un trousseau de clés, puis il les précéda vers l'escalier, dépassant la statue de Cornelius Crispin et les bustes romains et grecs en marbre. Une volée de marches grinçantes les mena au sous-sol.

Arrivé là, il s'arrêta.

— Dois-je appeler un avocat ? demanda-t-il à Jane. Suis-je soupçonné ?

— Non.

— Qui l'est, dans ce cas ? Renseignez-moi là-dessus, au moins.

— Il se peut que le meurtre remonte à bien avant votre arrivée ici.

— Ah oui, et quand ça ?

— À la période de votre prédécesseur.

Robinson partit d'un rire étonné.

— Ce bon vieux William ? Le pauvre, il était atteint de démence sénile. Vous ne croyez tout de même pas qu'il stockait des cadavres à la cave, j'espère ?

— La porte, monsieur Robinson !

Il l'ouvrit en secouant la tête. Un air froid et sec s'engouffra dans l'escalier. Jane pénétra dans la salle avec ses collègues. La vaste aire de stockage aux piles de caisses montant presque jusqu'au plafond déclencha les murmures des autres inspecteurs.

— Ayez l'obligeance de laisser la porte fermée, dit Robinson. On maintient cette zone à température constante.

— Bon Dieu, s'exclama Crowe, ça va prendre une éternité de fouiller tout ça ! Il y a quoi dans ces caisses, au fait ?

— Nous en avons inventorié quasiment la moitié, répondit Robinson. Si vous nous accordiez quelques mois supplémentaires, nous serions en mesure de vous détailler le contenu de chacune...

— Plusieurs mois, c'est plusieurs mois de trop.

— J'ai mis un an à inspecter les rayonnages que vous voyez là-bas au fond et je peux me porter garant de leur contenu. En revanche, je n'ai pas encore ouvert les conteneurs qui se trouvent de ce côté-ci. C'est un long processus, la minutie est de règle. Une partie de ces objets sont vieux de plusieurs siècles, ils se délitent peut-être déjà.

— Même dans une pièce climatisée ? demanda Tripp.

— L'air conditionné n'a pas été installé avant les années 1960.

Frost désigna une caisse située au bas d'une pile.

— Regarde le tampon sur celle-là : « Siam, 1873 ».

— Vous comprenez ? demanda Robinson en se tournant vers Jane. Cet endroit recèle sans doute des trésors pas déballés depuis un siècle. Je projetais de tout lister de façon systématique... mais c'est alors que j'ai découvert Madame X, ce qui a interrompu mon inventaire. Sans cela, nous aurions beaucoup avancé, au jour où je vous parle.

— Où l'avez-vous trouvée ? s'enquit Jane. Dans quelle partie de la salle ?

Il montra du doigt le fond de la réserve.

— Au bout de cette rangée, contre le mur. Elle était en bas de la pile.

— Vous avez examiné les conteneurs du dessus ?

— Oui. Des objets de l'époque de l'Empire ottoman, rentrés au cours des années 1910, ainsi que quelques poteries et papyrus chinois.

— Les années 1910 ? s'étonna Jane en songeant à la dentition parfaite de la momie, à son plombage en amalgame. Madame X est beaucoup moins ancienne que ça.

— Alors, comment a-t-elle atterri sous des objets plus vieux ? demanda Crowe.

— Il est clair que quelqu'un a réordonné cette pile. Peut-être afin de rendre la momie moins accessible.

Jane parcourut des yeux la salle aux allures de caverne, songeant au caveau dans lequel avait été enterrée sa grand-mère, un mausolée de marbre où chaque mur comportait les noms gravés des personnes inhumées. Était-ce à cela qu'ils avaient affaire ? Une crypte peuplée de victimes anonymes ?

Elle se dirigea vers l'extrémité du sous-sol, là où on avait découvert Madame X. Deux ampoules mortes pendaient du plafond. Le secteur était plongé dans la pénombre.

— Démarrons ici, décida-t-elle.

Frost et Crowe joignirent leurs forces pour soulever la plus haute caisse et la déposer par terre. *CONGO, DIVERS*, indiquait une écriture manuscrite sur le couvercle. Frost le fit sauter à l'aide d'un pied-de-biche. En découvrant le contenu, il recula d'un bond en heurtant Jane.

— C'est quoi ? demanda-t-elle.

Darren Crowe éclata de rire. Plongeant la main dans la caisse, il y pêcha un masque en bois qu'il se posa sur le visage.

— Bououh !

— Faites attention ! s'insurgea Robinson. C'est de très grande valeur !

— Ça fout les jetons ! souffla Frost en contemplant les traits grotesques ciselés dans le bois.

Crowe posa le masque pour s'emparer de l'un des journaux froissés ayant servi à le protéger.

— Le *London Times*, 1930. J'aurais tendance à dire que ces trucs sont moins jeunes que le lascar qu'on recherche…

— Je tiens à protester officiellement ! affirma Robinson. Vous touchez des objets, vous les contaminez ! Vous devriez tous porter des gants…

— Monsieur Robinson, dit Jane, vous feriez sans doute mieux d'attendre dehors.

— Je refuse. Je suis responsable de la préservation de ces collections.

Elle se retourna pour l'affronter. En dépit de ses bonnes manières apparentes, il resta obstinément planté là, cillant derrière ses lunettes. Nicholas Robinson avait beau être quelqu'un de policé, ici, sur son territoire, il semblait tout à fait disposé à en venir aux mains pour protéger ses précieuses reliques.

— Vous allez tout saccager, comme un troupeau déchaîné ! jeta-t-il. Qu'est-ce qui vous permet de supposer que ces réserves contiennent d'autres cadavres ? Les musées emploient quel genre de gens, d'après vous ?

— Je l'ignore, monsieur. C'est ce que je tente de découvrir.

— Alors, posez-moi des questions. Parlez-moi, au lieu de vandaliser nos collections. Je connais ce bâtiment, ainsi que les personnes qui y travaillent.

— Vous n'êtes conservateur que depuis trois ans.

— J'y ai aussi effectué un stage à l'époque de mes études à la fac. J'ai connu M. Scott-Kerr, il n'aurait jamais fait de mal à une mouche.

Il foudroya du regard Crowe, qui venait d'extirper une urne de la caisse ouverte.

— Hé ! Elle a au moins quatre siècles ! Traitez-la avec respect !

— Monsieur Robinson, nous ferions mieux de sortir de cette salle, j'ai à vous parler.

Après un regard inquiet en direction des trois inspecteurs qui entreprenaient d'ouvrir un deuxième conteneur, il suivit Jane hors du sous-sol, grimpant l'escalier à sa suite jusqu'à la galerie du rez-de-chaussée. Ils se retrouvèrent à côté de l'exposition consacrée à l'Égypte, sous la fausse entrée de tombeau.

— Quand exactement avez-vous été stagiaire ici ? demanda Jane.

— Il y a une vingtaine d'années, au cours de mon premier cycle à la fac. William s'efforçait de faire venir un ou deux étudiants chaque été, à l'époque.

— Pourquoi ne prenez-vous plus de stagiaires de nos jours ?

— Nous manquons d'argent pour rembourser leurs frais. Résultat, il est devenu pratiquement impossible d'en recruter. Et puis les jeunes préfèrent travailler sur le terrain avec des gens de leur âge plutôt que de rester confinés dans des locaux vétustes et poussiéreux.

— Quel souvenir gardez-vous de M. Scott-Kerr ?

— Je l'appréciais énormément, dit-il avec un sourire fugace. C'était déjà quelqu'un d'assez distrait, mais il se montrait toujours aimable, toujours prêt à

89

vous consacrer du temps. Il m'a confié dès de départ d'importantes responsabilités, ça m'a fourni la meilleure expérience dont je pouvais rêver. Même si ça m'a valu quelques déboires ensuite.

— Lesquels ?

— J'ai mis la barre trop haut. J'ai cru pouvoir décrocher un poste du même type après avoir terminé mon doctorat.

— Et ça n'a pas été le cas ?

Il secoua la tête.

— J'ai fini comme pelletard.

— Pelletard ?

— Archéologue vacataire. De nos jours, avec un diplôme d'archéologie en poche, c'est à peu près le seul genre de job qu'on peut trouver. Pour des fouilles patrimoniales, comme on dit. J'ai travaillé sur des chantiers de construction et des bases militaires. J'effectuais des tests avant que les bulldozers ne s'installent, en quête de traces présentant un intérêt historique. C'est un boulot pour les jeunes. Ça n'a rien d'enrichissant, on est toujours par monts et par vaux et ça met à mal le dos et les genoux. Alors, quand Simon m'a appelé pour me proposer d'assumer cette fonction il y a trois ans, j'ai raccroché ma pelle avec joie, même si je gagne moins maintenant qu'à l'époque où je crapahutais sur le terrain. Ce qui explique pourquoi le poste est resté vacant si longtemps après la mort de M. Scott-Kerr.

— Comment un musée peut-il fonctionner sans conservateur ?

— Aussi incroyable que ça paraisse, en laissant quelqu'un comme Mme Willebrandt aux commandes.

Les objets n'ont pas bougé de leurs vitrines pendant des années...

Il coula un regard vers l'accueil en baissant la voix :

— Et vous savez quoi ? Cette femme n'a pas changé d'un iota depuis mon stage. Elle était fossilisée dès la naissance.

Des pas résonnaient dans l'escalier. Jane se retourna pour découvrir Frost qui remontait lourdement du sous-sol.

— Rizzoli, tu ferais bien de venir voir.

— Vous avez trouvé quoi ?

— On ne sait pas trop.

Il redescendait déjà vers les réserves. Robinson et Jane lui emboîtèrent le pas. Des copeaux de bois parsemaient le sol autour des caisses déjà fouillées.

— Quand on a voulu descendre celle-là, je me suis adossé au mur, expliqua Tripp. Il s'est incurvé derrière moi... Regarde ça.

Il avait désigné une brique.

— Crowe, amène ta torche par ici, qu'elle puisse voir.

Crowe s'exécuta. Jane fronça les sourcils face à la paroi bombée. L'une des briques avait basculé, laissant un vide dans lequel on n'y voyait goutte.

— On aperçoit une cavité derrière, expliqua Crowe. Mais on ne distingue rien au fond, même en orientant bien la lumière.

Jane se tourna vers Robinson.

— Qu'y a-t-il au-delà de ce mur ?

— Je n'en ai pas la moindre idée, murmura-t-il, les yeux écarquillés devant la paroi enfoncée. J'ai toujours pensé que c'était construit en dur… Le bâtiment est très vétuste, cela dit.

— Il remonte à quand ?

— Un siècle et demi, au moins, à en croire le plombier qui a rénové nos toilettes. C'était leur domicile autrefois, vous savez.

— Aux Crispin, vous voulez dire ?

— Ils y ont habité au milieu du dix-neuvième siècle, avant que toute la famille ne déménage pour Brookline. C'est ensuite que ça a été transformé en musée.

— Ce mur donne dans quelle direction ? demanda Frost.

Robinson réfléchit.

— Côté rue, je dirais.

— Il n'y a donc aucune construction de l'autre côté.

— Non.

— Ôtons plusieurs de ces briques pour voir ce qu'il y a derrière, suggéra Jane.

— Tout risque de s'écrouler, s'alarma Robinson.

— Ce n'est manifestement pas un mur porteur, dit Tripp, sinon, il se serait déjà effondré.

— Arrêtez-vous tout de suite, ordonna Robinson. Avant de vous laisser continuer, je dois parler à Simon.

— Je vous suggère de faire vite, dit Jane.

Les quatre inspecteurs ne firent pas un geste, tableau vivant figé le temps que le conservateur s'éloigne. Dès qu'il eut refermé derrière lui, Jane se tourna vers le mur.

— Les briques du bas ne sont même pas cimentées, juste empilées les unes sur les autres.

— D'accord, mais alors comment ça tient en haut ? demanda Frost.

Avec un luxe de précautions, Jane en extirpa une, s'attendant à moitié à ce que les autres dégringolent, mais la paroi tint bon. Elle regarda Tripp.

— Tu en penses quoi ?

— Il y a sûrement un renfort en haut qui soutient le tiers supérieur.

— Donc, on ne risque rien à ôter le bas ?

— En théorie, non… Enfin, je crois.

Elle éclata d'un rire nerveux.

— Ah, Tripp, c'est bon de pouvoir s'appuyer sur un homme sûr de lui.

Sous les yeux des trois hommes immobiles, elle ôta posément une brique après l'autre, notant au passage que ses collègues avaient reculé, la laissant seule à la base du mur. Qui tenait toujours, malgré la brèche ainsi ouverte. Lorsqu'elle scruta l'intérieur, elle ne découvrit que du noir.

— Crowe, passe-moi ta torche.

Il s'exécuta.

Elle se laissa tomber à genoux pour projeter le faisceau dans le trou. On distinguait la surface inégale d'une paroi à quelques mètres de distance. La balayant lentement avec la torche, elle s'arrêta tout à coup sur une niche creusée dans la pierre. Un visage lui rendait son regard depuis l'obscurité.

Elle eut un brusque mouvement de recul.

— Qu'est-ce qu'il y a ? demanda Frost. Tu as vu quoi, là-dedans ?

Elle resta un instant sans pouvoir parler. Le cœur battant la chamade, elle contemplait ce trou entre les briques, fenêtre obscure donnant sur une cavité qu'elle n'avait aucune envie d'explorer. Pas après ce qu'elle venait d'apercevoir dans la pénombre.

— Rizzoli ?

Elle déglutit.

— On ferait bien d'appeler le légiste.

8

Ce n'était pas la première fois que Maura Isles mettait les pieds au musée Crispin. Elle avait découvert son existence quelques années auparavant dans un dépliant culturel, peu après avoir emménagé à Boston. Elle avait passé le seuil par une froide matinée dominicale de janvier en s'attendant à devoir jouer des coudes avec les habituels visiteurs du week-end, parents dépassés et enfants s'ennuyant ferme dans leur sillage. Au lieu de quoi elle avait trouvé une bâtisse silencieuse placée sous la houlette d'une unique guide, une femme âgée qui lui avait fait régler l'entrée au comptoir d'accueil avant de se désintéresser d'elle. Maura avait parcouru seule la cohorte de galeries lugubres, longeant les vitrines poussiéreuses remplies de curiosités en provenance de tous les pays du monde, et dont les étiquettes jaunies donnaient l'impression de ne pas avoir été remplacées depuis un siècle. Comme la chaudière peinait à chasser la froidure, elle était restée emmitouflée tout du long dans son écharpe et son manteau.

Elle était ressortie de là deux heures plus tard, déprimée par l'expérience – mais aussi par le côté emblématique de cette visite solitaire qui symbolisait l'existence qu'elle menait à l'époque : divorcée depuis peu, dépourvue d'amis dans cette ville inconnue, elle errait, esseulée, au sein d'un paysage froid et sinistre où personne ne la saluait, où l'on ne paraissait même pas conscient de son existence.

Elle n'était jamais revenue au musée Crispin. Pas avant aujourd'hui.

Au moment d'entrer dans le bâtiment, elle fut brièvement ramenée à ce sentiment de déprime en humant à nouveau ses odeurs de vieux. Plusieurs années s'étaient écoulées, mais la sinistrose éprouvée lors de cette lointaine matinée de janvier s'abattit derechef sur ses épaules, rappel de ce que sa vie n'avait pas changé, au fond : elle avait beau être amoureuse, elle se promenait toujours seule le dimanche. Surtout le dimanche.

Néanmoins, ce jour-là, une mission officielle exigeait son attention. Elle emboîta le pas à Jane pour descendre l'escalier menant aux réserves situées à la cave. À ce stade, les inspecteurs avaient suffisamment élargi le trou dans le mur pour permettre à un homme de s'y faufiler. Maura s'arrêta à l'entrée du sous-sol en fronçant les sourcils devant la pile des briques qu'ils avaient dégagées.

— Ce n'est pas risqué de passer par là ? Tu es sûre que ça ne va pas s'écrouler ?

— Il y a un contreventement dans la partie supérieure, indiqua Jane. La personne qui a construit ça voulait donner l'impression d'un truc en dur, mais je crois qu'à un moment donné il a dû exister une porte menant à une pièce secrète.

— Secrète ? Quel intérêt ?

— Qui sait ? Stocker des objets de valeur ? De l'alcool pendant la Prohibition ? Même Simon Crispin ignore à quoi cet espace pouvait servir.

— Était-il au courant de son existence ?

— Il aurait entendu parler dans son enfance d'un tunnel reliant le musée à un autre immeuble de la rue. Sauf que ce truc est un cul-de-sac… Tiens, dit-elle en lui tendant une torche, passe la première, je serai juste derrière.

Maura s'accroupit devant l'orifice. Elle sentit le regard des inspecteurs qui l'observaient en silence, guettant sa réaction. Le spectacle qui l'attendait dans cette cavité les avait ébranlés et leur mutisme ne donnait pas exactement envie de s'y aventurer. On n'y voyait goutte, en plus, dans cette noirceur où l'atmosphère semblait tout à la fois fétide et glacée. Elle se mit à quatre pattes puis se glissa par l'ouverture.

Au-delà, elle trouva un espace à peine assez haut pour permettre de se tenir debout. Elle tendit le bras droit devant elle, mais impossible de sentir quoi que ce soit. Elle alluma sa torche.

Une tête coupée la regardait.

Elle recula brusquement avec un hoquet de surprise, se télescopant avec Jane, qui venait de se faufiler à sa suite.

— J'en conclus que tu les as vues.

— LES ? ! Il y en a plusieurs ?

Jane alluma sa torche. Le faisceau atterrit sur le visage qui venait de faire sursauter Maura.

— Une ici… une autre là…

Le rayon avait basculé vers une seconde niche contenant une autre tête coupée, réduite et monstrueuse.

— ... et voici la troisième.

Jane visait une saillie de pierre située juste au-dessus de Maura. Une cascade de cheveux d'un noir luisant encadrait une figure ratatinée. Des points grossiers scellaient les lèvres, comme pour les condamner à jamais au silence.

— Dis-moi que ce ne sont pas de vraies têtes, souffla Jane.

Maura plongea la main dans sa poche pour y pêcher des gants. Elle se démena pour les enfiler sur ses doigts tout à la fois moites et glacés, puis elle ôta doucement la tête de son étagère en pierre tandis que Jane maintenait sa torche à la bonne hauteur. L'objet paraissait étonnamment léger, et Maura tiqua quand des mèches soyeuses vinrent frotter son bras nu.

Pas du Nylon, songea-t-elle, des cheveux humains.

Elle déglutit.

— Je crois que c'est une tsantza.

— Une quoi ?

— Une réduction de tête. Elle a l'air authentique, précisa-t-elle en regardant Jane.

— C'est peut-être ancien, non ? Une simple relique récoltée en Afrique par le musée ?

— C'est un rite pratiqué par certaines tribus d'Amérique du Sud.

— Peu importe. Ça ne peut pas faire partie des collections ?

— Si, répondit Maura en la contemplant dans les ténèbres. Mais rien ne dit que ça ne soit pas récent.

L'équipe du musée contemplait les trois tsantzas reposant sur la table du labo. Des cils et sourcils duveteux jusqu'au tressage complexe de fils de coton qui maintenait les bouches fermées, l'éclat impitoyable des lampes d'examen dévoilait crûment le moindre détail. Deux des têtes étaient couronnées de longs cheveux fuligineux. Ceux de la troisième avaient été coupés au carré, donnant l'impression d'une perruque de femme perchée sur une tête de poupée beaucoup trop petite. En fait, les tsantzas étaient tellement réduites que sans la texture manifestement humaine du système pileux on aurait facilement pu les prendre pour de simples souvenirs en caoutchouc.

— Je n'ai pas la plus petite idée de la raison de leur présence derrière ce mur, marmonna Simon Crispin. Ni de la façon dont elles ont atterri chez nous.

— Ce bâtiment est truffé de mystères, madame Isles, affirma Debbie Duke. Chaque fois que nous rénovons l'électricité ou que nous réparons la plomberie, nos artisans font de nouvelles découvertes. Alors, un espace condamné par des briques, un passage qui ne mène absolument nulle part...

Elle regarda Robinson, debout de l'autre côté de la table.

— Vous vous rappelez ce problème d'éclairage, le mois dernier ? L'électricien a dû démolir la moitié des cloisons du deuxième étage pour trouver où passaient les fils... Nicholas, vous m'entendez ?

Le conservateur, perdu dans la contemplation des tsantzas, ne releva la tête qu'en entendant son prénom.

— Oui, ce bâtiment est une source d'étonnement constant, confirma-t-il, avant d'ajouter à voix basse :

Il y a de quoi se demander ce qu'il y a d'autre derrière ces murs.

— Donc, ces trucs sont authentiques ? relança Jane. Ce sont vraiment des réductions de têtes humaines ?

— Ça ne fait aucun doute. Le problème, c'est...

— Quoi ?

— Joséphine et moi avons passé en revue tous les inventaires dont nous disposons. À en croire les registres de dons, le musée possède effectivement des tsantzas dans ses collections. Elles ont été rentrées en 1898, rapportées du haut bassin de l'Amazone par Stanley Crispin... Votre grand-père, si je ne m'abuse, Simon.

Simon hocha la tête.

— J'avais entendu dire que nous en avions, mais je n'ai jamais su ce qu'il en était advenu.

— Voici ce qu'en dit le conservateur qui a travaillé ici dans les années 1890, annonça Robinson en tournant une page du registre. « Têtes cérémonielles servant de trophées aux guerriers jivaros, toutes deux en excellent état... »

Maura le dévisagea. Elle venait de comprendre ce que signifiait cette description.

— «Toutes deux », vous dites ?

Robinson acquiesça.

— À en croire ces registres, nous n'en avons que deux en réserve.

— Une troisième peut-elle avoir été ajoutée par la suite sans qu'on consigne sa présence ?

— Bien entendu. C'est l'un des problèmes auxquels nous sommes confrontés : les insuffisances de nos archives. Voilà pourquoi j'ai démarré l'inventaire, afin de pouvoir enfin me faire une idée de ce que nous possédons.

Maura désigna les trois têtes réduites d'un froncement de sourcils.

— Donc, maintenant, la question, c'est : laquelle a été ajoutée ? Et depuis quand ?

— Je parierais pour celle-ci, dit Jane en montrant la tsantza aux cheveux courts. Je vous assure que ma serveuse arborait exactement la même coupe à la cafétéria ce matin…

— Primo, dit Robinson, il est presque impossible de déterminer, juste par l'apparence, si une tsantza est une tête d'homme ou de femme. La réduction déforme les traits et rend le genre sexuel indétectable. Secundo, certaines des tsantzas rituelles peuvent être coiffées tout à fait comme celle-ci. Ce n'est pas courant, mais ce point ne nous indique rien.

— Alors, comment reconnaît-on une réduction de tête folklorique d'une copie moderne ? demanda Maura.

— Me permettez-vous de les manipuler ? s'enquit Robinson.

— Oui, bien sûr.

Il s'approcha de l'armoire pour y prendre des gants, qu'il enfila avec autant d'assurance qu'un médecin s'apprêtant à entamer une opération délicate. Cet homme aurait été précautionneux dans n'importe quel métier, songea Maura. Aucun de ses propres condisciples de l'époque de la fac de médecine n'avait montré autant de minutie que Nicholas Robinson.

— Tout d'abord, je me dois d'expliquer ce qui constitue une véritable tsantza jivaro. C'était l'un de mes dadas, j'ai donc quelques connaissances en la matière. Les Jivaros vivent le long de la frontière qui sépare l'Équateur du Pérou, et ils se livrent régulièrement à des pillages entre tribus. À l'époque où ce rituel se pratiquait, les guerriers choisissaient des têtes d'hommes, de femmes ou d'enfants sans distinction.

— Pourquoi cette réduction ? demanda Jane.

— C'est lié à leur conception de l'âme. Ils sont convaincus que l'être humain peut en avoir jusqu'à trois sortes. Il y a l'âme ordinaire, celle que tout un chacun possède à la naissance. Ensuite, celle, antique, des visions que l'on doit acquérir à travers divers cérémonials. Elle confère des pouvoirs spéciaux. Si celui qui en a acquis une meurt assassiné, il prend la forme d'une âme de la troisième sorte : un esprit vengeur qui poursuivra son meurtrier. La seule façon d'empêcher une âme vengeresse d'exercer des représailles est de couper la tête du mort puis de la réduire.

— Comment fabrique-t-on une tsantza ? s'enquit Jane en regardant les trois. Je ne vois vraiment pas comment on peut s'y prendre pour ramener une bobine humaine à une telle taille…

— Les descriptions que l'on possède du processus sont contradictoires, mais la plupart s'accordent sur certaines étapes. Étant donné le caractère tropical du cadre, il fallait commencer aussitôt après la mort. On prenait la tête coupée et on incisait le cuir chevelu à partir du haut du crâne jusqu'au bas de la nuque. Ensuite, on séparait la peau de l'os. En réalité, elle se détache assez facilement.

Maura tourna la tête vers Jane.

— Tu m'as vue faire l'équivalent ou presque au labo. Je décolle le cuir chevelu du crâne. Sauf que mon incision à moi décrit une courbe d'une oreille à l'autre.

— Ouais, et c'est ce qui me débecte chaque fois, dit Jane. Surtout quand tu retires la figure.

— Ah oui, la figure… dit Robinson. Les Jivaros la détachent, eux aussi. Ça demande une certaine adresse, mais elle vient d'un seul tenant avec le cuir chevelu. Ce que l'on obtient, à ce stade, c'est un masque de peau humaine. On le met à l'envers pour le curer. Ensuite, on coud les paupières…

Il leva l'une des tsantzas pour désigner les sutures quasi invisibles.

— Vous voyez ce travail délicat, qui laisse leur aspect complètement naturel aux cils ? C'est vraiment de la belle ouvrage.

Maura se demanda si la voix de Robinson ne recelait pas un soupçon d'admiration. L'archéologue n'avait pas l'air de se rendre compte des regards gênés qu'elle échangeait avec Jane. Il était entièrement concentré sur le savoir-faire qui transformait une peau humaine en singularité ethnographique.

Il retourna la tsantza pour examiner la nuque, réduite à l'état de tube. Des coutures grossières remontaient tout du long jusqu'au crâne, où l'épaisseur des cheveux les dissimulait presque.

— Une fois que l'on a détaché la peau de l'os, on la fait mijoter dans de l'eau avec divers sucs de plantes, pour faire fondre les vestiges de graisse. Quand l'ultime restant de chair et de graisse a été curé, on retourne à nouveau le tout et on recoud l'incision à l'arrière de la tête comme vous pouvez le voir ici. On referme les lèvres à l'aide de trois poinçons en bois. On bouche les narines et les oreilles avec du coton. À ce stade, on n'a plus qu'un balluchon de peau souple, que l'on va bourrer de pierres brûlantes et de sable pour endurcir la peau. Ensuite, on frotte le résultat avec du charbon puis on le fume jusqu'à ce que la peau se racornisse et se tanne. Le procédé ne demande pas beaucoup de temps. Sans doute pas plus d'une semaine.

— Et ensuite ? s'enquit Jane.

— Les guerriers rentrent dans leur tribu avec leurs trophées et célèbrent leur victoire avec une cérémonie et des danses rituelles. Ils arborent les tsantzas pendues comme des colliers à l'aide de cordons. Un an plus tard se tient une deuxième cérémonie, pour transférer la force de l'esprit de la victime. Enfin, au bout d'un mois, intervient une troisième célébration, au cours de laquelle on met la touche finale à la réduction. On ôte les trois poinçons en bois pour enfiler des fils de coton tressé dans les trous. Et on ajoute les ornements d'oreilles. À partir de là, les têtes sont considérées à l'instar des médailles pour nos généraux. Chaque fois que le guerrier veut faire étalage de sa virilité, il porte sa tsantza autour du cou…

Jane éclata d'un rire incrédule.

— Exactement comme les mecs d'aujourd'hui avec leurs chaînes en or. Les machos sont vraiment des mordus du collier…

Maura passa en revue les trois tsantzas posées sur la table. Elles étaient toutes d'une taille équivalente. Elles avaient des fils tressés aux lèvres, et les paupières finement suturées.

— Malheureusement, je ne détecte aucune différence entre les trois. Chacune semble bien ouvragée.

— Elles le sont, dit Robinson. Mais il existe une distinction importante. Et je ne parle pas des cheveux…

Il se tourna vers Joséphine, restée debout sans rien dire près de la table.

— Vous l'avez repérée ?

La jeune femme hésita, répugnant à s'avancer. Puis elle enfila des gants et s'approcha. Elle souleva les têtes l'une après l'autre, les étudiant sous la lampe. Elle finit par en sélectionner une, à cheveux longs et ornée d'ailes de scarabée.

— Celle-là n'est pas jivaro, lâcha-t-elle.

Robinson opina.

— Je suis d'accord.

— À cause des boucles d'oreilles ? demanda Maura.

— Non, dit Robinson. Ça, c'est traditionnel.

— Alors, qu'est-ce qui vous a fait choisir celle-là, mademoiselle Pulcillo ? dit Maura. Elle ressemble beaucoup aux deux autres.

Quand Joséphine baissa la tête pour considérer la tsantza, sa chevelure noire s'étala sur ses épaules, aussi foncée et brillante que celle du trophée – d'une couleur tellement similaire qu'elles auraient pu se fondre l'une dans l'autre. L'espace d'une seconde, Maura eut l'impression dérangeante de contempler la même tête, avant et après. Joséphine vivante, puis morte. Était-ce pour cela que la jeune femme rechignait autant à toucher la tsantza ? Se reconnaissait-elle dans ces traits racornis ?

— Ce sont les lèvres, précisa Joséphine.

Maura secoua la tête.

— Je ne constate aucune différence. Elles sont cousues avec du coton.

— Ça concerne le rituel jivaro et ce que Nicholas vient de vous expliquer.

— Mais encore ?

— Les poinçons en bois que l'on finit par ôter des lèvres et les fils de coton qu'on tresse.

— Elles en ont, toutes les trois…

— Oui, mais ça n'intervient pas avant la troisième cérémonie. Plus d'un an après la mort.

— Elle a absolument raison, trancha Robinson, apparemment heureux que sa jeune collègue ait repéré le détail exact qu'il espérait lui voir remarquer. Les poinçons, docteur Isles ! Quand on les laisse en place toute une année, il en résulte des trous béants.

Maura étudia les têtes posées sur la table. Deux présentaient de grands trous aux lèvres. Pas la troisième.

— On n'a pas utilisé de poinçons sur celle-ci, affirma Robinson. Les lèvres ont simplement été cousues, juste après la décapitation. Cette tête n'est pas d'origine jivaro. La personne qui l'a fabriquée a quelque peu écourté le processus. Peut-être ignorait-elle comment on s'y prend exactement. À moins que cet objet n'ait été destiné aux touristes, ou à faire du troc avec des commerçants. En tout état de cause, ce n'est pas un spécimen rituel.

— Quelles sont ses origines, dans ce cas ? demanda Maura.

Robinson resta un instant sans répondre. Puis :

— Je ne saurais vraiment pas vous le dire. Je peux juste affirmer que ce n'est pas une authentique tête jivaro.

Maura souleva la tsantza. Elle avait déjà tenu des têtes coupées, et, en l'absence de crâne celle-ci était étonnamment légère, simple cosse de peau tannée et de cheveux.

— On ne peut même pas savoir avec certitude s'il s'agit d'un homme ou d'une femme, commenta Robinson. Encore que ses traits me semblent féminins malgré la déformation. Trop fins pour un homme.

— Je suis d'accord, affirma Maura.

— Et la couleur de peau ? demanda Jane. Est-ce un indicateur ?

— Non, le processus de réduction assombrit le teint, répondit Robinson. Il pourrait même s'agir d'une personne de race blanche. Et en l'absence de crâne, de dents à passer à la radiologie, je suis incapable de déterminer l'âge de ce spécimen.

Maura retourna la tête à la verticale pour scruter l'orifice du cou. C'était saisissant de ne découvrir que du vide là où elle aurait dû voir une trachée et un œsophage, du cartilage et du muscle. La nuque était à demi affaissée, cavité obscure cachée au regard. Maura fut subitement ramenée à l'autopsie qu'elle avait pratiquée sur Madame X, à la caverne sèche qui lui servait de bouche, au reflet de métal dans sa gorge. Et au choc éprouvé en découvrant le cartouche. Le meurtrier avait-il fourré un indice similaire dans les restes de sa victime ?

— Pourrais-je avoir plus de lumière ?

Joséphine fit basculer vers elle une lampe grossissante, que Maura dirigea vers la cavité du cou. À travers l'ouverture étroite, on devinait une boule pâle.

— On dirait du papier, commenta-t-elle.

— Rien d'inhabituel à cela, dit Robinson. On trouve parfois des journaux froissés en guise de bourre, pour maintenir la forme de la tête au cours du transport. Au moins, s'il s'agit d'un journal sud-américain, nous en saurons plus sur son origine.

— Avez-vous des forceps ?

Joséphine en pêcha dans le tiroir de la salle de travail et les lui tendit. Maura les introduisit dans l'ouverture, saisit ce qui se trouvait à l'intérieur. Elle imprima un mouvement de traction prudent et vit émerger du papier journal froissé. Ayant lissé la page, elle constata qu'elle n'était imprimée ni en espagnol ni en portugais, mais bien en anglais.

— L'*Indio Daily News* ! s'esclaffa Jane, décontenancée. Ça vient de Californie.

— Regarde la date.

Maura désignait le haut de la page.

— Ça remonte seulement à… vingt-six ans.

— Malgré tout, la tête pourrait être beaucoup plus ancienne, précisa Robinson. Ce journal pourrait avoir été ajouté dedans plus tard, simplement pour le transport.

— En tout cas, ça confirme une chose, conclut Maura en relevant la tête. Cette tête n'appartient pas aux collections du musée. Il pourrait s'agir d'une deuxième victime, ajoutée aussi récemment que…

Elle se tut, le regard braqué sur Joséphine.

La jeune femme avait viré au verdâtre. Maura avait déjà été témoin de phénomènes de ce genre, sur le visage de jeunes flics assistant à leur première autopsie. Ça annonçait généralement un sprint nauséeux en direction de l'évier ou un sauve-qui-peut chancelant vers le siège le plus proche. Joséphine ne fit ni l'un ni l'autre : elle se contenta de tourner les talons et de sortir de la salle.

— Je ferais mieux d'aller vérifier comment elle va, jeta Robinson en ôtant ses gants.

— Elle n'avait pas l'air en forme, de fait...

— Je m'en charge, dit Frost en emboîtant le pas à la jeune femme.

Robinson resta campé là à regarder la porte qui se refermait comme s'il se demandait s'il devait malgré tout suivre le mouvement.

— Avez-vous les registres d'il y a vingt-six ans ? s'enquit Maura. Monsieur Robinson... ?

Soudain conscient qu'elle venait de s'adresser à lui, il se retourna.

— Pardon ?

— Vingt-six ans. La date à laquelle remonte ce journal. Avez-vous des documents sur vos acquisitions de cette période ?

— Oh. Oui, nous avons retrouvé un registre des années 1970 et 1980. Mais, autant que je me souvienne, il ne mentionne aucune tsantza. Si on l'a rentrée à cette époque-là, ça n'a pas été consigné... Ça vous dit quelque chose, Simon ? demanda-t-il en regardant Crispin.

Ce dernier secoua la tête d'un air las. Il paraissait vidé, à croire qu'il avait vieilli de dix ans au cours de la dernière demi-heure.

— J'ignore d'où provient cet objet, lâcha-t-il. Je ne sais pas qui l'a placé derrière ce mur, ni pourquoi.

Maura contempla la tête réduite, ses yeux et ses lèvres cousus, clos pour l'éternité.

— On dirait que quelqu'un a commencé une collection très spéciale.

9

Joséphine brûlait d'envie d'être seule, mais elle avait beau se creuser la tête, elle ne trouvait aucun moyen élégant d'envoyer promener Frost. L'inspecteur, qui l'avait suivie à l'étage jusque dans son bureau, l'observait à présent depuis le seuil avec une mine préoccupée. Il avait le regard doux, le visage affable. Sa tignasse indisciplinée faisait penser aux jumeaux filasse que Joséphine voyait souvent faire du toboggan sur le terrain de jeux de son quartier. Malgré ça, c'était un policier, et les policiers l'effrayaient. Elle n'aurait pas dû quitter le labo aussi brusquement, il fallait éviter d'attirer l'attention sur elle. Le problème, c'est que ce journal entrevu lui avait fait l'effet d'un coup de poing au plexus, lui coupant le souffle.

Indio, Californie. Il y a vingt-six ans. Ma ville et mon année de naissance.

Encore une autre coïncidence inexplicable avec son passé. Comment était-ce possible ? Elle avait besoin de temps pour y réfléchir. Comment autant d'objets en rapport avec son existence avaient-ils pu se retrouver cachés dans les sous-sols de cet obscur musée où elle avait accepté un poste ? C'est à croire que ma vie, mon histoire sont conservées dans ces collections. Mais impossible de trouver une explication : elle était forcée de sourire et de papoter avec l'inspecteur obstinément planté à l'entrée de son bureau.

— Vous vous sentez mieux ? demanda-t-il.

— J'ai eu le tournis au labo. Sans doute une crise d'hypoglycémie, assura-t-elle en s'enfonçant dans son fauteuil. Je n'aurais pas dû rester à jeun ce matin.

— Voulez-vous une tasse de café, ou autre chose ? Je peux aller vous chercher une boisson chaude.

— Non, merci.

Elle parvint à sourire, dans l'espoir que cela suffirait à le faire partir. Au lieu de quoi il entra dans la pièce.

— Ce journal signifiait-il quelque chose de particulier à vos yeux ?

— Comment ça ?

— Oh, simplement, j'ai remarqué que vous sembliez très étonnée quand Mme Isles l'a ouvert et qu'on a constaté qu'il venait de Californie.

Il m'observait. Il m'observe encore.

Ce n'était pas le moment de lui montrer qu'elle était au bord de la panique. Du moment qu'elle faisait profil bas, qu'elle continuait à rester en marge et à jouer les employées de musée discrètes, la police n'aurait aucune raison de s'intéresser à elle.

— Ce n'est pas seulement le journal, dit-elle. Toute cette situation me fait froid dans le dos. Découvrir des cadavres, ou des restes de cadavres, sur mon lieu de travail. Je considère les musées comme des sanctuaires voués à l'étude, à la contemplation. À présent, j'ai l'impression de travailler littéralement dans un musée des horreurs, et je me demande juste quand le prochain corps va apparaître.

Il eut un sourire compatissant, et à son allure juvénile on aurait dit tout sauf un policier. Il devait avoir la trentaine passée, pourtant quelque chose chez lui donnait la sensation d'un homme beaucoup plus jeune, voire d'un post-ado. Ayant repéré son alliance, Joséphine y avait vu une raison supplémentaire de garder ses distances.

— Pour être franc, même sans ça, je trouve cet endroit assez lugubre, dit Frost. Vous avez tous ces squelettes exposés au deuxième étage…

— Ils ont deux mille ans.

— Ça les rend moins perturbants ?

— Ça leur confère une importance historique. Je sais que la différence ne saute pas aux yeux, mais vous ne trouvez pas que quelque chose, dans le défilement du temps, donne à la mort une impression d'éloignement ? En revanche, Madame X pourrait être une personne que nous avons connue dans la vraie vie…

Elle s'interrompit, le temps d'un frisson, avant d'ajouter, tout bas :

— J'ai moins de mal à composer avec les restes humains antiques.

— Ça se rapproche plus des poteries et des statues, j'imagine.

— Oui, d'une certaine façon, dit-elle en souriant. Plus il y a de poussière, mieux c'est.

— C'est ça qui vous branche ?

— C'est incompréhensible, à vous entendre.

— Je me demande juste quel genre de gens peuvent choisir de passer toute leur existence à étudier des ossements et des céramiques anciennes.

— C'est ça, votre question ? « Que fait une fille comme vous dans un boulot pareil ? »

— Vous êtes la benjamine de tout le bâtiment, répondit-il en riant.

Elle sourit en retour, parce que c'était vrai.

— Le rapport avec le passé me motive. J'adore tenir un tesson de poterie en m'imaginant l'homme qui a façonné l'argile sur son tour. Et la femme qui s'est servie de cette jarre pour transporter de l'eau, l'enfant qui l'a laissée tomber un jour. L'histoire n'a jamais été quelque chose de mort à mes yeux. J'ai toujours eu l'impression de la sentir vibrer dans ces objets que vous voyez derrière les vitrines du musée. J'ai ça dans le sang, je suis née avec, parce que…

Sa voix s'éteignit. Elle venait de saisir qu'elle se risquait en territoire dangereux. Ne parle pas du passé.

Ne parle pas de maman.

À son grand soulagement, l'inspecteur ne releva pas sa brusque réticence.

— Je sais que vous n'êtes pas là depuis très longtemps, mais avez-vous le sentiment que les choses ne tournent pas tout à fait rond ?

— Dans quel sens ?

— Vous avez dit que vous aviez l'impression de travailler dans un musée des horreurs ?

— Simple figure de style. Vous pouvez le comprendre, non, après ce que vous avez découvert derrière le mur de la réserve ? Et après les révélations sur ce qu'est vraiment Madame X ?

Dans le bureau climatisé, le froid semblait s'accentuer. Joséphine tendit le bras en arrière pour attraper le pull pendu à son siège.

— Au moins, mon travail n'est pas du tout aussi cauchemardesque que le vôtre. Vous vous étonnez que j'aie choisi de m'intéresser aux poteries et aux squelettes anciens… et moi, je me demande comment quelqu'un comme vous peut bosser sur… disons… des horreurs récentes.

En levant la tête, elle distingua une lueur de malaise dans le regard de Frost. Cette fois-ci, c'était lui qui était sur la sellette. Pour un homme habitué à interroger les autres, il semblait peu enclin à rendre la politesse en se livrant.

— Désolée, dit-elle. J'imagine que je n'ai pas le droit de poser des questions. Je dois seulement répondre.

— Non, simplement, je me demande ce que vous vouliez dire.

— Comment ça ?

— Par ce « quelqu'un comme vous ».

Elle eut un rire penaud.

— Mettons que vous me faites l'effet de quelqu'un de… gentil. De bon.

— Au contraire de la plupart des flics ?

Elle s'empourpra.

— Je n'arrête pas de m'enfoncer, hein ? C'était un compliment. Parce que j'avoue que la plupart des policiers me font un peu peur… Mais je ne crois pas être la seule, conclut-elle en baissant les yeux vers son bureau.

Il soupira.

— Vous avez sans doute raison, malheureusement. Même si je ne me considère pas du tout comme quelqu'un d'effrayant.

Sauf que j'ai peur de toi, de toute façon, songea-t-elle. Parce que je sais ce que tu pourrais me faire si tu apprenais mon secret...

— Inspecteur ? Votre collègue a besoin de vous en bas.

Nicholas Robinson avait fait son apparition sur le seuil de la pièce.

— Ah. Très bien, dit Frost avec un sourire à l'adresse de Joséphine. Nous reprendrons cette conversation plus tard, mademoiselle Pulcillo. Et trouvez-vous quelque chose à manger, d'accord ?

Robinson attendit que Frost ait quitté la pièce pour demander :

— Que voulait-il ?

— On bavardait, Nick, rien de plus.

— C'est un policier. Je ne pense pas que ces gens-là se contentent de bavarder.

— Ça n'avait rien d'un interrogatoire.

— Est-ce que quelque chose vous dérange ? Quelque chose dont vous auriez oublié de me parler ?

Cette question la mit sur ses gardes, mais elle parvint à garder son calme.

— Non, quelle idée !

— Vous n'êtes plus vous-même. Et pas seulement à cause de ce qui s'est produit aujourd'hui. Hier, quand je suis arrivé derrière vous dans le couloir, vous avez quasiment sauté en l'air, comme un diable qui sort de sa boîte...

Elle resta assise les mains sur les cuisses, contente qu'il ne puisse pas la voir serrer les poings. Depuis les quelques mois qu'ils bossaient ensemble, il était devenu singulièrement doué pour déchiffrer son humeur. Il savait quand elle avait besoin d'une bonne tranche de rigolade et quand il fallait lui fiche la paix. Il devait forcément se rendre compte qu'elle ne demandait qu'à être seule, à présent, mais il n'abandonnait pas le terrain pour autant. Rien à voir avec le Nicholas qu'elle connaissait, qui respectait infailliblement son besoin d'intimité.

— Josie ? Y a-t-il quelque chose dont vous voudriez discuter ?

Elle eut un rire contrit.

— Bah, je suis surtout mortifiée d'avoir fait fausse route avec Madame X. De ne pas avoir compris qu'on avait affaire à un faux.

— Cette analyse au carbone 14 nous a induits en erreur tous les deux. Je suis aussi fautif que vous.

— Mais votre spécialité n'est pas l'égyptologie. Vous m'avez embauchée pour mes compétences en la matière, et je me suis plantée… Ce ne serait pas arrivé si vous aviez pris quelqu'un de plus expérimenté, dit-elle en se penchant en avant pour se masser les tempes.

— Vous ne vous êtes pas plantée. N'oubliez pas que sans votre insistance nous n'aurions pas fait ce scanner. Vous n'étiez pas sûre à cent pour cent de l'authenticité de cette momie. C'est vous qui nous avez mis sur la voie, alors arrêtez de vous en vouloir.

— J'ai donné une mauvaise image du musée. Et de vous, qui m'avez engagée.

Il resta un instant sans répondre, ôtant ses lunettes pour les essuyer. Ses sempiternels mouchoirs en tissu étaient une de ces petites manies anachroniques qui évoquaient un vieux garçon d'une époque révolue, plus innocente qu'aujourd'hui. Une époque où les hommes se levaient à l'entrée d'une femme dans la pièce.

— Nous devrions peut-être considérer les aspects positifs de toute cette histoire, finit-il par dire. Songez à la publicité que ça nous a apportée. À présent, le monde entier est au courant de l'existence du musée Crispin.

— Seulement pour de mauvaises raisons. Nous sommes le musée qui a des victimes de meurtre dans sa cave…

Ayant senti un nouvel afflux d'air froid à travers la grille du climatiseur, elle frissonna sous son pull.

— Je n'arrête pas de me demander ce qu'on va trouver d'autre dans le bâtiment, ajouta-t-elle. Une énième réduction de tête coincée dans le plafond, ou une deuxième Madame X emmurée derrière une cloison… Comment tout ça a-t-il pu se produire sans que le conservateur le sache ? Le coupable, c'est forcément lui, non ? M. Scott-Kerr… Il a dirigé les choses ici toutes ces années.

— J'ai beaucoup de mal à le croire, moi qui l'ai fréquenté.

— D'accord, mais à quel point le connaissiez-vous ?

Il réfléchit à la question quelques instants.

— Vous avez raison, dit-il enfin, il y a de quoi s'interroger. Il donnait l'impression de quelqu'un d'effacé et de tout à fait ordinaire. Pas du genre à se faire remarquer.

— Ça ressemble à ce que racontent les voisins des psychopathes qui enterrent leurs victimes par dizaines dans leurs caves. Quelqu'un de très tranquille, très ordinaire…

— Effectivement. Mais, d'un autre côté, ça peut s'appliquer à n'importe qui… Même à moi, ironisa Nicholas en secouant la tête.

Joséphine contemplait le paysage, pensive, dans le bus qui la ramenait chez elle. Ne disait-on pas que la vie était une suite de hasards ? Tout le monde connaissait des anecdotes saisissantes de vacanciers américains tombant sur leurs voisins de palier en plein Paris. Les synchronicités ahurissantes étaient monnaie courante, celle-ci pouvait très bien en faire partie.

Sauf que ce n'était pas une nouveauté. Il y avait d'abord eu ce prénom sur le cartouche. Médée. Et à présent l'*Indio Daily News*.

À l'arrêt, elle émergea du bus dans un bain de chaleur gluante, sous un ciel d'un noir menaçant. Le tonnerre se mit à gronder alors qu'elle se mettait en route vers son immeuble, et elle sentit les poils de ses bras se hérisser, sans doute sous l'effet de l'électricité statique. Le temps qu'elle parvienne devant chez elle, l'averse qui lui bombardait la tête avait viré à la mousson diluvienne. Toute dégoulinante, Joséphine avala les marches du perron puis pénétra dans le hall, où elle ouvrit sa boîte aux lettres.

Elle en tirait un tas d'enveloppes quand la porte de l'appartement 1A s'ouvrit. M. Ricco.

— Je pensais bien que c'était vous en train de courir. Ça mouille sacrément, dehors, hein ?

— Un vrai déluge, confirma-t-elle en refermant sa boîte. Je suis ravie de rester chez moi ce soir.

— Le facteur en a encore déposé une aujourd'hui. Vous voudrez vous en charger aussi ?

— Déposé quoi ?

— Une lettre adressée à Joséphine Sommer. Il m'a demandé ce que vous aviez répondu rapport à la première, je lui ai expliqué que vous l'avez embarquée.

Passant rapidement en revue le courrier qu'elle venait de ramasser, elle repéra l'enveloppe. La même écriture que l'autre. Également affranchie à Boston.

— C'est assez perturbant pour la poste, vous savez ? dit M. Ricco. Vous feriez bien de prévenir votre correspondant, qu'il pense à mettre votre nom actuel.

— Oui. Merci.

Elle entreprit de grimper l'escalier.

— Au fait, vous avez retrouvé votre trousseau ?

Elle détala jusqu'à son appartement sans répondre et referma derrière elle. Laissant choir le reste des enveloppes sur le canapé, elle se hâta de déchirer celle adressée à Joséphine Sommer, dont elle tira une feuille de papier pliée. Une carte des sentiers de randonnée de la région : *Réserve naturelle des Blue Hills*, disait son titre.

Elle la contempla en se demandant à quoi cela rimait. Sur quoi, en retournant la feuille, elle découvrit l'inscription manuscrite qui figurait au dos :

TROUVEZ-MOI

En dessous, des nombres :

42 13 06.39
71 04 06.48

Joséphine s'effondra sur le canapé, le message sur les genoux. Au-dehors, c'était le déluge. Le tonnerre se rapprochait et la lueur d'un éclair vint lacérer la fenêtre. *Trouvez-moi.*

Ces mots n'étaient pas chargés de menace. Rien ne laissait penser que l'expéditeur lui veuille du mal.

Elle songea à l'autre injonction reçue quelques jours plus tôt : *Ne te fie pas à la police.* Elle le savait déjà, depuis ses quatorze ans.

Elle se concentra sur les deux nombres. Elle ne mit que quelques secondes à se rendre compte de ce qu'ils signifiaient.

Avec l'orage tout proche, ce n'était pas le moment d'allumer un ordinateur, mais Joséphine mit tout de même le sien sous tension. Sur la page Google Earth, elle entra les deux nombres dans les cases « latitude » et « longitude ». L'écran afficha magiquement une carte du Massachusetts, puis zooma sur un secteur boisé non loin de Boston.

La réserve naturelle des Blue Hills. Elle avait bien deviné : les deux nombres étaient des coordonnées, qui désignaient un endroit précis du parc. Celui où elle était censée se rendre, manifestement, mais pour y faire quoi ? Son correspondant ne donnait aucune heure, aucune date pour un quelconque rendez-vous. Qui serait allé attendre patiemment l'arrivée d'un inconnu pendant des heures, voire des jours, dans une réserve naturelle ? Non, on lui indiquait sans doute qu'il y avait quelque chose à trouver sur place. Pas une personne, un objet.

Elle effectua une rapide recherche sur les Blue Hills et apprit qu'il s'agissait d'une ancienne réserve indienne de deux mille huit cents hectares, au sud de la ville de Milton. Ses deux cents kilomètres de sentiers de randonnée traversaient forêt, marais, prairies et tourbières où vivait une faune variée, parmi laquelle le crotale des bois. Ah, voilà qui était tentant : la possibilité de tomber nez à nez avec un crotale. Joséphine prit une carte de la région de Boston, l'étala sur sa table basse. Devant la vaste zone verte qui représentait le parc, elle se demanda s'il faudrait se frayer un passage à travers les arbres et les marécages, en quête de… quoi, d'ailleurs ? Un objet de quelle taille ?

Et quand je l'aurai devant moi, comment le reconnaîtrai-je ?

Une visite à M. Briccolo s'imposait.

Elle descendit au rez-de-chaussée frapper à la porte 1A. Le gardien apparut, ses lunettes grossissantes perchées sur son crâne telle une deuxième paire d'yeux.

— Dites, s'enquit Joséphine, je peux vous demander un service ?

— Je suis en plein dans un truc. Ça prendra longtemps ?

Elle regarda la pièce derrière lui, jonchée de petits appareils ménagers et d'engins électroniques attendant qu'on les répare.

— Je songe à acheter un GPS pour ma voiture. Vous en possédez un, je crois ? Le fonctionnement est facile à comprendre ?

Le visage du gardien s'illumina aussitôt. Il suffisait de lui parler gadgets, n'importe lequel, pour éclairer sa journée.

— Oh que oui ! Je ne sais pas ce que je ferais sans. J'en ai trois. J'en ai emporté un à Milan quand j'ai rendu visite à ma fille l'an dernier, et j'ai trouvé mon

121

chemin en deux coups de cuiller à pot. Pas besoin de demander de renseignements, on n'a qu'à saisir l'adresse, et hop, c'est parti. Vous auriez dû voir les regards d'envie des gens. Il y avait des messieurs qui m'arrêtaient dans la rue juste pour le regarder de plus près.

— C'est compliqué ?

— Vous voulez que je vous montre ? Entrez, entrez !

Oubliant la tâche qui l'occupait jusque-là, il la précéda dans le séjour. Il alla chercher dans un tiroir un instrument oblong, à peine plus grand qu'un paquet de cartes.

— Tenez, je vais l'allumer, comme ça vous pourrez le tester. C'est cent pour cent intuitif, il suffit de naviguer dans le menu. Pour peu que vous connaissiez l'adresse où vous allez, ça vous emmène jusqu'à la porte. Ça indique aussi les restaurants, les hôtels. On peut même choisir la langue.

— Je pratique la randonnée. Si je me casse une jambe en pleine forêt, comment savoir où je me trouve ?

— Pour demander de l'aide, vous voulez dire ? Facile. Vous appelez la police sur votre portable et vous leur donnez vos coordonnées.

Il lui reprit le GPS, tapota l'écran à plusieurs reprises.

— Vous voyez ? Nous sommes ici. Latitude et longitude. Si j'étais randonneur, je ne partirais pas me balader sans. C'est aussi indispensable qu'une trousse de premiers secours.

— Mazette ! dit-elle avec le sourire impressionné qui convenait. Cela dit, ça vaut cher et je ne suis pas sûre de vouloir débourser autant par rapport au service rendu…

— Et si vous me l'empruntiez pour la journée ? Jouez un peu avec. Vous vous rendrez compte comme c'est simple.

— Vraiment ? Ce serait génial.

— Aucun problème, j'en ai deux autres. Vous me direz si ça vous a plu.

— J'en prendrai bien soin, je vous le promets.

— Voulez-vous que je vous accompagne ? Pour vous conseiller sur les manipes ?

— Non, je me débrouillerai. Je l'emmènerai lors d'une petite rando que je compte faire demain.

Elle sortit de chez M. Ricco avec un salut de la main.

10

Joséphine se gara sur le parking situé au départ du sentier et resta un moment moteur éteint à étudier les lieux. Le chemin se résumait à un boyau sculpté dans l'épaisseur du couvert. À en croire Google Earth, elle se trouvait à l'endroit où s'arrêtait toute possibilité de continuer en voiture. Il ne restait plus qu'à marcher.

Le gros des averses avait pris fin dans la nuit, mais des nuages plombés planaient encore dans le ciel matinal et l'atmosphère elle-même semblait dégoutter d'humidité. Joséphine se campa à l'orée des bois, contemplant le tracé étroit qui disparaissait à la vue. Un frisson glacé lui parcourut la nuque, comme si on lui avait soufflé dans le cou. Brusquement, elle n'eut plus qu'une envie : remonter dans sa voiture en bouclant les portières, rentrer chez elle et oublier avoir jamais reçu cette carte. Seulement, il existait une chose qu'elle redoutait bien plus qu'une expédition en forêt : ce qui se passerait si elle ignorait le message. Son auteur ne lui voulait peut-être que du bien.

Ou peut-être pas.

Elle leva la tête vers le froid baiser de l'eau gouttant des branches. Ayant mis sa capuche, elle entreprit de suivre le sentier.

Des champignons vénéneux aux couleurs vives, aux chapeaux luisants de pluie, ponctuaient l'itinéraire. Elle n'avait aucun doute sur leur nocivité : les plus attirants étaient en général les plus dangereux – même si, comme le disait la blague, le critère le plus sûr pour reconnaître les champignons mortels restait encore l'autopsie.

Les coordonnées du GPS de poche s'étaient mises à changer : les chiffres se réajustaient à mesure qu'elle s'enfonçait dans les bois. L'appareil ne saurait pas déterminer sa position au centimètre près. Le mieux qu'elle pouvait espérer, c'était qu'il la mène à quelques dizaines de mètres du lieu qu'elle était censée trouver. Si un petit objet l'attendait, comment le localiser dans une forêt aussi dense ?

Le tonnerre grondait au loin : un nouvel orage s'annonçait. Rien d'inquiétant pour l'instant, songeat-elle. Si les éclairs fondaient sur elle, il suffirait de rester à l'écart de l'arbre le plus haut et de se blottir dans un fossé. Enfin, en théorie, du moins. L'eau s'était mise à dégouliner en continu du feuillage et venait crépiter sur sa veste. La capuche en Nylon concentrait les bruits, amplifiant celui de sa respiration, de ses battements de cœur. Par fractions de degrés, les coordonnées GPS la rapprochaient lentement du lieu visé.

On était en milieu de matinée, pourtant les bois lui parurent s'assombrir de plus en plus. À moins qu'il ne faille incriminer les nuages de pluie qui menaçaient de transformer les filets d'eau en déluge.

Joséphine accéléra l'allure, soulevant des éclaboussures de boue et de feuilles détrempées. Soudain, elle s'arrêta, plissant le front devant le GPS.

Elle était allée trop loin. Il fallait faire demi-tour.

Revenant sur ses pas, elle regagna un tournant du sentier, puis elle scruta les arbres. Le GPS indiquait de quitter le tracé. Au-delà du lacis de branchages, la futaie semblait s'ouvrir, révélant l'irrésistible aperçu d'une clairière.

Elle s'éloigna du parcours pour progresser tant bien que mal dans cette direction, écrasant des brindilles sur son passage bruyant. Les branches lui décochaient des gifles humides. Elle se faisait l'effet d'un éléphant. Elle grimpa sur un tronc mort et elle s'apprêtait à sauter de l'autre côté quand son regard se porta sur le sol, sur une grosse empreinte de chaussure imprimée dans l'humus. La pluie avait rongé les bords, effacé les traces de semelle. Quelqu'un d'autre avait bondi de cet arbre tombé, s'était frayé un chemin dans ce sous-bois. Sauf que ce quelqu'un se dirigeait alors dans l'autre sens, vers le sentier. La marque ne semblait pas récente.

Malgré tout, Joséphine se figea pour observer les environs. On ne voyait que des branches pendantes et des troncs squameux de lichen. Quel homme sain d'esprit aurait traîné dans les bois toute une nuit et toute une journée pour attaquer une femme qui risquait de ne jamais venir ? De ne pas comprendre que les nombres indiqués sur la carte étaient des coordonnées ?

Rassurée par la logique de son raisonnement, Joséphine sauta du tronc et reprit sa progression, scrutant à nouveau le GPS dont les chiffres changeaient lentement.

Je me rapproche, songea-t-elle. J'y suis presque.

Les arbres s'éclaircirent enfin et elle sortit du couvert dans un pré. L'espace d'un instant, elle resta là à cligner des paupières devant la vaste étendue d'herbes hautes et de fleurs des champs aux corolles inclinées sous le poids de l'humidité. Et maintenant, quoi ? Selon le GPS, c'était ici qu'elle était censée se rendre, mais on n'apercevait aucun signe, rien qui ressorte dans le paysage. Juste cette prairie avec, au centre, un pommier solitaire et séculaire aux branches torses.

La jeune femme pénétra dans la clairière, son jean bruissant dans l'herbe mouillée dont l'humidité s'infiltrait par les ourlets. Hormis le crépitement de la pluie et l'aboiement lointain d'un chien, tout baignait dans un silence irréel. Elle gagna le milieu du pré, puis elle se retourna lentement pour embrasser du regard l'orée des arbres, sans distinguer aucun mouvement, pas même un battement d'ailes.

Que veux-tu me faire découvrir ?

Un claquement de tonnerre fendit l'air. Elle leva la tête vers le ciel noirci. Il fallait se dépêcher de sortir d'ici. Se tenir à côté d'un arbre isolé pendant que frappait la foudre était le comble de l'imprudence.

Ce n'est qu'à ce moment qu'elle s'intéressa au pommier même. À l'objet accroché à un clou planté dans l'écorce. Ça se trouvait au-dessus de sa ligne de vision, en partie caché par une branche, si bien que sa présence lui avait échappé jusqu'à maintenant. Elle contempla ce qui pendait de l'arbre.

Mon trousseau de clés.

Elle s'en empara puis effectua un tour complet sur elle-même, fiévreusement, en quête de la personne qui l'avait laissé là. Le coup de tonnerre qui éclata lui fit prendre ses jambes à son cou comme la détonation d'un pistolet de course. Sauf que ce n'était pas l'orage qui la poussait à détaler tête baissée droit devant, à s'enfoncer dans le sous-bois comme une dératée pour rejoindre le sentier, sans prendre garde aux branches qui lui fouettaient le visage. C'était la vision de ses clés sur ce tronc, de ce trousseau qu'elle agrippait à présent, alors même qu'il lui paraissait étranger. Souillé.

Le temps qu'elle émerge en chancelant du chemin, elle était à bout de souffle. Sa voiture n'était plus le seul véhicule garé sur le parking : une Volvo se trouvait non loin. Les mains glacées, engourdies, elle s'escrima sur la serrure. Elle se laissa tomber sur le siège conducteur, verrouilla les portières.

Ouf, en sûreté.

Elle resta un moment assise en haletant derrière le pare-brise qui s'embuait. Elle regarda le trousseau cueilli à l'instant sur le pommier solitaire. Ses clés n'avaient pas l'air d'avoir changé d'un iota : elles étaient toujours cinq, accrochées à un anneau en forme d'ankh, l'antique symbole égyptien de la vie. Il y avait les deux de son appartement, celles de sa voiture, portières et coffre, et celle de sa boîte aux lettres. Quelqu'un les avait gardées près d'une semaine. On aurait pu entrer chez moi pendant mon sommeil, songea-t-elle. Ou me voler mon courrier. Ou fouiller…

Ma voiture.

Elle pivota brusquement dans un râle angoissé, s'attendant à voir un monstre jaillir de la banquette arrière. Mais non, il n'y avait que des dossiers épars du musée et une bouteille d'eau vide. Aucun monstre, aucun tueur fou. Quand elle se laissa aller contre son siège, le rire qui lui échappa se teintait d'un soupçon d'hystérie.

Quelqu'un essaie de me rendre folle. Exactement comme avec ma mère.

Elle mit le contact et elle s'apprêtait à démarrer quand son regard se figea sur la clé du coffre, qui tintait contre les autres. Ma voiture a passé toute la nuit garée dehors près de mon immeuble, pensa-t-elle. À découvert. Pas surveillée.

Elle considéra le parking à travers la vitre embuée. Les propriétaires de la Volvo remontaient la route. C'était un jeune couple accompagné d'un petit garçon et d'une petite fille d'une dizaine d'années. Le garçon promenait un labrador noir. Ou plutôt, le labrador semblait promener l'enfant, tirant sur la laisse que son maître s'efforçait de ne pas lâcher.

Rassurée par leur présence, Joséphine ôta la clé du contact et sortit de la voiture. La pluie bombardait sa tête nue, mais elle prit à peine garde à l'eau qui lui dégoulinait dans le cou en s'infiltrant sous son col. Elle gagna l'arrière de la voiture, contempla le coffre en tâchant de se rappeler quand elle l'avait ouvert pour la dernière fois. Au cours de sa visite hebdomadaire à l'épicerie. Elle se revoyait y poser des sacs en plastique débordants, qu'elle se souvenait d'avoir soulevés puis portés à son étage en un seul voyage. Le coffre ne devait plus rien contenir, à présent.

Le chien se mit à aboyer sauvagement.

— Allons, Sam ! hurla le garçon. C'est quoi, ton problème ?

Quand Joséphine se retourna, elle constata que le jeune maître du labrador essayait de tirer l'animal vers la Volvo familiale, alors que le chien n'arrêtait pas de glapir en direction de Joséphine et du coffre.

— Désolée ! s'excusa la mère à l'adresse de Joséphine. Je ne sais pas ce qui lui prend...

Elle s'empara de la laisse, sans parvenir à faire taire le chien pour autant.

Joséphine ouvrit le coffre.

Et recula dans un râle en titubant. La pluie la tambourinait, tatouant ses joues, trempant ses cheveux, lui glissant dans le cou comme autant de doigts glacés. Le chien se libéra et se précipita vers le coffre en aboyant hystériquement. L'un des enfants se mit à hurler.

— Oh, mon Dieu ! s'écria leur mère. Mon Dieu !

Tandis que Joséphine, sous le choc, clopinait jusqu'à un arbre pour se laisser tomber sur la mousse détrempée, le père appelait la police.

11

Par tous les temps et quelle que soit l'heure,
Maura Isles se débrouillait toujours pour paraître
élégante. Jane, qui frissonnait dans son pantalon
trempé, éprouva un pincement de jalousie en la
voyant émerger de sa Lexus noire sur le parking.
Contrairement à sa propre allure de chien mouillé,
la Reine des morts était coiffée de façon impeccable
– on aurait cru qu'elle portait un casque – et sur elle
même une parka faisait chic. Cela dit, elle n'avait pas
passé une heure à s'agiter sous des trombes d'eau.
Pas encore.

Quand Maura franchit le cordon de police, les
hommes en tenue s'écartèrent respectueusement
comme pour faire place à un cortège royal. Puis elle
avança avec une assurance régalienne, se dirigeant
droit vers la Honda devant laquelle Jane l'attendait.

— Ce n'est pas un peu loin, Milton, pour une flic
de Boston ?

— Quand tu verras de quoi il s'agit, tu comprendras pourquoi les gars d'ici nous ont appelés.

— C'est cette voiture ?

Jane hocha la tête.

— Elle appartient à Joséphine Pulcillo. Elle dit avoir égaré ses clés il y a une semaine. Elle a mis ça sur le compte d'une simple négligence, mais on dirait qu'elle se les est fait piquer, ce qui a permis au voleur d'avoir accès au véhicule. Voilà comment ce truc aurait atterri dans le coffre… Bon, ajouta-t-elle en se tournant vers la Honda, j'espère que tu as l'estomac bien accroché ce matin ; moi, en tout cas, je suis bonne pour quelques cauchemars…

— Ce n'est pas la première fois que je t'entends dire ça.

— Ouais, ben là, je le pense vraiment.

De ses mains gantées, Jane souleva le hayon, libérant des exhalaisons proches du cuir pourri. Elle avait beau posséder une expérience certaine en matière d'odeurs de décomposition, celle-là n'avait rien à voir avec la putréfaction. Elle ne semblait même pas humaine. Et Jane n'avait jamais vu aucun être humain ressembler à ce qui gisait à présent tout recroquevillé dans le coffre de cette Honda.

Maura resta interdite, apparemment incapable d'émettre un son. Elle contempla en silence la masse de cheveux charbon emmêlés, le visage noirci aux couleurs de goudron. Le moindre repli de peau, la moindre ride du corps dénudé étaient parfaitement préservés, comme figés dans du bronze. Tout comme l'expression de la femme au moment de la mort : visage tordu et bouche béant sur un cri éternel.

— Au départ, je me suis dit que ça ne pouvait pas être un vrai cadavre, expliqua Jane. J'ai cru à une de ces farces et attrapes en caoutchouc qu'on suspend devant chez soi pendant Halloween pour faire peur aux enfants. Un genre de faux zombie. Comment peut-on transformer une femme à ce point-là ?

Elle se tut pour reprendre sa respiration.

— Et puis, c'est là que j'ai vu les dents.

Maura scruta l'intérieur de la cavité buccale.

— Elle a un plombage, dit-elle à voix basse.

Jane se détourna pour fixer le fourgon de reporters télé qui venait de se garer derrière le cordon de police.

— Alors, toubib, dis-moi comment on fait pour transformer une femme de cette façon. Pour faire d'un cadavre un monstre de Halloween.

— Je l'ignore.

Cette réponse étonna Jane. Elle en était venue à considérer Maura comme une autorité en ce qui concernait les formes de mort, aussi nébuleuses soient-elles.

— On ne peut pas parvenir à un tel résultat en une semaine, non ? Ni même en un mois. Ça prend forcément du temps de transformer un corps humain en un truc pareil. En momie aussi.

Maura la regarda.

— Où est Mlle Pulcillo ? Qu'à-t-elle à dire à propos de tout ça ?

Jane montra la route, où l'alignement de véhicules garés ne cessait de s'allonger.

— Là-bas, assise avec Frost dans la voiture. Elle dit qu'elle n'a aucune idée de la façon dont ça a atterri dans son coffre. La dernière fois qu'elle a pris sa voiture, ça remonte à plusieurs jours. Elle était allée faire des courses au supermarché. Si ce cadavre avait passé plus d'un ou deux jours enfermé là-dedans, l'odeur serait sans doute pire. Elle l'aurait remarquée depuis l'habitacle.

— Ses clés de voiture ont disparu il y a une semaine, tu dis ?

— Elle n'a aucune idée de la façon dont elle les a perdues. Tout ce qu'elle sait, c'est qu'elle est rentrée du travail un soir et qu'elle ne les a pas trouvées dans son sac.

— Que fabriquait-elle ici ?

— Elle était sortie faire une rando.

— Par un temps pareil ?

Une pluie de plus en plus drue commençait à crépiter sur leurs parkas. Maura referma le coffre, masquant à la vue la chose monstrueuse qui gisait à l'intérieur.

— Il y a un truc louche là-dessous.

Jane s'esclaffa.

— Ah bon ?

— Je parle de la météo.

— Moi non plus, ça ne m'enchante pas qu'il pleuve, mais on n'y peut rien.

— Joséphine Pulcillo serait venue seule ici pour se balader sous un tel déluge ?

Jane hocha la tête.

— Moi aussi, ça m'a chiffonnée. Je l'ai interrogée là-dessus.

— Et qu'a-t-elle répondu ?

— Qu'elle avait besoin de prendre un bol d'air. Et qu'elle aime marcher seule.

— Et sous l'orage, apparemment…

Maura se retourna pour regarder la voiture dans laquelle était assise la jeune femme.

— C'est une très jolie fille, tu ne trouves pas ?

— À tomber par terre, tu veux dire. Je vais devoir mettre une muselière à Frost, vu la façon dont il tire la langue devant elle.

Maura, toujours tournée vers Joséphine, poursuivit :

— Il y a eu une grosse médiatisation autour de Madame X. Ce long papier dans le *Globe* au mois de mars, d'autres au cours de ces dernières semaines, avec des photos…

— Des portraits de Joséphine.

Maura acquiesça.

— Elle s'est peut-être déniché un admirateur.

Oui, mais alors d'un genre très spécial, songea Jane. Quelqu'un qui savait dès le départ ce que recelait le sous-sol du musée. L'engouement autour de Madame X avait certainement attiré son attention. Il avait dû lire chaque article, scruter le moindre cliché. Il avait dû repérer le visage de Joséphine.

Elle jeta un coup d'œil au coffre, comme pour s'assurer qu'il était bien fermé.

— J'ai l'impression que notre collectionneur vient de nous envoyer un message. Il nous explique qu'il n'est pas mort. Et qu'il est à la recherche de nouveaux spécimens.

— Il nous révèle aussi qu'il se trouve ici, dans la région de Boston… Tu dis qu'elle a perdu ses clés ? demanda Maura en se tournant à nouveau vers Joséphine. Lesquelles ?

— Celles de sa voiture et celles de chez elle.

Maura releva un menton consterné.

— Ça sent mauvais.

— On lui change ses serrures en ce moment même. On a eu le gardien de son immeuble au téléphone. On s'assurera qu'elle rentre chez elle saine et sauve.

Le portable de Maura se mit à sonner. Elle vérifia le numéro.

— Excuse-moi, dit-elle en se détournant pour prendre l'appel.

Elle avait incliné la tête et arrondi les épaules, comme pour empêcher quiconque d'épier ses propos.

— Et samedi soir, alors, tu pourras ? Ça fait tellement longtemps…

Ce chuchotement l'avait trahie. Son interlocuteur était Daniel Brophy. Pourtant, la voix de Maura semblait teintée de déception – mais que ressentir d'autre quand on est amoureuse d'un homme inaccessible ?

Maura raccrocha sur un « je te rappelle » empreint de tendresse. Elle se retourna sans toutefois regarder Jane. Son attention s'était portée vers la Honda. Les cadavres étaient des sujets de discussion plus sûrs. Ils ne vous brisaient pas le cœur, ne vous décevaient jamais, ne vous laissaient pas seule le soir, contrairement aux amants.

— J'imagine que vos experts vont examiner le coffre ? dit-elle, à nouveau en mode ultrapro.

La légiste impavide et logique.

— On saisit le véhicule. Tu comptes pratiquer l'autopsie quand ?

— Je tiens à éclaircir quelques détails au préalable. Prendre des radios, prélever des échantillons de tissus… Avant d'ouvrir le corps, j'ai besoin de comprendre exactement à quel procédé de conservation j'ai affaire.

— Pas aujourd'hui, donc.

— Non, lundi au mieux. À en juger par son apparence, ça fait longtemps que cette femme est morte. Quelques jours de plus ou de moins ne changeront rien aux résultats… Et vous, qu'allez-vous faire d'elle ? ajouta-t-elle avec un geste vers Joséphine.

— On n'a pas fini de l'interroger. Une fois qu'on l'aura ramenée et qu'elle aura enfilé des vêtements secs, d'autres détails lui reviendront peut-être.

Elle n'est vraiment pas banale, cette Joséphine Pulcillo, songea Jane, debout avec Frost dans l'appartement de la jeune femme, attendant qu'elle émerge de la chambre. La déco et l'ameublement du séjour évoquaient une étudiante sans le sou, le tissu du canapé-lit avait été déchiqueté par quelque chat fantôme et des traces de verres maculaient la table basse. Des traités et des revues techniques s'alignaient sur les étagères, pourtant on ne voyait aucune photo, aucun souvenir personnel, rien qui donne une idée de la personnalité de l'occupante des lieux. Sur l'ordinateur, l'économiseur d'écran faisait se succéder en continu des images de temples égyptiens.

Quand Joséphine sortit enfin de sa chambre, une queue-de-cheval disciplinait ses cheveux humides. Elle avait beau porter un jean propre et un pull de coton, elle avait toujours l'air frigorifiée, et aussi roide qu'une sculpture de pierre. Une statue de reine égyptienne, ou quelque beauté mythique… Frost ouvrait des yeux épatés, comme devant une déesse. Si sa femme Alice avait été là, elle lui aurait sans doute flanqué un coup de pied bien mérité dans les tibias.

Je devrais peut-être le faire de sa part ? se dit Jane.

— Vous vous sentez mieux, mademoiselle ? demanda Frost. Voulez-vous qu'on vous laisse encore un peu de temps avant de revenir sur les événements ?

— Non, je suis prête.

— Une tasse de café avant qu'on commence, peut-être ?

— Je vous en prépare un, répondit la jeune femme en faisant mine de partir vers la cuisine.

— Non, je pensais à vous. Vous avez peut-être envie…

— Frost, elle vient de dire qu'elle était prête. Autant démarrer.

— Je tiens juste à m'assurer qu'elle soit à l'aise…

Frost et Jane prirent place sur le canapé fatigué. Jane sentit un ressort cassé la pincer à travers l'assise. Elle s'en écarta, laissant un grand vide entre son coéquipier et elle. Ils se retrouvèrent assis chacun à un bout, comme un couple en bisbille lors d'une séance de thérapie.

Joséphine se coula dans un fauteuil avec une expression indéchiffrable. Elle se maîtrisait étonnamment, malgré ses vingt-six ans. Toutes ses émotions éventuelles restaient enfermées à double tour. Il y a quelque chose qui cloche chez elle, songea Jane. Suis-je la seule à le sentir ? Frost semblait avoir perdu toute objectivité.

— Revenons sur ces clés, mademoiselle Pulcillo, entama-t-elle. Vous dites qu'elles ont disparu il y a environ une semaine ?

— En rentrant chez moi mercredi dernier, je n'ai pas trouvé mon trousseau dans mon sac à main. J'ai cru l'avoir laissé tomber au musée, mais non. Vous pouvez demander à M. Ricco. Il m'a remplacé ma serrure de boîte aux lettres en me la facturant quarante-cinq dollars !

— Et ce trousseau manquant n'est jamais réapparu ?

Joséphine baissa le regard. L'instant de silence qui suivit, bien que fugace, suffit à alerter Jane. Pourquoi une question si directe exigeait-elle autant de réflexion ?

— Non, répondit Joséphine, je ne l'ai jamais retrouvé.

— Au travail, où rangez-vous votre sac ? s'enquit Frost.

— Dans mon bureau.

Joséphine se détendit de façon manifeste, comme si cette réponse-là ne posait pas de problème.

— Votre bureau reste fermé à clé ?

Frost se pencha en avant, à croire qu'il craignait de rater la moindre de ses paroles.

— Non, je passe mon temps à rentrer et sortir, alors je ne prends pas la peine de le fermer.

— J'imagine que le musée possède un système de vidéosurveillance ? Qui permettrait de savoir qui a pu pénétrer dans votre bureau ?

— En théorie, oui.

— C'est-à-dire ?

— Le système est tombé en panne il y a trois semaines et n'a pas encore été réparé... Un problème de budget, précisa la jeune femme en haussant les épaules. Nous sommes en manque chronique d'argent, et nous nous sommes dit que la simple présence des caméras, très visibles, suffirait à décourager les voleurs.

— Donc, n'importe qui aurait pu monter jusqu'à votre bureau pour s'emparer de ces clés.

— Et avec toute la médiatisation qu'il y a eue autour de Madame X, nous avons eu des foules de visiteurs. Le grand public a enfin découvert l'existence du musée Crispin et...

Jane intervint :

— Pourquoi un voleur irait-il prendre seulement ce trousseau en laissant votre sac ? Manquait-il quelque chose d'autre dans la pièce ?

— Non. En tout cas, je ne m'en suis pas rendu compte. C'est pourquoi je ne me suis pas spécialement inquiétée pour mes clés. Je suis partie du principe que je les avais laissées tomber quelque part. Je n'ai pas imaginé une seconde que quelqu'un allait s'en servir pour pénétrer dans ma voiture. Et pour mettre ce... cette chose dans mon coffre.

— L'immeuble où vous habitez ne dispose pas de parking, fit remarquer Frost.

— Non, et je me gare dans la rue, comme tous mes voisins. Raison pour laquelle je ne laisse rien de valeur dedans, parce qu'on n'arrête pas de nous forcer les portières... Sauf qu'en général c'est pour prendre des objets, pas pour en déposer, ajouta-t-elle avec un frisson.

— Comment la sécurité est-elle assurée dans votre immeuble ? s'enquit Frost.

— Nous aborderons ce point-là d'ici quelques minutes, fit Jane.

— Quelqu'un détient un exemplaire de son trousseau de clés, lui rappela Frost. Le fait que cette personne ait accès à sa voiture et à son appartement me semble la préoccupation la plus urgente. Notre homme a l'air de s'être focalisé sur elle... Avez-vous idée de ce qui le motive ? demanda-t-il en s'adressant à la jeune femme.

Le regard de Joséphine se détourna brièvement.

— Non, aucune.

— Pourrait-il s'agir d'une de vos connaissances ? Quelqu'un que vous auriez rencontré récemment ?

— Ça ne fait que cinq mois que j'habite dans la région.

— Où étiez-vous, auparavant ? s'enquit Jane.

— En Californie. Je cherchais du travail. J'ai déménagé à Boston quand le musée m'a engagée.

— Des ennemis, mademoiselle Pulcillo ? Un ex avec lequel la séparation se serait mal passée ?

— Non, aucun.

— Des copains archéologues qui sauraient comment transformer une femme en momie ? Ou réduire une tête ?

— Ces procédés sont expliqués partout. Pas besoin d'être archéologue.

— Sauf que vos amis le sont, non ?

Joséphine haussa les épaules.

— Je n'en ai pas tant que ça.

— Pourquoi donc ?

— Je vous l'ai dit, je débarque. Je ne suis arrivée qu'en mars.

— Donc, vous ne voyez personne qui vous rôderait autour ? Qui aurait volé vos clés, et cherché à vous terrifier en déposant un cadavre dans votre coffre ?

Pour la première fois, le calme apparent de Joséphine se dissipa, révélant l'être effrayé qui se dissimulait derrière le masque.

— Non, pas du tout, lâcha-t-elle à mi-voix. J'ignore qui fait tout ça. Ou pourquoi il a jeté son dévolu sur moi.

Jane étudia la jeune femme, admirant à contrecœur son grain de peau irréprochable, ses yeux charbonneux. À quoi ressemblait la vie quand on était une telle beauté ? Quand, en entrant dans une pièce, on

sentait tous les regards masculins se diriger vers soi ?
Y compris les plus malvenus ?

— Vous devrez vous montrer beaucoup plus prudente à l'avenir, dit Frost. J'espère que vous le comprenez ?

Joséphine déglutit avec difficulté.

— Je sais.

— Avez-vous la possibilité de vous faire héberger
quelques jours ? Nous vous escorterons chez quelqu'un,
si vous voulez.

— Je pense… Je pense que je vais peut-être
m'absenter un petit moment de Boston, dit Joséphine
en redressant le dos, comme ragaillardie par ce plan
d'action. J'ai une tante qui habite dans le Vermont.
Je séjournerai chez elle.

— Où, dans le Vermont ? Nous devons pouvoir
prendre de vos nouvelles.

— À Burlington. Elle s'appelle Connie Pulcillo.
Mais vous pourrez toujours me joindre sur mon portable.

— Très bien, dit Frost. Et je compte sur vous pour
ne plus prendre de risques, comme partir en randonnée seule, par exemple…

Joséphine parvint à afficher un faible sourire.

— Je n'ai aucune intention de recommencer avant
très longtemps.

— Justement, intervint Jane, je voulais vous interroger là-dessus. Cette petite excursion dans laquelle
vous vous êtes lancée aujourd'hui…

Le sourire de la jeune femme se fana, comme si
elle venait de prendre conscience que Jane était moins
perméable à son charme.

— Ce n'était pas malin de ma part, reconnut-elle.

— Un jour de pluie. Des sentiers bourbeux. Quelle mouche vous a piquée d'aller là-bas ?

— Je n'étais pas seule dans ce parc. Cette famille s'y trouvait aussi.

— Ce sont des gens de passage et ils devaient promener leur chien.

— Moi aussi, je voulais me promener.

— À voir vos chaussures, vous ne vous êtes pas contentée d'une petite balade.

— Où veux-tu en venir, Rizzoli ? intervint Frost.

Ignorant sa question, Jane se concentra sur Joséphine.

— Y a-t-il autre chose que vous aimeriez nous dire, mademoiselle Pulcillo ? Sur les raisons qui vous amenaient au parc des Blue Hills ? Un jeudi matin, alors que vous auriez dû être au musée, j'imagine ?

— Je ne commence pas avant treize heures.

— La pluie ne vous a pas découragée, donc ?

Joséphine arborait une expression d'animal traqué. Elle a peur de moi, songea Jane. Qu'est-ce qui m'échappe dans cette histoire ?

— Ma semaine a été très éprouvante. J'avais besoin d'une sortie au grand air, juste pour réfléchir. Comme j'avais entendu dire que c'était un très bel endroit pour se promener, j'y suis allée…

Lorsqu'elle se redressa, sa voix était plus affirmée, plus assurée.

— Rien de plus, madame l'inspectrice. Une balade. Y a-t-il quelque chose d'illégal à ça ?

Elles se dévisagèrent. Ce bref affrontement désorienta Jane, incapable de comprendre ce qui se jouait en sous-main.

— Non, absolument rien, répondit Frost à sa place. Bon, je crois qu'on vous a assez mis la pression pour aujourd'hui.

Quand la jeune femme détourna subitement les yeux, Jane se dit qu'ils ne lui avaient pas assez pressé le citron, au contraire.

12

— Qui t'a bombardé gentil flic ? dit Jane en prenant place dans sa Subaru avec Frost.

— Hein ?

— Tu étais si occupé à faire les yeux doux à cette nénette que tu m'as obligée à endosser le rôle du méchant.

— Mais qu'est-ce que tu racontes ?

— « Je peux vous faire un café ? », ironisa-t-elle. Tu es enquêteur ou majordome ?

— Hé, c'est quoi ton problème ? Cette pauvre fille vient d'avoir la frousse de sa vie. On lui a volé ses clés, il y a un cadavre dans son coffre et la police a saisi sa voiture. Tu ne trouves pas que ça mérite un peu de commisération ? Toi, tu l'as traitée en suspecte.

— De commisération ? Tu es sûr que c'était ça, le message que tu lui envoyais ? J'ai vu le moment où tu allais l'inviter à dîner.

Depuis le temps qu'ils bossaient ensemble, Jane n'avait jamais vu Frost se fâcher véritablement contre elle. La rage qui étincela dans les yeux de son coéquipier lui parut plus que déstabilisante : effrayante.

— Va chier, Rizzoli.

— Hé, ho !

— T'as vraiment un problème, tu sais ? Pourquoi tu te braques comme ça contre cette fille ? Parce qu'elle est jolie ?

— Il y a quelque chose de pas clair chez elle. Je sens un truc qui cloche.

— Elle a peur. Sa vie vient d'être bouleversée. Dans ces cas-là, on angoisse forcément.

— Et toi, tu veux jouer les chevaliers blancs.

— J'essaie juste de me montrer humain avec elle.

— Rassure-moi, tu réagirais pareil si elle était moche à pleurer ?

— Son apparence physique n'a rien à voir là-dedans. Arrête de sous-entendre que je pense à autre chose qu'au boulot.

Jane poussa un soupir et mit le contact.

— Écoute, je cherche simplement à t'éviter des ennuis, d'accord ? Je suis comme Maman Ours, je fais mon devoir en te protégeant... Au fait, Alice rentre quand ? Ça fait déjà un moment qu'elle est chez ses parents, non ?

Frost lui décocha un regard soupçonneux.

— Pourquoi tu demandes des nouvelles d'Alice ?

— Elle est partie depuis plusieurs semaines. Il est temps qu'elle revienne, non ?

Cette question déclencha un ricanement.

— Jane Rizzoli, conseillère matrimoniale. J'apprécie moyen, tu sais.

— Quoi donc ?

— Que tu me croies capable de sortir du droit chemin.

Jane s'éloigna du trottoir et se fondit dans la circulation.

— Je trouvais juste utile de t'en parler. Je préfère éviter les ennuis.

— Ouais, une stratégie qui a été super efficace avec ton père. Il t'adresse encore la parole ou tu l'as braqué une fois pour toutes ?

Elle crispa les mains sur le volant. Au bout de trente et un ans d'apparente félicité conjugale, Frank Rizzoli s'était subitement mis à fantasmer sur les blondes faciles. Il avait quitté la mère de Jane sept mois auparavant.

— Je lui ai simplement dit ce que je pensais de sa bimbo.

— Ouais ! s'esclaffa Frost. Et ensuite, tu as voulu la tabasser.

— Je ne l'ai pas tabassée. Nous avons eu des mots…

— Tu as essayé de lui passer les menottes.

— C'est lui que j'aurais dû arrêter, vu son comportement de quinqua débile. Il me fiche la honte, merde.

Elle contempla la chaussée d'un regard sombre.

— Et là, c'est au tour de ma mère.

— Parce qu'elle fréquente quelqu'un ? Tu vois, dit Frost en secouant la tête, tu es si rigide dans tes jugements que tu vas la monter contre toi.

— Elle se comporte comme une adolescente.

— Ton père l'a larguée et maintenant elle a des aventures, où est le problème ? Korsak est un type bien, laisse-la s'amuser un peu.

— Ce n'était pas mes parents le sujet. C'était Joséphine.

— *Ton* sujet, tu veux dire.

— Il y a quelque chose qui me gêne chez elle. Tu as remarqué qu'elle nous regarde rarement droit dans les yeux ? J'ai eu l'impression qu'elle mourait d'envie de nous éjecter.

— Elle a répondu à toutes nos questions, que veux-tu de plus ?

— Elle ne nous a pas tout dit. Elle cache un truc.

— Quel genre de truc ?

— Aucune idée, dit Jane en reportant son attention sur la route. Mais ce serait bien d'en savoir un peu plus sur la belle Mlle Pulcillo.

Depuis sa fenêtre donnant sur la rue, Joséphine regarda les deux inspecteurs grimper dans leur voiture et s'éloigner. Ce n'est qu'à ce moment-là qu'elle ouvrit son sac à main pour en tirer le porte-clés à l'ankh, celui qu'elle avait retrouvé accroché au pommier. Elle n'en avait pas parlé aux policiers. Cela l'aurait obligée à mentionner également le message qui l'avait menée là-bas, le pli adressé à Joséphine Sommer. Or, Sommer était un nom qu'ils ne devaient jamais connaître.

Elle rassembla les deux enveloppes et les déchira, tout en regrettant de ne pouvoir déchirer d'un même geste le pan de sa vie qu'elle s'évertuait à oublier depuis toutes ces années.

Il l'avait rattrapée sans qu'elle comprenne comment. Quoi qu'elle fasse pour lui échapper, il ferait toujours partie d'elle-même. Elle emporta les lambeaux de papier dans la salle d'eau, tira la chasse dessus.

Il fallait quitter Boston.

C'était le moment logique. La police la savait effrayée par ce qui venait de se passer, son départ ne soulèverait pas de soupçons. Par la suite, peut-être qu'ils poseraient des questions, qu'ils exhumeraient des archives, mais pour l'instant ils n'avaient aucune raison de se pencher sur son passé. Ils partiraient du principe qu'elle était ce qu'elle disait être : Joséphine Pulcillo, une fille qui menait une vie discrète et tranquille et qui s'était payé la fac en travaillant dans un bar à cocktails. Tout cela était vrai. Il y avait des documents pour le prouver. Du moment qu'ils ne fouillaient pas plus loin ni plus en arrière, et qu'elle ne leur donnait aucun motif de le faire, son identité actuelle ne déclencherait aucune sirène d'alarme. Elle pouvait s'esquiver de Boston sans que quiconque en apprenne plus.

Sauf que je ne veux pas quitter Boston.

Elle contempla ce quartier auquel elle s'était attachée. De l'autre côté de la vitre, les nuages de pluie avaient cédé la place à des éclaboussures de soleil et les trottoirs luisaient, propres comme des sous neufs. Elle était arrivée au mois de mars pour prendre son poste, étrangère en ces rues. Elle y avait piétiné dans le vent glacé en se disant qu'elle ne tiendrait pas long-temps – persuadée que, comme sa mère, elle était faite pour les latitudes chaudes, la chaleur du désert, pas pour l'hiver de la Nouvelle-Angleterre. Et puis, un jour d'avril, alors que la neige avait fondu, elle s'était promenée dans les vingt hectares du parc du Boston Common, longeant des arbres bourgeonnants et la fraîcheur dorée des jonquilles, et elle avait sou-dain compris qu'elle était chez elle dans cette ville où chaque brique, chaque pierre, semblait résonner des échos de l'ancien temps. En parcourant les pavés de Beacon Hill, on entendait presque cliqueter les sabots des chevaux et les roues des chariots. Sur la jetée de Long Wharf, elle s'était imaginé les cris des poissonnières, les rires des matelots. Comme sa mère, elle s'était toujours plus intéressée au passé qu'au présent, or l'histoire était vivante, dans cette ville.

Maintenant, je dois l'abandonner. Et avec elle, ce nom.

La sonnerie de l'Interphone de l'appartement la fit sursauter. Elle se rapprocha de l'appareil, s'arrêtant pour calmer sa voix avant d'appuyer sur le bouton.

— Oui ?

— Josie, c'est Nicholas. Puis-je monter ?

Ne voyant pas comment refuser sans le froisser, elle actionna l'ouverture de la porte. Robinson arriva quelques instants plus tard, les cheveux étincelants de pluie. Ses yeux gris étaient plissés par l'inquiétude derrière ses lunettes embuées de crachin.

— Ça va ? Nous avons appris ce qui s'est passé.

— Par qui ?

— Nous attendions votre arrivée. L'inspecteur Crowe nous a prévenus qu'il y avait eu un problème. Que quelqu'un avait forcé la portière de votre voiture.

— C'est bien pire que ça, lâcha-t-elle en se laissant tomber lourdement sur le canapé.

Il resta là à l'observer. Pour la première fois, son regard la mit mal à l'aise : il l'étudiait de beaucoup trop près. Elle se sentit soudain dénudée, telle Madame X, ses bandelettes protectrices arrachées révélant la laideur qui gisait en dessous.

— Mes clés sont entre les mains de quelqu'un, Nick.

— Celles que vous aviez égarées ?

— En fait, elles ont été volées.

— Vous voulez dire... volontairement ?

— Quand on vole quelque chose, c'est volontaire, en général.

Il paraissait perplexe. Pauvre Nick, songea-t-elle. Ça fait trop longtemps qu'il est enfermé avec ses antiquités aussi confinées que lui. Il n'a pas idée de la laideur du monde réel.

— C'est sans doute arrivé pendant que j'étais au travail, ajouta-t-elle.

— Oh là là.

— Les clés du musée n'étaient pas dans ce trousseau, il n'y a donc rien à craindre de ce côté-là. Les collections ne risquent rien.

— Ce ne sont pas les collections qui m'inquiètent, c'est vous...

Il prit une profonde inspiration, comme un nageur qui s'apprête à plonger.

— Si vous ne vous sentez pas en sécurité ici, vous pouvez toujours... J'ai une chambre d'amis, affirmat-il bravement en se redressant soudain. Vous êtes la bienvenue chez moi.

Elle sourit.

— Merci, mais je compte quitter Boston un petit moment. Je resterai plusieurs semaines sans mettre les pieds au musée... Désolée de vous faire faux bond ainsi, surtout dans une telle période.

— Où irez-vous ?

— Je vais faire d'une pierre deux coups, dit-elle en s'approchant de la fenêtre et du panorama qui lui manquerait tant. Je rends visite à ma tante, que je n'ai pas vue depuis un an. Merci pour tout, Nicholas.

Merci d'avoir été pour moi ce qui se rapproche le plus d'un ami au cours de ces derniers mois.

— Que se passe-t-il vraiment ? demanda-t-il.

Il vint se placer derrière elle, à la toucher – sans esquisser un geste, pourtant : présence patiente et silencieuse, comme toujours.

— Vous pouvez me faire confiance, vous savez. En toutes circonstances.

Subitement, elle eut envie de lui dire la vérité, de lui raconter le passé. Malgré tout, elle redoutait sa réaction. Il avait cru au personnage terne de Joséphine Pulcillo. Puisqu'il s'était toujours montré bon avec elle, la meilleure façon de lui revaloir ça était de préserver ses illusions.

— Que s'est-il passé aujourd'hui ? insista-t-il.

— Vous le verrez sans doute ce soir aux informations. Quelqu'un s'est servi de mes clés pour s'introduire dans ma voiture. Pour laisser quelque chose dans mon coffre.

— Quoi donc ?

Elle se retourna pour lui faire face.

— Une seconde Madame X.

13

Joséphine s'éveilla dans la clarté éblouissante de cette fin d'après-midi. Plissant les yeux pour scruter le paysage de l'autre côté de la vitre du car, elle découvrit une infinité de champs verdoyants drapés dans la brume dorée d'un coucher de soleil. Elle avait à peine dormi la veille et ce n'est qu'au matin, à bord du Greyhound, qu'elle s'était enfin assoupie d'épuisement. Elle n'avait aucune idée de l'endroit où elle se trouvait à présent, mais étant donné l'heure ils devaient approcher de la frontière entre le Massachusetts et l'État de New York. En voiture, le trajet n'aurait pris que six heures. Par le car, cela prendrait toute la journée, en comptant les changements.

La nuit était tombée quand ils parvinrent à sa dernière correspondance, Binghamton. Descendue du car, elle se dirigea vers un téléphone public. Elle avait laissé son portable éteint depuis son départ de Boston : on localisait facilement ce genre d'appels. Ayant plongé la main dans sa poche afin d'y pêcher des pièces, elle déposa un *quarter* dans l'appareil affamé. Le même message sempiternel l'accueillit sur le répondeur. Une voix de femme au débit rapide :

« Je dois être sur un chantier de fouilles. Laissez un numéro, je vous rappellerai. »

Joséphine raccrocha sans rien dire, puis elle traîna ses deux valises jusqu'à l'autre arrêt, où elle se joignit à la courte file de passagers attendant de monter à bord. Personne ne parlait. Tout le monde paraissait vanné, résigné à la perspective de la prochaine étape du périple.

À vingt et une heures, le car pénétra dans le bourg de Waverly.

Joséphine fut la seule à descendre. Elle se retrouva devant une supérette plongée dans le noir. Même un village aussi petit devait disposer d'un taxi. Elle se dirigea vers une cabine publique, dans la fente de laquelle elle s'apprêtait à laisser tomber de la monnaie, lorsqu'elle découvrit l'inscription scotchée dessus. *HORS SERVICE*. Un uppercut final au bout d'une journée épuisante. Fixant du regard le taxiphone inutilisable, elle se mit à rire, d'une voix rauque et désespérée dont les échos se perdirent dans le parking désert. Pas de taxi, donc une expédition de dix kilomètres à pied dans la nuit avec ses deux valises.

Allumer le portable était risqué. On pouvait la retrouver au premier appel. Mais tu es sur les rotules, songea-t-elle, et comment faire autrement, et où aller ? Tu es coincée dans une petite bourgade où ta seule connaissance est injoignable.

Des phares venaient d'apparaître sur la chaussée.

La voiture avança vers elle. Un véhicule de police surmonté d'une barre de gyrophares. Joséphine se figea, hésitant sur la conduite à tenir : se dissimuler dans le noir ou jouer le rôle de la passagère en rade ?

Il était trop tard pour s'enfuir, à présent : le patrouilleur entrait déjà sur le parking de la supérette. La vitre s'abaissa, et un jeune homme en uniforme scruta Joséphine.

— Bonsoir, mademoiselle. Avez-vous quelqu'un qui passe vous chercher ?

Elle se racla la gorge.

— J'allais appeler un taxi.

— Cette cabine est en panne.

— Je viens de m'en apercevoir.

— Ça fait six mois. Les compagnies de téléphone prennent rarement la peine de réparer, maintenant que tout le monde a un portable.

— J'ai le mien. Il ne me reste plus qu'à l'allumer.

Il la dévisagea un instant, se demandant manifestement pourquoi elle allait s'embêter à appeler d'une cabine.

— Je voulais vérifier le numéro dans l'annuaire, expliqua-t-elle en ouvrant le gros volume qui accompagnait l'appareil.

— D'accord, je vous tiens compagnie, le temps que le taxi arrive.

Pendant qu'ils patientaient, le policier lui expliqua qu'un mois auparavant une jeune femme avait connu quelques désagréments sur ce même parking.

— Elle était descendue du car de Binghamton à vingt et une heures, comme vous, précisa-t-il.

Depuis lors, il se faisait un point d'honneur de passer dans le coin chaque soir, pour s'assurer que personne n'accostait les demoiselles.

— C'est mon métier de protéger la population, conclut-il, et si vous saviez quels événements atroces se produisent même ici, dans une petite bourgade de quatre mille six cents habitants, vous ne prendriez pas le risque de vous promener toute seule de nuit sur un parking.

Quand le taxi finit par se montrer, le défenseur de la loi et de l'ordre lui tenait encore la jambe. Elle craignit une seconde qu'il ne la suive jusqu'à sa destination pour le simple plaisir de reprendre leur conversation. Mais la voiture de patrouille partit dans la direction opposée, et Joséphine s'installa avec un soupir sur son siège pour réfléchir à la suite. Première priorité, une bonne nuit de sommeil, dans une maison où elle se sentait en sûreté. Où elle n'aurait aucun besoin de cacher sa véritable identité. Elle jonglait avec les mensonges depuis trop longtemps, au point d'oublier parfois les vrais détails de sa vie. Au moindre verre de trop, au moindre instant d'inattention, elle risquait de laisser échapper un détail susceptible de faire s'effondrer ce château de cartes. À l'époque de ses études, elle était la seule à ne pas boire dans tout son internat peuplé de fêtardes. Elle était passée maîtresse dans l'art de papoter sans jamais rien révéler d'elle-même.

J'en ai assez de cette existence, songea-t-elle. De devoir soupeser les conséquences de mes paroles avant même de proférer un mot. Au moins, ce soir, je pourrai être moi-même.

Le taxi se gara devant une vaste ferme.

— Nous y voici, mademoiselle. Voulez-vous que je vous porte vos bagages ?

— Non, je me débrouillerai, merci.

Elle régla la course et remonta l'allée, traînant ses valises jusqu'au bas du perron. Elle s'arrêta comme pour chercher ses clés. Dès que le taxi eut disparu, elle fit demi-tour et rejoignit la route.

Au bout de cinq minutes, elle parvint à un long chemin de terre gravillonné tranchant dans un couvert épais. La lune s'était levée, on y voyait juste assez pour ne pas se casser la figure. Les roulettes des valises creusant leurs sillons dans le sentier avaient des tonalités inquiétantes. Dans la forêt, les grillons s'étaient tus, conscients qu'une intruse avait investi leur royaume.

Joséphine grimpa les marches menant à la maison plongée dans le noir. Elle toqua à la porte, donna plusieurs coups de sonnette, mais il n'y avait personne, ainsi qu'elle l'avait supposé.

Aucun problème.

Elle alla récupérer la clé dans sa cachette habituelle, sous le tas de bois de chauffage. D'une chiquenaude, elle alluma le plafonnier. Le séjour était tel que lors de sa dernière visite, deux ans auparavant : le même bric-à-brac remplissait toujours la moindre bibliothèque, la moindre niche. Au mur, les éternelles photos dans leurs cadres mexicains étamés. Des visages tannés par le soleil souriant sous des chapeaux à larges bords. Un homme appuyé sur une pelle devant des ruines, une rousse agenouillée plissant les yeux, la truelle à la main, dans une tranchée. La plupart de ces gens étaient des inconnus pour Joséphine. Ils appartenaient aux souvenirs, au passé d'une autre.

Elle déposa ses valises pour se rendre dans la cuisine, où un fatras similaire régnait : casseroles et poêles noircies pendues au suspensoir accroché au plafond, rebords de fenêtre chargés d'un fouillis d'objets allant du verre dépoli aux tessons de poteries.

Joséphine remplit une bouilloire, la posa sur la cuisinière. Le temps que l'eau chauffe, elle étudia les clichés scotchés sur la porte du frigo. Au milieu de ce collage désordonné se trouvaient des traits familiers : les siens, à environ trois ans, assise sur les genoux d'une brune aux cheveux de jais. Joséphine caressa doucement le visage de la femme, ramenée au souvenir de sa joue lisse, du parfum de ses cheveux. La bouilloire se mit à siffler, mais elle resta immobile, fascinée par la photo et par ce regard noir hypnotique rivé au sien.

La bouilloire cessa soudain de siffler, aussitôt remplacée par une voix :

— Ça fait des années que personne ne m'a demandé de ses nouvelles, tu sais.

Joséphine se retourna brusquement vers la quinquagénaire longiligne qui venait d'éteindre le gaz sous la bouilloire.

— Ah, te voilà enfin, murmura-t-elle.

Un sourire aux lèvres, la nouvelle arrivante s'approcha pour la serrer fort dans ses bras. Avec sa minceur athlétique et ses cheveux argentés coupés au carré par commodité, Gemma Hamerton avait plus l'air d'un adolescent que d'une femme mûre. Elle portait un chemisier sans manches, étalant sans complexe ses épouvantables cicatrices de brûlures.

— J'ai reconnu ta vieille valise dans le séjour, dit-elle en reculant pour détailler sa visiteuse. Bon sang, petite, tu lui ressembles de plus en plus. Tu as vraiment hérité de gènes redoutables !

Elle secoua la tête, rigolarde.

— J'ai essayé de te joindre, mais je ne voulais pas laisser de message sur le répondeur, expliqua Joséphine.

— J'étais en voyage, jeta Gemma en tirant de son sac une coupure de presse de l'*International Herald Tribune*. Je suis tombée sur cet article avant de quitter Lima. Y aurait-il un rapport avec ta présence ici ?

Joséphine lut le gros titre :

LE SCANNER DE LA MOMIE STUPÉFIE LES AUTORITÉS

— Ah, tu es donc au courant pour Madame X…

— Les nouvelles de ce genre font le tour du monde, tu sais. La planète est petite, de nos jours.

— Oui, et peut-être trop, si ça se trouve, souffla Joséphine. Ça ne me laisse nulle part où me cacher.

— Rien ne dit que tu doives encore le faire au bout de toutes ces années.

— Quelqu'un m'a retrouvée. J'ai peur.

Gemma la contempla, puis s'assit posément de l'autre côté de la table.

— Raconte-moi ce qui s'est passé.

Joséphine montra du doigt l'extrait du journal.

— Tout a commencé avec ça.

— Continue.

Au début, les mots sortirent de façon hachée : elle ne s'était pas livrée depuis longtemps. Elle avait pris le pli de se contenir, de soupeser les risques avant chaque nouvelle révélation. Mais avec Gemma aucun secret ne présentait de danger, et plus la jeune femme progressait dans son récit, plus elle se surprenait à parler vite, pour finir dans un torrent de paroles irrépressible.

Trois thés plus tard, elle finit par se taire, se tassa sur sa chaise. Rien ou presque n'avait changé, mais en elle l'épuisement le disputait au soulagement. Elle ne se sentait plus seule.

Son histoire laissa Gemma éberluée.

— Tu as trouvé un cadavre dans ta voiture ? Et tu as volontairement omis d'évoquer le message que tu avais reçu ? Tu n'en as rien dit à la police ?

— Comment veux-tu ? S'ils apprennent pour ça, ils découvriront tout le reste.

— C'est peut-être le moment de les mettre au courant, dit Gemma à voix basse. Arrête de te cacher, raconte la vérité.

— Il est hors de question que je fasse ça à maman. Je ne peux pas la mêler à cette affaire. Bon sang, comme je suis contente qu'elle ne soit pas là !

— Elle serait d'accord, pourtant. C'est toujours toi qu'elle a cherché à protéger.

— Eh bien, elle ne peut plus, et elle ne devrait pas avoir à le faire, répondit Joséphine en se levant pour aller porter sa tasse dans l'évier. Ce qui m'arrive n'a aucun rapport avec elle.

— Ah bon ? Tu es sûre ?

— Elle n'a jamais mis les pieds à Boston. Elle n'a pas été en relation avec le musée Crispin... Enfin... tu me le confirmes ? demanda-t-elle en se tournant vers Gemma.

Cette dernière fit oui de la tête.

— Je ne vois pas quel pourrait être le rapport. D'un autre côté il y a ce cartouche, et cet article de journal...

— Sûrement des coïncidences.

Gemma prit sa tasse en coupe entre ses mains, comme pour chasser un frisson soudain.

— Quand même, ça fait beaucoup... Et pour le cadavre qui a atterri dans ta voiture, la police fait quoi ?

— Ils agissent comme ils sont censés le faire dans une affaire d'assassinat. Ils mènent l'enquête. Ils m'ont posé tout ce qu'on est en droit d'attendre comme questions : qui pourrait bien me harceler ? Est-ce que j'ai un admirateur maboul ? Une ancienne connaissance qui cherche à me terroriser ? Pour peu qu'ils continuent comme ça, ce n'est qu'une question de temps avant qu'ils découvrent la véritable identité de Joséphine Pulcillo.

— Ils ne prendront peut-être pas la peine de remonter aussi loin. Ils ont des meurtres à élucider et tu n'es pas la seule personne sur leur liste.

— Je ne pouvais pas courir ce risque, Gemma. Voilà pourquoi je me suis enfuie. J'ai fait mes valises en abandonnant un boulot et une ville que j'adorais, où j'étais heureuse. Ça me plaisait de travailler au musée, aussi petit et bizarre qu'il soit.

— Et tes collègues ? Aucune chance que l'un d'eux soit mêlé à tout ça ?

— Ça m'étonnerait.

— La vie réserve parfois des surprises.

— Ils sont tout ce qu'il y a d'inoffensif. Le conservateur et le directeur sont deux messieurs adorables... Je me demande ce qu'ils vont penser de moi quand ils découvriront qui ils ont engagé, ajouta-t-elle avec un rire sans joie.

— Une jeune archéologue brillante, qui mérite une meilleure vie que celle qu'elle a eue jusqu'à présent.

— C'est la mienne, en tout cas.

Joséphine entreprit de rincer sa tasse sous le robinet. La pièce était organisée exactement comme par le passé, et elle trouva les torchons à vaisselle dans le placard habituel. À l'instar d'un site archéologique digne de ce nom, la cuisine de Gemma se trouvait figée pour l'éternité.

Quel luxe d'avoir des racines, songea la jeune femme en rangeant la tasse propre sur l'étagère. Quel effet ça fait d'avoir son foyer à soi, de se bâtir une existence qu'on ne devra jamais abandonner ?

— Que comptes-tu faire, à présent ? demanda Gemma.

— Aucune idée.

— Tu pourrais retourner au Mexique. Elle approuverait.

— Je vais devoir redémarrer de zéro.

Joséphine se tassa à cette perspective, les reins contre le plan de travail.

— Nom d'un chien ! s'exclama-t-elle. J'ai perdu douze ans de ma vie !

— Peut-être pas. Peut-être que la police va lâcher du lest.

— Je ne peux pas tabler là-dessus.

— Observe, sois patiente. Tu verras bien. Cette maison sera vide presque tout l'été. Je dois repartir au Pérou dans deux semaines pour superviser les fouilles. Reste tout le temps qu'il faudra.

— Je ne veux pas te causer d'ennuis...

— D'ennuis ? s'exclama Gemma en secouant la tête. Tu n'as aucune idée de ceux que ta mère m'a épargnés. Et de toute façon, la police n'est pas aussi dégourdie ni aussi méthodique que tu le penses, crois-moi. Il suffit de voir le nombre de bavures et d'affaires non élucidées dont on entend parler aux infos.

— Tu ne connais pas cette inspectrice.

Gemma haussa un sourcil.

— Ah, c'est une femme qui dirige l'enquête ?

— Oui. Vu la façon dont elle me scrute, et les questions qu'elle me pose, je…

— Aïe.

— Pourquoi tu dis ça ?

— Les hommes se laissent facilement distraire par un joli minois.

— Si cette Jane Rizzoli continue à fouiner, elle finira par trouver ta maison. Et par passer ici.

— Eh bien, qu'elle vienne. Que veux-tu qu'elle découvre ? Regarde autour de toi ! s'exclama Gemma en balayant la pièce du bras. Quand elle verra toutes mes tisanes, elle me flanquera tout de suite dans la case « vieille hippie inoffensive ». Les femmes de plus de cinquante ans, personne ne prend vraiment la peine de les regarder. Pas facile pour l'ego, mais qu'est-ce que ça facilite la vie ! Alors, quel intérêt aurait mon témoignage ?

Joséphine se mit à rire.

— Donc, tout ce que j'ai à faire pour mener une vie tranquille, c'est attendre d'être quinqua ?

— Tranquille, tu l'es peut-être déjà, pour ce qui est de la police.

— Il n'y a pas qu'eux qui m'effraient, murmura Joséphine. Il y a ces lettres. Ce qu'on a caché dans ma voiture…

— C'est compréhensible… Mais alors, dis-moi, pourquoi es-tu toujours vivante ? demanda Gemma avec un regard appuyé.

Cette question prit la jeune femme au dépourvu.

— Tu préférerais me savoir morte ?

— Pourquoi un détraqué perdrait-il son temps à te faire peur avec des messages écrits et des cadeaux atroces ? Pourquoi ne pas t'avoir tuée, tout simplement ?

— Peut-être à cause de l'enquête de police ? Le musée est comme une annexe du commissariat, depuis le scanner de Madame X.

— Un autre détail qui m'intrigue : déposer un cadavre dans ta voiture, ça attirait forcément l'attention sur toi. Maintenant, les flics t'ont à l'œil... Bizarre comme geste, de la part de quelqu'un qui veut ta mort, non ?

« Quelqu'un qui veut ta mort »... Cette formule objective, sans ambages, était du Gemma pur jus... Sauf que je suis déjà morte il y a douze ans, songea Joséphine, quand l'ado que j'étais a disparu de la surface de la Terre et que Joséphine Pulcillo a vu le jour.

— Elle ne voudrait pas te savoir seule à affronter tout ça, Josie. Appelons-la.

— Non, il vaut mieux éviter, pour tout le monde. À supposer qu'on guette mes mouvements, c'est exactement ce qu'on attend de moi... J'ai réussi à m'en sortir par mes propres moyens depuis la fac, je peux me dépêtrer aussi de ça. J'ai juste besoin d'un peu de temps pour me retourner... Histoire de décider où me rendre ensuite...

Elle marqua un silence.

— Et puis je crois que j'aurai besoin d'argent.

— Il reste dans les vingt-deux mille dollars sur le compte. Ils sont là pour t'aider à affronter les accidents de la vie.

— Il me semble que c'en est un.

Joséphine se leva. S'arrêtant sur le seuil de la cuisine, elle se retourna.

— Merci pour tout ce que tu as fait. Pour moi et pour ma mère.

— Médée le mérite amplement, dit Gemma avec un regard vers ses bras et ses cicatrices. Sans elle, je serais morte.

14

Ce samedi soir, Daniel Brophy rendait enfin visite à Maura.

À la dernière minute, elle fonça acheter des olives de Kalamata, du fromage français importé et une bouteille de vin hors de prix. Voilà comment je courtise mes amants, songea-t-elle en tendant sa carte de crédit à la vendeuse. À coups de sourires, de baisers et de verres de pinot noir. Je ravirai son cœur grâce à ces soirées parfaites qui resteront gravées à jamais dans sa mémoire. Il n'aura de cesse d'en redemander. Et puis peut-être qu'un soir il tranchera. Qu'il me choisira, moi.

Lorsqu'elle rentra chez elle, il l'attendait déjà, constata-t-elle en découvrant sa voiture rangée en lieu sûr dans le garage, loin des regards. Une fois la sienne garée à côté, Maura se hâta d'abaisser la porte basculante. Ce geste s'était changé en automatisme chez elle. Le secret devient très vite une seconde nature. Elle avait aussi pris l'habitude de tirer les rideaux et d'esquiver les questions innocentes de ses collègues et voisins. Vous fréquentez quelqu'un ? Que diriez-vous de venir dîner un soir ? Je peux vous présenter un ami charmant…

Au fil des mois, elle avait décliné tant d'invitations de ce genre qu'on ne lui en lançait presque plus. Avait-on renoncé à la caser ou, au contraire, deviné ce qui la poussait à se montrer si sauvage, à se replier à ce point sur elle-même ?

La raison de son attitude l'attendait, campée sur le seuil de la porte intérieure du garage.

Elle tomba dans les bras de Daniel. Leur dernière rencontre remontait à dix jours, dix longues journées d'un désir croissant, désormais si mordant qu'elle brûlait de s'y abandonner. Les courses se trouvaient encore dans la voiture et le dîner n'était pas prêt, mais à présent que leurs lèvres se touchaient la cuisine était la dernière de ses préoccupations. Elle ne voulait dévorer que Daniel. Sa bouche se reput de la sienne le temps de reculer jusqu'à la chambre – des baisers coupables, rendus plus délicieux par l'interdit. Combien de péchés allons-nous commettre cette nuit ? se demanda-t-elle en le regardant déboutonner sa chemise. Il ne portait pas son col romain, ce soir-là. Il venait vers elle en amant, pas en homme de Dieu.

Plusieurs mois auparavant, il avait rompu son vœu de chasteté. C'était Maura la fautive, c'était elle qui l'avait entraîné dans cette chute, dans ses bras, dans ce lit. Aujourd'hui, cette destination leur était si familière que Daniel anticipait ses moindres désirs. Il savait ce qui lui arracherait des gémissements.

Lorsqu'elle finit par retomber en arrière dans un tressaillement satisfait, ils restèrent allongés, bras et jambes entremêlés, ainsi qu'ils le faisaient toujours : deux amants qui connaissaient le corps de l'autre sur le bout des doigts.

— J'ai l'impression qu'on ne s'est pas vus depuis des lustres, chuchota-t-elle.

— J'aurais voulu passer jeudi, mais ma séance s'est éternisée.

— Ta séance ?

— Je jouais les conseillers conjugaux, ricana-t-il tristement. Comme si j'étais à la bonne place pour expliquer à ces gens comment sauver leur couple… Ils débordaient de colère et de souffrance, Maura. Le simple fait d'être assis dans la même pièce qu'eux était une épreuve. J'avais envie de leur dire que ça ne marcherait pas, qu'ils ne seraient jamais heureux ensemble. Qu'ils n'avaient pas épousé qui il fallait !

— Peut-être la meilleure chose à leur dire.

Il écarta tendrement les cheveux qui recouvraient la joue de Maura. Sa main s'attarda sur son visage.

— Oui, la compassion voudrait ça. Ce serait tellement plus humain de leur donner l'absolution pour une rupture. Pour qu'ils puissent trouver une personne capable de les rendre heureux, comme tu le fais pour moi.

Elle s'assit en souriant au milieu des draps froissés exhalant les effluves de leur corps à corps. Les fumets animaux de la chair et du désir.

— En attendant, dit-elle, tu me donnes faim. Je t'ai promis de te préparer à dîner.

— Je me sens coupable de me faire nourrir à chaque fois.

Il s'assit à son tour en attrapant ses vêtements.

— Je peux t'aider à quelque chose ?

— J'ai laissé le vin dans la voiture. Tu vas chercher la bouteille et tu l'ouvres ? Pendant ce temps-là, je mettrai le poulet au four.

Ils burent du vin à petites gorgées dans la cuisine tandis que le poulet rôtissait. Maura découpa les pommes de terre, Brophy prépara la salade.

Ils cuisinaient, ils s'embrassaient, ils échangeaient des caresses, à l'image de n'importe quel couple marié… Sauf que nous ne le sommes pas, songea Maura en coulant un regard vers le profil superbe de Brophy, vers ses tempes poivre et sel. Chaque moment qu'ils passaient ensemble était un instant volé, fugace. Ils avaient beau rire de concert, une touche de désespoir s'entendait parfois dans leurs voix, comme s'ils tâchaient de se persuader qu'ils étaient heureux. Heureux, nom d'un chien ! malgré le sentiment de culpabilité, malgré les mensonges et les innombrables nuits loin l'un de l'autre. Les traits de Brophy commençaient à accuser cette clandestinité. Au cours des derniers mois, ses cheveux s'étaient mis à grisonner de façon beaucoup plus prononcée.

Quand ils auront viré au blanc, abriterons-nous toujours nos rencontres derrière des rideaux tirés ? se demanda Maura. Et lui, quels changements lit-il sur mon visage ?

Lorsque Daniel repartit, il était plus de minuit. Elle s'était assoupie dans ses bras et elle ne l'entendit pas sortir du lit. À son réveil, il avait disparu. Le drap était froid à côté d'elle.

Ce matin-là, elle but son café toute seule, prépara son petit déjeuner en solo. Les meilleurs souvenirs qu'elle gardait de sa vie de couple avec Victor, c'étaient les dimanches matin passés ensemble à faire la grasse matinée au lit, ou sur le canapé, à lire les journaux. Avec Daniel, elle n'aurait jamais droit à de tels week-ends. Tandis qu'elle piquait du nez en peignoir sur le *Boston Globe* étalé tout autour d'elle, le père Brophy veillait au salut de ses ouailles, ces brebis au berger égaré, à Notre-Dame de la Divine Lumière.

Le coup de sonnette la réveilla en sursaut. Encore dans le cirage, elle s'assit sur le canapé. Déjà deux heures de l'après-midi. Était-ce Daniel ?

Elle traversa le séjour à toutes jambes, les quotidiens épars crissant sous ses pieds nus. En découvrant qui se tenait sur son perron, elle se mordit les doigts de ne pas s'être peignée et d'être restée en robe de chambre.

— Désolé du retard, expliqua Anthony Sansone. J'espère que je ne tombe pas mal...

— En retard ? Désolée, je ne vous attendais pas.

— Vous n'avez pas eu mon message sur votre ligne fixe ? J'ai appelé hier après-midi pour annoncer que je passerais aujourd'hui vers...

— Ah. J'ai oublié d'écouter mon répondeur, hier soir.

J'avais mieux à faire, aussi. Elle recula d'un pas.

— Entrez, je vous en prie.

Il s'arrêta sur le seuil du séjour, face au fouillis de journaux et à la tasse de café vide. Ils ne s'étaient pas revus depuis des mois, et l'impassibilité dont il fit preuve la frappa. À la différence de Daniel, prompt à se lier, même avec de parfaits inconnus, Anthony était quelqu'un qui gardait son quant-à-soi, qui pouvait faire montre d'un calme olympien en plein milieu d'une salle bondée. Elle se demanda ce qu'il pensait devant les traces de ce dimanche gâché étalées devant lui. Tout le monde n'a pas de majordome, songea-t-elle. Tout le monde ne vit pas comme vous dans une bâtisse victorienne de Beacon Hill.

— Désolé de vous déranger à votre domicile, mais je ne voulais pas que ma venue tourne à la visite officielle. Et je tenais à prendre de vos nouvelles, Maura. Ça fait un moment que je ne vous ai vue.

— Tout va bien. J'ai été très occupée.

— La Fondation Méphisto a repris ses dîners hebdomadaires chez moi. Votre regard nous serait très utile, nous serions ravis que vous vous joigniez à nous un de ces soirs...

— Pour discuter de meurtres ? Je donne suffisamment là-dedans pendant mes journées de travail, merci bien !

— Vous n'êtes que témoin de leurs effets. Nous, ce qui nous intéresse, ce sont leurs causes.

Maura s'était mise à ramasser et à empiler les journaux.

— Je n'ai pas ma place dans votre groupe. Je n'adhère pas à vos thèses.

— Même après ce que nous avons vécu tous les deux ? Ces assassinats ont bien dû vous amener à vous poser des questions. Ils vous ont sûrement rapprochée de notre interprétation...

— Celle qui veut que les Manuscrits de la mer Morte contiennent une théorie unifiée et révélée du mal ? dit-elle en secouant la tête. Je suis cartésienne. Je lis les textes religieux pour y trouver des indices historiques, pas des vérités littérales. Je ne leur demande pas d'expliquer l'inexplicable.

— Vous vous êtes retrouvée coincée avec nous, sur cette montagne. Vous avez vu les preuves, ce soir-là.

Il parlait d'une nuit de janvier où ils avaient failli perdre la vie – un point, au moins, sur lequel ils pouvaient s'accorder, vu les quantités de sang abandonnées sur place. En revanche, ils divergeraient toujours dans leur interprétation des événements, et leur désaccord le plus fondamental portait sur la nature du monstre qui les avait piégés.

— Ce que j'ai vu, c'est un tueur en série comme ce monde n'en compte que trop, dit-elle en posant la pile de journaux sur sa table basse. Je n'ai besoin d'aucune théorie biblique pour décortiquer de tels comportements. Je m'attache aux arguments scientifiques, pas aux légendes sur d'ancestrales lignées de démons. Le mal existe, c'est ainsi, point. L'être humain peut se montrer violent, et tuer, parfois. Nous aimerions tous savoir pourquoi.

— La science explique-t-elle ce qui pousse un assassin à momifier le corps d'une femme ? À réduire sa tête et à déposer une autre victime dans un coffre de voiture ?

Elle se tourna vers lui, interloquée.

— Vous êtes déjà au courant de ces dossiers ?

Évidemment, c'était logique : Anthony Sansone entretenait des liens avec la hiérarchie des services de police – jusqu'au sommet de la pyramide, le préfet en personne. Une affaire aussi singulière que celle de Madame X avait forcément attiré son attention – et suscité l'intérêt de la secrète Fondation Méphisto, laquelle possédait ses propres théories farfelues sur le crime et sur la façon dont il devait être combattu.

— Même vous, vous ignorez peut-être certains détails, répondit-il. Des détails dont vous devriez prendre connaissance, à mon avis.

— Pardon de vous interrompre, mais je dois m'habiller. Nous reprendrons cette conversation tout à l'heure.

Dans sa chambre, elle enfila un jean et une chemise, tenue décontractée tout à fait adaptée à un dimanche après-midi, mais qui la fit se sentir mal fagotée comparativement à son visiteur. Elle se débarbouilla la figure et se brossa les cheveux, sans prendre la peine de se maquiller. Lorsqu'elle se regarda dans la glace, elle découvrit des yeux gonflés et de nouvelles mèches grises, qu'elle n'avait jamais remarquées jusque-là. Eh bien, c'est ce que je suis, songea-t-elle. Une femme qui ne fêtera plus jamais ses quarante ans. Je ne peux pas dissimuler mon âge et je refuse même d'essayer.

Lorsqu'elle quitta la pièce, l'arôme du café en train de passer se répandait dans toute la maison. Elle suivit les effluves jusqu'à la cuisine, où Sansone avait déjà tiré deux mugs du placard.

— Je me suis permis de refaire du café, j'espère que ça ne vous embête pas.

Il souleva la cafetière pour leur verser deux tasses. Il paraissait parfaitement à l'aise dans la cuisine de Maura, qui s'agaça de la facilité avec laquelle il s'était approprié les lieux. Un don, chez lui.

Il lui tendit un des mugs. Tiens, il l'avait sucré exactement au goût de Maura. Un détail qu'elle ne s'attendait pas à lui voir mémoriser.

— Il est temps de parler de Madame X, dit-il. Et de la réalité avec laquelle vous vous colletez.

— Que savez-vous de ce dossier ?

— Que vous avez trois affaires en rapport les unes avec les autres.

— Rien ne le prouve.

— Trois victimes, toutes préservées de façon monstrueuse ? C'est assez unique comme signature.

— N'ayant pas pratiqué l'autopsie de la troisième, je n'ai aucun élément de ce côté. Pas même sur la méthode utilisée.

— J'ai cru comprendre qu'il ne s'agissait pas d'un processus de momification ordinaire.

— Si par « ordinaire » vous entendez tremper quelqu'un dans des sels, déshydrater son corps puis l'entourer de bandelettes, effectivement.

— Ses traits sont quasi intacts, c'est ça ?

— Oui, c'est remarquable. Mais ses tissus contiennent encore de l'humidité. Je n'ai jamais autopsié de cadavre de cette sorte. Je ne suis même pas certaine de pouvoir la maintenir dans son état actuel.

— Et la propriétaire de la voiture ? C'est une archéologue, non ? A-t-elle une idée de la technique employée ?

— Je ne lui ai pas parlé. Elle était très secouée, selon Jane Rizzoli.

Il reposa son mug avec un regard direct qui pouvait presque passer pour une agression.

— Que savez-vous de Mlle Pulcillo ?

— Pourquoi cette question ?

— Parce qu'elle travaille pour eux.

— « Eux » ?

— Le musée Crispin.

— On dirait le mal incarné, à vous entendre.

— Vous avez accepté d'assister au scanner. Vous avez participé au ramdam médiatique qu'ils ont organisé autour de Madame X. Vous deviez bien savoir où vous mettiez les pieds.

— Le conservateur m'avait invitée en tant qu'observatrice, sans me prévenir qu'il y aurait des journalistes. Il pensait simplement que ça m'intéresserait d'être présente lors de l'examen... Il ne se trompait pas, bien sûr.

— Et quand vous avez accepté, vous ignoriez tout du musée ?

— Je l'ai visité il y a quelques années. Leur fonds est assez disparate, mais il vaut le déplacement. Pour autant, il ne diffère guère de ceux d'autres musées privés fondés par des familles aisées qui veulent étaler leurs collections à la face du monde.

— Les Crispin sont une dynastie très particulière.

— Tiens donc. Pourquoi ça ?

Il prit place sur le siège en face d'elle, à sa hauteur.

— Personne ne connaît leur véritable origine.

— Quelle importance ?

— Un peu curieux, vous ne trouvez pas ? Le premier Crispin que l'on repère dans des archives américaines est un certain Cornelius, qui a fait surface à Boston au cours des années 1850. Il prétendait détenir un titre de noblesse de la couronne d'Angleterre.

— Et alors, ce n'est pas vrai ?

— Il n'existe aucune trace de lui au Royaume-Uni – ni nulle part ailleurs, du reste. Il est apparu un beau jour aux États-Unis. Les descriptions de l'époque le donnent pour un bel homme doté d'un charme fou. Il a épousé une fille de la bonne société, après quoi il a entrepris de se constituer un pécule. Comme lui, ses descendants ont été à la fois des collectionneurs et des voyageurs impénitents rapportant des curiosités des cinq continents. Les choses habituelles, bien sûr : sculptures, spécimens d'animaux et objets funéraires... Mais ce qui intéressait plus particulièrement Cornelius et sa famille, c'étaient les armes. Ce qui cadre bien avec l'origine de leur richesse.

— Comment ça ?

— Ce sont des profiteurs de guerre. À commencer par Cornelius, qui a fait fortune pendant la guerre de Sécession en procurant des armes aux Sudistes. Ses descendants ont repris le flambeau à la faveur des divers conflits qui avaient cours sur la planète, de l'Afrique à l'Asie en passant par le Moyen-Orient. Ils ont conclu un accord d'approvisionnement secret avec Hitler tout en armant les Alliés de l'autre main. En Chine, ils ont fourni à la fois le Kuomintang et les communistes. Leur matériel a atterri à Alger comme au Congo belge ou au Liban. Peu importait qui étaient les combattants, ils ne prenaient pas parti, ils raflaient juste l'argent. Dès lors que le sang coulait quelque part, ils se mettaient sur les rangs afin d'empocher le magot…

— Quel rapport avec l'enquête ?

— Je tenais simplement à vous faire comprendre quelle est l'histoire du musée, et quel genre d'héritage Simon Crispin traîne derrière lui. Ces murs ont été bâtis grâce à des fleuves de sang. Lorsqu'on traverse le bâtiment, la moindre pièce d'or, le moindre tesson de poterie que l'on y voit ont été acquis grâce à un conflit en un point ou un autre de la planète. C'est un lieu souillé, Maura, cette famille a caché son passé et on ne connaîtra jamais son origine.

— Je vois où vous voulez en venir. Vous allez m'expliquer que les Crispin descendent de votre fameuse lignée de démons. Que ce sont les successeurs des Nephilim de la Bible ! s'esclaffa-t-elle. Oh, je vous en prie, arrêtez avec les Manuscrits de la mer Morte !

— Pourquoi croyez-vous que Madame X a atterri dans ce musée ?

— Mon petit doigt me dit que vous avez la réponse...

— Une théorie, en tout cas. À mon avis, ses restes constituent une forme d'offrande. Tout comme cette tête réduite. Elles ont été données toutes les deux par un admirateur qui comprend exactement ce que représente la famille Crispin.

— La troisième victime n'a pas été trouvée au musée. On a déposé son corps dans la voiture de Joséphine Pulcillo.

— Mlle Pulcillo travaille pour eux.

— Et elle est sacrément terrifiée, à présent. On lui a volé ses clés pour lui faire ce cadeau horrible.

— Parce que ce « on » la considérait manifestement comme un intermédiaire pour le destinataire réel du cadavre, Simon Crispin.

— Non, je crois que le message s'adressait à elle. Sa beauté frappante a dû attirer l'attention de l'assassin. Jane est du même avis... Pourquoi ne pas voir cela avec elle, la responsable de l'enquête ? Pourquoi être venu me trouver ?

— L'inspecteur Rizzoli est fermée à toute hypothèse alternative.

— Vous voulez dire qu'elle a les pieds sur Terre, corrigea Maura en se levant. Moi aussi.

— Avant que vous ne balayiez mes arguments d'un revers de la main, j'ai encore une chose à vous apprendre à propos des collections Crispin, et de celle que personne n'avait jamais vue, conservée à l'abri des regards.

— Quelle collection ? Pourquoi la cacherait-on ?

— Parce qu'elle était si monstrueuse, si dérangeante, que la famille ne pouvait se permettre de l'étaler au grand jour.

— Comment êtes-vous au courant ?

— Des rumeurs ont circulé sur le marché des antiquités pendant des années. Il y a environ six ans, ces objets ont été mis aux enchères par Simon Crispin. C'est apparemment un panier percé, il a réussi à dilapider le reliquat du patrimoine familial. Il avait besoin de liquidités et il devait se débarrasser d'objets gênants, voire carrément illégaux. Le plus troublant dans tout cela, c'est qu'il a réussi à trouver un acheteur, demeuré anonyme.

— Qu'a-t-il vendu ?

— Des trophées de guerre. Pas des médailles militaires, pas davantage des baïonnettes rouillées, à ce que l'on dit. Des crécelles africaines fabriquées à partir de dents humaines, des oreilles tranchées de soldats japonais… Un collier de doigts humains, ou un bocal rempli de… Enfin bref, une compilation épouvantable. Je ne suis pas le seul à être au courant de l'intérêt que la famille Crispin porte aux vestiges de ce genre. Peut-être notre tueur féru d'archéologie fait-il partie des initiés. Auquel cas il pourrait chercher à apporter sa pierre à leur collection.

— D'après vous, ces mortes seraient des cadeaux ?

— Des marques d'admiration fournies par un collectionneur anonyme, qui a fait don de certaines de

ses propres reliques au musée. Où elles sont demeu-
rées, oubliées de tous.

— Jusqu'à aujourd'hui.

Sansone acquiesça.

— À mon avis, ce donateur mystérieux a décidé
de refaire surface. Il clame à la face du monde qu'il
est toujours vivant… Il pourrait recommencer, Maura,
ajouta-t-il à voix basse.

Le téléphone de la cuisine se mit à sonner, brisant
le silence. Maura sentit son pouls s'accélérer soudain.
Avec quelle facilité Sansone parvenait à ébranler son
esprit cartésien ! Et en un rien de temps, il avait réussi
à assombrir cette journée d'été sans nuages. Sa para-
noïa était contagieuse : la sonnerie semblait porteuse
de menaces, d'un avertissement. Maura eut la sensation que de mauvaises nouvelles l'attendaient à l'autre
bout du fil.

Pourtant, la voix qui retentit dans le combiné avait
des accents tout à la fois agréables et familiers.

— Docteur Isles, c'est Carter, du labo. J'ai des résultats intéressants, côté chromato en phase gazeuse.

— Sur quels échantillons ?

— Les tissus que vous nous avez envoyés jeudi.

— Ceux qui ont été prélevés sur le cadavre du
coffre de voiture ? Vous avez eu le temps de les analyser ?

— On m'a laissé le message que je devais faire
des heures sup' ce week-end. J'ai supposé que c'était
à votre demande.

— Pas du tout.

Elle se retourna. Sansone la détaillait de façon si
insistante qu'elle se sentit forcée de fuir son regard.

— Continuez, lança-t-elle à Carter.

— J'ai procédé à une pyrolyse rapide, et en examinant le résidu à la CPG couplée au spectromètre de masse j'ai trouvé de nombreuses traces de protéines à la fois collagéniques et non collagéniques. J'ignore quel âge ont ces tissus, mais on les a vraiment bien préservés.

— J'avais aussi demandé une recherche sur de possibles agents de tannage. Vous en avez repéré ?

— Aucune présence de diphénols, donc ça en élimine la plupart. Mais j'ai détecté une substance appelée quatre-isopropenylphenol…

— Je n'ai pas la moindre idée de ce dont il s'agit.

— Quant à moi, j'ai dû me documenter. Il s'avère que c'est un produit caractéristique de la pyrolyse de la sphaigne.

— La sphaigne ? La mousse des tourbières ?

— Ouais. Ça vous sera utile à quelque chose ou pas ?

— Oui, répondit-elle à voix basse, je crois.

Ça me dit exactement ce que j'ai besoin de savoir.

Ayant raccroché, elle resta là, perdue dans la contemplation du combiné et éberluée par les résultats du labo. Le tour pris par les analyses dépassait à la fois sa sphère de compétence et tout ce qu'elle avait pu affronter en salle d'autopsie. Il était hors de question de continuer sans demander des conseils techniques.

— Maura ? lança Sansone.

Elle se tourna vers lui.

— On peut remettre la suite de cette discussion à un autre jour ? J'ai des coups de fil à passer.

— Me permettez-vous une suggestion avant de partir ? Je connais un médecin que vous seriez sans doute bien inspirée de contacter. Un certain Pieter Vandenbrink. Je peux vous mettre en relation avec lui.

— Pourquoi me parlez-vous de ça ?

— Vous verrez, son nom est souvent cité sur Internet. Lisez son curriculum vitæ, vous comprendrez.

15

Les camionnettes des journaux télé étaient de retour sur le parking, plus nombreux, cette fois. Dès lors qu'un assassin hérite d'un surnom dans les médias, on se l'arrache, et chaque chaîne d'info tenait à avoir sa portion de l'enquête sur l'« Embaumeur ».

En avançant vers l'institut médico-légal en compagnie de Frost, Jane sentit peser sur elle le regard inquisiteur des caméras. À l'époque de sa promotion au grade d'inspecteur, elle avait été électrisée de se voir aux infos pour la première fois. Cette sensation avait depuis longtemps cédé la place à l'agacement. Cependant, au lieu de foncer toutes griffes dehors sur les journalistes, elle continua sa progression tête baissée, en faisant le dos rond. Elle aurait sans doute l'air d'un troll bossu en blazer bleu sur l'écran ce soir-là.

Si c'était un soulagement de pénétrer dans le bâtiment et d'échapper aux zooms scrutateurs, le plus éprouvant restait à venir. Elle sentit ses muscles se contracter et son estomac se nouer en prévision du spectacle qu'ils allaient affronter en salle d'autopsie.

Dans le vestiaire, Frost fit preuve d'un flegme inhabituel au moment d'enfiler blouse et surchaussures.

Risquant un coup d'œil par la vitre, Jane constata, soulagée, que le corps était encore recouvert d'un drap. Un bref répit avant l'horreur. Elle poussa la porte d'un air sombre.

Un panoramique dentaire de l'inconnue numéro trois luisait sur le négatoscope. Maura venait de coincer des radios sur le caisson lumineux. Elle tourna la tête vers les deux inspecteurs.

— Alors, que dites-vous de ça ?

— Ses quenottes m'ont l'air en bon état, répondit Jane.

Maura hocha la tête.

— Il y a deux plombages en amalgame ici, plus une couronne en or sur la molaire inférieure gauche. Je ne vois aucune carie et aucune trace de parodontolyse, encore moins de perte osseuse alvéolaire... En revanche, là, il lui manque ses deux prémolaires, ajouta-t-elle en tapotant du doigt la radio.

— Tu penses qu'on les lui a arrachées ?

— Non, vu l'absence de trou entre les dents. Et les racines de ses incisives ont été raccourcies et émoussées.

— Ce qui veut dire en clair ?

— Elle a porté un appareil orthodontique.

— Donc, elle était issue d'un milieu aisé.

— La moyenne bourgeoisie, au moins.

— Hé, je n'ai jamais eu d'appareil, et pourtant je suis de la classe moyenne ! s'exclama Jane en montrant sa dentition inférieure irrégulière. Mon père n'avait pas les moyens de nous payer des trucs comme ça.

Elle venait de montrer du doigt la radio.

— Madame X aussi avait des dents saines, observa Frost.

Maura approuva de la tête.

— Ces deux femmes ont dû connaître une enfance… privilégiée, disons. En tout cas assez pour bénéficier de soins dentaires et orthodontiques dignes de ce nom.

Décrochant la radio, elle passa à une nouvelle série de clichés, qui vinrent claquer contre le verre quand elle les y installa. Sur le négatoscope scintillait à présent le squelette des membres inférieurs.

— Et voici l'autre point commun entre les deux victimes…

Jane et Frost laissèrent échapper un hoquet de surprise. Ils n'avaient besoin d'aucun radiologue pour interpréter les dégâts que montraient les radios.

— Les deux tibias ont subi le même sort, précisa Maura. C'est dû à un instrument contondant, un marteau, peut-être, ou un cric. Il ne s'agit pas de simples coups obliques sur les jarrets, mais de chocs brutaux, délibérés, destinés à briser les os. Les deux tibias présentaient des fractures diaphysaires transversales, avec des esquilles éparpillées dans les tissus mous. La douleur a dû être insoutenable. Cette femme n'a certainement pas pu marcher au cours des jours suivants, et elle a dû souffrir de façon inimaginable. Une infection a dû se déclarer à partir des lésions internes. Des bactéries, ainsi que du sang, ont dû pénétrer dans ses os.

Jane la dévisagea.

— « Des jours suivants » ? J'ai bien entendu ?

— Ses blessures n'étaient pas mortelles. Pas sur le moment.

— On l'a peut-être tuée avant. Il s'agirait alors de mutilations post mortem.

Oh, oui, s'il vous plaît, faites que ce ne soit pas ce que j'imagine.

— Désolée, mais elle a survécu, corrigea Maura en indiquant, autour de l'os brisé, une forme irrégulière évoquant un nuage blanc. Plusieurs semaines au moins. Ce qu'on voit là, c'est un cal. Le signe que l'os se ressoude, ce qui ne prend pas un jour, ni deux. Il faut des semaines.

Des semaines au cours desquelles cette femme avait souffert. Où la mort avait dû lui paraître un sort bien préférable. Jane repensa à l'autre série de radios vues plus tôt sur ce même négatoscope. À la jambe fracassée d'une autre femme, sur laquelle un brouillard d'os en cours de reconstitution effaçait les lignes de fracture.

— Exactement comme Madame X, commenta-t-elle.

Maura hocha la tête.

— Aucune de ces deux victimes n'a été tuée sur le coup. Elles ont chacune subi des blessures invalidantes aux membres inférieurs, auxquelles elles ont survécu un bon moment. Ça signifie que quelqu'un leur a apporté à manger et à boire. Une personne qui les a maintenues en vie assez longtemps pour que les premiers signes de régénération de l'os se voient sur ces radios.

— C'est le même assassin...

— Oui, les scénarios se ressemblent trop. Ils portent sa signature. Il commence par estropier sa victime, sans doute pour s'assurer qu'elle ne s'échappera pas. Ensuite, il la nourrit et la garde en vie.

— Que peut-il bien faire pendant tout ce temps ? Savourer leur compagnie ?

— Je l'ignore.

En contemplant l'os cassé, Jane éprouva un élancement dans la jambe, un soupçon de la souffrance que cette femme avait dû endurer.

— Tu sais, quand tu m'as appelée l'autre soir pour me prévenir, pour Madame X, j'ai cru à un meurtre ancien, lâcha-t-elle à voix basse. Un cadavre antédiluvien, un assassin mort depuis des lustres... Mais si c'est lui qui a flanqué ce corps dans la voiture de Joséphine Pulcillo...

— Il est toujours vivant, Jane. Et il se trouve ici même, à Boston.

La porte de l'antichambre s'ouvrit à la volée, laissant entrer un inconnu aux cheveux argentés occupé à nouer les cordons d'une blouse de chirurgien.

— Docteur Vandenbrink ? dit Maura. Docteur Isles. Contente que vous ayez pu arriver à temps.

— J'espère que vous n'avez pas commencé.

— Nous vous attendions.

L'homme s'avança pour échanger une poignée de main avec elle. C'était un sexagénaire d'une minceur remarquable, mais son teint très hâlé et son pas alerte dénotaient la bonne santé. À peine s'il accorda un regard à Jane et à Frost tandis que Maura faisait les présentations : il n'avait d'yeux que pour la table sur laquelle reposait la dépouille difforme de la victime, heureusement cachée sous son drap. Manifestement, les morts l'intéressaient plus que les vivants.

— Le Dr Vandenbrink est un spécialiste du Drents Museum, aux Pays-Bas, expliqua Maura. Il a atterri hier soir, après avoir traversé l'océan rien que pour cette autopsie.

— Et c'est elle ? demanda le Néerlandais sans détacher les yeux du corps masqué par le drap. Voyons voir ça...

Maura lui tendit des gants, avant d'enfiler les siens. Elle souleva le drap, et Jane s'arma de courage devant le spectacle qui l'attendait.

Sur l'acier inoxydable, sa nudité révélée crûment par l'éclairage intense, le corps tordu avait l'air d'une branche torse calcinée. Mais c'était son visage qui la hanterait à jamais, ses traits luisants comme du charbon noir et figés sur un cri d'agonie.

Loin de paraître horrifié, le Dr Vandenbrink se pencha en avant avec une expression fascinée.

— Qu'elle est belle, murmura-t-il. Vous avez eu bien raison de m'appeler. Elle vaut tout à fait le déplacement.

— Vous la trouvez belle ? s'étonna Jane.

— Je parle de son état de conservation, expliqua-t-il. On frôle la perfection. Mais je crains que les chairs ne commencent à se décomposer, maintenant qu'elle est exposée à l'oxygène de l'air. C'est l'exemple contemporain le plus impressionnant que j'aie rencontré. Il est rare de trouver des sujets humains ayant subi ce processus depuis peu.

— Vous savez donc comment elle s'est retrouvée ainsi ?

— Ma foi, oui. Elle ressemble énormément aux autres.

— Aux autres ?

De ses yeux encaissés, il considéra Jane, qui eut l'impression dérangeante qu'une tête de mort la dévisageait.

— Avez-vous entendu parler de la jeune fille d'Yde, inspecteur ?

— Non. De qui s'agit-il ?

— Yde est une localité. Un village du nord de la Hollande. En 1897, deux habitants qui découpaient de la tourbe, une substance que l'on séchait traditionnellement pour s'en servir comme combustible, ont trouvé quelque chose de terrifiant à leurs yeux. Un corps de femme aux longs cheveux blonds reposait dans la tourbière. Elle était manifestement morte étranglée, une longue bande de tissu lui encerclait encore le cou. Au départ, les villageois n'ont pas compris à quoi ils avaient affaire. Elle était si menue et si racornie qu'ils l'ont prise pour une vieille dame, ou une diablesse. Seulement, au fil du temps, à mesure que les scientifiques sont venus l'observer, on a pu en savoir plus sur le cadavre. Et l'on a découvert qu'elle n'était pas âgée au moment de sa mort, au contraire, elle avait seize ans. Elle présentait aussi une scoliose. Et on l'avait assassinée. Sa clavicule était soulignée d'une entaille, et on avait fait trois tours autour de sa gorge avec cette bande de tissu jusqu'à ce que mort s'ensuive. Ensuite, on l'avait placée à plat ventre dans cette tourbière, où elle était demeurée pendant des siècles. Jusqu'au moment où ces récolteurs de tourbe tombèrent dessus, révélant son existence.

— Des siècles, vous dites ?

Vandenbrink acquiesça.

— La datation au carbone 14 nous indique qu'elle a plus de deux mille ans. Cette pauvre fille gisait peut-être déjà dans sa dernière demeure à l'époque de Jésus de Nazareth.

— Au bout de tout ce temps, on a réussi à déterminer la cause du décès ? s'étonna Frost.

— Oui, elle était éminemment bien conservée, y compris les cheveux et le tissu qui lui enserrait le cou. Le corps avait certes été endommagé, mais au moment où on l'avait sorti de la tourbe, pas avant. Il restait assez d'éléments pour reconstituer son portrait, ainsi que les souffrances qu'elle avait dû endurer. Tel est le miracle des tourbières, inspecteur. Elles nous fournissent une fenêtre sur le passé. On a découvert des centaines de cadavres de ce type, en Hollande et au Danemark, en Irlande et en Angleterre. Chacun d'eux est un voyageur temporel, une sorte d'ambassadeur malchanceux envoyé par des peuples qui n'ont laissé par ailleurs aucune archive écrite... Hormis les marques de cruauté qu'arborent leurs victimes.

— Mais cette femme n'a manifestement pas deux mille ans.

Jane avait désigné le corps d'un mouvement de tête.

— C'est vrai. Pourtant, elle est conservée à la perfection, elle aussi. Regardez, on distingue même les plis sur la plante de ses pieds et les crêtes papillaires au bout de ses doigts. Et vous voyez la noirceur de sa peau, qui évoque du cuir, alors que ses traits indiquent clairement qu'il s'agit d'une Blanche ?...

— Donc, intervint Frost, vous nous dites que ce corps a été préservé de la même façon que cette nénette des Pays-Bas ?

Vandenbrink hocha la tête.

— Vous avez devant vous une momie des tourbières moderne.

— Voilà pourquoi j'ai appelé le Dr Vandenbrink, expliqua Maura. Il étudie les hommes des tourbières depuis plusieurs décennies.

— À la différence des techniques d'embaumement égyptiennes, il n'existe aucune méthode écrite détaillant la façon de momifier un corps dans la tourbe. Parce qu'il s'agit d'un processus cent pour cent naturel, et accidentel, que nous ne comprenons pas entièrement.

— Alors comment l'assassin a-t-il su comment procéder ? demanda Jane.

— Cette question a suffi à déclencher des débats houleux parmi nos forums de spécialistes.

Jane éclata d'un rire étonné.

— Il existe des forums spécialisés sur les cadavres de ce genre ?

— Bien sûr. Ainsi que des congrès et des cocktails. La plupart de nos discussions relèvent de la pure spéculation, mais nous étayons nos théories au moyen de données scientifiques indéniables. Nous savons par exemple que les tourbières présentent plusieurs caractéristiques contribuant à la préservation des corps. Elles ont un pH très acide, des taux d'oxygène très bas et elles contiennent des couches d'une mousse appelée sphaigne, autant de facteurs qui s'allient pour stopper la décomposition et préserver les tissus mous. Elles assombrissent également la peau jusqu'à lui conférer ce noir de suie que vous voyez ici sur cette femme. Lorsqu'on laisse les corps reposer plusieurs siècles, le squelette finit par se dissoudre, ne laissant que la chair, tannée et complètement souple…

— Est-ce dû à cette fameuse sphaigne ? demanda Frost.

— Elle constitue un élément décisif. Il se produit une réaction chimique entre les bactéries et les polysaccharides. La sphaigne fixe les cellules bactériennes et les empêche de dégrader les composants organiques. Fixer les bactéries permet de stopper la décomposition. Ce processus se produit dans une soupe acide qui contient de la mousse morte, des tanins et de l'holocellulose. En d'autres termes, dans l'eau tourbeuse.

— Et c'est tout ? On se contente de flanquer le mort dans cette eau ?

— C'est un peu plus contraignant. On a mené plusieurs expériences à base de cadavres de porcelets en Irlande et au Royaume-Uni. On les a enfouis dans diverses tourbières, puis on les a exhumés des mois plus tard afin de les étudier. Le cochon étant très proche de nous par sa biochimie, on pouvait supposer que les résultats seraient les mêmes sur des humains.

— Ça a donné des momies ?

— Dans certaines conditions très précises. Tout d'abord, l'animal devait être entièrement immergé, sinon il se putréfiait. Ensuite, il fallait le placer dans la tourbière aussitôt après sa mort. Si on laisse le cadavre à l'air libre ne serait-ce que quelques heures, il se décompose quoi qu'il advienne.

Frost et Jane se dévisagèrent.

— Donc, notre homme a dû faire fissa après l'avoir tuée, conclut Jane.

Vandenbrink approuva de la tête.

— On doit l'immerger juste après le décès. Les hommes et femmes des tourbières européennes ont dû pénétrer dans l'eau alors qu'ils étaient toujours en vie. Ce n'est qu'alors qu'on les a assassinés.

Jane se tourna vers le négatoscope pour observer les tibias sauvagement fracturés.

— Cette victime-ci n'aurait pu se rendre à pied nulle part, vu l'état de ses jambes. Il aura donc fallu la transporter sur place. Si j'étais l'assassin, je ne voudrais pas faire une chose pareille à la nuit tombée. Pas dans un marécage.

— Donc il agirait en plein jour... dit Frost. Il la traîne hors de sa voiture et il la tire jusqu'à la flotte ? Ça implique qu'il sélectionne l'endroit à l'avance. Un coin où il sait qu'on ne risque pas de le surprendre, tout en restant proche d'une route, histoire de ne pas avoir à la porter sur une trop longue distance...

— Il y a des critères supplémentaires, indiqua Vandenbrink.

— Lesquels ? demanda Jane.

— La profondeur et la température de l'eau. Elle doit être relativement froide, et le lieu assez reculé pour empêcher qu'on découvre le corps avant que le momificateur ne se décide à le récupérer.

— Ça fait beaucoup de si, dit Jane. Ce ne serait pas plus simple de se contenter de remplir une baignoire d'eau et de sphaigne ?

— Comment aurait-il la certitude de reproduire les conditions indispensables ? Les tourbières sont des écosystèmes complexes que nous ne comprenons pas encore tout à fait, des soupes de matière organique qui doivent reposer durant des siècles pour produire leurs effets. Même à supposer qu'on parvienne à en recréer une dans une baignoire, il faudrait commencer par abaisser sa température à quatre degrés Celsius, puis la maintenir à ce niveau plusieurs semaines. Sans compter que le corps doit tremper pendant des mois – des années, peut-être. Comment le garder caché aussi longtemps ? Ne dégagerait-il pas d'odeurs ? Ne soulèverait-il pas de soupçons du côté des voisins ? Non, dit-il en secouant la tête. L'endroit idéal reste une tourbière, une vraie.

Il y avait toujours le problème de ces jambes cassées. Qu'elle soit morte ou vive, il avait fallu porter ou traîner la victime jusqu'au bord de l'eau, dans un terrain sans doute boueux... se dit Jane.

— Combien mesurait-elle, à ton avis ? demanda Jane à Maura.

— En me basant sur le squelette, un peu plus d'un mètre soixante, je dirais. On voit aussi qu'elle était relativement mince.

— Donc, dans les soixante kilos.

— Supposition raisonnable.

Sauf qu'au-delà d'une courte distance une femme, même mince, représente un fardeau accablant, imagina Jane. Or il devait faire vite, si elle était déjà morte. Pour peu qu'il attende trop, le cadavre entrerait en putréfaction de façon inéluctable. À l'inverse, une victime encore vivante posait d'autres problèmes : elle risquait de s'époumoner, de se débattre. On risquait de l'entendre pendant le transport entre la voiture et le lieu de son exécution.

Assassin de mes deux, où as-tu trouvé cet endroit idéal ?

L'Interphone bourdonna, puis la voix de la secrétaire de Maura annonça dans le haut-parleur :

— Docteur Isles, il y a un appel sur la ligne un. Un certain Scott Thurlow, du NCIC.

— Je le prends, dit Maura en ôtant ses gants pour décrocher. Docteur Isles à l'appareil.

Elle se tut afin d'écouter son interlocuteur, puis elle se redressa soudain en décochant à Jane un regard lourd de sens.

— Merci de m'avoir prévenue. Je regarde ça tout de suite, ne quittez pas.

Elle s'approcha de l'ordinateur du labo d'autopsie.

— Qu'est-ce que c'est ? demanda Jane.

Maura ouvrit un de ses e-mails et cliqua sur la pièce jointe. Une série de radios dentaires apparut à l'écran. À la différence des panoramiques de la morgue qui montraient l'ensemble de la mâchoire des sujets, il s'agissait de clichés de chaque dent émanant d'un cabinet d'orthodontiste.

— Oui, je les ai sous les yeux, annonça Maura dans le combiné. Je vois un amalgame qui obture la numéro trente... C'est tout à fait compatible.

— Compatible avec quoi ? s'enquit Jane.

Toujours concentrée sur sa conversation, la légiste la fit taire d'un geste.

— J'ouvre la deuxième pièce jointe.

Une nouvelle image vint remplir l'écran. Le portrait d'une jeune femme aux longs cheveux fuligineux, les paupières plissées face au soleil. Elle portait un jean et un tee-shirt noir. Son hâle prononcé, son absence de maquillage dénotaient une habituée de la vie au grand air, une fana des grands espaces et des tenues de randonnée.

— Je vais examiner ces dossiers, dit Maura. Je vous rappelle.

Elle raccrocha.

— Qui est cette femme ? demanda Jane.

— Elle s'appelle Lorraine Edgerton. On l'a aperçue pour la dernière fois près de Gallup, au Nouveau-Mexique, il y a environ vingt-cinq ans de ça.

Jane fit la moue devant le visage souriant affiché sur le moniteur.

— Ce nom est censé me dire quelque chose ?

— À partir de maintenant, oui. Tu as devant toi le visage de Madame X.

16

Lawrence Zucker avait un regard si pénétrant que Jane évitait en général de s'asseoir face à lui, mais, arrivée en retard pour la réunion, elle avait dû accepter le dernier siège disponible, celui-là même qu'elle aurait voulu éviter. Le psychologue judiciaire étudia lentement les clichés étalés sur la table, portraits d'une jeune femme énergique. Lorraine Edgerton arborait un short et un tee-shirt sur certains, un jean et des chaussures de trekking sur d'autres. Elle n'aimait manifestement pas rester enfermée et son bronzage était là pour le prouver. Zucker se consacra ensuite à son apparence actuelle : son corps sec et rigide comme une trique, son visage évoquant un masque de cuir tendu sur des os. Lorsqu'il releva la tête, fixant Jane de ses yeux d'un bleu irréel, celle-ci eut l'impression gênante qu'il pouvait lire en elle comme dans un livre, deviner ce qu'elle ne laissait jamais transparaître. Quatre autres inspecteurs se trouvaient dans la pièce, mais elle était la seule femme. Voilà peut-être pourquoi il la détaillait ainsi. Refusant de se laisser intimider, elle soutint son examen.

— Quand dites-vous que Lorraine Edgerton a disparu ? demanda-t-il.

— Ça remonte à vingt-cinq ans.

— Ce délai explique-t-il l'état actuel du cadavre ?

— Son dossier dentaire nous confirme qu'il s'agit bien d'elle.

— Et nous savons aussi qu'il ne faut pas des siècles pour momifier un cadavre, précisa Frost.

— D'accord, dit Zucker, mais aurait-elle pu succomber beaucoup plus récemment ? Vous me dites qu'on l'a maintenue en vie assez longtemps pour que sa fracture de la jambe commence à se ressouder. Et si elle était restée prisonnière beaucoup plus longtemps que ça ? Peut-on transformer un corps en momie, en, mettons... cinq ans ?

— Vous croyez que notre homme aurait pu la retenir captive deux décennies durant ?

— Ce sont de simples suppositions, inspecteur Frost. J'essaie de comprendre quel bénéfice notre sujet y trouve. La raison qui le pousse à accomplir ces rituels monstrueux après la mort. Il s'est donné énormément de mal pour empêcher la dégradation du corps de chacune des trois victimes.

— Il tenait à les faire durer, affirma le lieutenant Marquette, le chef de la brigade criminelle. Il tenait à les avoir près de lui.

Zucker opina du bonnet.

— Des compagnes pour l'éternité. C'est l'une des interprétations possibles. Refusant qu'elles lui échappent, il les transforme en reliques...

— Pourquoi les avoir toutes tuées, dans ce cas-là ? demanda Crowe. Pourquoi est-ce qu'il ne les a pas gardées prisonnières ? Nous savons qu'il en a conservé deux assez longtemps pour que leurs jambes commencent à guérir.

— Elles sont peut-être décédées des suites de leurs fractures. À ce que j'ai lu dans les rapports d'autopsie, la cause de la mort n'est pas clairement établie.

Jane prit la parole :

— Effectivement, le Dr Isles n'a pas réussi à la déterminer, mais nous sommes sûrs que la « Tourbeuse »…

Elle s'interrompit. C'était le surnom de la nouvelle victime, qu'aucun enquêteur ne prononcerait jamais en public. Pas question de le voir s'étaler à la une des journaux.

— … que la victime trouvée dans le coffre de voiture a eu les deux jambes brisées, ce qui peut avoir eu pour conséquence une infection mortelle.

— Et la momification aurait été le seul moyen de la conserver près de lui de façon permanente, ajouta Marquette.

Zucker considéra à nouveau la photo.

— Parlez-moi de cette victime-ci, Lorraine Edgerton.

Jane fit glisser un dossier en direction du psy.

— Voici ce que nous savons pour le moment. Au moment de sa disparition, elle était étudiante, elle travaillait au Nouveau-Mexique.

— Étudiante en quoi ?

— En archéologie.

Les sourcils de Zucker se haussèrent brusquement.

— Ça sent le schéma répétitif.

— Oui, difficile de ne pas faire le rapprochement. Cet été-là, Lorraine effectuait des fouilles archéologiques sur le site amérindien de Chaco Canyon avec un groupe de condisciples. Le jour où elle a disparu, elle a annoncé aux autres élèves qu'elle se rendait en ville. Elle est partie en fin d'après-midi sur sa moto pour ne jamais revenir. Des semaines plus tard, on a découvert son véhicule à plusieurs kilomètres de là, à proximité d'une réserve navajo. D'après ce que j'ai compris, cette région n'est pas très peuplée. Elle se résume à un désert traversé par des chemins de terre.

— Il n'y a donc pas de témoins.

— Aucun. Et aujourd'hui, un quart de siècle plus tard, l'inspecteur qui enquêtait sur ce dossier n'est plus de ce monde. Il ne reste que son rapport. Raison pour laquelle Frost et moi prenons l'avion pour le Nouveau-Mexique afin d'interroger l'archéologue qui dirigeait les fouilles. C'est l'une des dernières personnes à avoir vu Edgerton vivante.

Zucker reporta les yeux sur les photos.

— Elle semble sportive.

— Elle l'était. Elle pratiquait la randonnée, le camping... Elle maniait souvent la pelle. Pas le genre de fille à capituler sans combattre.

— Mais on a découvert une balle dans sa jambe...

— Ce doit être l'un des moyens trouvés par notre homme pour contrôler ses victimes. Peut-être a-t-il a dû en passer par là afin de venir à bout d'Edgerton.

— La Tourbeuse avait les deux jambes brisées, remarqua Frost.

Zucker hocha la tête.

— Ça tend à confirmer que l'auteur de ces faits a tué les deux femmes. Mais *quid* de celle découverte dans le coffre de voiture ?

Jane lui fit passer le dossier.

— Nous ne l'avons pas identifiée pour l'instant. Nous ignorons donc s'il y a une relation quelconque avec Lorraine Edgerton. Le service d'informations pénales du FBI la mouline dans sa base de données. Espérons que quelqu'un aura informé la police de sa disparition.

Zucker parcourut le rapport d'autopsie.

— Femme adulte, entre dix-huit et trente-cinq ans. Excellente dentition, passée entre les mains d'un orthodontiste… Je serais étonné qu'on ne l'ait pas signalée… La méthode utilisée pour préserver le corps doit vous renseigner sur la région où elle a été tuée. Combien d'États comptent des tourbières ?

— À vrai dire, la liste est longue, répondit Frost. Ça ne permet pas vraiment de réduire le champ des investigations…

— Attention, prévint Jane en riant, vous avez devant vous l'expert officiel en zones humides de la police de Boston !

— J'ai téléphoné à une biologiste de l'université du Massachusetts, Judith Welsh, poursuivit Frost comme si de rien n'était en feuilletant son calepin. Voici ce qu'elle m'a indiqué : on trouve des marais à sphaignes en Nouvelle-Angleterre, au Canada, dans la région des Grands Lacs et en Alaska – bref, tous les coins à la fois humides et tempérés. Il en existe même quelques-uns en Floride… Figurez-vous qu'on a retrouvé des momies des tourbières non loin de Disney World !

Crowe s'esclaffa.

— Sans blague ?

— Près d'une centaine, qui doivent avoir dans les huit mille ans, sur ce qu'on appelle le site funéraire de Windover. Sauf que, contrairement à notre victime, leurs corps n'ont pas été préservés. Il ne reste que les squelettes. Étant donné la chaleur qui règne du côté de Miami, elles avaient beau tremper dans la tourbe, elles se sont toutes décomposées.

— Ça signifie qu'on peut éliminer tout le sud du pays ? demanda Zucker.

Frost acquiesça.

— Le cadavre est en trop bon état. À l'époque de son immersion, l'eau devait être froide, quatre degrés ou moins. Il n'y a que comme ça qu'il a pu demeurer aussi bien conservé.

— On doit donc se concentrer sur les États du Nord, ou sur le Canada.

— Les pays étrangers présenteraient un problème : notre homme devrait faire passer la frontière au cadavre, nota Jane.

— À mon avis, on peut aussi éliminer l'Alaska, compléta Frost. Il y a une frontière à franchir, là aussi, sans compter la durée du trajet.

— Ce qui nous laisse tout de même un terrain énorme à couvrir, dit Zucker.

— En fait, on peut se restreindre aux marais ombrogènes.

Tout le monde se tourna vers Frost, qui venait d'intervenir.

— Aux quoi ? demanda Tripp.

Frost se lança dans une explication enthousiaste :

— Ces trucs-là, c'est vraiment cool... Plus j'en apprends dessus, plus je trouve ça passionnant. Il y a tourbe quand de la matière végétale trempe dans de l'eau stagnante. Une eau si froide et si pauvre en oxygène que cette fameuse mousse, la sphaigne, y reste intacte sans se décomposer. Elle s'y entasse pendant des années au point de former des couches d'au moins cinquante centimètres… Mais bref, pour avoir un marais ombrogène, il faut que l'eau stagne.

— Parlez d'un puits de science ! jeta Crowe d'un ton pince-sans-rire en coulant un regard vers Tripp.

— En quoi ça fait avancer notre enquête, tout ça ? demanda ce dernier.

Frost s'empourpra.

— T'as qu'à écouter, t'apprendras peut-être quelque chose.

Jane le dévisagea, soufflée. Lui qui s'énervait rarement, elle ne s'attendait pas à ce qu'il démarre au quart de tour pour des histoires de biologie.

— Je vous en prie, continuez, inspecteur, dit Zucker. J'aimerais savoir quels sont exactement les critères de ces marais ombrogènes.

Frost avala une goulée d'air, puis se redressa sur son siège.

— Tout dépend de la façon dont le secteur s'alimente en eau. « Ombrogène » signifie arrosé uniquement par la pluviométrie, pas par un cours d'eau, qu'il soit de surface ou souterrain. Résultat, il n'y a aucun apport en oxygène ni en nutriments supplémentaires. Le marais ombrogène est stagnant, ce qui le rend hautement acide. Voilà.

— On ne cherche donc pas n'importe quelle zone humide…

— Non, juste celles où il ne pénètre que de l'eau de pluie. Seules ces vraies tourbières présentent les conditions nécessaires à la préservation des corps.

— Ça, ça doit limiter les recherches !

Frost opina.

— Le Nord-Est compte des milliers d'hectares de marais, mais une petite partie seulement constitue des tourbières au sens strict. On en trouve dans les Adirondacks, dans le Vermont, ainsi que dans la partie septentrionale et côtière du Maine.

Tripp secoua la tête.

— Je suis allé chasser une fois dans le nord de cet État. C'est la pampa, là-bas, il n'y a que des bois et des cerfs. Si notre gars s'y est mitonné une planque, je nous souhaite bonne chance pour la dégotter !

— Mme Welsh, la biologiste, s'est dite capable de restreindre encore les possibilités pour peu qu'on lui fournisse plus d'infos. On lui a envoyé des brins de végétaux récupérés par le Dr Isles dans les cheveux de la victime.

— Voilà qui est très prometteur, commenta Zucker. Ça nous fournit une donnée supplémentaire quant au profil géographique du meurtrier. Vous connaissez notre dicton, à nous autres profileurs : l'assassin sait où il va, dans tous les sens du terme. L'être humain a tendance à se cantonner aux lieux où il se sent à l'aise, où il a des repères. Il a peut-être séjourné en colonie de vacances dans les Adirondacks… à moins qu'il ne soit chasseur comme vous, inspecteur Tripp, que les petites routes du Maine et ses sites de camping sauvage n'aient pas de secret pour lui… Le sort qu'il a fait subir à sa victime de la tourbière suppose une planification. Comment en est-il venu à découvrir l'endroit ? Peut-être y possède-t-il une cabane, en pleine forêt ? Et si oui, se trouve-t-elle accessible à la période exacte de l'année où l'eau est assez froide, mais pas gelée, puisqu'il doit pouvoir déposer rapidement le corps dans la tourbière ?

— Nous avons un autre élément concernant notre homme, intervint Jane.

— Lequel ?

— Il savait exactement comment préserver ce corps. Il connaissait les conditions précises à respecter, la température de l'eau. Ce sont des données spécialisées que le commun des mortels ne maîtrise pas…

— À moins d'être archéologue, compléta Zucker.

Jane acquiesça.

— On en revient toujours au point de départ.

Zucker se laissa aller en arrière sur son siège en plissant les yeux, pensif.

— Un assassin rompu aux pratiques funéraires ancestrales… Une victime au Nouveau-Mexique, une jeune travaillant sur un site de fouilles… Et à présent, il semble faire une fixation sur une autre, employée dans un musée. Comment trouve-t-il ses proies ? Comment les rencontre-t-il ?

Il regarda Jane.

— Avez-vous la liste des amis et connaissances de Mlle Pulcillo ?

— Ça se résume à pas grand-chose. Juste le personnel du musée et ses voisins d'immeuble.

— Pas d'homme dans sa vie ? Vous dites pourtant que c'est une belle jeune femme.

— Elle prétend n'en avoir fréquenté aucun depuis qu'elle a emménagé à Boston, il y a cinq mois… En réalité, c'est un drôle de numéro.

— Comment ça ?

Jane hésita et fixa Frost, qui évitait consciencieusement son regard.

— Elle a quelque chose de… pas clair. Je n'arrive pas à mettre le doigt dessus.

— Et vous, inspecteur Frost, vous fait-elle le même effet ?

— Non, affirma Frost en crispant les lèvres. Je pense que Joséphine a peur, c'est tout.

Zucker les regarda alternativement.

— Vos avis divergent donc.

— Rizzoli voit le mal où il n'est pas, grommela Frost.

— J'ai une intuition négative en ce qui la concerne, c'est tout, dit Jane. On dirait qu'elle nous craint plus que l'assassin.

— Peut-être que c'est toi qui lui fais peur.

Crowe éclata de rire.

— Tout le monde sait que Rizzoli est une terreur.

Zucker demeura muet un instant, et Jane n'apprécia pas la façon dont il les étudiait, Frost et elle, à croire qu'il sondait la profondeur du fossé qui les séparait.

— En tout cas, conclut-elle, cette fille est une solitaire. Elle va au travail, elle rentre chez elle. Elle semble consacrer toute sa vie au musée.

— Parlez-moi de ses collègues.

— Le conservateur est un certain Nicholas Robinson. Quarante ans, célibataire, pas de casier…

— Célibataire, vous dites ?

— Oui, ça m'a alertée, moi aussi, mais je ne lui trouve rien de louche. Sans compter que c'est lui qui a découvert Madame X à la cave. Le reste du personnel se compose de bénévoles, quasiment tous des vieillards. Je ne vois vraiment aucun de ces fossiles vivants charrier un cadavre hors d'une tourbière.

— Conclusion, il ne vous reste aucun suspect viable.

— Sans compter que les trois femmes n'ont sans doute même pas été tuées dans l'État du Massachusetts, et encore moins dans notre aire de compétence, dit Crowe.

— En tout cas, elles s'y trouvent maintenant, souligna Frost. Nous avons réussi à fouiller toutes les caisses des réserves du musée, sans dénicher de nouvelle victime, mais on ne sait jamais, il y a peut-être d'autres caches derrière un mur...

Il s'interrompit, consulta l'écran de son téléphone, qui venait de se mettre à sonner.

— Excusez-moi, je dois répondre.

Tandis qu'il quittait la pièce, Zucker se tourna à nouveau vers Jane.

— Une de vos remarques de tout à l'heure a piqué ma curiosité. Ça concerne Mlle Pulcillo.

— Oui, quelle remarque ?

— Vous l'avez traitée de « drôle de numéro ». Alors qu'elle n'a pas fait tiquer l'inspecteur Frost.

— Exact. Lui et moi sommes en désaccord là-dessus.

— À quel point ?

Était-elle censée lui faire part de ses soupçons ? À savoir que son coéquipier avait perdu tout sens commun depuis que sa moitié était en voyage, qu'il se sentait seul et que Joséphine Pulcillo avait des yeux de biche ?

— Qu'est-ce qui pourrait vous pousser à avoir un a priori défavorable sur cette jeune femme ?

— Hein ? s'esclaffa Jane d'un ton incrédule. Vous pensez que c'est moi qui...

— Pourquoi ce sujet vous met-il sur la défensive ?

— Ça ne me met pas sur la défensive. Simplement, elle a un côté cachottier. À croire qu'elle tâche toujours de tout prévoir à l'avance.

— Est-ce dirigé contre vous ou contre l'auteur des faits ? À ce que j'ai entendu, cette jeune personne a toutes les raisons de se montrer craintive. On a laissé un cadavre dans son véhicule. Ça présente toutes les apparences d'un cadeau de la part de l'assassin – une sorte de sacrifice rituel, disons, destiné à sa prochaine compagne.

« Sa prochaine compagne ». L'expression donna la chair de poule à Jane.

— J'imagine qu'elle est en lieu sûr ? continua Zucker.

Voyant que personne ne répondait, il dévisagea la tablée.

— Enfin, elle risque sa vie, ça tombe sous le sens. Où se trouve-t-elle ?

— Nous essayons de le savoir, avoua Jane.

— Comment ça ? Vous l'ignorez ?

— Elle nous a déclaré qu'elle partait séjourner à Burlington, dans le Vermont, chez une tante. Une certaine Connie Pulcillo, mais on ne trouve aucune personne de ce nom dans l'annuaire ni dans aucune base de données. On a laissé des messages sur sa boîte vocale, mais elle ne s'est pas manifestée.

Zucker secoua la tête.

— C'est de mauvais augure. Avez-vous vérifié à son domicile de Boston ?

— Elle n'y est pas. Un voisin de son immeuble l'a vue s'en aller vendredi avec deux valises.

— Peu importe qu'elle ait quitté Boston, dit Zucker. Passer d'un État à l'autre n'est visiblement pas un problème pour notre homme. Il semble ne connaître aucune limite géographique. Il a très bien pu la suivre.

— Encore faut-il qu'il sache où la trouver. Même nous, nous l'ignorons.

— Sauf qu'il est concentré sur elle – et depuis un moment, si ça se trouve. Pour peu qu'il l'ait observée et filée, il sait exactement où la dénicher.

Zucker se renversa sur son siège avec un air soucieux.

— Pourquoi ne rappelle-t-elle pas ? Pensez-vous que quelque chose l'en empêche ? Se peut-il...

La porte s'ouvrit à la volée. Quand Frost entra dans la pièce, elle comprit au premier regard que quelque chose clochait.

— Qu'est-ce qu'il y a ?

— Joséphine Pulcillo est morte.

Le choc de cette nouvelle secoua l'assemblée comme une décharge de taser.

— Comment ça, morte ? s'exclama Jane en se redressant, droite comme un I. Merde, qu'est-ce qui s'est passé ?

— Dans un accident de voiture. Mais...

— Donc, rien à voir avec l'assassin...

— Ah non, ça, aucun doute, dit Frost, d'une voix teintée de colère.

Il avait les lèvres crispées, le regard fixe.

— Elle est morte à San Diego, il y a vingt-quatre ans.

17

Ils roulaient depuis une demi-heure quand Jane finit par aborder le sujet qui fâche, celui qu'ils avaient réussi à esquiver pendant le vol qui les avait menés à Albuquerque.

— Tu en pinçais pour elle, hein ?

Frost ne la regarda pas. Il restait concentré sur sa conduite, fixant le bitume irisé, bouillant comme une plaque chauffante sous le soleil du Nouveau-Mexique. Depuis tout le temps qu'ils travaillaient ensemble, Jane n'avait jamais senti une telle barrière entre eux, une muraille aussi infranchissable. Ce n'était plus le Frost affable qu'elle connaissait, mais son jumeau maléfique. D'une seconde à l'autre, sa tête allait se mettre à tourner comme une toupie en proférant des insanités.

— Il faut vraiment qu'on en parle, tu sais, insista-t-elle.

— Laisse tomber, tu veux ?

— Tu n'as aucune raison de te faire des reproches, Barry. C'est une jolie môme, elle t'a blousé… Ça aurait pu arriver à n'importe qui.

— Pas à moi.

Il avait fini par lui adresser un regard, chargé d'une telle colère qu'elle se retint de répondre.

— C'est pas possible de s'aveugler à ce point-là ! jeta-t-il, à nouveau concentré sur la route.

Le silence s'installa, meublé par le seul ronron de la clim et par le bruit de la voiture fendant la fournaise du dehors.

Jane n'avait jamais mis les pieds au Nouveau-Mexique. Dans aucun désert non plus, du reste. Pourtant, c'est à peine si elle remarquait le paysage qui défilait derrière la vitre. L'important à ses yeux, pour l'instant, c'était de combler le fossé qui s'était ouvert entre elle et Frost – or, qu'il le veuille ou pas, l'unique moyen d'y parvenir, c'était de parler.

— Tu n'as pas été le seul surpris, dit-elle au bout d'un moment. M. Robinson ne se doutait strictement de rien. Tu aurais dû voir sa tête quand je lui ai expliqué qu'elle vivait sous un faux nom. Si elle a affabulé là-dessus, Dieu sait sur quoi d'autre elle mentait. Elle a berné des tas de gens, y compris ses profs de fac.

— Mais pas toi. Tu l'as percée à jour.

— Je n'ai percé personne. Elle me faisait un effet bizarre, c'est tout.

— Ton flair de flic.

— Ouais, possible.

— Et le mien, de flair, il est passé où ?

Jane rigola.

— C'est un autre instinct qui a pris le dessus chez toi. Un joli brin de fille apeuré et, hop, le boy-scout se précipite pour la sauver…

— Ouais, mais sauver qui, je me le demande.

Ils n'en savaient toujours rien. Sinon que la jeune égyptologue n'était pas la véritable Joséphine Pulcillo, morte à l'âge de deux ans, près d'un quart de siècle plus tôt. Or, des années après, cette morte avait réussi à entrer au lycée, puis en fac. Elle s'était débrouillée pour ouvrir un compte bancaire, obtenir son permis de conduire et décrocher un poste dans un obscur musée de Boston. Cette gamine avait ressuscité sous les traits d'une autre, dont les véritables origines demeuraient un mystère.

— Me montrer débile à ce point-là, j'arrive pas à le croire !

— Tu veux un conseil ?

— Pas vraiment, non.

— Appelle Alice, dis-lui de rentrer. Son absence t'a rendu vulnérable. Ta femme est partie, tu t'es senti seul. Une mignonne a pointé sa petite frimousse, ton cerveau reptilien a pris le relais.

— Je ne peux pas lui imposer de rentrer.

— C'est ta femme, oui ou non ?

Il ricana.

— J'aimerais bien voir ta tête le jour où Gabriel essaiera de te dicter ta conduite. Ça sera pas joli joli…

— Je suis sensible aux arguments raisonnables. Alice aussi. Elle a passé beaucoup trop de temps chez ses parents, tu as besoin qu'elle rentre. Appelle-la.

Frost poussa un soupir.

— C'est plus compliqué que ça.

— Plus compliqué ?

— Alice et moi, on… hum, on a des problèmes de couple. Depuis qu'elle a repris ses études de droit, j'ai l'impression qu'on ne peut plus discuter. C'est à croire que rien de ce que je dis ne l'intéresse. Elle passe tout son temps avec des profs super balèzes, alors quand elle rentre à la maison, de quoi tu voudrais qu'on cause ?

— De votre journée à chacun, peut-être ?

— C'est ça, et quand je lui parle de notre dernière arrestation, tout ce qu'elle veut savoir, c'est s'il y a eu des brutalités policières…

— Et merde. Elle est passée de l'autre côté ?

— À ses yeux, c'est nous les méchants… Tu as de la veine, tu sais ? dit-il en lui décochant un regard. Gabriel est de la partie. Il pige notre boulot.

Effectivement, elle mesurait sa chance. Elle avait épousé un homme qui comprenait les défis du travail de police. Seulement, elle savait avec quelle rapidité les couples se défont. À l'occasion du dernier réveillon de Noël, elle avait vu s'effondrer celui que composaient alors son père et sa mère. La cellule familiale s'était écroulée sous les coups d'une blonde déchaînée. Et le désastre marital guettait à présent Barry Frost.

— C'est bientôt le barbecue annuel des voisins chez maman, dit-elle. Il y aura Vince Korsak, ce sera presque comme au boulot. Pourquoi tu ne te joindrais pas à nous ?

— Tu m'invites par pitié, ou quoi ?

— Non, je comptais le faire, de toute façon. Comme tous les ans, d'ailleurs, mais tu ne viens jamais.

Il soupira.

— C'est à cause d'Alice.

— Hein ?

— Elle déteste les fêtes entre flics.

— Tu assistes aux siennes, avec ses potes de droit ?

— Oui.

— C'est con, non ?

Il haussa les épaules.

— Je veux juste lui faire plaisir, tu sais.

— Je vais te dire un truc, et j'espère que tu prendras pas la mouche.

— Tais-toi, alors.

— Tu ne trouves pas ça salaud de sa part ?

— Bordel, tu pouvais pas la fermer ?

— Désolée, mais c'est ce que je pense.

Il secoua la tête.

— Merde, j'ai donc personne de mon côté ?

— Je te soutiens. Je surveille tes arrières. Voilà pourquoi je t'avais dit de rester à des millions de kilomètres de cette soi-disant Joséphine. Tu me vois contente que tu aies enfin compris pourquoi.

Il crispa les mains sur le volant.

— Je me demande qui elle est vraiment. Et ce qu'elle peut bien cacher.

— On devrait en savoir plus demain grâce à ses empreintes.

— Peut-être qu'elle veut échapper à un ex. Si ça se trouve, tout tourne autour de ça.

— À supposer qu'un sale type la pourchasse, elle nous l'aurait dit, tu ne crois pas ? La police ne cherche pas à lui nuire. Pourquoi nous fuirait-elle, sauf à être coupable de quelque chose ?

Il contempla la route. Encore cinquante kilomètres avant l'embranchement vers Chaco Canyon et ses sites précolombiens.

— Vivement qu'on ait la réponse, grinça-t-il.

Au bout de dix petites minutes passées sous le cagnard du Nouveau-Mexique, Jane se jura de ne plus jamais se laisser aller à gémir sur les étés bostoniens. Quelques secondes seulement après être sortie de la voiture de location climatisée, elle avait le visage qui ruisselait de transpiration. Le sable bouillant donnait l'impression de vouloir lui cramer les pieds malgré ses chaussures en cuir. L'éblouissement était tel qu'elle devait plisser les yeux derrière ses lunettes de soleil achetées en cours de route dans une station-service. Frost avait choisi le même modèle, qui, ajouté à son costume-cravate, aurait pu lui donner des allures d'homme du président ou de fédéral façon *Men in Black*, n'eût été son teint d'un incarnat de mauvais augure. Il semblait à deux doigts de s'effondrer sous l'effet d'une insolation.

Mince, mais comment est-ce qu'il fait, ce vieux bonhomme ?

Malgré ses soixante-dix-huit printemps, Alan Quigley, professeur émérite, creusait patiemment le sol caillouteux avec sa truelle, accroupi au fond d'une tranchée de fouilles. Son chapeau de toile cabossé et crasseux semblait lui aussi d'un autre âge. Il travaillait protégé par une bâche, mais la chaleur aurait couché des hommes beaucoup plus jeunes. Les étudiants de son équipe avaient depuis longtemps abandonné le terrain. Ils faisaient la sieste à l'ombre non loin de là tandis que leur vieil enseignant continuait à éjecter les cailloux et à remplir des seaux de terre.

— C'est un rythme à adopter, expliqua Quigley. J'appelle ça le zen du fouilleur. Ces jeunes attaquent leur chantier à fond les manettes, à coups d'énergie nerveuse. Ils prennent notre travail pour une chasse au trésor. Ils sont pressés de déterrer quelque chose avant tout le monde, en tout cas avant la fin du semestre. Ils s'épuisent à la tâche, finissent par s'en désintéresser à force de ne trouver que de la terre et des cailloux. Enfin, pour la plupart... En revanche, ceux qui sont sérieux, les rares qui s'accrochent, comprennent qu'une vie humaine n'est qu'un battement de cils. On ne peut pas exhumer au cours d'une saison de fouilles ce qui a mis des siècles à s'accumuler.

Frost ôta ses lunettes noires pour éponger la sueur qui perlait à son front.

— Alors, qu'est-ce que vous cherchez ici, professeur ?

— Des ordures.

— Hein ?

— Nous sommes sur un dépotoir. L'endroit où les habitants jetaient leurs déchets. On espère trouver des tessons de poteries, des ossements d'animaux. On en apprend beaucoup sur une société en examinant ce qu'elle a choisi de mettre au rebut. Ce village-ci se révèle très intéressant.

Quigley se leva avec effort en grognant, puis il essuya son front buriné d'un revers de manche.

— Satanés genoux. Je vais devoir commander une nouvelle paire de rotules. C'est la première chose qui lâche, dans ma profession, dit-il en grimpant à l'échelle.

Il balaya du regard la vallée parsemée de ruines précolombiennes.

— Merveilleux, non ? Jadis, cette plaine était un lieu de cérémonie. On s'y livrait à des rituels sacrés. Avez-vous visité la réserve naturelle ?

— Malheureusement, non, dit Jane. Nous ne sommes arrivés à Albuquerque qu'aujourd'hui.

— Vous faites tout ce chemin depuis Boston sans prévoir d'explorer les ruines de Chaco Canyon ? L'un des plus grands sites archéologiques du continent ?

— Le temps nous manque. Nous sommes venus pour vous voir.

Il laissa échapper un grognement désapprobateur.

— Alors, regardez bien autour de vous, parce que cet endroit est toute ma vie. J'ai passé quarante saisons ici quand je n'enseignais pas en amphi. Maintenant que je suis à la retraite, je peux me consacrer entièrement à ma quête.

— Le ramassage des poubelles, dit Jane.

Quigley s'esclaffa.

— Oui, sans doute qu'on peut le présenter ainsi.

— Est-ce sur ce site que travaillait Lorraine Edgerton ?

Il désigna un monticule de ruines de pierre à l'horizon.

— Non, nous étions là-bas, à l'autre bout du canyon. J'avais une équipe d'étudiants de premier et de deuxième cycle pour m'accompagner. Le mélange habituel. Certains s'intéressaient véritablement à l'archéologie, d'autres ne venaient que pour valider leur UV. Ou pour se marrer, tirer un coup...

Jane ne s'attendait pas à entendre cette expression dans la bouche d'un quasi-octogénaire, mais Quigley avait passé le plus clair de sa carrière parmi des jeunes à la sexualité débordante.

— Vous souvenez-vous de Lorraine Edgerton ? demanda Frost.

— Oh, que oui ! Après ce qui s'est produit, le contraire serait difficile. C'était une de mes deuxième cycle. Une fille très sérieuse, et sacrément coriace.

On a voulu me faire porter le chapeau pour ce qui lui est arrivé, alors qu'elle était parfaitement capable de se défendre toute seule.

— Qui a voulu vous incriminer ?

— Ses parents. Elle était fille unique, sa disparition les a anéantis. Comme je supervisais les fouilles, ils ont voulu me mettre ça sur le dos. Ils ont intenté un procès à la fac, mais ça n'a pas ramené leur gosse. Au bout du compte, le père est mort d'une crise cardiaque, sans doute à la suite de cette histoire. La mère a suivi peu de temps après… C'est vraiment étrange, la façon dont le désert a englouti cette jeune fille, reprit-il après un silence en secouant la tête. Elle nous a dit au revoir un après-midi, elle s'est éloignée sur sa moto, et puis plus rien… Vous me dites que son cadavre a été retrouvé à Boston ?

Il s'était tourné vers Jane.

— Oui, mais nous pensons qu'elle a été tuée ici. Au Nouveau-Mexique.

— Au bout de toutes ces années, on sait enfin la vérité.

— Pas toute. D'où notre visite.

— Un enquêteur est venu interroger tout le monde, à l'époque. Un certain McDonald, ou quelque chose comme ça. Vous l'avez rencontré ?

— L'inspecteur McDowell. Il est décédé il y a deux ans, mais nous avons récupéré toutes ses notes.

— Eh bien dites donc… Alors qu'il était plus jeune que moi. Comme eux tous, d'ailleurs, tous ces morts… Lorraine, ses parents… Et moi, je suis toujours là, bon pied bon œil. On ne sait jamais ce que la vie vous réserve, pas vrai ? dit-il en scrutant Jane de son regard bleu pâle.

— Monsieur Quigley, je sais que beaucoup d'eau a coulé sous les ponts, mais nous voudrions faire appel à vos souvenirs de cet été-là, nous aimerions que vous nous parliez des étudiants qui se trouvaient sur place à travailler avec vous le jour de sa disparition…

— L'inspecteur McDowell s'est entretenu avec toutes les personnes concernées. Ça doit figurer dans ses rapports.

— Certes, mais vous étiez le seul à connaître véritablement vos étudiants. Vous avez dû conserver des minutes de terrain ? Un registre écrit de vos fouilles ?

Le professeur Quigley dévisageait d'un air inquiet Frost, dont le visage avait carrément viré au pourpre.

— Vous n'allez pas faire de vieux os sous ce cagnard, mon garçon. Nous ferions mieux d'aller discuter dans mon bureau, à la Maison du parc. Il y a la clim.

Sur la photo, Lorraine Edgerton, campée au dernier rang, ne rendait pas un centimètre aux hommes. Ses cheveux noirs ramenés en queue-de-cheval soulignaient sa mâchoire carrée, ses pommettes saillantes tannées par le soleil.

— Nous l'appelions l'« Amazone », commenta Quigley. Pas pour sa force, pour son côté téméraire. Il n'était pas que physique. Lorraine disait toujours ce qu'elle avait sur le cœur, peu importait les ennuis auxquels ça l'exposait.

— Ça lui en a valu ? demanda Frost.

Quigley scrutait en souriant le visage de ses ex-étudiants, sans doute aujourd'hui dans la force de l'âge. À supposer qu'il ne leur ait pas survécu.

— En tout cas pas avec moi. Sa franchise me revigorait.

— Ses condisciples aussi ?

— Vous savez comment sont les groupes, inspecteur. Il y a des conflits, des alliances... Et puis il s'agissait de jeunes gens ayant à peine dépassé la vingtaine, il faut tenir compte des hormones... Un problème qui me laisse en paix.

Jane étudia le cliché, pris au milieu de la saison de fouilles. La première rangée d'étudiants en tee-shirt et en short se tenait accroupie à genoux, la seconde debout. Tous paraissaient sveltes, bronzés et en bonne santé. Quigley se tenait à leurs côtés, les traits moins émaciés, les rouflaquettes plus longues, mais apparemment aussi maigre qu'aujourd'hui.

— Ce groupe compte beaucoup plus de filles que de garçons, observa Frost.

Le professeur acquiesça.

— C'est courant. Les femmes semblent plus attirées par l'archéologie que les hommes, et elles rechignent moins aux travaux ingrats. Tamisage et nettoyage sont les deux mamelles de notre métier.

— Parlez-moi des trois garçons de la photo, dit Jane. Quel souvenir en gardez-vous ?

— Vous vous demandez si l'un d'entre eux aurait pu la tuer ?

— Pour tout vous dire, oui.

— L'inspecteur McDowell a interrogé tous mes étudiants. Il n'a trouvé aucun indice qui les incrimine.

— J'aimerais quand même faire appel à votre mémoire.

Quigley médita un instant. Il désigna l'Asiatique campé à côté de Lorraine.

— Jeff Chu, qui voulait devenir médecin. Très intelligent, mais ne tenant pas en place. Je crois qu'il s'est ennuyé, ici. Il est devenu généraliste à Los Angeles. Et celui-ci, c'est Carl quelque chose. Très négligent côté fouilles. Les filles devaient toujours repasser derrière lui. Quant au troisième, il s'appelle Adam Stancioff. Il étudiait la musique. Aucun talent côté archéologie, mais je me rappelle qu'il grattait très bien la guitare. Ça plaisait aux filles.

— Lorraine y compris ? s'enquit Jane.

— Tout le monde aimait Adam.

— Je veux dire, ça la faisait vibrer ? A-t-elle eu des relations amoureuses avec l'un de ces garçons ?

— Elle ne s'intéressait pas aux choses du cœur. Elle n'avait qu'un objectif, sa future carrière. C'est ce que j'admirais chez elle. J'aimerais voir ça plus souvent chez mes étudiants. Ils s'inscrivent à mon cours en croyant débarquer dans un jeu à la Tomb Raider, et charrier de la terre est la dernière de leurs préoccupations…

Il se tut, déchiffrant l'expression de Jane.

— Je vous vois déçue.

— Nous n'avons rien appris jusqu'ici qui ne soit déjà dans les rapports de McDowell.

— Je crains de ne pas pouvoir mieux vous renseigner. On ne peut pas vraiment se fier à mes souvenirs au bout de toutes ces années.

— Selon vos déclarations de l'époque, vous doutiez qu'un de vos élèves soit impliqué dans cette disparition. Est-ce toujours le cas ?

— Rien n'est venu me faire changer d'avis. Écoutez, inspecteur, c'étaient de bons petits jeunes. Juste un peu paresseux, pour certains, et enclins à abuser légèrement de l'alcool quand ils allaient en ville.

— Ils y allaient souvent ?

— Assez, oui. Gallup n'offre pas grand-chose en termes de loisirs, mais regardez ce canyon. Il n'y a rien hormis la Maison du parc, les vestiges archéologiques et quelques sites de camping. Les touristes qui passent pendant la journée constituent une distraction, ils se baladent en nous posant des questions, mais eux mis à part le seul moyen de se divertir, c'est de se rendre en ville.

— Des touristes, vous dites ? intervint Frost.

— L'inspecteur McDowell m'avait interrogé là-dessus. Non, je n'ai le souvenir d'aucun tueur psychopathe qui nous ait rendu visite. À quoi aurais-je pu le reconnaître, d'ailleurs ? Et je ne me souviendrais certainement pas de sa tête au bout d'un quart de siècle...

C'est bien là le nœud du problème, songea Jane. Vingt-cinq ans après, la mémoire se délite ou, pire encore, se déforme. Le fantasme prend des allures de vérité.

Elle regarda par la fenêtre la route menant hors du défilé, surmontée de tourbillons de poussière brûlante. Elle tenait plutôt du simple chemin. Ç'avait été celui de l'oubli, pour Lorraine Edgerton.

Que t'est-il arrivé dans ce désert ? se demanda-t-elle. Tu as grimpé sur ta moto, tu leur as dit au revoir, et tu as glissé dans un trou de ver temporel pour réapparaître vingt-cinq ans plus tard à Boston dans une caisse...

Le sable avait effacé depuis longtemps toute trace de ce périple.

— Pouvons-nous conserver cette photo, professeur ? demanda Frost.

— Vous me la rendrez, j'espère.

— Nous la garderons en lieu sûr.

— C'est le seul portrait de groupe que j'aie de cette saison-là. Sans ces clichés, j'aurais du mal à me souvenir de mes étudiants. Quand on en accueille dix par an, ça finit par faire un tas de noms en fin de carrière.

Jane se détourna du paysage extérieur.

— Vous accueillez dix étudiants chaque année ?

— Oui, c'est ma limite, pour une simple question de logistique. Nous avons toujours plus de candidats que nous ne pouvons en héberger.

Elle désigna la photo.

— Il n'y en a que neuf sur ce cliché.

Il fronça les sourcils.

— Ah, exact. Le dixième était parti au début de l'été, il n'était plus sur place quand Lorraine s'est évaporée.

Ça expliquait pourquoi le dossier de McDowell ne contenait que huit interrogatoires de condisciples de la victime.

— Qui était-ce ? demanda-t-elle.

— Un des premier cycle. Il venait de passer en deuxième année. Un garçon fort intelligent, mais très silencieux et un brin difficile. Il n'avait pas vraiment sa place parmi les autres. Je ne l'ai accepté que pour faire plaisir à son père. Mais comme il s'intégrait mal, il a plié bagage au bout de quelques semaines. Il a pris un stage ailleurs.

— Vous rappelez-vous comment il s'appelait ?

— Bien sûr, puisque son père n'est autre que Kimball Rose.

— Ce nom devrait me dire quelque chose ?

— Il est connu comme le loup blanc dans le milieu des fouilleurs. Ce monsieur est l'équivalent moderne de Lord Carnarvon.

— Ce qui signifie ?

— Qu'il roule sur l'or, intervint Frost.

Quigley opina.

— Précisément. M. Rose a fait fortune dans les pétroles et le gaz naturel. Il n'a aucune formation initiale en archéologie, mais c'est un amateur enthousiaste et de talent. Il subventionne des fouilles partout dans le monde à hauteur de plusieurs dizaines de millions de dollars. Sans des gens tels que lui, il n'existerait pas de bourses, et nous n'aurions pas un cent pour retourner ne serait-ce qu'un bout de rocher.

— Des dizaines de millions ? Et qu'est-ce que tout cet argent lui rapporte ? demanda Jane.

— Quoi ? Eh bien, mais des sensations fortes, évidemment. N'aimeriez-vous pas être la première à pénétrer dans un tombeau à peine ouvert ? À examiner l'intérieur d'un sarcophage resté hermétique jusque-là ? Il a besoin de nous, et vice versa. Il en a toujours été ainsi dans notre domaine. C'est l'union sacrée des spécialistes et de ceux qui tiennent les cordons de la bourse.

— Vous souvenez-vous du prénom de son fils ?

— J'ai ça quelque part par ici...

Le professeur ouvrit son cahier de minutes de terrain, entreprit de le feuilleter. Quand plusieurs photos churent sur le bureau, il en désigna une.

— Tenez, c'est lui. Bradley, ça me revient, maintenant. C'est le jeune homme qui figure au centre.

Bradley Rose était assis à une table jonchée de tessons de poteries. Les deux autres jeunes figurant sur le cliché regardaient ailleurs, mais il fixait l'objectif comme pour étudier un être nouveau, jamais croisé jusque-là. Il paraissait ordinaire par bien des aspects : taille moyenne, visage passe-partout, une tête d'anonyme qui se perd aisément dans la foule. Malgré cela, son regard avait quelque chose de dérangeant. Jane fut ramenée à l'une de ses visites au zoo, le jour où elle avait contemplé un loup gris qui la considérait avec une curiosité troublante de l'autre côté de la clôture.

— La police l'a interrogé ? demanda-t-elle.

— Ils n'avaient aucune raison de le faire. Il nous avait quittés deux semaines avant la disparition de Lorraine.

— Mais il la connaissait. Ils avaient travaillé ensemble sur le site.

— Oui.

— Ça ne suffisait pas à motiver un interrogatoire ?

— Ils n'ont pas trouvé utile de le questionner. Ses parents ont déclaré qu'au moment des faits il était en leur compagnie chez eux, au Texas. Un alibi parfait, me semble-t-il.

— Vous vous rappelez pourquoi il est parti ? s'enquit Frost. Il s'était passé quelque chose ? Il ne s'entendait pas bien avec les autres étudiants ?

— Non, je crois qu'il s'ennuyait ferme, c'est tout. Raison pour laquelle il a accepté ce stage à Boston. Ça m'a contrarié, parce que si j'avais su qu'il ne resterait pas, j'aurais pris un autre é…

— À Boston ? le coupa Jane.

— Oui.

— Où, ce stage ?

— Dans un musée privé. Son père avait dû intervenir en sa faveur, j'imagine.

— S'agissait-il du musée Crispin ?

Le professeur Quigley retourna mentalement ce nom. Puis il hocha la tête.

— C'est fort possible.

18

Jane avait comme tout un chacun entendu parler des immensités du Texas, mais, en bonne native de la Nouvelle-Angleterre qu'elle était, elle ignorait totalement ce qu'impliquait ce terme. Elle ne savait pas non plus à quel point le soleil pouvait taper ni quelle fournaise y régnait, aussi brûlante que le souffle d'un dragon. Le trajet de trois heures en voiture au départ de l'aéroport leur avait fait franchir des kilomètres à travers un paysage aride où même le bétail paraissait d'un autre monde : ces vaches efflanquées et misérables n'avaient rien de commun avec les Guernsey placides paissant dans les vertes prairies du Massachusetts. Frost et elle se trouvaient en terre étrangère, sur un sol assoiffé, et elle s'attendait fermement à ce que la propriété des Rose ressemble aux vastes ranchs bas croisés en route, entourés de terrains couleur caramel ceints de barrières blanches.

Quelle ne fut pas sa surprise quand l'endroit se révéla à la vue !

La bâtisse dominait une colline luxuriante, à la verdure spectaculaire, au-dessus de la brousse infinie des environs. Du gazon s'étalait tout autour, telle une jupe en velours. Une demi-douzaine de chevaux aux robes lustrées broutaient dans un paddock. Mais le plus fascinant, c'était l'habitation. Là où Jane s'était imaginé trouver une simple ferme, elle découvrait un château en pierre de taille surmonté de tourelles crénelées.

Épates, Frost et elle roulèrent jusqu'à l'énorme grille en fer forgé.

— Tu chiffres ça à combien ? demanda-t-elle.

— Dans les trente millions, je dirais…

— Oui, sauf qu'on est au Texas. Le mètre carré coûte forcément moins cher ici que chez nous.

Quand trente millions de dollars vous font l'effet d'une paille, vous savez que vous avez mis les pieds dans un univers parallèle.

— C'est à quel sujet ? fit une voix dans l'Interphone du portail.

— Inspecteurs Frost et Rizzoli, de la police de Boston. Nous venons voir M. et Mme Rose.

— M. Rose vous attend ?

— Je l'ai appelé ce matin, il m'a assuré qu'il nous recevrait.

Un long silence s'ensuivit, puis les grilles finirent par s'ouvrir.

— Avancez, s'il vous plaît.

Une route en courbe flanquée de cyprès et de statues romaines les mena jusqu'au faîte de la colline. Un cercle de piliers brisés évoquant un temple abattu par les siècles s'élevait sur une terrasse en pierre.

— Où ils trouvent l'eau nécessaire pour toutes ces plantations ? s'étonna Frost.

Son regard accrocha soudain la tête fragmentée du colosse de marbre dont l'œil restant les dévisageait depuis son lit de gazon.

— Hé, tu penses que c'est une vraie ?

— Les gens riches à ce point-là n'ont pas besoin d'acheter des copies. Tu peux parier que cette resucée de Lord Carnivore…

— Carnarvon.

— … a décoré son nid d'aigle avec de l'authentique.

— Il y a des lois contre ça, maintenant. On ne peut plus piller des trésors archéologiques à l'étranger pour les exhiber dans sa maison.

— Les lois, c'est pour les personnes comme toi et moi, Frost.

— Ouais, et ils vont pas sauter de joie quand ils comprendront pourquoi on pose toutes ces questions. Je leur donne pas cinq minutes avant de nous foutre dehors.

Ils se garèrent sous un portique en pierre devant lequel les attendait un sexagénaire à crinière blanche. Pas un employé, songea Jane, sûrement Kimball Rose lui-même. Il se tenait immobile, droit comme un I. Malgré sa tenue décontractée, pantalon de toile et chemise de golf, il y avait peu de chances que son hâle prononcé soit dû à la seule fréquentation des greens : la vaste collection de statues et de colonnes de marbre qui flanquait la colline suggérait d'autres passe-temps.

Jane sortit dans l'air desséché et cilla sous son souffle brûlant. Le cagnard ne paraissait nullement affecter Rose, qui accueillit ses visiteurs d'une poignée de main fraîche et ferme à la fois.

— Merci de nous recevoir ainsi au pied levé, dit-elle.

— Si j'ai accepté, inspecteur, c'est juste pour en finir avec ces enquêtes à dormir debout. Vous ne trouverez rien à vous mettre sous la dent par ici.

— Nous ne vous retiendrons pas longtemps. Nous n'avons que quelques questions à vous poser, à vous et votre épouse.

— Ma femme ne peut pas vous parler. Elle est souffrante et je refuse que vous l'indisposiez.

— Ça concerne simplement votre fils.

— Elle n'est pas en état de supporter un interrogatoire. Elle lutte contre un lymphome depuis plus de dix ans, la moindre contrariété risquerait de l'achever.

— Parler de Bradley la remuerait donc tant que ça ?

— C'est notre fils unique, elle tient beaucoup à lui. Apprendre que la police le traite en suspect est la dernière chose dont elle ait besoin.

— Nous n'avons jamais dit que nous le soupçonnions de quoi que ce soit.

Le milliardaire la fixa d'un regard agressif et direct.

— Pourquoi, ce n'est pas le cas ? Que faites-vous ici, alors ?

— Bradley connaissait Mlle Edgerton. Nous tenons seulement à explorer toutes les pistes possibles.

— Vous avez fait un sacré bout de chemin pour remonter celle-ci... Mais entrez et finissons-en, dit-il en se tournant vers la porte principale. Croyez-moi, vous perdez votre temps.

Jane, qui se faisait un plaisir de se rafraîchir entre des murs climatisés, découvrit qu'il régnait chez les Rose un froid saisissant et fort peu accueillant – impression qu'accentuaient encore le dallage en marbre et les allures de caverne du vestibule. Elle leva la tête pour contempler les gigantesques poutres qui soutenaient le plafond cintré. Un vitrail avait beau laisser pénétrer des losanges de lumière multicolore, les lambris et les tapisseries pendues au mur semblaient absorber toute clarté.

Ce n'est pas une maison, songea-t-elle, tout au plus un musée, voué à exhiber les trouvailles d'un fana de chasse au trésor...

À l'entrée se dressaient des armures médiévales rappelant des soldats en faction. Des haches de guerre et des épées étaient accrochées sur les murs latéraux et un étendard arborant un écusson s'étirait au plafond. Sans doute les armoiries de la famille Rose. Tout le monde rêvait-il de titres de noblesse ? Elle se demanda quels symboles afficher sur le blason des Rizzoli. Une télécommande et un pack de six ?

Kimball les précéda hors du vaste hall. En pénétrant dans la pièce suivante, ils eurent l'impression de passer d'un millénaire à l'autre. Au milieu d'une cour carrelée de superbes mosaïques, une fontaine glougloutait. Des nymphes et des faunes s'ébattaient sous la lumière déversée par une immense verrière. Jane aurait voulu s'attarder, admirer les mosaïques de plus près, mais Rose entrait déjà dans une autre pièce.

Sa bibliothèque. Frost et Jane ouvrirent des yeux émerveillés. Des livres, partout où portait le regard : des volumes par milliers, rangés sur trois niveaux bordés de galeries. Des masques funéraires égyptiens aux yeux énormes dévisageaient le visiteur depuis leurs niches enténébrées. Un ciel nocturne avec ses constellations, parmi lesquelles avançait une procession royale – un bateau à voiles égyptien suivi de chariots, de courtisans et de femmes portant des plateaux de nourriture –, était peint sur le plafond en forme de dôme. Dans l'âtre en pierre, un feu de cheminée crépitait, gaspillage d'énergie délirant par cette journée caniculaire. Voilà donc pourquoi on maintenait une telle froidure dans la maison : pour s'octroyer de petites flambées.

Ils prirent place dans les énormes fauteuils en cuir qui flanquaient la cheminée. On avait beau être en juillet, dans cette pièce sombre on aurait pu se croire en décembre, avec de la neige voletant au-dehors et seules quelques flammes pour chasser le froid.

— Monsieur Rose, dit Jane, la personne avec laquelle nous aimerions surtout parler, c'est Bradley. Nous n'avons pas réussi à le trouver.

— Mon fils a la bougeotte. Je suis incapable de vous dire où il se trouve au moment où nous parlons.

— À quand remonte votre dernière rencontre ?

— À un bon moment. Je ne me souviens pas.

— C'est si loin que ça ?

— Nous restons en contact par e-mails. Ou par courrier traditionnel, de temps à autre. Vous savez comment sont les familles, de nos jours, chacun est très occupé. La dernière fois que nous avons eu de ses nouvelles, il se trouvait à Londres.

— Où exactement à Londres ? Le savez-vous ?

— Non. Ça doit faire quelques mois, dit Rose en remuant sur son siège. Allons droit au but, inspecteur. Venons-en à la raison de votre présence. La disparition de cette fille à Chaco Canyon.

— Lorraine Edgerton.

— Peu importe son nom, Bradley n'a rien à voir là-dedans.

— Vous semblez fort catégorique.

— Il se trouvait ici avec nous quand c'est arrivé. La police ne s'est même pas donné la peine de lui parler, c'est vous dire à quel point il les intéressait... Le professeur Quigley a bien dû vous le préciser ?

— Oui, tout à fait.

— Alors, pourquoi nous importuner aujourd'hui avec une histoire remontant à vingt-cinq ans ?

— Vous paraissez en garder un souvenir précis.

— Parce que je me suis renseigné sur vous, inspecteur Rizzoli. Sur cette disparue, cette Lorraine Edgerton, et sur les raisons qui poussent la police de Boston à se mêler d'une affaire survenue au Nouveau-Mexique...

— Vous n'ignorez donc pas que le corps de Mlle Edgerton a réapparu récemment.

Il acquiesça.

— Dans le Massachusetts, à ce que j'ai compris.

— Savez-vous où, exactement ?

— Au musée Crispin. Je l'ai lu dans les journaux.

— Votre fils y a travaillé cet été-là.

— Oui. Sur ma recommandation.

— C'est vous qui lui avez trouvé ce poste ?

— Le musée Crispin manque éternellement d'argent. Simon n'a pas la bosse des affaires, il a précipité son établissement vers la faillite. J'ai effectué un don en numéraire et il a accordé un travail à Bradley. Sa présence était une chance pour eux, à mon avis.

— Pourquoi a-t-il quitté Chaco Canyon ?

— Il y était malheureux, coincé avec une bande d'amateurs... Bradley prend l'archéologie vraiment très au sérieux. Il gâchait son talent, à trimer comme un simple terrassier. Il passait ses journées à gratter la terre…

— Je croyais que c'était justement ça, l'archéologie…

— Je paie du personnel pour le faire. Croyez-vous que je passe mon temps dans les tranchées de fouilles ? Je signe les chèques et c'est moi qui définis la méthode de recherche. Je dirige la mission, je décide où nous creusons. Bradley n'avait aucun besoin de s'épuiser à des tâches ingrates sur le site de Chaco. Il sait fichtrement bien manier la truelle. Il m'a accompagné en Égypte, sur des fouilles qui employaient des centaines de personnes. Il avait le don pour repérer les endroits prometteurs… et n'allez pas croire que je dis ça parce que c'est mon fils.

— Ainsi, il est allé en Égypte… dit Jane.

Elle songeait à l'inscription gravée sur le fameux cartouche : *J'AI VISITÉ LES PYRAMIDES DU CAIRE.*

— Il adore ce pays. Et j'espère qu'un de ces jours il y retournera, pour découvrir ce que je n'ai pas réussi à mettre au jour.

— Quoi donc ?

— L'armée perdue de Cambyse.

Vu l'expression perplexe de Frost, lui non plus n'avait pas la moindre idée de ce dont il s'agissait. Kimball Rose retroussa les lèvres en un sourire supérieur.

— Je vois que vous pataugez, là aussi. Il y a deux mille cinq cents ans, le roi de Perse, Cambyse II, a envoyé une armée dans le désert égyptien pour abattre l'oracle d'Amon qui officiait dans l'oasis de Siwa, aux frontières de la Libye. Cinquante mille hommes qui n'ont jamais été retrouvés. Le sable les a avalés, on commence tout juste à savoir ce qu'ils sont devenus...

— Cinquante mille soldats ? s'étonna Jane.

Kimball Rose fit oui de la tête.

— C'est l'un des grands mystères de l'archéologie. J'ai consacré deux campagnes de fouilles à exhumer les vestiges de cette armée. Tout ce que j'ai pu dénicher, ce sont quelques fragments de métal et de squelettes, rien d'autre. Une récolte si maigre, du reste, que le gouvernement égyptien n'a même pas pris la peine de réclamer officiellement ces objets. Des expéditions qui comptent parmi mes pires déceptions, et mes rares échecs... Un jour, j'y retournerai, dit-il, le regard perdu dans les flammes. Je la trouverai...

— En attendant, que diriez-vous de nous aider à localiser votre fils ?

Kimball adressa à Jane un regard qui n'avait rien d'amical.

— Que diriez-vous de mettre un terme à cette conversation ? Je ne vois pas en quoi je peux vous aider.

Il se leva.

— Nous voulons seulement lui parler, plaida Jane. L'interroger à propos de Mlle Edgerton...

— Pour lui demander quoi ? S'il l'a tuée ? C'est ça que vous avez en tête, n'est-ce pas ? Vous essayez de faire porter le chapeau à quelqu'un.

— Il connaissait la victime.

— Comme beaucoup d'autres personnes, assurément.

— Il a travaillé au musée Crispin cet été-là. L'endroit même où le corps de Mlle Edgerton vient de faire sa réapparition. Une coïncidence qui se pose un peu là, vous le reconnaîtrez.

— Je vais vous demander de partir.

Il fit mine de se diriger vers la porte, mais Jane ne bougea pas d'un pouce. Puisque Rose refusait de coopérer, il était temps de passer à une autre stratégie : le pousser à réagir.

— Par la suite, dit-elle, il y a eu cet incident, sur le campus de l'université de Stanford, en Californie… Vous devez être au courant, monsieur Rose, puisque c'est votre avocat qui a obtenu la libération de Bradley.

Pivotant sur lui-même, Kimball s'avança vers elle d'un pas si rapide que Frost se leva d'instinct pour s'interposer. Mais leur hôte s'arrêta à quelques centimètres de Jane.

— Il n'a jamais été condamné.

— Mais arrêté, si. À deux reprises. Pour avoir suivi une étudiante sur le campus. Après s'être introduit dans sa chambre à la résidence universitaire pendant qu'elle dormait. Combien de fois avez-vous dû lui éviter ainsi d'avoir des ennuis avec la justice ? Combien de chèques avez-vous signés pour l'empêcher d'atterrir en prison ?

— Il est temps que vous partiez.

— Où se trouve votre fils, en ce moment même ?

Une porte s'ouvrit avant que Rose ait eu le temps de répondre. Il se pétrifia quand une voix douce lança :

— Kimball ? Ces policiers sont là pour Bradley ?

L'expression du milliardaire vira de la furie à la consternation. Il se tourna vers la femme qui venait d'apparaître.

— Tu ne devrais pas quitter le lit, Cynthia. Retourne te coucher, je t'en prie.

— Rosa m'a prévenue que deux inspecteurs étaient là. Ça concerne Bradley, n'est-ce pas ?

La femme entra à petits pas dans la pièce. Ses yeux encaissés se portèrent sur les deux visiteurs. Malgré son lifting, son âge se devinait à son dos voûté, ses épaules tombantes – et surtout à ses cheveux gris dévitalisés dont la coupe étudiée peinait à masquer son crâne. Malgré sa richesse, Kimball Rose n'avait pas échangé sa femme contre un modèle plus récent. L'argent et les privilèges ne changeaient rien au fait que Cynthia Rose était atteinte d'une maladie grave.

En dépit de sa faiblesse et de sa canne, celle-ci ne se laissa pas impressionner.

— Savez-vous où se trouve mon Bradley ? demanda-t-elle sans quitter des yeux les deux inspecteurs.

— Non, madame, dit Jane. Nous espérions pouvoir l'apprendre en vous rendant visite.

— Je te raccompagne jusqu'à ta chambre, jeta Rose en prenant sa femme par le bras.

Elle se dégagea d'un geste agacé, toujours concentrée sur Jane.

— Pourquoi le cherchez-vous ?

— Ma chérie, tout ça ne te concerne pas…

— Au contraire, rétorqua-t-elle. Tu aurais dû me prévenir de leur arrivée. Pourquoi persistes-tu à me cacher des choses, Kimball ? J'ai le droit d'être au courant de ce qui concerne mon enfant !

Cet éclat sembla la laisser à bout de souffle. D'un pas chancelant, elle gagna le siège le plus proche pour s'y affaler. Puis elle y resta sans bouger, à croire qu'elle n'était qu'une relique de plus parmi les objets funéraires qui peuplaient cette pièce obscure.

— Ils venaient nous reparler de cette fille, expliqua son mari. Celle qui a disparu au Nouveau-Mexique. C'est tout.

— Oh, murmura Cynthia, ça remonte à tellement loin.

— Le cadavre de Mlle Edgerton vient seulement d'apparaître, indiqua Jane. À Boston. Nous devons en parler avec votre fils, mais nous ne savons pas où le trouver.

Cynthia s'enfonça encore un peu plus profondément dans le fauteuil.

— Moi non plus, chuchota-t-elle.

— Il ne vous écrit donc jamais ?

— Si, ça arrive. Une lettre de temps à autre, en provenance d'endroits bizarres. Un e-mail par-ci, un autre par-là, juste pour me dire qu'il pense à moi. Qu'il m'aime. Mais il ne revient pas.

— Et pourquoi ça, madame Rose ?

La femme redressa la tête, considéra son mari.

— Vous feriez peut-être mieux de demander à mon époux.

— Bradley n'a jamais été très proche de nous…

— Il l'était jusqu'à ce que tu l'envoies si loin.

— Ça n'a aucun rapport avec ça.

— Il refusait d'y aller. Tu l'as forcé.

— Forcé à aller où ? demanda Jane.

— Ça n'a aucun rapport, répondit Kimball.

— Je m'en veux de ne pas t'avoir tenu tête là-dessus.

— Où l'avez-vous envoyé ? insista Jane.

— Dis-lui, lança Cynthia Rose. Dis-lui comment tu l'as chassé de chez nous !

Kimball laissa échapper un gros soupir.

— À l'âge de seize ans, nous l'avons mis en pension dans le Maine. Il ne voulait pas, mais c'était pour son bien.

— Un pensionnat ? railla amèrement sa femme. C'était un asile psychiatrique !

Jane regarda Kimball Rose.

— Est-ce exact, monsieur ?

— Non ! Cet endroit nous avait été chaudement recommandé. Le meilleur de son genre dans tous les États-Unis, et permettez-moi de vous dire que ça se traduisait dans le prix. J'ai choisi ce que je pensais être le mieux pour lui. Ce que n'importe quel parent attentionné aurait fait. Un centre de séjour thérapeutique, selon leur définition. Les jeunes gens pouvaient y venir à bout de leurs… problèmes.

— Nous n'aurions jamais dû agir ainsi, dit Cynthia. Tu n'aurais jamais dû l'envoyer là-bas.

— Nous n'avions pas le choix.

— Il aurait été bien mieux ici avec moi, plutôt que de partir en camp de redressement au fin fond des montagnes.

Kimball Rose ricana.

— Camp de redressement ? Colonie de vacances, tu veux dire… Il y avait un lac privé, des sentiers de randonnée, des pistes de ski de fond… Merde, j'adorerais qu'on m'envoie dans un endroit pareil si un jour je perdais la boule !

— Est-ce cela qui est arrivé à Bradley, monsieur Rose ? demanda Frost. Il a perdu la boule ?

— Ne le traite pas de maboul, intervint Cynthia. Il ne l'était pas.

— Dans ce cas, madame Rose, qu'est-ce qui lui a valu d'atterrir là-bas ?

— Nous pensions… Kimball pensait…

— Nous pensions qu'ils pourraient l'aider à mieux se maîtriser, termina son mari, rien d'autre. Beaucoup de petits jeunes ont besoin d'être élevés à la dure. Il y a séjourné deux ans, au bout desquels il est revenu sage et travailleur. À ma grande fierté, il a pu m'accompagner en Égypte.

— Il t'en voulait, dit sa femme. Il me l'a avoué.

— Ma foi, on est parfois amené à prendre des décisions difficiles, en tant que parent. J'ai choisi de le secouer un peu, de le remettre sur les rails.

— Et maintenant, grâce à tes choix avisés, il nous évite. Et c'est moi qui en souffre.

Cynthia fondit en larmes en baissant la tête. Personne ne dit mot. Ne résonnaient plus dans la pièce que les crépitements du feu et les sanglots muets de cette femme, qui reflétaient sa souffrance à l'état brut.

Le portable de Jane se mit à sonner, imperméable à toute pitié. Elle le fit taire puis s'écarta du foyer pour prendre l'appel.

Crowe.

— J'ai une surprise pour toi, annonça-t-il d'un ton enjoué contrastant de façon saisissante avec la douleur qui planait dans la pièce.

— Raconte, dit-elle à voix basse.

— Elle est fichée.

— Joséphine, tu veux dire ?

— Oui, enfin, si c'est bien comme ça qu'il faut l'appeler… On avait relevé ses empreintes chez elle, alors on les a moulinées dans le système d'indexation automatisée du FBI. On sait pourquoi elle s'est enfuie, maintenant.

— Je t'écoute.

— Ses empreintes correspondent à des empreintes latentes relevées sur une scène de crime à San Diego il y a douze ans.

— En Californie ? Quel genre de crime ?

— Un meurtre.

19

— La victime était un jeune Blanc de trente-six ans, Jimmy Otto, expliqua Crowe. On a découvert son cadavre lorsqu'un clebs s'est déterré un petit casse-croûte qui s'est révélé être un doigt humain. Il l'a rapporté à son maître, qui a complètement flippé en voyant le butin. Le gars a appelé la police et le chien a mené les collègues jusqu'au corps, enterré en surface dans un jardin voisin. La victime était morte depuis plusieurs jours, et des bêtes lui avaient becté les extrémités, alors on n'a pas pu relever d'empreintes. Le macchabée n'avait pas non plus de portefeuille sur lui, mais la personne qui l'avait dépouillé était passée à côté d'une carte magnétique d'hôtel coincée au fond de sa poche de jean. La clé d'un Holiday Inn, pour une chambre au nom de James Otto.

— Donc, cette victime-là ne vivait pas à San Diego.

— Non. Son adresse était chez nous, dans le Massachusetts. Il habitait avec sa sœur, Carrie. Mlle Otto a pris l'avion pour la Californie, elle a identifié les vêtements de son frère et ce qu'il restait de lui.

Jane ouvrit une boîte de paracétamol pour avaler deux cachets, qu'elle fit descendre à coups de café tiède. Frost et elle n'étaient pas arrivés à Boston avant deux heures du matin, après quoi elle avait dû se lever à plusieurs reprises pour aller câliner sa fille d'un an et la rassurer sur la présence maternelle. Elle s'était réveillée avec un mal de crâne carabiné, que les rebondissements de l'enquête ne faisaient qu'accentuer. La lueur des néons de la salle de réunion lui était carrément douloureuse.

— Vous me suivez toujours ? dit Crowe en détaillant Jane et Frost, lequel paraissait tout aussi vanné que sa coéquipière…

— Ouais, grommela Jane. Alors, l'autopsie a donné quoi ?

— Cause de la mort : une balle dans l'occiput. On n'a pas retrouvé l'arme.

— Et le jardin où il était enterré ?

— C'est celui d'une maison louée à une mère célibataire. Elle s'était évanouie dans la nature avec sa fille de quatorze ans. Quand la police a passé la maison au Luminol, la chambre de la gamine s'est mise à rutiler comme à Vegas. Le sol et les plinthes étaient couverts de traces de sang. C'est là que Jimmy Otto a été tué. Dans la chambre de la petite.

— Et ça remonte à douze ans ?

— Joséphine devait en avoir quatorze, commenta Frost.

Crowe opina.

— Sauf qu'elle ne s'appelait pas Joséphine à l'époque, mais Susan Cook… Et vous savez quoi ? La vraie Susan Cook était morte bébé. À Syracuse, dans l'État de New York…

— Quoi ? ! s'exclama Jane. Encore une identité d'emprunt ?

— *Idem* pour la mère, qui vivait aussi sous un faux nom : Lydia Newhouse. Selon le rapport de la police de San Diego, elle a occupé cette maison pendant trois ans avec sa gosse, mais elles ne fréquentaient personne. À l'époque du meurtre, la petite venait de passer en troisième au collège William Howard Taft. Un cerveau, à en croire ses profs, des résultats très au-dessus de son âge.

— Et la mère ?

— Lydia Newhouse, appelons-la comme ça pour l'instant, travaillait au musée de l'Homme de Balboa Park.

— Elle y faisait quoi ?

— Vendeuse à la boutique de souvenirs. Elle jouait aussi les guides bénévoles. Alors qu'elle prétendait n'avoir aucune formation en archéologie, l'ampleur de ses connaissances dans ce domaine impressionnait tout le monde au musée.

Jane fronça les sourcils.

— On en revient là, une fois de plus.

— Ouais. Ça n'arrête pas, hein ? dit Crowe. Elles ont la fibre, dans la famille, apparemment.

— On est sûrs qu'elles ont quelque chose à voir dans le meurtre de Jimmy Otto ? demanda Frost.

— Leur comportement le laisse croire, en tout cas. Elles sont parties en catastrophe, mais après avoir pris le temps de lessiver le sol et les murs, et d'ensevelir ce type dans leur jardin. Que je sois pendu si ça ne veut pas dire « coupable ! ». La seule erreur qu'elles aient commise, c'est de ne pas l'avoir enterré assez profond, parce que le chien du voisin l'a repéré assez vite.

— Elles ont eu bien raison de le buter, en tout cas, intervint Tripp. Ce mec a eu la mort qu'il méritait.

— Comment ça ? dit Frost.

— Jimmy Otto était un tordu de chez tordu.

Crowe ouvrit son carnet.

— L'inspecteur Potrero doit encore nous envoyer le dossier, mais voici ce qu'il m'a expliqué au téléphone : à l'âge de treize ans, Otto s'est introduit dans la chambre d'une femme, a fouillé sa commode et lacéré ses sous-vêtements à coups de couteau. Quelques mois plus tard, on le découvrait chez une autre fille le surin à la main, campé au-dessus de son lit pendant qu'elle dormait.

— Bon sang, dit Jane. Treize ans, tu dis ? Il a vraiment démarré tôt dans la vie…

— À quatorze, on l'a expulsé de son collège dans le Connecticut… Potrero n'a pas réussi à obtenir de l'administration tous les détails de l'histoire, mais il a cru comprendre que le délicieux petit Jimmy avait agressé sexuellement une fille de sa classe. Avec un manche à balai. La gamine s'est retrouvée à l'hosto… Et ce ne sont que les trucs pour lesquels il a été pris sur le fait, ajouta Crowe en relevant la tête.

— Il aurait dû être placé en centre de détention pour mineurs après le deuxième incident, non ?

— Exact. Mais quand tu es un fils à papa, tu as droit à quelques jokers, du genre qui permet de sortir de prison.

— Même après cette histoire de manche à balai ? !

— Non, là ça a quand même ouvert les yeux à ses parents. Ils ont fini par flipper et par admettre que leur fiston adoré avait besoin d'être soigné. Leur avocat, un ténor du barreau, a obtenu que les motifs d'inculpation soient minorés, à la condition expresse que Jimmy soit admis dans un centre spécialisé.

— Un HP, tu veux dire ? demanda Frost.

— Pas exactement. Une école privée hyper chère pour gamins ayant les mêmes... pulsions que lui, disons. Dans un coin paumé, sous surveillance vingt-quatre heures sur vingt-quatre et sept jours sur sept. Ses parents ont acheté une maison dans le secteur, pas moins, rien que pour le voir. Ils sont morts dans un accident d'avion, dans le jet privé qui les amenait sur place. Jimmy et sa sœur ont hérité d'une fortune.

— Ce qui fait de Jimmy un malade dangereux et plein aux as, dit Tripp.

Centre de séjour spécialisé. Dans un coin paumé. Jane repensa subitement à sa conversation de la veille avec les Rose.

— Cette école privée ne se trouverait pas dans le Maine, par hasard ?

Crowe la dévisagea, désarçonné.

— Waouh, comment tu as deviné ?

— Parce que Frost et moi, on vient d'entendre parler d'un autre gamin tordu très riche ayant atterri dans un centre de séjour du Maine. Un lieu pour fils à papa à problèmes.

— Qui ça ?

— Bradley Rose.

Un ange passa. Le temps que Crowe et Tripp absorbent cette info surprenante.

— Putain de merde, s'exclama enfin Tripp, ça peut pas être une coïncidence ! Ces deux gamins s'y trouvaient à la même époque, ils se sont forcément connus !

— Dis-nous-en plus sur cette école, enjoignit Jane.

Crowe hocha la tête, d'un air maintenant sombre et concentré.

— L'institut Hilzbrich était très sélect, très coûteux. Et ultraspécialisé. Grosso modo, c'était une clinique en vase clos située en plein milieu des bois – c'est sans doute préférable, vu le genre de patients qu'ils traitaient…

— Des psychopathes ?

— Des prédateurs sexuels. L'éventail entier, du pédophile en herbe au violeur. Il ne faut pas croire que les riches ne comptent pas leur part de tordus. Sauf qu'ils ont aussi des avocats pour empêcher que la justice condamne leurs gosses, et cet endroit, c'était une peine de substitution pour nantis. Un endroit où on faisait des dîners gastronomiques pendant qu'une équipe de psychiatres tentait de vous convaincre que c'était pas bien de torturer les petites filles. Le hic, c'est que ça n'a pas eu l'air de marcher des masses. Il y a quinze ans, un de leurs prétendus élèves a kidnappé et mutilé deux petites filles deux mois seulement après que l'institut l'eut déclaré à nouveau apte à la vie en société. Il y a eu un procès monstre, et l'établissement a dû fermer. Il n'a pas rouvert depuis.

— Et Jimmy Otto ? Sa vie a donné quoi, après ?

— Il en est sorti libre comme l'air à dix-huit ans. Il n'a pas tardé à reprendre ses marques. Au bout de quelques années, on l'a arrêté en Californie pour avoir harcelé et menacé une femme. Ensuite, on le retrouve chez nous, à Brookline, appréhendé et interrogé après la disparition d'une jeune femme. Comme les collègues manquaient d'éléments pour prolonger sa garde à vue, il a été libéré. Pareil il y a treize ans, où on l'a soupçonné et entendu à la suite de la disparition d'une autre femme dans le Massachusetts. Il s'est évanoui dans la nature avant qu'on ait eu le temps de boucler l'enquête préliminaire. Tout le monde ignorait où il se trouvait, jusqu'à l'année suivante, où il a réapparu, enterré dans ce jardin à San Diego.

— Tu as raison, Tripp, dit Jane. Il a eu ce qu'il méritait. Mais qu'est-ce qui a poussé cette mère et sa fille à s'enfuir ? Si ce sont elles qui l'ont tué, si c'était juste de la légitime défense, pourquoi avoir pris leurs jambes à leur cou comme des criminelles ?

— Peut-être qu'elles en sont ? suggéra Crowe. Déjà, à l'époque, elles vivaient sous des faux noms. On ignore qui elles sont vraiment, et ce qu'elles fuient.

Jane se prit la tête dans les mains, se massant les tempes pour chasser sa céphalée.

— Ça devient foutrement compliqué. Je n'arrive plus à suivre tous les fils. On a un homme tué à San Diego. L'Embaumeur ici… Et le rapport a l'air d'être cette jeune femme dont on ignore jusqu'au nom, soupira-t-elle. Bon, que sait-on d'autre sur Jimmy Otto ? D'autres arrestations, d'autres liens avec notre enquête actuelle ?

Crowe feuilleta son carnet.

— Des trucs sans gravité. Cambriolage à Brookline, conduite en état d'ivresse et excès de vitesse à San Diego. Un autre P-V, pour les deux mêmes raisons, à Durango…

Il se tut, prenant soudain conscience de ce qu'impliquait ce dernier détail.

— C'est dans le Colorado... À proximité du Nouveau-Mexique, non ?

Jane redressa la tête.

— Oui, de l'autre côté de la frontière. Pourquoi ?

— C'est arrivé en juillet, l'année de la disparition de Lorraine Edgerton.

Jane recula son fauteuil, éberluée par cette dernière info. Jimmy et Bradley se trouvaient tous les deux à proximité de Chaco Canyon à l'époque.

— Ça y est, lâcha-t-elle à voix basse.

— Tu penses qu'ils pourchassaient leurs proies ensemble ?

— Ouais, jusqu'à ce que Jimmy se fasse tuer à San Diego, dit-elle avec un regard vers Frost. Le puzzle s'assemble enfin ! On tient notre fil conducteur : Jimmy Otto et Bradley Rose !

Frost hocha la tête.

— Et Joséphine, compléta-t-il.

20

Joséphine se força à se secouer. Elle émergea du sommeil dans un râle, la nuisette trempée de sueur, le cœur battant la chamade. Les rideaux légers ondulaient comme un écran fantomatique devant le clair de lune encadré par la fenêtre. Des branches crépitèrent un instant dans les bois alentour puis se turent. Joséphine repoussa les couvertures, puis elle resta là, regard fixé vers le plafond, le temps que son cœur ralentisse et que la transpiration rafraîchisse sur sa peau. Au bout d'une semaine passée chez Gemma, son cauchemar était revenu. Un songe peuplé de coups de feu et de murs éclaboussés de sang.

« Écoute toujours tes rêves, lui avait enseigné sa mère. Ce sont des voix qui te racontent ce que tu sais déjà, qui te chuchotent des conseils négligés jusquelà. » Joséphine savait ce que le sien signifiait : il était temps de faire ses valises. De s'enfuir. Elle s'était attardée trop longtemps chez son amie. Elle repensa au coup de fil passé sur son portable devant la supérette. Au jeune policier qui avait bavardé avec elle sur le parking ce fameux soir, et au chauffeur de taxi qui l'avait conduite au pied de la route. Il existait des tas de moyens pour remonter sa piste jusqu'ici, des tas de petites erreurs qu'on commettait sans même s'en rendre compte.

Une autre phrase de sa mère lui revint : « Quand on tient vraiment à trouver quelqu'un, il suffit d'attendre qu'il commette une erreur. »

Or, les erreurs, elle les accumulait, ces derniers temps.

Un silence étrange s'était abattu sur la nuit.

Elle mit un moment à s'en rendre compte. Elle s'était assoupie dans le cricri continu des grillons, mais à présent on n'entendait plus rien. Hormis le bruit de sa respiration.

Elle se leva pour s'approcher de la fenêtre. Le clair de lune qui déversait sa lueur pâle sur le jardin argentait les arbres. Elle ne vit rien d'inquiétant. Pourtant, debout devant la vitre ouverte, elle prit conscience que la nuit n'était pas tout à fait muette : des bips électroniques résonnaient entre chaque battement sourd de son cœur. En provenance de la maison ou de l'extérieur ? À présent qu'elle se concentrait entièrement sur ce son, il semblait s'intensifier, et sa propre sensation de malaise avec lui.

Gemma l'entendait-elle, elle aussi ?

Elle passa la tête dans le couloir. Le bruit y était plus marqué, plus insistant.

Elle navigua au jugé entre les murs plongés dans les ténèbres. Ses pieds nus progressaient en silence sur le plancher. Le bip s'intensifiait à chaque pas. En atteignant la chambre de Gemma, elle trouva la porte entrebâillée. Elle poussa le battant, qui s'ouvrit sans bruit. Elle repéra la source du son, dans la pièce éclairée par la lune : le combiné du téléphone tombé par terre émettait son signal « occupé ». Seulement, ce n'est pas l'appareil qui retint son attention, mais la flaque sombre, luisante comme une nappe de pétrole, sur le sol. Tout près était accroupie une silhouette, qu'elle prit d'abord pour Gemma. Jusqu'à ce que l'ombre se redresse de toute sa hauteur et se découpe dans l'encadrement de la fenêtre.

Un homme.

En entendant son hoquet de saisissement, il tourna soudain la tête. Ils se firent face une seconde, le visage mangé par l'obscurité, suspendus l'un comme l'autre dans un de ces instants où le temps n'a plus cours et où le prédateur s'apprête à bondir sur sa proie.

Ce fut elle qui bougea en premier.

Elle fit demi-tour pour sprinter vers l'escalier. Des pas lourds la suivirent tandis qu'elle dégringolait les marches. Elle atterrit durement d'un bond au rez-de-chaussée. Devant elle, la porte d'entrée béante. Elle se précipita dans cette direction, émergeant d'un pas chancelant sur la véranda, où du verre brisé lui perça la plante des pieds. À peine si elle remarqua la douleur : elle se concentrait sur l'allée d'accès devant elle.

Et sur les pas qui se rapprochaient dans son dos.

Elle dévala les marches de la véranda, sa chemise de nuit battant comme des ailes dans l'air tiède de la nuit, avant de foncer la tête la première dans l'allée. Sous la clarté lunaire, sur ces gravillons, à découvert, son vêtement se détachait comme un drapeau blanc. Malgré ça, elle ne bifurqua pas vers le bois, ne perdit pas de temps à essayer de se mettre à couvert sous les arbres. Devant elle, la rue, d'autres maisons. Si je cogne à une porte, si je me mets à hurler, quelqu'un viendra à mon secours. Dans sa panique, elle n'entendait plus la démarche de son poursuivant, juste le flux de son propre souffle, celui de l'air ambiant.

Et puis, soudain, une détonation.

L'impact de balle lui fit l'effet d'un coup de pied violent dans la jambe. Elle s'étala par terre en s'égratignant les paumes. Quand elle se démena pour se relever, la cuisse dégoulinante de sang chaud, sa jambe céda sous son poids. Elle s'effondra à genoux dans un râle de douleur.

La rue. La rue est très proche.

Elle se mit à ramper. Sa respiration n'était plus que sanglots. Au-devant d'elle, par-delà les arbres, la lumière extérieure d'une véranda voisine brillait, et c'est sur cela qu'elle se concentra, pas sur le crissement des pas qui approchaient, pas sur ces gravillons qui lui entamaient les paumes. La survie se résumait maintenant à ce fanal solitaire scintillant à travers les branches, vers lequel elle continua de ramper en charriant sa jambe inutile qui laissait derrière elle une traînée de sang.

Une ombre se porta devant elle, maculant la lumière.

Elle leva les yeux. Il bloquait le passage. Son visage était un simple ovale noir au regard impénétrable. Il se pencha vers elle et elle ferma les paupières, attendant la déflagration, la dernière balle. Elle n'avait jamais été aussi consciente du bruit des battements de son cœur et de l'air circulant dans ses poumons qu'elle le fut au cours de cet ultime instant d'immobilité – un instant qui sembla s'étirer à l'infini, à croire que son poursuivant voulait savourer sa victoire, prolonger les tourments de sa victime.

À travers ses paupières closes, elle vit vaciller une lumière.

Elle ouvrit les yeux. Une lueur bleue pulsait derrière les arbres. Deux pinceaux de phares basculèrent soudain vers elle, et elle se retrouva coincée par leur éclat, agenouillée dans sa pauvre nuisette. Une voiture s'arrêta en faisant crisser ses pneus, éjectant des gravillons. Une portière s'ouvrit à la volée et elle entendit un émetteur de police crachoter.

— Mademoiselle ? Ça va ?

Elle cilla pour tâcher de distinguer qui lui parlait. Mais la voix s'éteignit, les phares s'obscurcirent, et la dernière chose dont elle eut conscience en s'effondrant à plat ventre, ce fut la sensation des petits cailloux qui lui griffaient la joue.

Campés dans l'allée d'accès à la maison de Gemma Hamerton, Frost et Jane contemplaient la traînée de sang coagulé laissée par Joséphine au cours de sa tentative désespérée pour ramper jusqu'à la rue. Dans les arbres mouchetés par un soleil estival, les oiseaux gazouillaient, mais une chape glacée semblait s'être abattue sur ce recoin d'ombre.

Jane se tourna vers la maison, où Frost et elle n'avaient pas encore mis les pieds. C'était un pavillon en bois blanc à clins, des plus ordinaires, avec une véranda couverte, pareil à tous ceux qui se succédaient le long de cette route communale. À une différence près : le reflet en dents de scie de la vitre brisée. Ses scintillements acérés révélaient que quelque chose de terrible s'était produit à cet endroit.

Un spectacle qu'il allait leur falloir affronter, à présent.

— C'est là qu'elle est tombée la première fois, indiqua l'inspecteur Mike Abbott en montrant l'endroit d'où partait le sang. Elle a réussi à remonter assez loin dans l'allée après avoir été touchée. Il fallait une volonté de fer pour parvenir jusque-là. Et voilà où la voiture de patrouille l'a repérée.

Il avait indiqué le bout de la piste macabre.

— Comment un tel miracle a-t-il pu se produire ? demanda Jane.

— Ils sont venus à la suite d'un appel.

— Joséphine ? s'enquit Frost.

— Non, sans doute Gemma Hamerton, la propriétaire de la maison. Le combiné se trouvait dans sa chambre. En tout cas, la personne qui a composé le numéro n'a pas eu l'occasion d'expliquer quoi que ce soit, parce qu'on a raccroché aussi sec. Quand la dispatcheuse des appels d'urgence a essayé de rappeler, ça sonnait occupé. Elle a envoyé une voiture de patrouille, qui n'a mis que trois minutes à arriver.

Frost suivit l'allée du regard.

— Il y a beaucoup de sang.

Abbott approuva de la tête.

— Votre donzelle a passé trois heures en salle d'opération. Heureusement pour nous, elle en est ressortie plâtrée, parce qu'on n'a été au courant qu'hier soir de l'avis de recherche que vous aviez lancé. Elle aurait peut-être réussi à nous fausser compagnie... Bon, ajouta-t-il en se tournant vers la maison, si vous êtes encore en manque d'hémoglobine, vous n'avez qu'à me suivre...

Il les précéda jusqu'à la véranda jonchée de débris de verre. Ils s'arrêtèrent avant d'entrer afin d'enfiler des surchaussures. L'affirmation d'Abbott présageait des horreurs. Jane se prépara au pire.

Lorsqu'elle franchit le seuil de la maison, elle ne découvrit rien d'inquiétant. Le séjour paraissait intact. Aux murs, des dizaines de photos encadrées montrant pour la plupart la même blonde aux cheveux courts, qui posait en compagnie de diverses personnes. L'énorme bibliothèque débordait de livres d'histoire ou d'art, de bouquins de linguistique et d'ethnologie.

— C'est elle, la propriétaire ? demanda Frost en montrant la blonde des photos.

Abbott acquiesça.

— Gemma Hamerton. Elle enseignait l'archéologie dans une fac du coin.

— Tiens, tiens, dit Frost avec un regard entendu en direction de Jane. Que savez-vous d'autre à son propos ?

— Sans histoire, pas de casier. Une célibataire endurcie. Elle passait tous ses étés à l'étranger pour son boulot – ne me demandez pas en quoi ça consiste.

— Alors, pourquoi est-elle chez elle ?

— Aucune idée. Voilà une semaine, elle est rentrée du Pérou, où elle travaillait sur un chantier de fouilles. Sinon elle serait toujours vivante...

La mine soudain sinistre, il leva la tête vers l'escalier en bois.

— Bon, je vous montre l'étage.

Il les précéda, s'arrêtant pour désigner les empreintes ensanglantées sur les marches.

— Semelles de chaussures de sport. Du 42 ou du 43. On sait que ce sont celles de l'assassin, Mlle Pulcillo était pieds nus.

— Apparemment, il était pressé, remarqua Jane devant l'aspect brouillé des traces.

— Ouais. Mais elle l'a distancé.

Jane contempla les traces qui descendaient. Le sang avait séché, mais malgré le soleil qui pénétrait de biais par l'une des fenêtres de la cage d'escalier on sentait encore la terreur de la poursuite. Elle chassa un frisson glacé en se tournant vers l'étage où les attendaient des horreurs bien pires.

— C'est arrivé là-haut ?

— Dans la chambre de Mme Hamerton, précisa Abbott.

Il grimpa les dernières marches sans se presser, à croire qu'il rechignait à subir à nouveau le spectacle vu deux jours plus tôt. Les marques laissées par des chaussures trempées de sang étaient plus sombres que dans l'escalier. Elles débouchaient de la pièce située au fond du couloir. Abbott désigna la première devant laquelle ils parvinrent. Le lit n'était pas défait.

— Ça, c'est la chambre d'amis où dormait Mlle Pulcillo.

Jane fronça les sourcils.

— Tiens, c'est la plus proche de l'escalier.

— Oui, ça m'a intrigué, moi aussi. L'assassin dépasse cette porte pour se diriger droit vers celle de Mme Hamerton. Peut-être qu'il ignorait la présence de Joséphine.

— À moins qu'elle ne se soit enfermée à clé, suggéra Frost.

— Non, impossible. Cette porte n'a pas de serrure ni de verrou. De façon inexplicable, il longe la chambre de Mlle Pulcillo pour aller directement à celle de Mme Hamerton.

Abbott prit une inspiration avant de continuer jusque-là. Il s'arrêta sur le seuil, hésitant à entrer.

Jane comprit pourquoi en regardant à l'intérieur.

On avait emporté le cadavre de Gemma Hamerton, mais les éclaboussures rouges sur les murs, les draps et les meubles témoignaient avec éloquence de ses derniers instants. Jane sentit un souffle froid glisser sur sa peau en pénétrant dans la pièce, comme si un fantôme venait de la croiser. La violence laisse son empreinte, songea-t-elle. Pas seulement sous forme de sang, mais dans l'espace même.

— On a trouvé son corps recroquevillé au fond, dans le coin, dit Abbott. Mais, aux traces, on voit que le premier coup a été porté quelque part près de la tête de lit. Il y a des giclées de sang artériel dessus... Et là-bas, ajouta-t-il en montrant le mur de droite, il doit s'agir de traces projetées.

Jane s'arracha à la contemplation du matelas éclaboussé pour scruter la courbe de gouttelettes en angles projetées par la force centrifuge au moment où le couteau ensanglanté s'était écarté du corps.

— Il est droitier, constata-t-elle.

Abbott approuva du menton.

— D'après le légiste, la blessure indique une absence d'hésitation. Pas d'entailles hasardeuses... Il a agi en portant un seul coup, qui a sectionné les vaisseaux principaux du cou. La femme aurait disposé d'une minute de conscience ou deux, assez pour décrocher le téléphone et ramper jusqu'à ce recoin...

Ses empreintes tachées de sang se trouvaient sur le combiné, on sait donc qu'elle était déjà blessée lorsqu'elle a composé le numéro.

— C'est donc l'assassin qui a raccroché ? demanda Frost.

— Je suppose.

— Mais vous disiez que la dispatcheuse a essayé de rappeler et que ça sonnait occupé.

Abbott resta coi. Il réfléchissait.

— Ouais, c'est un peu bizarre. Il commence par reposer le téléphone, puis il décroche à nouveau. Je me demande bien pourquoi.

— Il ne voulait pas que ça sonne, dit Jane.

— À cause du bruit ? suggéra Frost.

Elle fit signe que oui.

— Il savait qu'il y avait quelqu'un d'autre dans la maison, il ne voulait pas réveiller Joséphine.

— Sauf qu'elle s'est réveillée quand même, dit Abbott. Peut-être en entendant le corps tomber. À moins que Mme Hamerton n'ait réussi à pousser un cri… En tout cas, Mlle Pulcillo a été tirée du sommeil par quelque chose, et ça l'a poussée à entrer dans cette pièce. Elle a repéré l'intrus. Et elle s'est enfuie.

Jane contempla le coin de la pièce dans lequel Gemma Hamerton était morte, lovée dans une flaque de son propre sang.

Elle sortit et remonta le couloir dans l'autre sens. Elle s'arrêta sur le seuil de la chambre de Joséphine pour regarder le lit. L'assassin avait longé cette pièce-ci, songea-t-elle. Une jeune femme y dort, la porte n'est pas verrouillée… Et pourtant, il continue son chemin jusqu'à la chambre principale.

Ignorait-il la présence d'une tierce personne ? D'une autre femme, dans la maison ?

Non. Non, il savait. Voilà pourquoi il avait laissé le téléphone décroché. Pourquoi il avait frappé avec un couteau et pas avec son flingue. Il tenait à ce que sa première victime meure en silence.

Parce qu'il comptait passer à la chambre de Joséphine ensuite.

Jane descendit l'escalier, émergea de la maison. Les insectes bourdonnaient dans la chaleur de cet après-midi torride où pas un souffle d'air ne circulait, mais la maison la glaçait encore. Elle descendit les marches de la véranda.

Tu l'as poursuivie jusqu'ici, en bas. Elle devait être facile à suivre à la lueur de la lune. Une gamine en chemise de nuit.

Elle remonta lentement l'allée gravillonnée, suivant le trajet effectué par Joséphine pour s'échapper, ses pieds nus lacérés par le verre brisé. La route principale se trouvait au fond, derrière les arbres. Tout ce que la fuyarde avait à faire, c'était courir vers le domicile d'un voisin en hurlant pour aller cogner à la porte.

Jane s'arrêta, le nez baissé vers les gravillons ensanglantés.

Sauf qu'ici la balle l'a touchée à la jambe, et elle est tombée.

Elle suivit posément la traînée de sang laissée sur le chemin par Joséphine, qui s'était démenée jusqu'à ramper. À chaque centimètre, elle avait dû sentir qu'il progressait vers elle, qu'il se rapprochait pour la curée. La trace semblait s'étirer de façon interminable, puis s'interrompait soudain à une dizaine de mètres de la route. Joséphine s'était escrimée long-temps avant d'atteindre cet endroit – suffisamment pour permettre à l'assassin de la rattraper. Sans doute avait-il eu tout le loisir de presser la détente une ultime fois avant de prendre la poudre d'escampette.

Pourtant, il n'avait pas tiré. Il ne l'avait pas achevée.

Jane s'arrêta, scrutant l'emplacement où la jeune femme se trouvait quand les flics en tenue l'avaient repérée. Ils n'avaient vu personne d'autre en arrivant, juste la blessée. Une jeune femme qui aurait dû être morte.

Ce n'est que là qu'elle percuta : l'assassin la vou-lait vivante.

21

Tout le monde ment, songea Jane. Mais peu de gens parvenaient à baratiner de façon aussi absolue et aussi parfaite que Joséphine Pulcillo.

Sur le chemin de l'hôpital avec son coéquipier, elle se demanda quels nouveaux mensonges la jeune femme allait leur servir ce jour-là, ce qu'elle inventerait pour expliquer leurs découvertes. Frost se laisserait-il à nouveau embobiner ?

— Une fois là-bas, il vaudra peut-être mieux que tu me laisses mener la danse, lâcha-t-elle.

— Pourquoi ça ?

— Je préférerais être la seule à poser des questions.

Il la regarda.

— Tu peux t'expliquer ?

Elle prit son temps pour répondre : impossible de faire preuve de franchise, ça agrandirait encore le fossé qui s'était creusé entre eux – par la faute de Joséphine.

— Mon instinct est tombé assez juste avec elle, autant que ce soit moi qui m'en charge.

— Tu appelles ça de l'instinct ?

— Je me suis méfiée, j'avais raison, non ?

Il se détourna vers la vitre.

— Ou alors, c'était de la jalousie.

— Hein ?

Elle bifurqua vers le parking de l'hôpital puis éteignit le moteur.

— Tu parles sérieusement ?

Il soupira.

— Laisse tomber.

— Non, explique. Tu voulais dire quoi ?

— Rien, dit-il en ouvrant sa portière à la volée. Allez, on y va.

Elle sortit de la voiture en claquant la sienne. Y avait-il une once de vérité dans la saillie de Frost ? N'étant pas d'une beauté renversante, en voulait-elle aux filles canon pour la facilité avec laquelle elles évoluaient dans le monde ? Les hommes vouaient un culte aux jolies femmes, ils étaient aux petits soins pour elles – et, surtout, ils les écoutaient. Pendant que nous autres, toutes les autres, on colmate les brèches du mieux qu'on peut. Cela dit, à supposer qu'elle soit jalouse, ça ne changeait rien à l'essentiel : son instinct ne l'avait pas trompée.

Joséphine Pulcillo menait tout le monde en bateau.

Frost et elle pénétrèrent sans un mot dans l'hôpital, puis dans l'ascenseur menant au service de chirurgie. Jane n'avait jamais senti un tel abîme entre eux. Un continent les séparait malgré leur proximité physique. Au moment de s'engager dans le couloir, elle n'accorda pas un regard à son coéquipier, et c'est avec une mine d'enterrement qu'elle poussa la porte de la chambre 216.

La jeune femme qu'ils avaient connue sous le prénom de Joséphine les dévisagea depuis le lit. Dans sa mince tunique d'hôpital, elle avait l'air d'une petite chose vulnérable, d'une innocente aux yeux de biche attendant qu'on la secoure. Comment diable parvenait-elle à faire cet effet ? Malgré ses cheveux gras et son plâtre encombrant à la jambe, elle resplendissait.

Jane se dirigea droit vers le lit.

— Acceptez-vous de nous parler de San Diego ? attaqua-t-elle tout de go.

Les yeux de biche piquèrent aussitôt vers les draps, évitant le regard de Jane.

— Je ne vois pas ce que vous voulez dire...

— Vous deviez avoir dans les quatorze ans, à l'époque. Vous vous rappelez forcément ce qui s'est passé cette nuit-là.

Pulcillo secoua la tête.

— Vous devez me confondre avec quelqu'un d'autre.

— Votre identité d'alors était Susan Cook. Vous étiez inscrite au collège William Howard Taft et vous habitiez en Californie avec votre mère, qui se faisait appeler Lydia Newhouse. Un beau matin, vous avez quitté la ville toutes les deux en emportant vos affaires. C'est la dernière fois qu'on a entendu parler de Susan et de sa maman.

— C'est donc illégal de partir sans prévenir ? rétorqua Joséphine.

Son regard s'était enfin levé pour défier celui de Jane, par pure bravade.

— Oh, ça, non.

— Alors, pourquoi m'interroger là-dessus ?

— Parce que descendre quelqu'un d'une balle dans le crâne, ça l'est, illégal, en revanche.

Le visage de Joséphine était devenu totalement inexpressif.

— Une balle dans le crâne ? Qu'est-ce que c'est que cette histoire ? demanda-t-elle d'un ton neutre.

— Celle de l'homme qui est mort dans votre chambre.

— Je ne comprends rien à ce que vous racontez.

Les deux femmes se dévisagèrent un instant – un instant où Jane eut le temps de penser : Tu as peut-être bluffé Frost, mais ça ne marche pas avec moi.

— Avez-vous entendu parler d'un produit qui s'appelle Luminol ? demanda-t-elle.

— Pourquoi, ça devrait me dire quelque chose ?

— Il réagit à la présence de fer dans des résidus de sang, aussi anciens soient-ils. Lorsqu'on le vaporise sur une surface, les restes d'hémoglobine brillent dans le noir comme des néons. Vous pourrez tout lessiver de fond en comble après un saignement, vous ne réussirez pas à en faire disparaître toutes les traces. Votre mère et vous avez eu beau laver le sol et les murs, il est resté du sang dans les fissures et dans le plancher.

Cette information coupa la chique à Joséphine.

— Quand la police de San Diego a fouillé votre ancienne maison, ils l'ont aspergée au moyen de ce révélateur, poursuivit Jane. L'une des chambres s'est illuminée comme un sapin de Noël : la vôtre. Alors, ne me dites plus que vous ignorez tout de ce qui s'est passé là. Vous étiez forcément sur place. Vous savez.

Joséphine venait de pâlir.

— J'avais quatorze ans, dit-elle à voix basse. Ça remonte à loin.

— Il n'existe pas de prescription dans les affaires d'assassinat.

— Vous croyez que c'est de ça qu'il s'agit ?

— Que s'est-il passé, cette nuit-là ?

— Ça n'avait rien d'un assassinat.

— C'était quoi, alors ?

— De la légitime défense !

Un pas de plus vers la vérité. Jane hocha la tête, satisfaite. Au moins la jeune femme avouait-elle qu'un homme était mort dans sa chambre.

— Dans quelles circonstances ? demanda-t-elle.

Joséphine lança un coup d'œil à Frost, comme pour quêter son soutien. Il se tenait campé près de la porte, impassible. Manifestement, aucune indulgence ni aucune compassion à attendre de ce côté-là.

— Il est temps de soulager votre conscience, l'invita Jane. Faites-le pour Gemma Hamerton. Elle mérite que justice soit rendue, vous ne trouvez pas ? Je pars du principe que vous étiez amies…

À la mention de Gemma, des larmes vinrent troubler le regard de Joséphine.

— Oui, chuchota-t-elle. Elle était plus qu'une amie.

— Elle est morte, vous savez.

— L'inspecteur Abbott me l'a dit. Mais je le savais déjà… Je l'avais vue par terre.

— Je pense que ces deux événements sont liés. Sa mort et celle de l'homme abattu à San Diego. Si vous tenez à ce que votre amie soit vengée, Joséphine, vous accepterez de répondre à mes questions… À moins que vous ne préfériez que je vous donne du Susan, puisque tel était votre prénom en Californie ?

— Je m'appelle Joséphine, désormais, dit-elle avec un soupir de lassitude, abandonnant tout faux-

semblant. C'est le prénom que j'ai porté le plus longtemps. J'y suis habituée, maintenant.

— Combien de noms d'emprunt avez-vous portés ?

— Quatre… Non, cinq, dit-elle en secouant la tête.
Je ne me rappelle plus, en fait. Nous en changions à
chaque déménagement. J'étais persuadée que Joséphine
serait le dernier.

— Quel est votre vrai prénom ?

— Quelle importance ?

— Ça compte. Comment vous appeliez-vous à la
naissance ? Autant nous dire la vérité, nous finirons
par le découvrir.

Joséphine inclina la tête, abandonnant la partie.

— Mon nom de famille était Sommer, lâcha-t-elle
à voix basse.

— Et votre prénom ?

— Néfertari.

— Ça ne court pas les rues, dites donc…

Joséphine laissa échapper un rire las.

— Ma mère a toujours été une originale.

— C'était celui d'une reine égyptienne, ou je me
trompe ?

— Exact. L'épouse de Ramsès, la grande Néfertari
pour qui se lève le soleil.

— Hein ?

— C'est une phrase que me répétait souvent ma
mère. Elle adorait l'Égypte. Elle parlait sans arrêt d'y
retourner.

— Et où se trouve-t-elle maintenant ?

— Elle est morte, murmura la jeune femme. Il y
a trois ans, au Mexique. Renversée par une voiture.
J'étais à la fac en Californie quand c'est arrivé, je ne
peux donc pas vous en dire plus…

Jane attira une chaise et s'assit à côté du lit.

— Mais à propos de San Diego, si. Que s'est-il passé, cette nuit-là ?

Joséphine courba les épaules. Ils la tenaient à leur merci, elle en était consciente.

— Il a surgi pendant l'été, une nuit où il faisait chaud. Ma mère tenait toujours à ce qu'on garde les fenêtres fermées, mais j'avais laissé celle de ma chambre ouverte. Voilà comment il s'est introduit dans la maison.

— Par la fenêtre de votre chambre ?

— Ma mère a entendu un bruit, elle est venue voir. Il s'en est pris à elle, elle s'est défendue. M'a défendue… Elle n'avait pas le choix, ajouta-t-elle en regardant Jane.

— Avez-vous assisté à la scène ?

— Je dormais. Le coup de feu m'a réveillée.

— Vous rappelez-vous où se tenait votre mère quand c'est arrivé ?

— Je n'ai rien vu, je vous le répète. Je dormais.

— Alors, comment savez-vous que c'était de la légitime défense ?

— Il se trouvait chez nous, dans ma chambre. Qu'est-ce qu'il vous faut de plus ? Quand quelqu'un pénètre chez vous par effraction, vous avez bien le droit de lui tirer dessus !

— Dans l'occiput ?

— Il s'est retourné ! Il l'a étalée par terre d'un coup de poing, et ensuite, il s'est retourné. Alors, elle a tiré.

— Je croyais que vous n'aviez rien vu.

— Je vous dis ce qu'elle m'a raconté.

Sans détacher son regard de la jeune femme, Jane se renversa sur son siège. Elle laissa les secondes s'écouler, histoire que le silence fasse son œuvre. Un silence pesant au cours duquel elle examina le moindre pore, le moindre tressaillement du visage de Joséphine.

— Donc, résuma-t-elle, vous vous retrouvez dans votre chambre avec un cadavre, votre mère et vous. Ensuite ?

Joséphine avala une goulée d'air.

— Maman s'est chargée de tout.

— Vous voulez dire que c'est elle qui a nettoyé le sang ?

— Oui.

— Et enseveli le corps ?

— Oui.

— A-t-elle appelé la police ?

Joséphine serrait les poings.

— Non, chuchota-t-elle.

— Et le lendemain matin, vous avez quitté la ville.

— Oui.

— Voyez, c'est ça qui m'échappe. Je trouve la réaction de votre mère bizarre. Vous affirmez qu'elle avait tué cet homme en état de légitime défense...

— Il était entré chez nous par effraction. Il se trouvait dans ma chambre.

— Réfléchissons-y ensemble. Lorsqu'un individu pénètre dans votre maison pour vous agresser, vous avez le droit d'avoir recours à la force, et même de le tuer pour vous défendre. Au point que vous trouverez sans doute un flic compatissant pour vous féliciter de votre geste... Sauf que votre mère n'a pas appelé la police : elle a traîné le cadavre dehors pour l'ensevelir dans le jardin. Elle a nettoyé le sang et quitté la ville, sa fille sous le bras. Ça vous paraît logique, vous ? Parce que moi, pas du tout !

Jane se pencha vers la jeune femme à la toucher, afin d'envahir son intimité.

— C'était votre mère. Elle a dû vous expliquer la raison de son geste.

— J'avais peur. Je n'ai rien demandé.

— Et elle ne vous a jamais rien expliqué par la suite ?

— Nous nous sommes contentées de filer, point. Je sais que ça ne paraît pas logique avec le recul, pourtant c'est ce qu'on a fait. On a quitté la ville en quatrième vitesse. Après avoir agi comme elle l'a fait, on ne peut plus aller se plaindre à la police. On a l'air coupable rien que parce qu'on a fui.

— Exact, Joséphine. Votre mère a même sacrément l'air coupable. L'homme qu'elle a tué a succombé à une blessure par balle dans l'occiput. D'après les flics de San Diego, ça ne ressemblait pas à de la légitime défense, mais à un meurtre de sang-froid.

— Elle l'a fait pour me protéger…

— Pourquoi n'a-t-elle pas prévenu la police ? Que fuyait-elle ?

Jane s'inclina encore plus près, au ras du visage de la jeune femme.

— Je veux la vérité !

Joséphine émit un râle qui parut purger ses poumons. Elle pencha la tête, voûtée, capitulant.

— La prison, chuchota-t-elle. Elle cherchait à éviter la prison.

Voilà l'instant qu'ils attendaient. La révélation. Elle disait la vérité, ça crevait les yeux dans sa posture, avec cette voix atone. Sachant la bataille perdue, elle rendait les armes. Elle avouait la vérité.

— De quel délit s'était-elle rendue coupable ? relança Jane.

— Je ne sais pas précisément. J'étais encore bébé quand c'est arrivé.

— Un vol ? Un meurtre ?

— Elle refusait d'en parler. Je n'en ai même rien su avant cette fameuse nuit. C'est là qu'elle m'a expliqué pourquoi on ne pouvait pas avertir la police.

— Et vous vous êtes contentée de boucler vos valises et de quitter Dan Diego parce qu'elle vous ordonnait d'être sage ?

— Que vouliez-vous que je fasse ? s'insurgea Joséphine en levant la tête avec un regard de défi. C'était ma mère. Je l'aimais.

— Elle venait pourtant de vous avouer avoir commis un crime.

— Certains sont justifiés. Il arrive qu'on n'ait pas le choix. Peu importait ce qu'elle avait fait, elle avait une bonne raison. Ma mère était quelqu'un de bien.

— Qui essayait d'échapper à la justice.

— Alors, la justice a tort !

Elle scrutait Jane, refusant de céder d'un pouce sur ce terrain. D'accepter que sa mère ait été capable de commettre le mal. Qui pouvait demander fille plus fidèle ? Bien sûr, elle se fourvoyait, mais sa loyauté avait quelque chose d'admirable. Jane aurait aimé pouvoir en exiger autant de sa fille un jour.

— Donc, votre mère vous a traînée de ville en ville, de fausse identité en fausse identité. Et où se trouvait votre père pendant tout ce temps ?

— Il était mort en Égypte avant ma naissance.

270

— En Égypte ? relança Jane, courbée en avant, entièrement concentrée sur la jeune femme. Mais encore ?

La lèvre de Joséphine se retroussa sur un sourire mélancolique.

— C'était un Français. Un archéologue qu'elle avait rencontré en faisant des fouilles. Elle m'a raconté qu'il était brillant, drôle... et puis gentil, surtout. C'était ça qu'elle aimait le plus chez lui, sa gentillesse. Ils avaient l'intention de se marier, mais il y a eu un horrible accident. Un incendie... Gemma en a réchappé elle aussi, mais gravement brûlée, précisa-t-elle en déglutissant.

— Gemma Hamerton se trouvait avec votre mère en Égypte ?

Joséphine chassa une brusque montée de larmes d'un battement de paupières.

— Oui. Elle est morte par ma faute, n'est-ce pas ?

Jane regarda Frost, apparemment aussi décontenancé qu'elle par la nouvelle. Il s'était montré muet pendant tout l'entretien, mais il ne résista pas à la tentation de poser une question :

— Ces fouilles dont vous avez parlé, sur lesquelles vos parents se sont rencontrés... Où étaient-elles exactement ?

— Près de l'oasis de Siwa. Dans le désert libyque.

— Que cherchaient-ils ?

Joséphine fit un geste d'impuissance.

— Ils ne l'ont jamais trouvée.

— Quoi ?

— L'armée perdue de Cambyse.

On aurait presque pu entendre les pièces du puzzle s'emboîter les unes dans les autres au cours du silence qui suivit. L'Égypte. Cambyse. Bradley Rose.

Jane se tourna vers Frost.

— Montre-lui quelle tête il avait.

Frost tira un cliché du dossier qu'il avait apporté et le tendit à Joséphine. C'était le portrait que le professeur Quigley leur avait prêté, la photo prise à Chaco Canyon. Le jeune Bradley fixait l'objectif de ses yeux bleu pâle.

— Vous le reconnaissez ? demanda Frost. Cette prise de vue est ancienne. Il doit avoir dans les quarante-cinq ans aujourd'hui.

Joséphine secoua la tête.

— Qui est-ce ?

— Il s'appelle Bradley Rose. Lui aussi se trouvait en Égypte il y a vingt-sept ans. Sur le même site archéologique que votre mère. Elle l'a forcément connu.

Joséphine considéra la photo en plissant le front, comme si elle s'efforçait de trouver sur ce visage un détail reconnaissable.

— Je ne l'ai jamais entendue prononcer ce nom. Elle n'a jamais parlé de lui.

— Nous pensons que c'est l'homme qui vous a harcelée, expliqua Frost. Celui qui vous a attaquée il y a deux jours. Et nous avons des raisons de croire que c'est aussi lui l'Embaumeur.

Elle leva la tête, sidérée.

— Il connaissait ma mère ?

— Ils se trouvaient sur le même site de fouilles. Ils se sont forcément fréquentés. Ça pourrait expliquer pourquoi il fait maintenant une fixation sur vous. Votre portrait a figuré deux fois dans le *Boston Globe*, rappelez-vous : en mars, peu après votre embauche par le musée, puis il y a quelques semaines, juste après le scanner de Madame X. Il se peut que Bradley ait constaté la ressemblance, revu le visage de votre mère en découvrant votre photo. Lui ressemblez-vous ?

Elle hocha la tête.

— Comme deux gouttes d'eau, comme disait Gemma.

— Comment s'appelait votre mère ?

L'espace d'une seconde, Joséphine ne répondit pas, comme si ce secret-là était resté enfoui si longtemps qu'elle ne se rappelait même pas la réponse. Lorsqu'elle se décida enfin à parler, ce fut d'une voix si ténue que Jane dut se pencher encore pour l'entendre.

— Médée. Son prénom était Médée.

— Celui du cartouche, remarqua Frost.

Joséphine contemplait le portrait.

— Pourquoi est-ce qu'elle ne m'a pas parlé de lui ? Pourquoi je ne l'ai jamais entendue prononcer ce nom ?

— Votre mère semble être la clé de tout, souligna Jane. La raison qui pousse cet homme à tuer. Vous ignorez peut-être tout de lui, mais lui, il connaît votre existence, et il doit rôder autour de vous depuis un bon moment, à la périphérie de votre champ de vision. Sans doute quelqu'un qui passait chaque jour devant votre immeuble, ou qui prenait le bus avec vous quand vous vous rendiez au travail. Simplement, vous ne l'avez pas remarqué. Quand nous vous ramènerons à Boston, il faudra nous fournir une liste de tous les endroits que vous fréquentez : cafés, librairies…

— Il est hors de question que je retourne à Boston.

— Il le faut, sinon nous ne réussirons pas à vous protéger.

Joséphine secoua la tête.

— Je préfère partir ailleurs. N'importe où.

— Cet homme vous a pistée jusqu'ici, énonça Jane d'une voix tout à la fois posée et implacable. Vous ne le croyez pas capable de recommencer ? Je vais vous expliquer quel sort Bradley Rose fait subir à ses victimes. Il commence par les estropier, pour les empêcher de s'enfuir. Comme il l'a fait avec vous. Ou avec Madame X. Il les maintient en vie un temps, enfermées quelque part où personne ne peut les entendre. Il les retient captives pendant des semaines, et Dieu sait ce qu'il leur fait subir pendant ce temps-là...

Elle avait baissé la voix, passant presque au ton de la confidence.

— Et lorsqu'elles meurent, elles restent en sa possession. Il les préserve comme des trophées. Elles rejoignent son harem, Joséphine. Un harem de cadavres... Vous êtes sa prochaine victime.

— Pourquoi vous me dites ça ? se récria Joséphine. Vous croyez que je n'ai pas assez peur ?

— Nous sommes en mesure de vous protéger, intervint Frost. Vos serrures ont déjà été remplacées. Chaque fois que vous quitterez votre immeuble, vous aurez une escorte. Quelqu'un vous accompagnera où que vous deviez aller.

La jeune femme se recroquevilla, sans parvenir à faire cesser ses tremblements.

— Je ne sais pas... Je ne sais plus quoi faire.

— Nous connaissons l'identité du meurtrier, dit Jane. Nous savons comment il opère, donc l'avantage est de notre côté.

Joséphine soupesa les choix possibles sans rien dire. S'enfuir ou se battre. Il n'y avait pas d'alternative, pas de demi-mesure.

— Revenez à Boston, insista Jane. Aidez-nous à mettre un terme à vos épreuves.

— Si vous étiez à ma place, c'est vraiment ce que vous feriez ? demanda-t-elle d'une toute petite voix en levant la tête.

Jane lui rendit fermement son regard.

— Sans le moindre doute.

22

Un chapelet de serrures rutilantes ornait la porte de l'appartement.

Joséphine boucla les verrous, enclencha la barre anti-intrusion et mit la chaîne de sûreté. Puis, pour faire bonne mesure, elle coinça une chaise sous la poignée. Pas génial comme barricade, mais au moins le bruit de chute la préviendrait.

S'avançant maladroitement jusqu'à la fenêtre sur ses béquilles, elle scruta la rue en contrebas. L'inspecteur Frost venait d'émerger de l'immeuble. Il montait dans sa voiture. À quelques jours près, il aurait sans doute levé le nez pour lui adresser un sourire ou un salut de la main, mais ce temps-là était révolu. Il se montrait pro, aussi distant que sa collègue.

Voilà ce qu'on gagne à mentir, pensa Joséphine. Je l'ai berné, il ne me fait plus confiance. Il a raison.

Et encore, je ne leur ai pas dit le plus grave.

Frost avait passé les lieux en revue à leur arrivée, pourtant Joséphine se sentit obligée de procéder à sa propre inspection. Chambre, salle de bains, cuisine… son royaume demeurait fort modeste, mais au moins, c'était le sien. Rien n'avait changé depuis son départ, la semaine précédente. Tout restait réconfortant, familier. Un retour à la normale.

Seulement, plus tard dans la soirée, alors qu'elle touillait la casserole fumante de chili con carne dans laquelle elle venait de déverser tomates et oignons, elle songea soudain à Gemma, qui ne savourerait plus jamais un repas, qui ne sentirait plus le fumet des épices, le goût du vin ni le souffle de chaleur s'élevant d'une cuisinière.

Lorsqu'elle s'assit enfin devant son assiette, elle fut incapable d'avaler plus de quelques bouchées. L'appétit coupé, elle resta à contempler le mur et l'unique décoration qu'elle y avait accrochée : un calendrier. Le signe qu'elle doutait de s'enraciner à Boston. Elle ne s'était jamais résolue à embellir l'appartement comme il l'aurait fallu.

Mais maintenant je vais le faire, pensa-t-elle. Cette inspectrice a raison : il est temps de prendre ma vie en main et d'adopter définitivement cette ville. Je vais arrêter de fuir. Je le dois à Gemma, qui a tout sacrifié pour moi, qui est morte pour me permettre de vivre. J'aurai un chez-moi, je me ferai des amis, peut-être même que je tomberai amoureuse… Tout commence maintenant.

Au-dehors, l'après-midi virait à un chaud crépuscule d'été.

Avec sa jambe dans le plâtre, impossible d'aller faire sa balade vespérale comme elle en avait pris l'habitude. À la place, elle ouvrit une bouteille de vin qu'elle emporta jusqu'au canapé, avant de zapper d'une chaîne à l'autre. Il y en avait tant. Plus qu'elle ne l'aurait jamais imaginé. Et elles se ressemblaient toutes. Des gens sexy. Des as de la gâchette. D'autres gens sexy. Des champions de golf. Des…

Une image apparue à l'écran figea sa main sur la télécommande. Les infos du soir montraient le portrait d'une jolie jeune femme aux cheveux noirs.

« On a identifié la morte dont le corps momifié avait été découvert dans les locaux du musée Crispin. Lorraine Edgerton, c'est son nom, avait disparu il y a vingt-cinq ans dans un parc naturel au fin fond du Nouveau-Mexique. »

C'était elle, Madame X. *Elle ressemble à ma mère. Elle me ressemble.*

Elle éteignit la télé. L'appartement lui faisait plus l'effet d'une cage que d'un chez-soi, à présent. Elle était un oiseau qui devenait fou à force de se heurter contre les barreaux.

Je veux retrouver ma vie.

Au bout de trois verres de vin, elle finit par s'endormir.

Elle s'éveilla dans l'aube qui pointait à peine. Assise devant la fenêtre, elle regarda le soleil monter dans le ciel en se demandant combien de jours elle passerait encore coincée entre ces murs. Ça aussi, c'était une forme de mort : on attendait le prochain coup, la prochaine lettre de menaces… Elle avait prévenu les deux inspecteurs des courriers adressés à Joséphine Sommer – indices qu'elle avait malheureusement déchirés et fait disparaître dans la cuvette des toilettes. À présent, la police surveillait à la fois son appartement et son courrier.

Bradley Rose aurait l'initiative.

À l'extérieur, le jour s'installait sur Boston. Des bus passaient, des joggeurs entamaient leur circuit matinal autour du pâté de maisons, d'autres gens partaient au travail. Elle resta là à les observer. Le soleil monta dans le ciel, le terrain de jeu se remplit d'enfants, la circulation reprit pour l'après-midi.

Le soir venu, elle n'en pouvait plus. Tout le monde continue à mener sa vie sauf moi, songea-t-elle.

Elle décrocha son téléphone pour appeler Nick Robinson.

— Je veux reprendre le travail.

Jane contemplait le visage de la victime numéro zéro, la femme qui s'était enfuie.

Le portrait de Médée Sommer provenait du livre d'or de la prestigieuse université de Stanford où elle avait étudié, vingt-sept ans plus tôt. Une beauté ténébreuse : des yeux noirs, des cheveux de jais, des pommettes en lame de couteau. La ressemblance avec sa fille crevait les yeux. C'est toi que Bradley Rose voulait, se dit Jane. Toi qu'il n'a jamais réussi à attraper, malgré l'aide de Jimmy Otto. Du coup, ils ont collectionné des doublures, des femmes qui te ressemblaient. Mais aucune n'arrivait à la cheville de l'originale.

Ils avaient continué à chasser, à chercher, mais Médée et sa fille avaient réussi à les devancer. Jusqu'à San Diego.

La chaleur d'une main se posa sur l'épaule de Jane, la faisant se redresser comme un ressort sur sa chaise de cuisine.

— Eh ben ! rigola son mari Gabriel en posant leur fille par terre. Heureusement que tu n'es pas armée, sinon tu m'aurais tiré dessus…

— Je ne t'ai pas entendu rentrer. Vous n'avez pas traîné, sur le terrain de jeu.

Regina s'éloignait à quatre pattes pour aller s'amuser avec ses couvercles de confitures préférés.

— La météo n'est pas très engageante. Il va pleuvoir d'une minute à l'autre… C'est elle ? demanda-t-il en se penchant par-dessus l'épaule de Jane pour regarder la photo de Médée. La mère ?

— Oui, et je vais te dire un truc, cette femme est une énigme ambulante. À part son dossier universitaire, je ne trouve aucune donnée qui la concerne.

Gabriel s'assit pour survoler les rares documents que la police de Boston avait réussi à glaner sur Médée. Ils ne fournissaient d'elle qu'une esquisse grossière. On aurait dit une ombre.

Après s'être mis en quête de ses lunettes, il revint parcourir le dossier. Sa nouvelle monture lui donnait plus l'air d'un banquier que d'un agent du FBI rompu au maniement des armes. En un an et demi de mariage, Jane ne s'était pas lassée de l'observer – et de l'admirer, comme maintenant. Malgré le tonnerre grondant au-dehors, malgré le raffut qui régnait dans la cuisine, où Regina faisait s'entrechoquer ses joujoux, son mari se concentrait sur sa lecture avec l'acuité d'un laser.

Jane alla récupérer Regina, qui se mit à gigoter, brûlant de s'échapper. Tu ne réussiras donc jamais à rester tranquille une seule fois dans mes bras ? songea-t-elle en serrant sa fille contre elle pour s'imprégner de ses odeurs – shampooing et peau chaude, les plus douces du monde. Regina lui ressemblait de plus en plus en grandissant. Elle montrait les mêmes yeux sombres, les mêmes boucles indisciplinées, mais aussi le même esprit d'indépendance forcené. C'était une combattante. Des affrontements les guettaient. Malgré tout, en fixant son regard, Jane était sûre d'une chose : le lien qui les unissait ne se briserait jamais. Et elle voulait bien prendre n'importe quel risque, endurer n'importe quelle douleur pour la préserver.

Exactement comme Joséphine l'avait fait avec sa mère.

— C'est étonnant, comme trajectoire de vie, énonça Gabriel.

Jane posa Regina par terre.

— Tu parles de Médée ?

— Oui. Originaire d'une petite ville de Californie. Magistralement bien notée à la fac. Et puis un jour, en dernière année, elle lâche subitement ses études pour faire un bébé.

— Sans compter que, peu après, toutes les deux disparaissent corps et biens des fichiers.

— Elles changent d'identité.

— À plusieurs reprises, précisa Jane en se rasseyant à la table. Cinq, pour autant que Joséphine s'en souvient.

Gabriel désigna un rapport de police.

— Ça, c'est intéressant. À Indio, elle a porté plainte à la fois contre Bradley Rose et contre Jimmy Otto. Ces deux-là s'étaient déjà alliés pour remonter sa trace. Comme une meute de loups qui se rapproche pour la curée.

— Le plus intéressant, c'est que Médée a soudain retiré sa plainte contre le fils Rose et qu'elle a quitté Indio. Et comme elle n'était pas restée pour témoigner contre Jimmy Otto, ses accusations n'ont jamais débouché sur rien.

— Pourquoi avoir retiré sa plainte contre Bradley ? demanda-t-il.

— On ne le saura jamais.

Gabriel posa le rapport.

— S'ils la harcelaient, ça peut expliquer sa fuite, et sa volonté de se cacher. Auquel cas elle aura pris une identité d'emprunt pour se protéger.

— Sauf que ce n'est pas la version qu'en donne Joséphine, soupira Jane. Elle prétend que sa mère cherchait à échapper à la justice. Ce qui nous amène à une autre énigme…

— Laquelle ?

— Aucun mandat d'amener n'a jamais été délivré au nom de Médée Sommer. Si elle a commis un délit, personne n'a l'air de le savoir.

Le repas annuel entre voisins était une tradition remontant à près de vingt ans qu'aucun nuage plombé, aucun orage en approche au-dessus du jardin des Rizzoli ne pouvait faire avorter. Chaque été, Frank, le père de Jane, allumait son barbecue pour y faire griller steaks et pilons, endossant le rôle de chef cuisinier pour cette journée – la seule où on pouvait le voir manier un ustensile de cuisine.

Pourtant, aujourd'hui, ce n'était pas Frank mais Vince Korsak qui officiait. Au nirvana des carnivores, l'inspecteur retraité retournait la viande, éclaboussant de graisse le tablier XXL drapé autour de son bedon généreux. Jane n'avait jamais vu d'autre homme que son père aux manettes. De quoi lui rappeler que rien ne durait toute la vie, pas même le couple qu'avaient formé son père et sa mère. Korsak avait élu domicile chez Angela un mois après le départ de Frank du domicile conjugal. Il avait pris le contrôle du barbecue, affirmant ainsi clairement à la face du quartier qu'il était le nouvel homme de la maison.

Et le nouveau maître des lieux n'avait aucune intention de déserter son poste.

Le tonnerre qui grondait, ajouté aux nuages lourds de pluie, venait de chasser les voisins dans la maison. La foudre menaçait de frapper d'un instant à l'autre. Malgré ça, Korsak ne bougeait pas d'un pouce.

— Pas question de laisser massacrer d'aussi beaux steaks, commenta-t-il.

Jane leva le nez vers les premières gouttes de pluie qui commençaient à tomber.

— Tout le monde est rentré s'abriter avec son assiette. On pourrait finir de les cuire sur le gril…

— Tu rigoles ? Quand on se donne la peine de trouver du bœuf de cette qualité et de l'enrober de poitrine fumée, on doit le faire cuire dans les règles !

— Au point de risquer d'être frappé par la foudre ?

— Tu crois qu'une petite décharge me fait peur ? s'esclaffa-t-il. Hé, je suis déjà mort une fois. C'est pas un éclair qui m'arrêtera le palpitant.

— En revanche, cette ventrèche, si, commenta Jane en regardant la graisse grésiller sur les flammes.

Deux ans auparavant, une crise cardiaque avait forcé Korsak à partir à la retraite, sans lui faire renoncer pour autant au beurre ni au bœuf.

Et maman n'a rien arrangé, songea Jane avec un regard vers la véranda où Angela rapatriait en vitesse une salade de pommes de terre nageant dans la mayonnaise.

— Ta mère a changé ma vie, lui rappela Korsak. Je mourais de faim, avec ce régime à la con. Poisson-salade, tu parles ! Elle m'a appris qu'il n'y a pas de mal à se faire du bien.

— Ce ne serait pas le slogan d'une pub pour du lait écrémé ?

— Elle pète le feu. Si tu savais ce qu'elle m'a convaincu de faire depuis qu'on sort ensemble ! Hier soir, j'ai accepté de goûter du poulpe pour la première fois de ma vie. Sans compter la fois où on a pris un bain de minuit tout nus sur…

— Stop. Arrête-toi là.

— J'ai l'impression de renaître. J'aurais jamais cru rencontrer une femme comme elle.

Il attrapa un steak pour le retourner. Un fumet grésillant s'éleva du barbecue, ramenant Jane à tous les repas entre voisins préparés par son père à cet endroit. Sauf qu'aujourd'hui, ce serait Korsak qui porterait fièrement la brassée de steaks, qui déboucherait le vin.

Voilà à quoi tu as renoncé, papa. Est-ce que ta nouvelle petite copine vaut vraiment le coup, ou est-ce que tu te réveilles chaque matin en te demandant ce qui t'a pris de larguer maman ?

— Je vais te dire, ton père a été con de la lâcher, mais moi, c'est la meilleure chose qui me soit arrivée…

Il se tut brusquement.

— Euh… Ça paraît un peu insensible, dit comme ça, hein ? Excuse, c'est sorti tout seul, je suis au paradis, tu comprends !

Angela sortit de la maison, un plateau vide à la main.

— Qu'est-ce qui te réjouit à ce point, Vince ?

— Les steaks, dit Jane.

Sa mère éclata de rire.

— Ah, quel morfale, celui-là ! Dans tous les domaines… ajouta-t-elle avec un petit coup de hanche à l'adresse de Korsak.

Jane aurait voulu se plaquer les mains sur les oreilles.

— Bon, je rejoins les autres. Gabriel doit avoir envie de me refiler Regina…

— Attends, dit Korsak en baissant la voix. Tant qu'on est seuls ici, raconte un peu ce qui se passe sur ton affaire. J'ai cru comprendre que tu sais qui est l'Embaumeur. Un fils de riche Texan, hein ?

— De qui tu tiens ça ? On ne l'a pas révélé à la presse…

— J'ai mes sources. Flic un jour, flic toujours, dit-il avec un clin d'œil à l'adresse d'Angela.

Korsak était effectivement un enquêteur dégourdi sur lequel Jane se reposait parfois jadis.

— Il paraît que ce mec est complètement brindezingue, qu'il zigouille des nénettes pour les préserver sous forme de souvenirs. C'est vrai ?

Jane jeta un coup d'œil à sa mère, qui était tout ouïe.

— On ferait peut-être mieux d'en parler une autre fois. Je ne veux pas perturber maman.

— Mais non, voyons, vas-y, dit Angela. J'adore entendre Vince parler de son ancien boulot. Il m'a appris des tas de choses sur la façon dont la police travaille. D'ailleurs, je compte acheter une radio pour écouter leurs fréquences, dit-elle en souriant à Korsak. Et Vince va m'apprendre à tirer au pistolet.

— Mauvaise idée, ça, Vince. Les armes à feu, c'est dangereux, maman.

— Mais tu en as une.

— Je sais m'en servir.

— Moi aussi, je saurai, dit Angela en se penchant plus près. Bon, alors ça donne quoi ? Comment est-ce que notre homme choisit ses victimes ?

« Notre homme » ? Manquait plus que ça.

— Elles doivent bien avoir un point en commun, insista sa mère avant de se tourner vers Korsak : C'est quoi, le terme, déjà ? Quand on étudie la victime ?

— Victimologie.

— Oui, voilà. Alors, que dit l'étude victimologique ?

— Couleur de cheveux identique, dit Korsak. Enfin, à ce qu'on m'a dit. Les trois mortes les avaient noirs.

— S'il aime les brunes, il faudra que Jane soit encore plus prudente que d'habitude.

— Le monde est rempli de brunes, maman.

— Sauf que toi, il te voit tout le temps. Suffit qu'il regarde un peu les infos…

— S'il se tient au courant, il en sait assez pour rester à l'écart de ta fille, la rassura Korsak en ôtant les derniers steaks pour les empiler sur le plateau. Ou alors, c'est un maso. Ça fait une semaine que vous avez ramené cette Joséphine, non ? Et il n'y a rien de nouveau.

— Non, personne ne l'a repéré.

— Donc, il a dû quitter Boston. Pour trouver un terrain de chasse plus facile.

— À moins qu'il n'attende juste que les choses se tassent, objecta Jane.

— Ouais, le fait est, il y a toujours ce risque. Ça mobilise beaucoup de gars de garder quelqu'un sous surveillance. Comment vous saurez quand arrêter ? Et quand cette fille n'aura plus besoin de votre protection ?

Ça n'arrivera jamais, songea Jane. Joséphine devra se tenir éternellement sur ses gardes.

— Tu penses qu'il va recommencer à tuer ? demanda Angela.

— Bien sûr que oui, répondit Korsak. Peut-être pas à Boston, mais je te garantis qu'au moment où on parle il se cherche une nouvelle proie quelque part dans le pays.

— Qu'est-ce qui te fait dire ça ?

Korsak déposa le dernier steak sur le plateau puis étouffa les flammes.

— C'est dans sa nature de chasseur.

23

L'orage qui menaçait depuis le début de cet après-midi de dimanche se déchaînait maintenant sur Boston. Un grondement de tonnerre vint secouer les murs du bureau avec une telle violence que Joséphine ne remarqua pas l'arrivée de Nicholas. Ce n'est que lorsqu'il prit la parole depuis le seuil de la pièce aveugle qu'elle se rendit compte de sa présence.

— Quelqu'un vous ramène chez vous en voiture, cet après-midi ?

Il hésitait à entrer, à croire qu'il craignait d'envahir son espace ou qu'on lui avait interdit d'approcher. Quelques jours auparavant, l'inspecteur Frost avait briefé le personnel du musée sur le chapitre de la sécurité en leur montrant la photo d'un Bradley Rose vieilli par retouche numérique afin de refléter les deux décennies écoulées. Les collègues de Joséphine la traitaient comme une petite chose fragile depuis son retour, tout en gardant poliment leurs distances. Ce n'était agréable pour personne de travailler aux côtés d'une victime.

Ça ne me réjouit pas non plus d'avoir vécu tout ça.

— Je voulais juste m'assurer que vous ne rentrerez pas en bus, expliqua Robinson. Si vous n'avez personne pour vous reconduire, je suis disponible.

— L'inspecteur Frost passe me chercher à dix-huit heures.

— Ah. Bien sûr.

Il s'attardait comme s'il avait autre chose à dire, mais sans avoir le courage de parler.

— Content de vous revoir parmi nous, parvint-il juste à articuler avant de tourner les talons.

— Nicholas ?

— Oui ?

— Je vous dois des explications. Sur bien des plans.

Il ne se trouvait qu'à quelques pas, pourtant elle avait du mal à soutenir son regard. Il ne l'avait jamais mise à ce point mal à l'aise. C'était l'une des rares personnes en compagnie desquelles elle se sentait bien, parce qu'ils habitaient le même recoin abscons de l'univers, qu'ils partageaient une passion pour certains faits obscurs, certaines curiosités. De tous ceux qu'elle avait trompés, c'était envers lui qu'elle se sentait le plus coupable, parce qu'il avait fait des efforts pour se lier avec elle plus que tout autre.

— Je n'ai pas été franche avec vous, avoua-t-elle en secouant tristement la tête. Pour tout dire, la plupart de ce que vous croyez savoir à mon sujet est faux. À commencer par…

— Votre prénom. Vous ne vous appelez pas vraiment Joséphine, dit-il à voix basse.

Elle le considéra, désarçonnée. Avant, quand leurs regards se croisaient, il se détournait souvent d'un air troublé. Cette fois, il ne détacha pas ses yeux d'elle.

— Quand vous en êtes-vous rendu compte ? demanda-t-elle.

— Quand vous êtes partie et que je n'ai pas réussi à vous joindre, ça m'a inquiété. J'ai appelé l'inspecteur Rizzoli, qui m'a appris la vérité... J'ai honte de le reconnaître, mais j'ai contacté votre université, ajouta-t-il en s'empourprant. Je me demandais si par hasard...

— Si vous aviez engagé une mythomane.

— J'ai eu tort de me mêler de votre vie, je sais.

— Non, Nicholas, vous avez agi exactement comme il fallait, soupira-t-elle. Vous aviez toutes les raisons de vérifier mes références. C'est le seul point sur lequel je n'ai pas menti. Je suis étonnée que vous m'ayez autorisée à revenir au travail. Vous n'avez jamais abordé le sujet.

— J'attendais le bon moment. Que vous soyez prête à parler. C'est le cas ?

— On dirait que vous savez déjà tout.

— Comment le pourrais-je, Joséphine ? J'ai l'impression de commencer à peine à vous connaître. Ce que vous m'avez raconté sur votre enfance... vos parents...

— J'ai menti, d'accord ?

Elle avait parlé d'un ton plus sec qu'elle ne l'escomptait. Il virait au rouge tomate.

— Je n'avais pas le choix, ajouta-t-elle à voix basse.

Nicholas entra dans le bureau et s'assit. Il s'était si souvent installé dans ce fauteuil, sa tasse de café à la main. Ils bavardaient, enjoués, du dernier objet exhumé des réserves ou du détail obscur dont l'un ou l'autre avait réussi à remonter la piste. La conversation qui s'annonçait n'aurait rien d'aussi plaisant.

— J'imagine combien vous devez vous sentir floué, dit-elle.

— Non, ce n'est pas tant ça que...

— Je vous ai forcément déçu.

Le voir acquiescer fut une souffrance, car ça confirmait l'existence du fossé qui s'était creusé entre eux. Comme pour accentuer l'impression du moment, un grondement de tonnerre déchira le silence.

Elle cilla pour chasser les larmes qui lui montaient aux yeux.

— Je suis désolée.

— Ce qui me déçoit le plus, c'est que vous ne m'ayez pas fait confiance. Vous auriez pu me dire la vérité, Josie. J'aurais pris fait et cause pour vous.

— Comment pouvez-vous dire ça ? Vous ne savez pas tout.

— Je vous connais, malgré tout. Pas les aspects superficiels, bien sûr... J'ignore comment vous vous appelez vraiment, ou dans quelles villes vous avez habité... Mais je sais ce qui vous importe et ce qui vous touche. C'est là que réside la vérité de chacun. Ça compte beaucoup plus que de savoir si vous vous appelez vraiment Joséphine... Voilà ce que j'étais venu vous dire...

Il prit une grande inspiration.

— Et puis...

— Oui ?

Il regarda ses mains, soudain crispées.

— Je me demandais si, euh... Vous aimez aller au cinéma ?

— Oui, je… Bien sûr.

— Ah, bien. C'est vraiment… extra ! Je ne suis pas trop les dernières sorties, malheureusement, mais il doit bien y avoir une nouveauté intéressante qui passe cette semaine. Ou dans quinze jours… Je me ferai un devoir de vous ramener jusqu'à votre porte pour que vous ne risquiez…

— Ah, Nicholas, vous voilà ! jeta Debbie Duke, subitement apparue dans l'encadrement de la porte. Il est cinq heures, on doit partir tout de suite, les douanes vont fermer !

Il la dévisagea.

— Pardon ?

— Vous aviez promis de m'aider à amener une caisse chez le transporteur à Revere… Elle part à Londres et je dois remplir les bordereaux sur place. Je me serais bien débrouillée toute seule, mais elle pèse plus de vingt-cinq kilos.

— Ça m'embête énormément de partir. M. Frost n'est pas encore arrivé pour Joséphine.

— Simon et Mme Willebrandt gardent la maison. Toutes les entrées sont bouclées.

Nicholas se tourna vers Joséphine.

— Vous avez dit qu'il venait vous chercher à dix-huit heures ?

— Tout ira bien, assura Joséphine.

— Allez, Nick, en route. Cet orage va créer des bouchons. Il faut y aller tout de suite !

Nicholas se leva pour suivre Debbie, et l'écho de leurs pas diminua dans l'escalier.

Nicholas Robinson viendrait-il de me draguer ? s'étonna Joséphine, toujours assise sur son siège.

Le tonnerre fit trembler le bâtiment et les lumières vacillèrent un instant, comme si les cieux venaient de répondre à sa question. Tu n'as pas rêvé.

Elle secoua la tête sans trop y croire avant de se consacrer à nouveau à sa pile de registres d'acquisitions. Les volumes manuscrits énuméraient les antiquités ajoutées aux collections du musée au fil des années. Devant repérer l'emplacement de chaque objet puis évaluer son état, Joséphine progressait lentement dans cette liste.

Elle tenta de se concentrer sur sa tâche, mais son esprit la ramena une fois de plus à Nicholas.

Vous aimez aller au cinéma ? Elle sourit. Oui. Vous aussi, vous me plaisez. Depuis toujours.

Ouvrant un tome qui remontait à plusieurs décennies, elle reconnut les pattes de mouche de William Scott-Kerr. Les registres constituaient un recensement durable du passage de chaque conservateur, et on remarquait les changements d'écriture au moment où les anciens cédaient la place aux nouveaux. Certains, comme Scott-Kerr, avaient passé plusieurs décennies au musée, et Joséphine les imaginait vieillissant avec les collections, déambulant sur les planchers grinçants, au milieu de spécimens qui leur faisaient sans doute l'effet d'amis après tout ce temps. La chronique du règne de Scott-Kerr était immortalisée sous forme d'annotations parfois cryptiques.

Dent de mégalodon, circ. de coll. inconnue. Don de M. Gerald DeWitt.
Poignées d'amphore en argile, poinçonnées de disques solaires ailés. Age du fer. Coll. à Nebi Samwil par C. Andrews.

Pièce en argent, prob^t IIIe s. av. J.-C., effigie de la sirène Parthénope au recto et d'un minotaure au recto. Naples. Acquis. en prov. de collect. privée M. Elgar.

La dernière pièce se trouvait actuellement exposée à la galerie du rez-de-chaussée, mais où se trouvaient les poignées d'amphore ? Joséphine n'en avait pas la moindre idée. Les dénicher, nota-t-elle mentalement avant de tourner la page, pour tomber sur trois éléments regroupés :

Ossements divers, humains pour certains, équins pour d'autres.
Fragments de métal, sans doute les vestiges d'un harnais de bête de somme.
Fragment de lame de poignard, sans doute perse. IIIe s. av. J.-C., coll. en Égypte par S. Crispin près de l'oasis de Siwa.

Devant cette dernière annotation, Joséphine se pétrifia. L'orage avait beau tonner au-dehors, c'était surtout le bruit de son cœur qui lui paraissait soudain assourdissant. L'oasis de Siwa. Simon s'était rendu dans le désert libyque la même année que sa mère.

Joséphine ramassa ses béquilles pour se diriger vers le bureau de Simon.

La porte était ouverte. Aucune lumière artificielle n'éclairait la pièce. En scrutant la pénombre, la jeune femme aperçut Simon Crispin assis près de la fenêtre. Les éléments se déchaînaient, il contemplait les éclairs. De violentes bourrasques faisaient claquer la vitre, éclaboussée par des rideaux de pluie qui semblaient projetés par des dieux en colère.

— Simon ?

Il se retourna.

— Ah, Joséphine. Entrez, joignez-vous donc à moi. Mère Nature nous gratifie d'un beau spectacle aujourd'hui.

— Puis-je vous poser une question à propos d'une entrée dans ce registre ?

— Faites-moi voir ça.

Elle s'approcha sur ses béquilles pour lui tendre le livre.

— Ossements divers, énonça-t-il en plissant les yeux dans la clarté grise. Fragments de poignard... Oui, qu'y a-t-il ?

— Vous êtes désigné comme origine de ces objets. Vous rappelez-vous les avoir rapportés ?

— Oui, mais je ne les ai pas vus depuis des années.

— Ils ont été collectés dans le désert libyque. La lame est décrite comme étant sans doute perse, et du troisième siècle avant Jésus-Christ.

— Oh, oui, bien sûr, vous voulez vous en rendre compte par vous-même, dit-il en raflant sa canne pour se mettre debout. Très bien, allons vérifier si vous confirmez mon estimation.

— Vous savez où sont stockés ces objets ?

— Où ils sont censés l'être, en tout cas. Si personne ne les a déplacés depuis la dernière fois que je les ai vus.

Elle le suivit dans le couloir, puis dans l'ascenseur antédiluvien. Joséphine n'avait jamais fait confiance à cet engin, qu'en général elle évitait de prendre, mais étant condamnée aux béquilles elle n'eut pas le choix.

Quand Simon referma la grille noire, elle eut l'impression que les mâchoires d'un piège venaient de claquer sur elle. La cabine frémit de façon alarmante, puis se traîna en grinçant jusqu'au sous-sol, où la jeune femme soulagée put s'en extraire indemne.

Simon déverrouilla la porte des réserves.

— Si mes souvenirs sont exacts, il s'agissait de vestiges peu volumineux. Ils devraient se trouver sur les étagères du fond...

Il la précéda dans le dédale de caisses. La police avait achevé ses perquisitions. Le sol restait parsemé d'éclats de bois et de boules de polystyrène. Joséphine suivit Simon le long d'un boyau menant à la partie la plus ancienne de la zone de stockage, où les conteneurs arboraient des tampons à l'exotisme tentateur : *JAVA*, *MANDCHOURIE*, *INDE*... Ils parvinrent enfin à une enfilade de rayonnages les dépassant de plusieurs têtes, chargés de boîtes d'archives par dizaines.

— Ah, excellent. Elle est à portée de main, dit Simon en en désignant une de taille modeste qui présentait la date et le numéro d'ordre adéquats.

L'ayant tirée de l'étagère, il la posa sur une caisse toute proche.

— C'est un peu Noël, vous ne trouvez pas ? On a le privilège d'apercevoir des objets que personne n'a contemplés depuis un quart de siècle... Ah, regardez ceci !

Il brandissait un carton rempli d'ossements.

La plupart, fendus et délités au fil des siècles, étaient réduits à l'état de fragments, mais on en reconnaissait certains, plus denses et donc préservés.

Joséphine saisit l'un des plus gros, la nuque traversée d'un début de frisson.

— Une articulation de poignet, murmura-t-elle.

Humaine.

— J'ai tendance à penser qu'ils proviennent tous du même individu. Oui, oui, tout ça me revient... La chaleur, la poussière. L'excitation de se retrouver pile au cœur de l'action... On se dit que sa truelle peut entrer en collision avec l'histoire à chaque instant, avant que ces squelettes ne tombent en morceaux... Avant de prendre soi-même de l'âge, sans comprendre comment. Je ne me serais jamais vu vieillir. Je me croyais immortel !

À la pensée que les années aient pu filer aussi vite, le laissant coincé dans sa carcasse délabrée, il éclata d'un rire triste. Puis il baissa les yeux vers la boîte contenant les ossements.

— Ce pauvre bougre croyait sans doute la même chose. Jusqu'à ce qu'il voie ses compagnons assoiffés basculer dans la folie. Jusqu'à ce que l'armée s'écroule autour de lui. Je suis sûr qu'il n'avait jamais imaginé perdre la vie ainsi. Voilà quel effet ont les siècles sur les plus grands des empires. Ils les réduisent en poussière.

Joséphine reposa l'os dans sa boîte avec ménagement. Ce n'était qu'un amas de calcium et de phosphate. Les squelettes remplissaient leur rôle, puis leurs propriétaires les abandonnaient en mourant, presque comme un marcheur pose son bâton. Ces fragments étaient tout ce qu'il restait d'un soldat perse voué à périr au milieu d'un désert inconnu.

— Il fait partie de l'armée perdue, dit-elle.

— J'en mettrais ma main à couper. L'un des soldats maudits de Cambyse.

Elle le contempla.

— Vous vous trouviez sur place avec Kimball
Rose.

— C'était sa campagne de fouilles. Il a déboursé
des sommes folles pour la mener. Vous auriez dû voir
l'équipe qu'il avait réunie ! Des archéologues par
dizaines, des terrassiers par centaines. Nous sommes
allés là-bas en quête d'un des Graal de l'archéologie,
aussi insaisissable que l'Arche d'alliance ou que le
tombeau d'Alexandre, cinquante mille fantassins
perses évaporés dans le désert. Je tenais à me
trouver sur place au moment où on les mettrait au
jour.

— Sauf qu'on n'a rien trouvé de tel.

Simon secoua la tête.

— Nous avons passé deux saisons à creuser, et
tout ce que nous avons déniché, ce sont ces bouts
d'os et de métal – les restes des traînards, ça ne fait
pas de doute. Une récolte si maigre que ni Kimball
ni le gouvernement égyptien n'ont manifesté la
moindre intention de la conserver. Voilà comment
elle a atterri ici.

— J'ignorais que vous aviez travaillé avec M. Rose.
Vous n'avez même jamais mentionné son nom.

— C'est un archéologue de talent. Un mécène
excessivement généreux.

— Et son fils ? s'enquit-elle d'un ton calme. Vous
le connaissiez ?

— Ah, Bradley ! dit-il en reposant le carton sur
l'étagère. Tout le monde m'interroge à son sujet. La
police, et maintenant vous… En réalité, je me sou-

viens à peine de lui. Je n'arrive pas à croire que le fils de Kimball puisse représenter une menace pour vous. Cette enquête est une lourde injustice pour sa famille...

Lorsqu'il se tourna vers Joséphine, l'intensité de son regard la mit mal à l'aise.

— Il n'a que votre intérêt en tête.

— Dans quel sens ?

— Si je vous ai choisie entre tous les candidats possibles, c'est parce qu'il m'a demandé de le faire. Il veille à votre bien-être.

Elle recula d'un pas.

— Vous ne vous en doutiez pas ? dit-il en s'avançant. Il vous protège en secret depuis le début. Il m'avait demandé de n'en rien dire, mais il est temps que vous soyez au courant. Il vaut toujours mieux savoir qui sont ses amis, surtout lorsqu'ils font preuve d'une telle générosité.

— Un ami, ça ne vous tue pas.

Elle se retourna pour s'éloigner, rebroussant chemin clopin-clopant parmi le canyon de caisses.

— Que voulez-vous dire ? lança-t-il.

Elle continua sa progression, à présent concentrée sur un seul but : atteindre la sortie. Il la suivit, frappant de sa canne le sol en ciment.

— Joséphine, la police fait totalement fausse route à son sujet !

En passant un tournant du dédale, elle aperçut devant elle la porte entrebâillée.

On n'avait pas refermé derrière nous ? Je jurerais que si.

Le bruit de la canne de Simon se rapprochait.

— Désolé de vous contredire, mais vous devez savoir à quel point Kimball s'est montré généreux envers vous.

Kimball ? Joséphine se retourna.

— Comment sait-il que j'existe ? demanda-t-elle.

Les lumières s'éteignirent à ce moment précis.

24

Quand Jane émergea de sa Subaru pour foncer sous une pluie battante vers l'entrée du musée Crispin, il faisait déjà nuit. La porte n'était pas bouclée. La bourrasque qui s'engouffra à sa suite envoya voler les dépliants posés sur le comptoir, les dispersant sur le sol trempé.

— Il va falloir se remettre à construire une arche, commenta l'agent en tenue qui montait la garde à côté de l'accueil.

Elle se débarrassa de son imper dégoulinant pour l'accrocher à une patère.

— Oui, c'est la fête à la grenouille.

— J'ai jamais vu autant de flotte pendant l'été, et j'ai vécu ici toute ma vie. Paraît que c'est à cause du réchauffement climatique…

— Où sont les autres ? demanda-t-elle, coupant court au bavardage avec une telle brusquerie que l'homme tiqua.

Elle n'était pas d'humeur à causer météo après ce qui venait de se passer.

— L'inspecteur Young est descendu au sous-sol, se hâta-t-il de répondre d'un ton tout aussi bourru.

Son coéquipier discute avec le conservateur à l'étage.

— Je vais démarrer par le sous-sol.

Elle enfila des surchaussures en papier et des gants, puis se dirigea vers l'escalier en se blindant contre le spectacle qui l'attendait. À l'entrée des réserves, elle tomba sur un signe imparable : des traces de semelles ensanglantées, de taille 42 ou 43, avaient laissé une piste qui traversait le couloir de la zone de stockage pour rejoindre l'ascenseur. Une traînée inquiétante laissée par un objet ou un corps charrié sur le sol s'étirait tout du long.

— Salut, Rizzoli, jeta Young, qui venait d'émerger des réserves.

— Tu l'as trouvée ?

— Non, elle n'est nulle part dans le bâtiment.

Jane regarda à nouveau par terre.

— Merde, il l'a embarquée.

— Ça m'en a tout l'air. Il a dû la trimballer jusqu'au couloir et la transporter jusqu'au rez-de-chaussée par l'ascenseur.

— Et ensuite ?

— Il l'a fait sortir par la porte de service qui donne sur le quai de chargement. Il y a une ruelle derrière l'immeuble, il avait dû y planquer sa caisse, personne n'a rien vu, avec ce temps. Il n'a eu qu'à la hisser à bord et se tirer.

— Merde, mais comment il s'est débrouillé pour entrer dans le musée ? Ce n'était pas fermé à clé ?

— La doyenne des guides, Mme Willebrandt, affirme être partie vers cinq heures et quart en bouclant tout. Mais vu qu'elle doit avoir dans les mille ans, sa mémoire lui joue peut-être des tours.

— Et les autres ? Où se trouvait Nicholas Robinson ?

— Parti à Revere expédier une caisse avec Mme Duke. Il dit être repassé au musée vers dix-neuf heures pour rattraper du boulot en retard. Il ne se serait pas inquiété en ne voyant personne, Pulcillo était censée partir plus tôt... jusqu'à ce qu'il aperçoive son sac à main dans son bureau. C'est à ce moment-là qu'il nous a appelés.

— C'est Frost qui devait la ramener en voiture chez elle aujourd'hui...

Young hocha la tête.

— Il nous l'a dit.

— Il est où ?

— À l'étage. Il est arrivé juste après nous. Vas-y mollo avec lui, hein, conseilla Young en baissant la voix.

— Il a merdé, c'est ça ?

— Je préfère qu'il te raconte lui-même ce qui s'est passé... Mais avant, j'ai un truc à te montrer...

Il s'était tourné vers la porte. Jane le suivit jusque dans les réserves.

Les traces y étaient plus nettes, les semelles trempées de sang de l'assassin avaient laissé leurs empreintes par terre. Young parcourut le labyrinthe d'antiquités pour montrer du doigt une travée étroite. L'objet de son attention reposait coincé entre deux caisses.

— Il ne reste pas grand-chose du visage, expliqua-t-il.

Assez, cependant, pour permettre de reconnaître Simon Crispin. Le coup lui avait défoncé la tempe gauche, fracassant os et cartilages en laissant un cratère rempli de charpie. Le sang qui s'était déversé de cette blessure formait sur le sol en ciment une mare dans laquelle baignaient des éclats de bois. Crispin avait survécu un bref instant après l'impact, assez pour que son cœur qui continuait à battre fasse circuler l'hémoglobine.

— Va savoir comment, l'assassin s'est débrouillé pour tomber pile au bon moment, dit Young. Il devait surveiller le bâtiment. En voyant partir Mme Willebrandt, il a dû comprendre qu'il ne restait plus que deux personnes à l'intérieur : Pulcillo et un octogénaire… Elle a une jambe dans le plâtre, apparemment, donc impossible de s'enfuir en courant. Et de résister des masses.

Jane regarda la traînée laissée par le corps de Joséphine.

On lui a expliqué en long et en large qu'elle ne risquait rien. Voilà pourquoi elle est revenue à Boston. Elle nous a fait confiance.

— Il y a encore un truc qu'il faut que tu voies, précisa Young.

Elle releva la tête.

— Quoi ?

— Viens, je te montre.

Il la précéda vers la sortie. Ils émergèrent du labyrinthe de caisses.

— Ça, expliqua-t-il en montrant la porte fermée et les deux mots qui y étaient inscrits en lettres de sang :

TROUVEZ-MOI

Le temps que Jane grimpe au deuxième étage par l'escalier central, l'expert médico-légal était arrivé, en compagnie des techniciens de scène de crime munis de tout leur attirail, et les voix et les pas grinçants de cette armée d'invasion se réverbéraient parmi les volées de marches. Jane s'arrêta sur le palier. Soudain, elle en avait sa claque du sang, de la mort et de l'échec.

De l'échec, surtout.

Le steak cuit à la perfection dégusté chez sa mère quelques heures plus tôt lui faisait à présent l'effet d'une brique indigeste dans son estomac. Les douces journées d'été pouvaient virer à la tragédie d'une seconde à l'autre.

Elle franchit la galerie de squelettes humains, dépassant celui de la mère lovée autour des fragments de son enfant, avant de s'orienter vers le fond du couloir et le secteur administratif. Par une porte ouverte, elle repéra Barry Frost, assis, solitaire, dans l'un des bureaux, la tête entre les mains.

— Frost ?

Quand il se redressa, visiblement à contrecœur, Jane constata, interdite, qu'il avait les yeux rougis, gonflés. Il se détourna en se hâtant de s'essuyer le visage du revers de la manche, presque gêné qu'elle l'ait surpris dans cet état.

— Merde, mais qu'est-ce qui t'arrive ? demanda-t-elle.

Il secoua la tête.

— Je suis plus en état de bosser sur ce dossier. Il faut me retirer de l'enquête.

— Tu veux bien me dire où est le problème ?

— J'ai déconné, c'est tout.

Il se montrait rarement grossier. Jane s'étonna de cette formule plus encore que de son aveu. Entrant dans la pièce, elle referma la porte, puis elle approcha une chaise pour s'asseoir pile devant lui afin de l'obliger à la regarder.

— Tu devais escorter Joséphine jusqu'à chez elle ce soir.

Il hocha la tête.

— C'était mon tour.

— Alors, qu'est-ce qui t'en a empêché ?

— Ça m'est totalement sorti de l'esprit.

— Hein ? Tu as oublié ?

Il laissa échapper un soupir torturé.

— Oui. J'aurais dû me trouver ici à dix-huit heures, mais je me suis laissé distraire. Choisis quelqu'un d'autre comme coéquipier... Je vais prendre un congé sans solde.

— D'accord, tu as déconné, mais on a une disparition sur les bras et j'ai besoin de tout le monde sur le pont.

— Je ne suis bon à rien pour l'instant. Tout ce que je saurais faire, c'est merder encore.

— Bon sang, mais qu'est-ce qui te prend ? Tu te barres en sucette au moment où j'ai le plus besoin de toi ?

— Alice demande le divorce.

Elle le dévisagea, incapable de réagir comme il aurait fallu. C'était le moment ou jamais de le prendre dans ses bras pour le consoler, sauf qu'elle ne s'était jamais laissée aller à de tels gestes avec lui et ça lui aurait paru hypocrite de commencer maintenant.

— Oh, merde. Désolée pour toi.

— Son avion a atterri cet après-midi, expliqua-t-il. Voilà pourquoi je n'ai pas pu assister à votre barbecue. Elle est venue à la maison, histoire de ne pas m'annoncer la nouvelle au téléphone.

Il s'essuya à nouveau la figure.

— Je me doutais bien que quelque chose clochait. Je l'avais senti venir depuis le début de ses cours en fac de droit. Je pouvais dire ou faire n'importe quoi, ça n'avait jamais l'air de l'intéresser. À croire que je n'étais plus qu'un con de flic épousé par hasard et qu'elle s'en mordait les doigts.

— Elle t'a carrément dit ça ?

— Pas besoin ! s'esclaffa-t-il avec amertume. Je l'entendais dans sa voix ! Au bout de neuf ans, je ne suis plus assez bien pour elle.

Jane ne put s'empêcher de poser la question qui tue :

— Bon, c'est qui, l'autre mec ?

— Quelle différence, qu'elle en ait un ou pas ? L'important, c'est qu'elle ne veut plus être en couple. Avec moi, en tout cas.

Ses traits se fripèrent. Il tressaillit, s'efforçant de réprimer ses larmes. Quand elles jaillirent malgré tout, il se mit à se balancer d'avant en arrière, en se prenant à nouveau la tête entre les mains. Jane ne l'avait jamais vu aussi atteint, aussi vulnérable. Elle s'en effraya presque. Comment le réconforter ? Mystère. À ce moment précis, elle aurait préféré être n'importe où, même sur la scène de crime la plus sanguinolente, plutôt que coincée dans cette pièce avec un Barry Frost en vrac. Fallait-il lui confisquer son flingue ? se demanda-t-elle. Chez les hommes, la déprime ne faisait pas bon ménage avec les armes.

Se vexerait-il ? Au point de résister ? C'est avec toutes ces considérations pratiques à l'esprit qu'elle tapota l'épaule de Frost tout lui murmurant sa commisération.

Qu'Alice aille se faire foutre. De toute façon, je n'ai jamais pu la sentir, cette salope. Et voilà qu'elle s'est tirée en me gâchant la vie à moi aussi.

Frost se leva subitement de sa chaise en faisant mine de se diriger vers la porte.

— J'ai besoin de sortir d'ici.

— Où vas-tu ?

— Je sais pas. Chez moi.

— Écoute, je vais prévenir Gabriel. Viens dormir à la maison ce soir. Je t'installerai sur le canapé.

Il secoua la tête.

— Laisse tomber. J'ai besoin d'être seul.

— Mauvaise idée, à mon avis.

— Je ne veux pas de compagnie, d'accord ? Fiche-moi la paix.

Elle l'étudia, tâchant d'évaluer si elle pouvait lui forcer la main. Puis elle comprit qu'elle aussi, à sa place, elle n'aurait eu qu'une envie : se réfugier dans un trou de souris pour ne plus parler à personne.

— Tu es sûr ?

— Ouais.

Il se redressa, comme pour s'armer de courage avant de sortir du musée. Pas facile de croiser des collègues qui se demanderaient ce qui s'était passé en voyant son visage.

— Elle ne mérite pas les larmes que tu verses sur elle, dit Jane. Enfin, à mon humble avis.

— Peut-être, dit-il à voix basse, mais je l'aime.

Jane le suivit jusqu'à l'escalier, puis elle resta campée, pensive, sur le palier du second, écoutant ses pas décroître au fil des marches. Avait-elle eu raison de lui laisser son arme ?

25

Un bruit obsédant d'eau qui goutte attaquait au marteau le crâne endolori de Joséphine. Le grognement qu'elle poussa lui parut se réverbérer comme au sein d'une immense caverne. Lorsqu'elle ouvrit les yeux, ce fut sur une noirceur aux relents de croupi et de terre détrempée, une obscurité si compacte qu'elle s'attendit presque à la sentir sous ses doigts lorsqu'elle tendit le bras devant elle. Elle eut beau lever la main à hauteur de son visage, elle ne distingua pas une seule forme, pas le moindre mouvement, et l'effort fait pour se concentrer dans les ténèbres suffit à lui arracher un haut-le-cœur.

Combattant sa nausée, elle ferma les yeux et se laissa rouler sur le flanc. Sa joue entra en contact avec un tissu humide. Elle s'efforça de comprendre où elle se trouvait. Elle prenait peu à peu conscience de son environnement. Cette eau qui gouttait. Le froid. Un matelas à l'odeur de moisi…

Pourquoi je ne me rappelle pas comment j'ai atterri ici ?

La dernière chose qui lui revenait, c'était Simon Crispin, sa voix inquiète, son cri dans la pénombre du sous-sol du musée. Rien à voir avec l'obscurité actuelle, cela dit.

Lorsqu'elle ouvrit brusquement les paupières, ce ne fut plus la nausée, mais la peur qui lui noua le ventre. Elle s'assit en combattant le vertige. Son cœur cognait dans sa poitrine, son sang pulsait à ses oreilles. Au-delà du matelas, sa main entra en contact avec un sol de béton glacial. En balayant le périmètre avec ses paumes, elle découvrit une carafe d'eau à sa portée. Un seau à ordures. Et puis quelque chose de mou, recouvert de plastique crissant. Lorsqu'elle le comprima, une odeur de pain s'en éleva.

À quatre pattes, son plâtre raclant le sol, elle poussa ses explorations de plus en plus loin, étoffant son univers aveugle à mesure qu'elle s'éloignait de l'îlot de sécurité représenté par le matelas. Elle paniqua soudain, de crainte de ne pouvoir retrouver cette pitoyable béquille morale, de rester exilée à jamais sur le sol frigorifiant. Mais les étendues sauvages qui l'entouraient n'étaient finalement pas si vastes : à l'issue d'une courte reptation, elle atteignit un mur en ciment brut.

Elle s'y appuya pour se mettre debout. Cet effort la laissa toute chancelante et elle s'adossa à la paroi, les yeux fermés, en attendant que l'étourdissement cesse. D'autres bruits parvenaient à sa conscience, à présent. Des cricris d'insectes. Une bestiole invisible détalant sur le sol. Et puis, en fond sonore, cette eau qui n'en finissait pas de goutter.

Elle clopina le long du mur pour établir les limites de sa prison. Au bout de quelques pas, elle parvint au premier coin, trouvant un réconfort étrange à savoir que la noirceur n'était pas infinie, que ses errances aveugles ne la feraient pas basculer par-dessus le rebord de l'univers. Elle continua sa progression, longeant ce nouveau mur la main en avant. Au bout d'un peu plus de dix pas, un autre coin.

Sa geôle prenait lentement forme dans son cerveau.

Elle longea le troisième mur jusqu'au prochain coin. Dans les huit mètres sur douze, calcula-t-elle. Des parois et un sol en ciment. Une cave.

Lorsqu'elle entreprit de remonter le quatrième mur, son pied cogna dans un objet qui partit valser en cliquetant. Elle tendit la main, ses doigts se refermèrent autour. Un talon aiguille.

Une chaussure de femme.

Une autre prisonnière avait été détenue ici. Une autre femme avait dormi sur ce matelas, bu à cette cruche. Joséphine serra l'escarpin contre elle, explorant ses courbes, avide d'indices quant à sa propriétaire. Ma sœur d'infortune. La pointure était petite, du 37 ou du 38, et vu le strass qu'elle sentait sous ses doigts, ce devait être une chaussure de soirée, à porter avec une jolie robe et des boucles d'oreilles, pour des sorties en compagnie d'un homme aimé.

Subitement, elle tressaillit sous l'effet du froid et du désespoir mêlés. Elle comprima l'escarpin contre sa poitrine. Il avait appartenu à une morte, aucun doute là-dessus. Combien d'autres femmes avaient été retenues ici ? Combien viendraient après elle ? Elle avala une goulée d'air, s'imaginant sentir l'odeur, la peur et l'accablement de chacune des prisonnières ayant tremblé dans cette obscurité qui aiguisait tous les sens autres que la vue.

Le sang parcourait bruyamment ses artères, l'air frais pénétrait dans ses poumons en tourbillonnant.

Une odeur de cuir mouillé se dégageait de la chaussure. Quand on perd la vue, songea-t-elle, on note tous les détails invisibles qu'on aurait ratés sans cela, exactement comme on remarque la lune quand le soleil s'est enfin couché.

Agrippée à sa trouvaille comme à un talisman, elle s'obligea à poursuivre l'inventaire de sa prison, en se demandant si la pénombre cachait d'autres indices quant aux anciennes prisonnières. Elle s'imagina un sol parsemé de possessions de mortes. Ici, une montre, là un tube de rouge. Et de moi, que trouvera-t-on un jour ? Restera-t-il une quelconque trace de ma personne, ou serai-je une disparue parmi d'autres, aux dernières heures ignorées ?

Le mur en ciment s'incurvait d'un coup, débouchant sur du bois. Elle s'arrêta.

J'ai trouvé la porte.

La poignée avait beau tourner sans opposer de résistance, Joséphine ne parvint pas à faire bouger le battant. C'était verrouillé de l'autre côté. Elle se mit à crier, à bourrer la porte de coups de poing, mais sur ce bois dur ses efforts pitoyables ne servirent qu'à lui meurtrir les mains. Épuisée, elle s'adossa à l'huisserie. Ce n'est qu'à cet instant, au milieu de ses battements de cœur, qu'elle perçut un bruit inédit. Un son qui la fit se redresser, crispée de peur.

Le grondement menaçant était impossible à localiser dans le noir. Elle se représenta des crocs et des griffes acérés, la bête avançant vers elle en cet instant même, prête à bondir. C'est alors qu'elle entendit un raclement de chaîne, suivi d'un grattement venu de quelque part au-dessus.

Elle leva la tête. Pour la première fois, elle repérait un filet de lumière, si ténu qu'elle refusa d'abord de croire à son existence. Pourtant, cette fissure s'éclaircit peu à peu. Les premières lueurs de l'aube perçaient à travers une petite fenêtre d'aération condamnée par des planches.

Des coups de griffes : le chien tentait de se frayer un chemin pour entrer. À en juger par ses grondements, c'était un molosse. Je perçois sa présence, et lui la mienne, pensa-t-elle. Il sent l'odeur de ma peur, il veut aussi en connaître le goût. Elle qui n'avait jamais possédé de chien, elle s'était imaginé prendre un jour un beagle, ou peut-être un colley – une race affectueuse, en tout cas. Rien à voir avec la bête qui montait à présent la garde derrière cette ouverture – et qui, à en juger par les bruits qu'elle émettait, serait capable de lui arracher la gorge.

Le chien se mit à aboyer. Un crissement de pneus, suivi d'un bruit de moteur qui s'éteint. Joséphine se pétrifia, le cœur battant la chamade. Les aboiements viraient à l'hystérie. Elle leva la tête : des pas avaient fait grincer le plancher au-dessus.

Laissant tomber l'escarpin, elle s'éloigna de la porte autant que possible, jusqu'à sentir le mur opposé contre son dos. Une targette glissa. La porte s'ouvrit en couinant. La lueur d'une torche. Joséphine se détourna à son approche, aussi aveuglée que si le soleil avait brûlé sa rétine.

L'homme se contenta de rester campé au-dessus d'elle, muet. Le local en ciment amplifiait le moindre son, et Joséphine entendait distinctement sa respiration. Un souffle égal. Il examinait sa captive.

— Je vous en prie, libérez-moi, murmura-t-elle.

Il ne dit mot, et ce fut son silence qu'elle trouva le plus effrayant. Jusqu'à ce qu'elle aperçoive ce qu'il avait à la main. Là, elle sut que le silence n'était pas le pire de ce qui l'attendait, et de loin.

Il brandissait un couteau.

26

— Vous avez encore le temps de la trouver, assura Zucker, le psychologue judiciaire. En partant du principe que cet assassin procède selon un schéma répétitif, il va la traiter comme il a traité Lorraine Edgerton ou la victime de la tourbière. Il l'a déjà estropiée pour l'empêcher de s'échapper ou de trop se débattre. Il y a des chances pour qu'il la garde en vie plusieurs jours, voire plusieurs semaines. De quoi pratiquer les rituels par lesquels il doit en passer avant d'en venir à la phase ultime.

— La phase ultime ? interrogea Tripp.

Zucker désigna les photos de victimes étalées sur la table de réunion.

— La préservation. Je pense qu'il la destine à sa collection. Mlle Pulcillo sera sa nouvelle relique, affirma-t-il en se tournant vers Jane. La seule question, c'est : quelle méthode emploiera-t-il sur elle ?

Elle considéra les clichés des trois mortes, évaluant les possibilités. Éviscérée, salée puis enveloppée dans des bandelettes comme Lorraine Edgerton ? Décapitée, le visage et le cuir chevelu arrachés pour voir sa tête réduite à la taille de celle d'une poupée ? Ou plongée dans l'eau noire d'une tourbière, qui préserverait à jamais les marques de son agonie sur le masque tanné que deviendrait sa figure ?

À moins que l'assassin ne lui réserve quelque technique spécifique, encore inédite dans l'enquête ?

Le silence s'était abattu sur la salle de réunion. Lorsqu'elle balaya du regard l'équipe d'inspecteurs rassemblée autour de la table, Jane ne découvrit que mines sombres et muettes. Les perspectives de survie de Joséphine Pulcillo s'amenuisaient rapidement, et chacun avait pris conscience de cette donnée traumatisante. La chaise où s'asseyait habituellement Barry Frost restait inoccupée. L'équipe ne se sentait pas au complet sans lui, et Jane n'arrêtait pas de jeter des coups d'œil en direction de la porte, dans l'espoir qu'il entre sans crier gare pour prendre place parmi eux.

— Notre meilleure chance de la trouver, c'est sans doute de réussir à nous mettre à la place de son ravisseur, dit Zucker. Il nous faut plus de renseignements sur Bradley Rose.

Jane approuva de la tête.

— Nous remontons sa piste. Pour tenter de trouver où il a travaillé, où il a habité, qui sont ses amis… On veut tout savoir, y compris s'il a un grain de beauté sur le cul.

— Ses parents devraient être la meilleure source d'information.

— Ça n'a rien donné de leur côté. La mère est trop malade pour nous recevoir. Et quant au père, il se dérobe.

— Même en sachant qu'il y a une vie en jeu, il refuse de coopérer ?

— Kimball Rose n'a rien d'un type normal. Il est riche comme Crésus, une armée d'avocats le protège. Les règles habituelles ne s'appliquent pas à lui. Pas plus qu'à son fils, d'ailleurs.

— Il faut accentuer la pression.

— Crowe et Tripp rentrent à l'instant du Texas, dit Jane. Je les ai envoyés chez lui en me disant qu'un étalage de testostérone réussirait peut-être à l'intimider…

Elle avisa Crowe et ses épaules carrées d'ancien arrière universitaire de foot américain. Si quelqu'un pouvait jouer les machos, c'était bien lui.

— On n'a même pas réussi à l'approcher, rapporta celui-ci. Un connard d'avocat accompagné de cinq vigiles nous a bloqués aux grilles de la propriété. On n'a même pas pu atteindre la porte. Les Rose font le blocus autour de leur fils, on ne tirera rien d'eux.

— Bon, alors que sait-on de la vie de Bradley ?

Ce fut Tripp qui répondit :

— Il est indétectable depuis longtemps. On ne trouve aucun achat sur sa carte de crédit, et comme aucune cotisation n'a été versée à son numéro de Sécu, il n'a pas dû travailler. Enfin, pas déclaré, du moins.

— Depuis quand ? demanda Zucker.

— Treize ans. D'un autre côté, vu sa pompe à fric de père, ce n'est pas comme s'il avait besoin de bosser.

Zucker médita un instant. Puis :

— Qu'est-ce qui vous fait dire que ce Bradley est toujours en vie ?

— Ses parents m'ont affirmé qu'il leur écrivait des courriers et des e-mails, dit Jane. À en croire le père,

Bradley vit à l'étranger. Ce qui peut expliquer les grosses difficultés qu'on a à suivre ses mouvements.

— Protéger et soutenir financièrement un fils sociopathe... Je me demande quel père irait aussi loin, observa Zucker en fronçant les sourcils.

— Je pense qu'il se protège lui-même. Son nom, sa réputation... Son fils est un monstre et il ne veut pas que le monde extérieur l'apprenne.

— Quand même, j'ai du mal à croire qu'un parent en arrive à de telles extrémités, quel qu'il soit.

— On ne peut jamais savoir, dit Tripp. Peut-être qu'il l'aime, craignos ou pas.

— À mon avis, Kimball protège aussi sa femme, expliqua Jane. Il m'a raconté qu'elle était leucémique, et c'est vrai qu'elle avait l'air gravement malade. Or il semble qu'à ses yeux à elle Bradley a tout du gentil petit garçon.

Zucker secoua la tête, incrédule.

— Cette famille m'a l'air profondément délétère. Je n'ai pas de diplôme de psycho, mais ça, j'aurais pu te le dire.

— La réponse réside peut-être dans les transferts de fonds, suggéra Zucker. Comment Kimball fait-il parvenir des subsides à son fils ?

— Nous avons du mal à remonter cette piste-là, répondit Tripp. La famille dispose de multiples comptes bancaires, situés pour certains dans des paradis fiscaux. Et monsieur a tous ces avocats qui lui servent d'anges gardiens... Ça prendra du temps de tout éplucher, même si on a le feu vert du juge.

— On se concentre seulement sur la Nouvelle-Angleterre, expliqua Jane. On vérifie s'il y a eu des transactions financières à Boston et dans les environs.

— Et côté amis ? Relations ?

— On sait qu'il y a vingt-cinq ans Bradley tra-vaillait au musée Crispin. L'une des guides, Mme Willebrandt, se rappelle qu'il avait choisi de venir bosser en dehors des horaires habituels, quand le musée était fermé. Du coup, personne ne se rap-pelle grand-chose sur lui. Il ne s'est pas fait remar-quer, il n'est resté lié avec aucun collègue. Il se comportait comme un fantôme.

Et c'est encore ce qu'il est, songea-t-elle. Un assas-sin qui se glisse dans des bâtiments fermés et dont le visage échappe aux caméras de surveillance. Il rôde autour de ses victimes sans qu'on le remarque jamais.

— Il existe une source de renseignements très riche, qui nous donnerait le profil psychologique le plus complet qu'on puisse espérer, dit Zucker. C'est l'institut Hilzbrich.

— Ah oui ! s'esclaffa Crowe d'un ton écœuré. Cette école pour pervers sexuels !

— J'ai appelé trois fois chez l'ancien directeur, précisa Jane. Le Dr Hilzbrich invoque le secret médi-cal et refuse de nous laisser l'accès à ses dossiers.

— La vie d'une femme est en jeu. Il ne peut pas refuser.

— Pourtant, c'est ce qu'il a fait. Je me rends demain dans le Maine pour lui mettre la pression. Et voir si j'obtiens autre chose…

— Quoi donc ?

— Le dossier de Jimmy Otto. Il a fréquenté ce pen-sionnat, lui aussi. Puisqu'il est mort, Hilzbrich accep-tera peut-être de nous confier ce dossier-là.

— En quoi ça pourrait nous être utile ?

— Il nous semble évident désormais que Jimmy et Bradley ont longtemps fait équipe. Ils se trouvaient tous les deux dans le secteur de Chaco Canyon. Ils étaient à Palo Alto à la même époque. Et ils semblaient avoir en commun une fixation sur la même femme, Médée Sommer.

— Dont la fille a aujourd'hui disparu.

Jane acquiesça.

— Voilà peut-être ce qui a poussé Bradley à la choisir. Afin d'exercer sa vengeance. Parce que la mère de Joséphine a tué Jimmy.

Zucker se laissa aller en arrière sur son siège avec une expression troublée.

— Justement, vous savez, ce détail me tracasse au plus haut point.

— Lequel ?

— Cette coïncidence, inspecteur Rizzoli. Ça ne vous frappe pas ? Il y a douze ans, Médée Sommer abat Jimmy Otto à San Diego. Par la suite, sa fille Joséphine se retrouve employée au musée Crispin, où étaient stockés les restes de deux des victimes de notre homme. Comment expliquer ça ?

— Ça m'a fait tiquer, moi aussi, reconnut Jane.

— Savez-vous de quelle façon Joséphine a obtenu ce poste ?

— Je lui ai posé la question. Elle m'a répondu que l'annonce était parue sur un site de recherche d'emploi spécialisé dans le domaine de l'égyptologie. Elle s'est portée candidate et, quelques semaines plus tard, elle recevait un coup de fil lui proposant le poste. Elle avoue avoir été étonnée qu'on la choisisse.

— Qui l'a contactée ?

— Simon Crispin.

Zucker haussa un sourcil.

— Qui, comme par hasard, n'est plus de ce monde, lâcha-t-il tout bas.

On frappa à la porte, puis un enquêteur passa la tête dans la salle de réunion.

— Rizzoli, on a un problème. Tu ferais bien de venir.

— Raconte.

— Un nabab texan de ta connaissance nous fait le coup de Shiva aux grands pieds.

— Kimball Rose ? Il a débarqué ?

— Il est dans le bureau de Marquette. Ramène-toi.

— Tiens, peut-être qu'il a décidé de coopérer, en fin de compte.

— Ça m'étonnerait. Il veut repartir avec ta tête au bout d'une pique et il ne s'est pas privé de le faire savoir.

— Oh, bordel, marmonna Tripp, je n'aimerais pas être à ta place.

— Rizzoli, tu veux qu'on t'accompagne ? Ça te dirait, un peu de soutien psychologique ? demanda Crowe en faisant craquer ses jointures de façon ostensible.

— Non. Je m'en occupe.

Les lèvres pincées, elle rassembla ses dossiers.

Il veut peut-être ma tête. Mais moi, j'aurai celle de son fils, merde !

Elle traversa les locaux de la brigade criminelle pour aller frapper à la porte du lieutenant Marquette. Qu'elle trouva à son bureau, une expression indéchiffrable sur le visage. On ne pouvait pas en dire autant de son visiteur, qui contemplait Jane avec un dédain manifeste. En ne faisant que son travail, elle avait osé le défier, et il s'agissait manifestement d'une offense impardonnable pour un homme aussi puissant.

— Il me semble que vous vous connaissez, dit Marquette.

— C'est exact, répondit Jane. Je m'étonne de voir M. Rose dans nos bureaux puisqu'il a refusé à de multiples reprises de me parler au téléphone.

— Vous n'avez pas le droit de salir mon fils alors qu'il n'est pas là pour se défendre.

— Salir votre fils ? Désolée, mais je ne comprends pas ce que vous entendez par là.

— Vous me prenez pour un imbécile ? Je ne suis pas arrivé par hasard là où je suis. Je me renseigne. J'ai mes sources. Je sais où vous voulez en venir avec votre enquête, ce dossier à charge délirant que vous essayez de monter contre Bradley !

— Je veux bien reconnaître que cette affaire présente des aspects étranges, mais mettons les choses au point : je ne monte rien contre personne, je remonte une piste à partir des indices dont je dispose. Pour l'instant, ils désignent directement votre fils.

— Oh, je connais votre passé, inspecteur Rizzoli. Ce ne serait pas votre premier jugement hâtif. Comme cette fois où vous avez tué un homme désarmé sur un toit d'immeuble, il y a quelques années.

Jane se raidit en s'entendant rappeler ce douloureux souvenir. Ayant vu sa réaction, Kimball appuya sur la plaie :

— Lui avez-vous accordé une chance de se défendre, ou ne vous êtes-vous pas plutôt instaurée juge et bourreau en appuyant sur la détente, exactement comme vous le faites aujourd'hui avec Bradley ?

— Monsieur Rose, cet épisode est sans rapport avec le problème qui nous occupe, intervint Marquette.

— Ah, vraiment ? Ils ont pourtant un point en commun : le danger public que représente cette femme. Bradley est innocent. Il n'a rien à voir dans cet enlèvement.

— Comment pouvez-vous l'affirmer avec une telle certitude alors que vous vous dites incapable de savoir où il se trouve ? contra Marquette.

— Bradley est incapable d'exercer la violence. Il a plutôt tendance à en être victime. Je le connais.

— Vraiment ? dit Jane.

Elle ouvrit le dossier qu'elle avait apporté afin d'en tirer une photo qu'elle fit claquer devant lui. Kimball Rose se retrouva confronté au cliché monstrueux de la tsantza aux paupières cousues, aux lèvres percées de fils tressés.

— Vous savez comment s'appelle cet objet, monsieur Rose, n'est-ce pas ?

Il resta muet. Les sonneries de téléphone et les voix des inspecteurs de la Criminelle s'entendaient malgré la porte fermée, mais, dans le bureau de Marquette, le silence planait.

— Un fana d'archéologie tel que vous, qui a tant bourlingué… Je parie que vous en avez déjà vu, dit Jane. Vous avez forcément séjourné en Amérique du Sud.

— C'est une tsantza, finit-il par lâcher.

— Bonne réponse. Votre fils ne l'ignore pas non plus, j'imagine ? Il a bien dû parcourir le globe avec vous ?

— C'est donc tout ce que vous avez contre lui ? Son métier d'archéologue ? Vous devrez mieux faire devant le tribunal.

— Si j'ajoutais la femme qu'il a harcelée, Médée Sommer ? Elle a porté plainte contre lui à Indio.

— Et alors ? Elle a renoncé à engager des poursuites.

— Parlez-nous donc aussi du traitement qu'il a suivi dans la clinique privée du Maine où vous l'aviez placé. L'institut Hilzbrich. J'ai cru comprendre que c'était un centre spécialisé dans l'accueil de certains jeunes gens à problèmes...

Il la dévisagea.

— Bon sang, comment...

— Moi non plus, je ne suis pas une imbécile. Je fais comme vous, je me renseigne. J'ai appris que cet institut était très huppé, très spécialisé. Très discret. Il le faut, étant donné sa clientèle. Alors, dites-moi, leur méthode a-t-elle donné de bons résultats avec Bradley ? Ou n'a-t-elle servi qu'à lui faire lier connaissance avec d'autres tordus dans son genre ?

Rose se tourna vers Marquette.

— J'exige qu'on lui retire ce dossier, ou vous aurez des nouvelles de mes avocats !

— Des amis tels que Jimmy Otto... persista Jane. Ce nom vous dit bien quelque chose ?

Kimball Rose l'ignora, continuant à fixer Marquette.

— Faudra-t-il que je monte jusqu'au sommet de la hiérarchie ? Parce que je suis prêt à le faire. Je mettrai en branle toutes les relations qu'il faudra, je demanderai leur intervention. Lieutenant ?

Marquette resta un moment sans répondre. Un long moment au cours duquel Jane eut tout le loisir de se rendre compte de la puissance qui se dégageait de Kimball Rose – pas seulement sa présence physique, mais aussi son pouvoir tacite. Comprenant l'ampleur de la pression qui s'exerçait sur Marquette, elle se prépara mentalement à la suite.

Le divisionnaire étouffa ostensiblement un bâillement et se redressa.

— Désolé, monsieur Rose, l'inspecteur Rizzoli dirige cette enquête, c'est elle qui décide du cours qu'on doit lui donner.

Kimball le foudroya du regard, comme s'il ne parvenait pas à croire que deux simples fonctionnaires puissent ainsi le défier. Virant à un cramoisi de mauvais augure, il s'en prit à Jane :

— À cause de vos investigations, ma femme est à l'hôpital. Elle s'est effondrée trois jours après que vous êtes venue poser des questions sur Bradley. Je l'ai fait amener en avion à Boston hier, à l'hôpital Dana-Farber. Son pronostic vital est engagé, et c'est vous que je juge responsable de cet état de fait. Je vous aurai à l'œil, inspecteur. Vous ne pourrez pas soulever une pierre pour regarder dessous sans que je l'apprenne.

— C'est sans doute là que je vais trouver Bradley, rétorqua Jane. Sous une pierre.

Rose sortit en claquant la porte.

— Ce n'était pas bien malin de dire ça, commenta Marquette.

Elle soupira et reprit la photo posée sur son bureau.

— Je sais.

— Quel degré de certitude, la culpabilité de Bradley Rose, d'après vous ?

— Quatre-vingt-dix-neuf pour cent.

— Vu à qui vous avez affaire, vous avez intérêt à atteindre les quatre-vingt-dix-neuf virgule neuf. Maintenant que sa femme est hospitalisée, il va tirer dans le tas. Il a l'argent et les relations nécessaires pour nous gâcher l'existence jusqu'à la fin de nos jours.

— Alors qu'il le fasse, mais ça ne changera rien à la culpabilité de son fils.

— On ne peut pas se permettre de merder à nouveau, Rizzoli. Votre équipe a déjà commis une erreur énorme et cette jeune femme est en train d'en payer le prix…

L'enlèvement de Joséphine. S'il avait l'intention de la piquer au vif, il n'aurait pas pu mieux faire. Elle resta plantée là, l'estomac retourné, agrippant son dossier d'enquête comme si cette liasse de papiers pouvait soulager sa conscience coupable.

— Mais ça, vous le savez déjà, ajouta-t-il tout bas.

— Oui, répondit-elle.

Et cette erreur me hantera jusqu'à la fin de mes jours.

27

Nicholas Robinson avait élu domicile à Chelsea, non loin du quartier ouvrier de Revere, où Jane avait grandi. À l'image de la maison de son enfance, c'était un pavillon modeste, avec une véranda ouverte sur le devant et un petit terrain en guise de jardin. Les plus hauts plants de tomates qu'ait jamais vus Jane poussaient contre un mur, mais les fortes précipitations des derniers jours avaient fendu certains fruits, et d'autres pendaient à leurs tiges, pourrissants. Ce potager mal entretenu aurait dû l'avertir de l'état d'esprit dans lequel se trouvait l'archéologue. Lorsqu'il ouvrit la porte, elle fut frappée par son allure exténuée, hagarde. Avec ses cheveux dépeignés et sa chemise froissée, on aurait dit qu'il dormait tout habillé depuis plusieurs jours.

— Vous avez du nouveau ? demanda-t-il d'un ton inquiet en la dévisageant avec attention.

— Non, désolée. Je peux entrer ?

Il hocha la tête avec lassitude.

— Bien sûr.

À Revere, chez les parents de Jane, le téléviseur était la poutre maîtresse du séjour, et diverses télécommandes clonées au fil des ans jonchaient la table basse. Alors que la pièce à vivre de Robinson ne disposait d'aucun poste, d'aucun home cinema, d'aucune console et encore moins de zappettes. Une bibliothèque regorgeant de bouquins, de statuettes et de tessons de poteries les remplaçait, ainsi que des cartes encadrées du monde antique au mur. Le moindre centimètre carré de ce bric-à-brac respirait l'intello sans le sou, pourtant l'ensemble avait un côté ordonné, comme si chacune de ces vieilleries se trouvait à sa place.

Robinson promena un regard perdu dans la pièce, puis il agita les mains en un geste d'impuissance.

— Pardon, je devrais vous offrir quelque chose à boire, non ? Je ne suis pas doué pour recevoir.

— Merci, ça ira. Si on s'asseyait pour discuter ?

Ils s'enfoncèrent dans des fauteuils confortables, quoique élimés. Au-dehors, une moto passa à grand bruit, mais le silence régnait chez le conservateur, ébranlé par les derniers événements.

— Je ne vois pas quoi faire, dit-il tout bas.

— J'ai appris que le musée risquait de rester fermé définitivement.

— Je ne parle pas de ça. Je pense à Joséphine. Je ferais n'importe quoi pour vous aider à la retrouver, mais comment m'y prendre ? dit-il en désignant ses livres, ses cartes. Je ne suis doué que pour ça. Récolter et cataloguer des objets anciens. Interpréter des détails du passé qui n'ont aucune utilité de nos jours. À quoi ça pourrait bien servir ? Ça n'a pas sauvé Simon.

— Vous êtes peut-être en mesure de nous aider, pourtant.

Il la considéra, l'air au bout du rouleau.

— Dites-moi ce que vous avez besoin de savoir. Posez-moi des questions.

— Je vais commencer par celle-ci : quelle était la nature de vos relations avec Joséphine ?

Il fronça les sourcils.

— Mes relations ?

— J'ai l'impression que vous étiez plus que de simples collègues, tous les deux.

Beaucoup plus, à en juger par son expression.

Il secoua la tête.

— Regardez-moi, inspecteur. J'ai quatorze ans de plus qu'elle. Je suis affligé d'une myopie épouvantable, je gagne très mal ma vie et je commence à perdre mes cheveux. Pourquoi quelqu'un comme elle voudrait-il de moi ?

— C'était donc une simple relation amicale ?

— Je ne la vois pas tomber amoureuse de moi.

— Vous voulez dire que vous n'en avez aucune idée ? Vous ne lui avez jamais posé la question ?

Il lâcha un petit rire gêné.

— Je n'ai jamais eu le cran nécessaire pour me résoudre à le faire. Je ne voulais surtout pas la mettre mal à l'aise. Ça aurait risqué de gâcher ce qui existait entre nous.

— Et qu'existait-il entre vous ?

Il sourit.

— Nous nous ressemblons. À un point inimaginable. Donnez-nous un fragment d'os ou une lame rouillée et nous y sentons tous les deux la brûlure encore récente de l'Histoire. Voilà ce que nous avions en commun, cette passion pour ce qui est advenu

avant nous. J'aurais pu me contenter de cette proximité.

Il laissa retomber sa tête en avant.

— J'avais peur de lui en demander plus, finit-il par
avouer.

— Pourquoi ?

— À cause de sa beauté, dit-il à voix basse.

— Est-ce une des raisons qui vous ont poussé à
l'engager ?

Il se braqua aussitôt. Ses traits se crispèrent, il se
raidit.

— Je n'engagerais jamais personne en me fondant
sur son apparence physique. Les seuls critères que je
connais et que je pratique, ce sont la compétence et
l'expérience...

— Justement, l'expérience, Joséphine en manquait
cruellement dans son CV. Elle venait de terminer son
doctorat. Vous l'avez engagée comme consultante
alors qu'elle était bien moins qualifiée que vous.

— Sauf que je ne suis pas égyptologue. C'est la
raison que m'a donnée Simon pour nous adjoindre
une tierce personne. J'aurais sans doute dû me vexer,
mais, pour tout vous dire, je me savais incapable de
procéder à l'évaluation de Madame X. Je suis du
genre à admettre mes limites.

— Il devait exister des spécialistes plus qualifiés
que Joséphine.

— Il y a fort à parier que oui.

— Vous n'en êtes pas complètement sûr ?

— C'est Simon qui a tranché. Quand j'ai publié
cette annonce d'emploi, nous avons reçu des CV par
dizaines. Je me consacrais au premier tri des candidats quand il m'a expliqué qu'il avait déjà fait son

choix. Joséphine n'aurait même pas passé le premier stade de la sélection, mais il s'est montré très ferme. Et puis il s'est débrouillé pour trouver des fonds supplémentaires afin de l'engager à plein temps, allez savoir comment.

— Des fonds supplémentaires ? Que voulez-vous dire ?

— Un don substantiel a été fait au musée. C'est l'effet momies, vous comprenez. Elles électrisent les donateurs, elles leur font mettre la main au portefeuille. Quand on traîne dans le milieu de l'archéologie depuis aussi longtemps que Simon, on sait qui sont les gens riches et à qui demander de l'argent.

— Mais pourquoi a-t-il choisi Joséphine… Cette question me turlupine. Entre tous les égyptologues qu'il aurait pu engager, tous les thésards qui ont dû postuler, pourquoi elle ?

— Je l'ignore. Je n'ai pas sauté de joie quand il m'a appris son choix, mais ça ne servait à rien de discuter. Enfin, c'est l'effet que ça m'a fait. Il semblait déjà décidé, j'avais les mains liées…

Robinson poussa un soupir et tourna la tête vers la fenêtre.

— Ensuite, je l'ai rencontrée, dit-il. Et je me suis rendu compte que pour rien au monde je n'aurais voulu travailler avec quelqu'un d'autre. Personne n'aurait pu…

Il se tut.

Dans cette rue jalonnée d'habitations modestes, le bruit de la circulation était constant. Pourtant, le séjour de Nicholas Robinson paraissait coincé dans une autre époque, une bulle plus douce où un excentrique débraillé tel que lui aurait tout loisir de vieillir

tranquillement, entouré de ses cartes et de ses livres.
Sauf qu'il était tombé amoureux, et que son visage
ne montrait aucune tranquillité, au contraire.

— Elle est vivante, dit-il. J'ai besoin de m'en persuader... Vous en êtes convaincue, j'espère ?

— Oui.

Elle se détourna avant qu'il puisse lire dans son
regard le reste de la réponse.

Mais je ne suis pas sûre qu'on puisse la sauver.

28

Ce soir-là, Maura mangea seule.

Elle avait d'abord prévu un dîner en amoureux, au point de ratisser les rayons de l'épicerie dès la veille, raflant citrons Meyer et persil, gousses d'ail et jarret de veau – tous les ingrédients nécessaires à la confection du plat préféré de Daniel : l'osso-buco. Mais en matière d'amours clandestines le meilleur projet peut s'écrouler en un rien de temps sur un coup de fil, et à quelques heures du grand moment Daniel avait annoncé piteusement devoir manger ce soir-là avec un groupe d'évêques de New York en visite. La conversation s'était achevée comme elle se concluait si souvent – sur un « Désolé, Maura. Je t'aime. J'aimerais pouvoir couper à ce pensum ».

Sauf qu'il n'y arrivait jamais.

À présent, ayant stocké le jarret de veau dans son congélo, Maura s'était résignée à dîner seule, non pas d'un osso-buco mais d'un croque-monsieur arrosé d'un gin tonic bien tassé.

Elle se mit à imaginer l'endroit où Daniel devait se trouver en ce moment même. Une tablée d'hommes vêtus d'un noir funèbre, les dévotions qu'on murmure tête baissée au-dessus des assiettes. Le tintement étouffé des couverts et de la porcelaine en fond sonore, pendant que l'on discute de sujets importants pour l'Eglise : baisse des vocations, vieillissement des prêtres. Chaque profession a ses dîners de travail, pourtant, lorsque ces hommes auraient terminé le leur, ils ne rentreraient pas retrouver leur moitié et leurs gosses, au mieux un lit solitaire.

Maura se demanda si l'absence de figures et de voix féminines le gênait au moins un peu, quand il prenait une gorgée de vin en regardant ses compagnons de table.

Et penses-tu seulement à moi ?

Elle écrasa le pain de mie dans la poêle chaude, le regarda croustiller dans son beurre. Comme les œufs brouillés, c'était l'un des plats qu'elle se préparait en dernier ressort, et l'odeur du beurre roussi la ramena aux nuits d'épuisement de sa période d'internat, ainsi qu'aux soirées de mortification ayant suivi son divorce – autre période où préparer un repas s'était révélé au-dessus de ses forces.

Chez elle, l'odeur du croque-monsieur était celle de la défaite.

La nuit tombait au-dehors, masquant le potager à l'abandon qu'elle avait planté au printemps dans un élan d'optimisme. Il n'y avait plus là-bas qu'une jungle de mauvaises herbes, de laitues montées en graine et de cosses de petits pois pas cueillies, pendant, sèches et parcheminées, au fil d'un entrelacement de tiges. Un jour, se dit-elle, j'arriverai à tenir la distance. Je désherberai, je nettoierai tout.

En attendant, ce jardin d'été, victime comme tant d'autres activités d'un emploi du temps trop lourd en exigences et en occasions de se distraire, était une perte de temps.

Et les occasions de se distraire, à part Daniel…

Maura découvrit son reflet dans la vitre : une moue, des yeux las et tirés… Cette tête contrariée la surprit autant que si elle avait découvert celle d'une étrangère. La même femme lui rendrait-elle son regard dans dix ou vingt ans ?

La poêle fumait, le pain commençait à carboniser. Maura éteignit dessous, ouvrit la fenêtre pour chasser la fumée, puis elle porta son assiette jusqu'à la table de la cuisine. Gin et fromage, tous les groupes d'aliments essentiels pour la femme mélancolique, songea-t-elle en se versant un autre verre. Elle but une gorgée tout en triant le courrier rapporté ce soir-là, mettant de côté pour le tri sélectif les catalogues dont elle ne voulait pas et formant une pile avec les factures qu'elle réglerait le week-end venu.

Elle s'interrompit en tombant sur une enveloppe tapée à la machine. Elle ne comportait aucune coordonnée d'expéditeur. À l'intérieur, une feuille de papier pliée qu'elle laissa tomber dès qu'elle l'eut ouverte, à croire qu'elle venait de s'ébouillanter.

Elle contenait la même inscription à l'encre, en gros caractères d'imprimerie, que celle qu'on avait rédigée en lettres de sang sur la porte du musée Crispin :

TROUVEZ-MOI

Elle fonça sur le téléphone, renversant son verre de gin tonic. Des glaçons allèrent tinter par terre, mais elle les ignora.

Au bout de trois sonneries, une voix brusque répondit :

— Rizzoli.

— Jane, j'ai l'impression qu'il m'a écrit.

— Hein ?

— Ça vient juste d'arriver au courrier. Sur une feuille de papier qui...

— Parle moins vite. J'ai du mal à t'entendre, avec la circulation.

Maura se tut pour se reprendre, puis elle parvint à s'exprimer plus calmement :

— L'enveloppe m'est adressée. Elle contient une feuille de papier sur laquelle sont inscrits deux mots : « Trouvez-moi »... C'est forcément lui, ajouta-t-elle à voix basse après avoir repris son souffle.

— Il y a quelque chose d'autre sur cette feuille ?

Maura la retourna et fronça les sourcils.

— Au verso, deux nombres.

À l'autre bout du fil, elle entendit un coup de klaxon, suivi d'un juron étouffé – Jane.

— Écoute, pour l'instant, je me retrouve coincée sur Columbus Avenue. Tu es chez toi ?

— Oui.

— J'arrive tout de suite. Ton ordi est allumé ?

— Non. Pourquoi ?

— Démarre-le. Je voudrais que tu vérifies quelque chose pour moi. Je crois savoir ce que sont ces nombres.

— Ne quitte pas...

337

Téléphone et feuille de papier à la main, Maura se précipita dans son bureau, au bout du couloir.

— Bon, je lance la bête, annonça-t-elle tandis que son écran s'allumait et que son disque dur se mettait à bourdonner. Parle-moi de ces nombres. C'est quoi ?

— Des coordonnées géographiques, je pense.

— Qu'est-ce qui te fait dire ça ?

— Joséphine nous a déclaré avoir reçu exactement le même genre de message. Il comportait des nombres qui se sont révélés indiquer la latitude et la longitude de la réserve naturelle des Blue Hills.

— C'est pour ça qu'elle y était allée en balade ce fameux jour ?

— L'assassin l'y avait envoyée.

— Bon, ça y est, c'est allumé. Ensuite ?

— Va sur Google Earth. Tape les deux nombres dans les cases latitude et longitude.

Maura relut le message, soudain frappée par ce qu'il signifiait.

— Oh, bon sang, murmura-t-elle. Il nous explique où trouver son cadavre...

— J'espère que tu te plantes. Alors, ça y est, tu as entré les coordonnées ?

— Je le fais tout de suite.

Maura posa le sans-fil et se mit à taper. Sur l'écran, la carte générale se déplaça vers le lieu spécifié. Elle reprit le combiné.

— Ça y est, ça zoome.

— Ça montre quoi ?

— Le nord-est du pays. Le Massachusetts.

— Boston ?

— On dirait... Non, attends...

Maura écarquilla les yeux devant les détails qui s'affinaient. Soudain, elle eut la gorge toute desséchée.

— C'est Newton, dit-elle à voix basse.

— Où exactement, à Newton ?

Maura actionna la souris. L'image était magnifiée à chaque nouveau clic. On distinguait des arbres, des rues. Les toits de différentes maisons. Tout à coup, elle comprit quel quartier elle avait sous les yeux et un frisson lui hérissa la nuque.

— C'est chez moi, murmura-t-elle.

— QUOI ? !

— Ces coordonnées sont celles de ma maison…

— Bordel de merde ! Écoute-moi : je t'envoie des îlotiers tout de suite. Tu es bien à l'abri chez toi ? Va vérifier toutes tes portes. Allez, allez, magne-toi !

Maura jaillit de son fauteuil pour se ruer vers la porte d'entrée. Fermée à clé. Celle du garage aussi. Elle pivota vers la cuisine, puis se pétrifia.

J'ai laissé la vitre ouverte.

Elle remonta le couloir avec lenteur, les paumes moites, le cœur battant la chamade. En entrant dans la cuisine, elle constata que la moustiquaire de la fenêtre était intacte, et la pièce inviolée. Les glaçons fondus avaient laissé une flaque d'eau luisante sous la table. Elle s'approcha de la porte de derrière, vérifia le verrou. Bien sûr qu'elle l'avait mis. Deux ans plus tôt, quelqu'un s'était introduit chez elle et, depuis, elle prenait soin de fermer à clé, d'enclencher son système d'alarme. Ayant refermé la fenêtre de la cuisine, elle s'obligea à respirer calmement, puis son pouls ralentit peu à peu.

C'était juste un courrier, songea-t-elle. Une mauvaise blague qu'on t'a faite par la poste…

Sauf que, en se retournant pour regarder l'enveloppe dans laquelle était arrivé le mot, elle remarqua l'absence de tampon. Le timbre n'était pas affranchi.

Il l'a déposée lui-même. Il est venu jusqu'à ma rue la glisser dans ma boîte aux lettres.

Que m'a-t-il destiné d'autre ?

Elle regarda par la fenêtre en se demandant quels secrets la nuit cachait. Lorsqu'elle tendit la main vers l'interrupteur de l'éclairage extérieur, elle avait à nouveau les mains moites. Elle redoutait presque ce que la clarté risquait de révéler, comme si Bradley Rose en personne allait la dévisager juste de l'autre côté de la vitre. Mais quand elle alluma la lumière crue ne révéla aucun monstre. On distinguait le barbecue à gaz et les meubles de véranda en teck achetés le mois précédent, dont elle n'avait pas encore profité. Les frontières du jardin se devinaient au-delà de la terrasse, en périphérie de l'éclairage. Rien d'inquiétant, rien de louche.

Puis un reflet pâle accrocha son regard, un frémissement ténu dans les ténèbres. Elle le scruta, s'efforçant de l'identifier, mais il refusait de prendre forme, de se révéler. Elle prit sa torche électrique, en dirigea le faisceau vers la nuit. Il éclaira le cognassier du Japon planté au fond du jardin deux étés plus tôt. Quelque chose de blanc et de languide se balançait dans le vent, suspendu à une branche.

On sonna à la porte.

Elle pivota sur elle-même avec un haut-le-corps. Lorsqu'elle se précipita dans le couloir, elle distingua par la fenêtre du living les pulsations bleu électrique d'une barre de gyrophares. Une voiture de police. Elle ouvrit la porte d'entrée pour découvrir un binôme d'îlotiers de Newton.

— Tout va bien, docteur Isles ? demanda l'un des deux. On nous a signalé une effraction possible à votre domicile.

— Je n'ai rien, dit-elle en lâchant un profond soupir. Mais j'ai besoin de vous. Accompagnez-moi pour vérifier quelque chose.

— Quoi donc ?

— Un objet qui se trouve dans mon jardin.

Les agents en tenue la suivirent jusque dans la cuisine. Elle s'y arrêta, se demandant soudain si elle ne s'apprêtait pas à se ridiculiser. La célibataire hystérique qui s'imagine que son jardin est truffé de fantômes pendus aux arbres… Maintenant qu'elle avait deux flics à ses côtés, sa peur avait reflué et les préoccupations pratiques reprenaient le dessus. Si l'assassin avait réellement laissé un objet dans le cognassier, il fallait aborder la question avec professionnalisme.

— Attendez ici. Juste une seconde, assura-t-elle en repartant à toutes jambes vers le placard de l'entrée où elle rangeait la boîte de gants en latex.

— On aimerait savoir ce qui se passe, si ça ne vous embête pas ! jeta le policier.

Revenue dans la cuisine, elle tendit des gants aux deux hommes.

— Juste au cas où.

— Pourquoi voulez-vous qu'on mette ça ?

— Pour manipuler des indices matériels.

S'emparant de la torche, elle ouvrit la porte de derrière. Au-dehors, la nuit estivale fleurait bon l'herbe mouillée et le paillis d'écorces de pin. Elle traversa posément le jardin en quête d'autres surprises qu'on lui destinerait, son pinceau de lumière venant éclairer la terrasse, le potager, la pelouse. Le seul élément anormal était ce qui flottait parmi les ombres du fond. Devant le cognassier du Japon, elle s'arrêta, puis elle dirigea le rayon de lumière vers l'objet suspendu à la branche.

— Ce truc-là ? s'étonna le flic. C'est juste un sachet de courses...

Oui, mais pas vide. Songeant à toutes les horreurs qui pouvaient tenir dans un pochon en plastique, toutes les effroyables reliques qu'un assassin est capable de récolter sur sa victime, elle n'eut soudain plus aucune envie de regarder à l'intérieur.

Laisse ça à Jane, songea-t-elle. Ne sois pas la première à en voir le contenu.

— C'est ça qui vous tracasse ? demanda le flic.

— Il l'a laissé ici. Il est entré dans mon jardin pour l'accrocher à cet arbre.

Le flic fit claquer ses gants.

— Bon, d'accord, regardons ce que c'est.

— Non. Attendez...

Mais il avait déjà décroché le sachet de la branche. Lorsqu'il dirigea sa torche vers ce qu'il contenait, sa grimace fut perceptible malgré la pénombre.

— Alors ? demanda-t-elle.

— On dirait une bestiole...

Il lui tendit le pochon pour lui permettre de regarder.

Au premier regard, ce qu'elle découvrit avait certes des allures de poils ou de fourrure. Mais, lorsqu'elle comprit de quoi il s'agissait vraiment, ses mains se glacèrent sous le latex des gants.

Elle leva la tête vers le policier.

— Des cheveux, lâcha-t-elle à voix basse.

29

— Ce sont ceux de Joséphine, diagnostiqua Jane.

Maura s'assit à sa table de cuisine en contemplant le sachet à indice qui contenait désormais l'épaisse chevelure noire.

— Rien ne le prouve.

— Si, c'est sa couleur de cheveux. Et la bonne longueur, dit Jane avant de désigner l'enveloppe : Il aurait signé que ça reviendrait au même.

À travers la fenêtre de la cuisine, on apercevait les torches des gars du labo qui venaient de passer quatre heures à écumer le jardin. Trois véhicules de police étaient garés côté rue, gyrophares en action. Les voisins devaient surveiller le spectacle derrière leurs rideaux, songea Maura. C'est systématiquement chez moi qu'atterrissent les flics, les équipes de scène de crime et les fourgons télé.

Son intimité n'était plus qu'un souvenir, les caméras dévoilaient tout de sa maison et elle n'avait qu'une envie : hurler aux reporters de quitter sa rue, de la laisser tranquille. Ah, ça, ça donnerait quelque chose, au journal de la nuit : la légiste hors d'elle qui vire les journalistes en glapissant comme une folle.

Malgré tout, le véritable objet de sa fureur n'était pas ces équipes télé, mais l'homme qui les avait attirées ici. Celui qui avait rédigé ce message et laissé ce trophée suspendu dans le cognassier. Elle leva la tête vers Jane.

— Bon Dieu, mais pourquoi m'envoyer ça à moi ? Je suis une simple médecin légiste. Je n'ai qu'un rôle annexe dans ton enquête…

— Mais tu te trouvais sur presque chacune des scènes de crime. Tu as aussi été la première à intervenir le jour du scanner de Madame X. Ta tête est apparue à la télé.

— La tienne aussi, Jane. Il aurait pu envoyer ce souvenir au siège de la police de Boston. Pourquoi s'être rendu jusqu'à chez moi ? Pourquoi l'avoir laissé dans mon jardin ?

Jane s'assit face à elle de l'autre côté de la table.

— Si ces cheveux avaient été adressés au siège de la police, comme tu dis, nous les aurions traités en interne, sans rien ébruiter. Là, on a envoyé des voitures de patrouille, et des experts se promènent partout chez toi. Notre homme s'est arrangé pour que tout ça vire au spectacle de foire… Ça devait être l'objectif.

— Il aime se faire remarquer, traduisit Maura.

— Et en l'occurrence sa stratégie a payé.

À l'extérieur, l'équipe scientifique avait bouclé ses recherches. On entendait des portes de fourgon qui glissaient, des grondements de moteur qui s'éloignaient.

— Tu m'as posé une question, à l'instant, dit Jane. Tu me demandais pourquoi toi. Pourquoi l'assassin est allé laisser cette relique ici…

— Pour attirer l'attention sur lui, on vient de tomber d'accord là-dessus.

— Tu sais, je pense à une autre hypothèse. Je te préviens, ça ne va pas te plaire...

Jane activa le PC portable qu'elle était allée chercher dans sa voiture et se connecta sur la page Internet du *Boston Globe*.

— Ce papier sur Madame X te dit quelque chose ?

L'écran affichait un article archivé du quotidien : *Les secrets de la momie bientôt révélés*. Le texte était accompagné d'un cliché en couleurs montrant Nicholas Robinson et Joséphine Pulcillo à côté de la caisse qui contenait la prétendue momie égyptienne.

— Oui, je l'ai lu, répondit Maura.

— Ce papier a été repris par pas mal d'agences. De nombreux quotidiens nationaux l'ont reproduit. Pour peu que notre tueur soit tombé dessus, il a compris qu'on venait de découvrir le corps de Lorraine Edgerton et que le résultat du scanner allait agiter les esprits... Maintenant, regarde ça...

Jane cliqua sur un fichier sauvegardé sur son portable. Une image apparut : le portrait plein cadre d'une jeune femme aux longs cheveux noirs, aux sourcils délicatement incurvés. Ce n'était pas pris sur le vif, mais posé devant un fond professionnel. Peut-être une photo destinée à un annuaire de fac.

— De qui s'agit-il ? s'enquit Maura.

— Elle s'appelait Kelsey Thacker. C'est une étudiante qui a été vue pour la dernière fois rentrant chez elle au sortir d'un bar de quartier, il y a vingt-six ans. Ça s'est passé en Californie, à Indio.

— Indio ?

Maura songea au journal roulé en boule qu'elle avait ôté de la tête de la tsantza – et qui avait été imprimé dans cette petite ville du désert californien vingt-six ans plus tôt.

— On a passé en revue tous les rapports de disparitions de femmes survenues cette année-là dans la région. Le nom de Kelsey Thacker s'est vite imposé. Et quand j'ai vu son portrait, je n'ai plus eu aucun doute, expliqua Jane en désignant l'image. À mon avis, voici quelle tête elle avait avant que notre assassin la décapite. Avant qu'il détache sa figure et son cuir chevelu pour les réduire et les pendre à une ficelle comme une boule de Noël, bon Dieu !

Elle reprit son souffle, poursuivit :

— En l'absence de crâne, on n'a aucun moyen de comparer avec son dossier dentaire. Mais je mettrais ma main à couper que c'est elle.

Maura contemplait toujours le visage de la photo.

— Elle ressemble à Lorraine Edgerton, constata-t-elle tout bas.

— Et à Joséphine. Trois beautés ténébreuses. À mon avis, il n'y a aucun doute sur le genre de femme qui attire le tueur. On sait aussi qu'il se tient au courant. Lorsqu'il a appris qu'on avait découvert la pseudo-Madame X au musée Crispin, toute cette médiatisation a dû le ravir... Ou l'horripiler, au contraire, mais l'important, en tout cas, c'est que l'agitation médiatique tournait autour de lui. Ensuite, il repère la photo de Joséphine dans cet article sur la momie. Mignonne, les cheveux noirs... À tous points de vue la fille de ses rêves. Ses rêves d'assassin.

— Ce qui l'attire à Boston...

— Il a certainement aussi dû repérer ce papier-ci, la coupa Jane en affichant un autre article du *Boston Globe* : *Une femme découvre un cadavre dans son coffre de voiture.*

La photo officielle de Maura accompagnait le texte, soulignée de cette légende : *La médecin légiste déclare que la cause de la mort n'est pas encore établie.*

— Encore une jolie femme aux cheveux noirs, reprit Jane en regardant Maura. Tu n'as peut-être pas remarqué la ressemblance, ma belle, mais moi, ça m'a frappée. La première fois que je t'ai vue dans la même pièce que Joséphine, je me suis dit qu'elle pourrait être ta sœur cadette… Ce serait peut-être une bonne idée d'aller habiter ailleurs quelques jours. Et de songer à prendre un chien. Du genre gros.

— J'ai un système d'alarme, Jane.

— Un chien, ça mord. Sans compter que ça te ferait de la compagnie… Je sais que tu aimes bien la solitude, mais c'est parfois une mauvaise idée de rester chez soi sans personne.

Sauf que c'est le cas, songea Maura quelques instants plus tard en regardant la voiture de Jane disparaître dans la nuit. Je me retrouve dans une maison silencieuse sans personne, pas même un chien, pour me tenir compagnie.

Elle enclencha le système d'alarme et se mit à arpenter son salon comme un ours en cage en jetant des regards vers le téléphone. Finalement, la tentation fut trop forte. Au moment de décrocher, en voyant sa main tremblante de désir composer le numéro du portable de Daniel, elle se fit l'effet d'une droguée en manque.

Réponds, je t'en prie. Sois disponible.

Elle tomba sur sa boîte vocale.

Elle raccrocha sans laisser de message, puis elle contempla le téléphone en se sentant trahie. Ce soir où j'ai besoin de toi, tu es inaccessible, songea-t-elle. Tu l'as toujours été, parce que c'est à Dieu que tu appartiens.

Des phares à l'éclat aveuglant l'attirèrent vers la fenêtre. Une voiture de patrouille passait au ralenti devant chez elle. Elle fit un signe du bras pour saluer l'îlotier anonyme qui veillait sur elle par cette nuit où l'homme qu'elle aimait n'était pas fichu de le faire. Et qu'avait dû voir ce même agent en longeant sa maison ? Une femme isolée et vulnérable montrant tous les signes extérieurs de la réussite, debout à la fenêtre de son domicile cossu...

Le téléphone sonna.

Maura pensa tout d'abord à Daniel, et le temps qu'elle décroche, fébrile, son cœur battait aussi vite que celui d'un sprinter en plein effort.

— Ça va, Maura ? demanda la voix d'Anthony Sansone.

Déçue, elle répondit sur un ton plus brusque qu'elle ne l'aurait voulu :

— Pourquoi, ça ne devrait pas ?

— J'ai cru comprendre qu'il y avait eu de l'animation chez vous, ce soir.

Elle ne s'étonna pas que le milliardaire soit déjà au courant. Il se débrouillait toujours pour sentir le moindre frémissement de l'air.

— C'est réglé, dit-elle. La police est partie.

— Vous ne devriez pas rester seule cette nuit. Rassemblez donc quelques affaires et venez dormir ici.

Je peux passer vous prendre et vous loger chez moi aussi longtemps que nécessaire.

Elle regarda la rue déserte en pensant à la nuit qui l'attendait. Elle pouvait rester ici à guetter le moindre craquement, le moindre grincement de la maison, les yeux grands ouverts dans son lit. Ou battre en retraite vers le domicile sûr de Sansone, protégé contre le monde extérieur et contre les forces qu'il croyait liguées contre lui. Une forteresse drapée de velours, meublée d'antiquités et de portraits médiévaux, où Maura ne courrait aucun risque, mais aussi l'univers sombre et paranoïaque d'un homme qui voyait des complots partout. Sansone l'avait toujours mise mal à l'aise. Encore aujourd'hui, des mois après leur rencontre, il lui semblait impénétrable, isolé qu'il était par sa richesse et par sa conviction que le côté obscur de l'humanité était à l'œuvre depuis les origines de l'humanité. Sans doute serait-elle tranquille chez lui, mais détendue, c'était autre chose.

Dehors, il n'y avait pas un chat. La voiture de patrouille avait disparu. Il n'y a qu'une personne qui me manque, ce soir, pensa-t-elle. Et c'est la seule que je ne peux pas avoir.

— Maura, demanda Sansone, voulez-vous que je passe vous chercher ou pas ?

— Pas besoin, dit-elle. Je viens, mais je prends ma voiture.

La dernière fois qu'elle avait mis les pieds dans la bâtisse de Beacon Hill, c'était en plein mois de janvier et un feu de cheminée brûlait dans l'âtre pour chasser la froidure hivernale. Aujourd'hui, par cette chaude soirée d'été, une fraîcheur semblait persister, à croire que l'hiver régnait à jamais dans ces pièces aux lambris foncés où des visages sombres vous dévisageaient depuis les portraits encadrés au mur.

— Avez-vous dîné ? demanda Sansone en tendant le nécessaire de voyage de Maura à son valet de pied, qui se retira discrètement. Je peux demander qu'on vous prépare un en-cas en cuisine.

Elle songea au croque-monsieur dans lequel elle avait à peine mordu. Difficile d'appeler ça un dîner. Cependant, l'appétit coupé, elle ne demanda qu'un verre de vin – de l'amarone, au bouquet riche et à la robe si sombre qu'elle paraissait presque noire à la lueur des flammes. Maura prit une gorgée sous le regard froid et perçant de l'ancêtre du quatorzième siècle qui les contemplait depuis le portrait pendu au-dessus de la cheminée du salon.

— Vous m'avez manqué, commenta Sansone en se calant dans le fauteuil Empire qui faisait face à celui de Maura. Je n'ai pas perdu espoir de vous voir assister à nos dîners mensuels.

— J'ai été trop occupée pour me libérer.

— C'est donc la seule raison ? Votre emploi du temps ?

Elle baissa le nez vers son verre de vin, sans répondre.

— Je sais bien que vous ne croyez pas en la mission que nous nous sommes fixée, mais vous nous prenez toujours pour un ramassis de dingos ?

En relevant la tête, elle se rendit compte qu'il affichait un sourire en coin.

— La vision du monde de la Fondation Méphisto me semble effrayante.

— Elle ne trouve pas d'échos en vous, qui voyez défiler toutes ces victimes dans votre salle d'autopsie ? Leurs cadavres en portent pourtant les stigmates. Ça ne remet donc pas en cause votre foi en l'humanité ?

— Tout ce que ça me prouve, c'est que certaines personnes n'ont pas leur place au sein d'une société civilisée.

— Des gens que l'on peut difficilement qualifier d'humains.

— Pourtant, ils le sont. Vous pourrez les traiter de ce que vous voudrez, prédateurs, chasseurs ou même suppôts de Satan, leur ADN reste le même que le nôtre.

— Qu'est-ce qui les rend différents, dans ce cas ? Qu'est-ce qui les pousse à tuer ?

Il posa son verre à pied pour se pencher vers elle, avec un regard aussi déstabilisant que celui du portrait qui les surplombait.

— Qu'est-ce qui transforme un fils de nantis en un monstre tel que Bradley Rose ?

— Je l'ignore.

— C'est bien là le problème. On cherche à mettre ça sur le compte d'une enfance malheureuse ou de la maltraitance, quand on n'invoque pas les taux de plomb dans l'environnement... Et, de fait, certains comportements s'expliquent sans doute ainsi. Mais il y a les exemples exceptionnels, les assassins qui se détachent du lot par les cruautés qu'ils infligent. Personne ne sait d'où de tels êtres sont issus. Or, chaque génération et chaque société produisent leur Bradley Rose et leur Jimmy Otto, sans compter d'innombrables autres prédateurs du même acabit. On en retrouve toujours. Conclusion, nous devons prendre en compte leur existence, et nous protéger.

Elle plissa le front.

— Comment en avez-vous appris autant sur cette affaire ?

— Elle a été très médiatisée.

— Le nom de Jimmy Otto n'a jamais été rendu public.

— Le grand public ne pose pas les questions que je pose, répondit-il en resservant Maura. Mes sources au sein des services de police savent pouvoir compter sur ma discrétion, et je me fie à la justesse de leurs informations. Nous partageons les mêmes préoccupations, les mêmes objectifs. Exactement comme vous et moi, conclut-il en reposant la bouteille, les yeux rivés à ceux de Maura.

— Je n'en suis pas aussi sûre que vous.

— Nous tenons tous les deux à ce que cette jeune femme survive. Nous voulons que la police la retrouve… Ce qui implique de comprendre les raisons exactes qui ont poussé le tueur à l'enlever.

— La police traite déjà cet aspect des choses. Ils ont mis un psychologue judiciaire sur ce dossier.

— Mais ils s'y prennent de façon classique : l'assassin s'est déjà comporté de telle manière, c'est ainsi qu'il frappera à nouveau. Alors que ce rapt diffère totalement des premiers, de ceux sur lesquels nous avons des infos.

— En quoi ? L'Embaumeur a commencé par estropier cette femme, or c'est précisément son schéma habituel.

— Mais ensuite il a dévié de ce schéma.

— Comment ça ?

— Lorraine Edgerton et Kelsey Thacker ont disparu toutes les deux sans laisser de trace. Leur enlèvement n'a pas été suivi par des appels du pied tels que ce « Trouvez-moi ». Il n'a pas donné lieu à des envois de courriers ni de souvenirs à des représentants de l'autorité. Ces deux femmes ont disparu, point. Il en va autrement avec cette victime-ci. En enlevant Mlle Pulcillo, le tueur semble vouloir désespérément attirer l'attention.

— Peut-être cherche-t-il à se faire prendre. Pour que quelqu'un mette enfin un terme à ses agissements.

— Ou alors il a une autre raison de rechercher toute cette publicité… Car admettez avec moi qu'en mettant en scène des événements spectaculaires, c'est exactement ce qu'il fait. La femme des tourbières dans la voiture. Le meurtre et l'enlèvement perpétrés dans l'enceinte du musée… Et le dernier en date : un trophée laissé au milieu de votre propre jardin. Avez-vous remarqué à quelle vitesse les journalistes ont fait leur apparition dans votre quartier ?

— La presse écoute souvent les radios de police.

— Quelqu'un les a renseignés, Maura. Ils ont été prévenus.

Elle le contempla.

— Vous le croyez friand de médiatisation à ce point-là ?

— En tout cas, c'est gagné, il l'a. À présent, la question, c'est : de qui cherche-t-il à se faire remarquer ?

Il se tut un instant, avant de conclure :

— Je crains que ce ne soit de vous.

Elle secoua la tête.

— Il a déjà mon attention, il le sait. À supposer que tout ceci relève d'un tel comportement, c'est à un public beaucoup plus vaste qu'il s'adresse. Il proclame un message à la face du monde : « Regardez-moi, voyez ce que j'ai accompli »…

— À moins qu'il ne cible une personne en particulier. Quelqu'un qui verra obligatoirement la nouvelle aux informations et qui sera poussé à réagir. À mon avis, ça lui sert à communiquer. Avec un autre assassin, peut-être. Ou sinon, une future victime.

— C'est sa victime actuelle qui doit nous préoccuper.

Sansone secoua la tête.

— Il la détient depuis trois jours. Une étape symbolique qui n'augure rien de bon.

— Il a gardé les autres en vie beaucoup plus longtemps.

— Mais il ne leur avait pas coupé les cheveux. Il ne manipulait pas la police ni la presse. Cet enlèvement suit un cours tout à fait particulier.

Le regard qu'il adressa à Maura était d'un pragmatisme glaçant.

— Les choses sont différentes, cette fois-ci, Maura. Le tueur a changé de schéma.

30

La ville de Cape Elizabeth où résidait Gavin Hilzbrich était une banlieue prospère de Portland. Pourtant, à la différence des terrains bien entretenus de la rue, la maison du psychiatre se blottissait au fond d'un jardin envahi par les arbres dont la pelouse pelée agonisait par manque de lumière. Jane, campée sur la voie d'accès à la vaste demeure de style géorgien, contemplait, surprise, ses peintures écaillées et la couche de mousse verte qui recouvrait le toit en bardeaux, indices de la santé précaire des finances du médecin. Sa maison comme son compte en banque avaient certainement connu des jours meilleurs.

Au premier regard, l'homme aux cheveux argentés qui ouvrit la porte offrait les apparences de la prospérité. Malgré sa soixantaine bien entamée, il ne courbait l'échine ni sous le poids des ans, ni sous celui des vicissitudes matérielles. Il portait une veste en tweed incongrue par cette journée d'été, à croire qu'il s'apprêtait à partir donner un cours en fac. Ce n'est qu'en regardant plus attentivement que Jane remarqua son col élimé. Et le vêtement, trop grand de plusieurs tailles, flottait sur les épaules osseuses du psychiatre.

Malgré cela, l'homme considéra sa visiteuse avec dédain, comme si rien de ce qu'elle pouvait dire n'était susceptible de l'intéresser.

— Docteur Hilzbrich ? Inspecteur Rizzoli. Nous nous sommes parlé au téléphone.

— Je n'ai rien de plus à vous dire.

— Il nous reste très peu de temps pour sauver cette jeune femme.

— Je n'ai pas le droit de vous révéler quoi que ce soit sur mes anciens patients.

— Celui auquel je pense nous a adressé un souvenir, hier soir.

— Un souvenir ? dit-il en fronçant les sourcils. Comment cela ?

— Les cheveux de la victime. Il les lui a coupés, avant de les fourrer dans un sachet qu'il a accroché à un arbre, comme un trophée. Je ne sais pas comment un professionnel tel que vous pourrait interpréter ce geste, je ne suis qu'une flic, mais ça m'écœure de songer à ce qu'il risque de couper ensuite. Et si notre prochaine trouvaille devait être un morceau du corps de cette femme, je vous promets que vous me reverrez sur le seuil de votre porte. Accompagnée de quelques équipes de télé, cette fois.

Elle lui laissa une seconde pour s'imprégner de cette perspective.

— Bon, vous êtes disposé à parler ?

Les lèvres pincées, il la contempla. Puis il s'écarta sans dire un mot pour la laisser entrer.

L'odeur de cigarette était prégnante dans le couloir, flanqué des deux côtés par des boîtes à classement bourrées. En passant devant un bureau plein comme un œuf, Jane aperçut des cendriers débordant de mégots, ainsi qu'une table de travail jonchée de papiers et d'autres boîtes.

Hilzbrich la précéda dans un séjour que rien ne venait égayer, plongé dans une semi-pénombre oppressante – les arbres du dehors bloquaient la lumière. Le psychiatre y avait maintenu un semblant d'ordre, mais le canapé en cuir sur lequel Jane prit place était constellé de taches, et la table basse en bois de bonne facture s'ornait d'innombrables auréoles. Ces deux meubles, sans doute coûteux à l'origine, témoignaient du passé plus florissant de leur propriétaire. Manifestement, à un moment donné, son standing avait basculé, lui laissant sur les bras une maison qu'il n'avait plus les moyens d'entretenir. Pourtant, l'homme qui s'assit face à Jane ne trahissait aucun sentiment de défaite et encore moins d'humilité. Il se comportait comme s'il était toujours le grand docteur Hilzbrich, confronté au désagrément mineur que constituait une enquête de police.

— Comment savez-vous que Bradley Rose est responsable de l'enlèvement de cette jeune femme ? attaqua-t-il.

— Nous avons plusieurs raisons de le soupçonner.

— Lesquelles ?

— Je n'ai pas le droit de vous donner plus de précisions.

— Alors que vous me demandez de vous ouvrir son dossier médical ? !

— Bien sûr. Vous savez fort bien que vous y êtes tenu, puisqu'une femme risque sa vie dans cette affaire. D'ailleurs, ce n'est pas une situation inédite pour vous.

À voir la façon dont le visage d'Hilzbrich se pétrifia soudain, il savait parfaitement de quoi elle parlait.

— Un de vos patients prétendument guéris a déjà déraillé. Les parents de sa victime n'ont pas très bien pris cette histoire de secret médical, hein ? C'est une réaction courante quand votre fille se fait découper en rondelles… Vous la pleurez d'abord, puis la colère vous prend et vous finissez par faire un procès. Bizarrement, ce genre d'info atterrit à la une des journaux… Vous traitez toujours des patients, au fait ? demanda-t-elle en parcourant des yeux la pièce miteuse.

— Vous savez pertinemment que non.

— Ça ne doit pas être facile de pratiquer la psychiatrie quand on est rayé de l'ordre des médecins.

— Il s'agissait d'une chasse aux sorcières. Les parents avaient besoin de trouver une tête de Turc.

— Ils savaient très bien qui était coupable – votre tordu d'ex-patient. Mais c'est vous qui l'aviez déclaré guéri.

— La psychiatrie n'est pas une science exacte.

— Vous saviez forcément. Vous avez dû reconnaître sa patte quand cette jeune fille a été tuée.

— Je n'avais aucune preuve que c'était lui.

— Correction : vous vouliez juste évacuer le problème. Alors vous êtes resté les bras croisés, sans rien dire à la police. Comptez-vous recommencer avec Bradley Rose ? Alors que vous pourriez nous aider à l'empêcher de nuire ?

— Je ne vois pas de quelle façon.

— Ouvrez-nous son dossier.

— Vous ne comprenez pas. Si je vous accorde cela, il…

Il se tut.

— Il ? répéta Jane derrière lui.

Elle fixait si intensément le visage de Hilzbrich que celui-ci recula sur son siège, comme repoussé physiquement contre le dossier.

— Le père de Bradley, c'est ça ?

Il déglutit.

— Kimball Rose m'a prévenu que vous alliez appeler. Il m'a rappelé que les dossiers psychiatriques sont confidentiels.

— Même lorsque la vie d'une femme est en jeu ?

— Il a affirmé qu'il me traduirait en justice si j'ouvrais mes archives, esquiva-t-il avec un rire embarrassé en désignant la pièce du regard. Comme s'il restait quoi que ce soit à prendre ici ! La maison est hypothéquée. L'institut est fermé depuis des années et l'État du Maine s'apprête à le mettre en liquidation judiciaire. Je n'arrive même pas à payer les taxes foncières, bon sang !

— Quand M. Rose vous a-t-il appelé ?

Il fit un geste d'impuissance.

— Il doit y avoir une semaine, peut-être plus. Je ne me souviens pas exactement.

Sans doute après la visite de Jane au Texas. Le père de Bradley Rose leur mettait des bâtons dans les roues depuis le début, uniquement pour protéger son fils.

Hilzbrich soupira.

— De toute façon, je ne peux pas vous confier ce dossier. Je ne l'ai plus.

— Qui en a hérité ?

— Personne. Il a été détruit.

Jane le contempla, n'en croyant pas ses oreilles.

— Combien vous a-t-il payé pour le faire ? J'espère que vous avez obtenu un bon paquet, pour vous aplatir à ce point ?

Il se leva en s'empourprant.

— Je n'ai plus rien à vous dire !

— Moi, si. Et pour commencer, je vais vous montrer ce que mitonnait Bradley, jeta-t-elle en tirant de sa sacoche une liasse de clichés médico-légaux.

Elle les fit claquer un par un sur la table basse, monstrueux étalage de victimes.

— Tout ça, c'est signé Bradley Rose.

— Je vous demande de partir !

— Regardez ses hauts faits.

— Je n'ai pas besoin de voir ça.

— Regardez, bordel !

Il se figea, puis se tourna lentement vers la table basse. Quand son regard se porta sur les photos, ses yeux s'écarquillèrent d'horreur. Jane se leva de son fauteuil pour avancer sur lui.

— Il collectionne les femmes, docteur Hilzbrich. Il s'apprête à ajouter Joséphine Pulcillo à son cheptel. Il ne nous reste que peu de temps avant qu'il la tue et qu'il transforme son cadavre en quelque chose de ce genre. Auquel cas... eh bien, vous aurez encore un peu plus de sang sur les mains.

Elle avait désigné le cliché du corps momifié de Lorraine Edgerton.

Hilzbrich ne parvenait pas à se détacher de la contemplation des images. Subitement, ses jambes semblèrent le lâcher, et il vacilla jusqu'à un fauteuil, dans lequel il s'assit, les épaules voûtées.

— Vous le saviez capable de tels agissements, n'est-ce pas ?

Il secoua la tête.

— Non.

— Vous étiez son psy.

— Ça remonte à une trentaine d'années. Il n'avait que seize ans. Et il était calme, jamais un mot plus haut que l'autre.

— Ah. Donc, vous vous souvenez de lui.

Il resta un instant sans répondre.

— Oui, admit-il enfin. Mais je ne vois pas en quoi je pourrais vous renseigner. Je n'ai pas la moindre idée d'où il se trouve maintenant. Et il ne m'était évidemment jamais venu à l'esprit qu'il soit capable de… de ça, dit-il en désignant les photos.

Jane laissa échapper un rire cynique.

— Parce qu'il se montrait calme et bien élevé ? Voyons, vous devriez être le premier à savoir que ce sont ces gens-là qu'il faut surveiller ! Vous avez certainement dû détecter des signes annonciateurs chez lui, malgré son jeune âge. Des signes annonçant qu'il ferait un jour ce genre de choses à une femme.

À contrecœur, Hilzbrich revint à la photo du cadavre embaumé.

— Il avait certes les connaissances nécessaires, et sans doute la pratique aussi. Il était fasciné par l'archéologie. Son père lui avait envoyé un carton entier de manuels d'égyptologie qu'il lisait et relisait sans arrêt. Obsessivement. Donc oui, il sait momifier un corps, mais de là à agresser et enlever une femme… Bradley n'a jamais pris aucune initiative de sa vie et il avait peine à tenir tête à qui que ce soit. C'était un suiviste, pas un meneur. Il faut sans doute incriminer son père pour ça… L'avez-vous rencontré ? demanda-t-il en regardant Jane.

— Oui.

— Alors vous connaissez son ascendant. C'est lui qui décide de tout dans cette famille. Il choisit pour sa femme, pour son fils. Chaque fois que Bradley devait effectuer un choix, même aussi simple que celui d'un plat dans un repas, il soupesait toutes les possibilités dans leurs moindres détails. Il aurait eu du mal à improviser, pourtant c'est bien nécessaire lorsqu'on veut enlever une victime, non ? On la repère, on la convoite, on l'emmène… Le temps manque pour tergiverser sur la nécessité d'agir ou pas.

— S'il avait eu l'occasion de planifier ses actes, y serait-il arrivé ?

— Il aurait pu fantasmer de le faire. Mais, dans la réalité, le jeune que j'ai connu aurait craint d'affronter une fille.

— Alors comment se fait-il qu'il ait atterri dans votre institut ? Votre spécialité n'était donc pas les jeunes auteurs de délits sexuels ?

— La déviance connaît des formes très variées dans ce domaine.

— Celle de Bradley prenait laquelle ?

— Harcèlement. Obsession. Voyeurisme.

— Vous voulez dire que c'était un simple mateur ?

— Il avait dépassé ce stade, raison pour laquelle son père l'avait envoyé chez nous.

— Dépassé à quel point ?

— Au début, on l'a surpris à plusieurs reprises espionnant une voisine adolescente juste derrière la vitre de sa chambre. Il a ensuite évolué vers un comportement où il la suivait jusqu'à son collège, puis, quand elle l'a envoyé paître au vu et au su de tous, il s'est introduit chez elle alors qu'il n'y avait personne pour mettre le feu à son lit. C'est à ce moment que le juge a adressé un ultimatum aux parents de Bradley : soit il partait se faire traiter, soit il courait droit à l'incarcération. Les Rose ont choisi de l'expédier hors du Texas pour éviter que les ragots ne parviennent aux oreilles de leur cercle d'amis très sélect. Bradley a été admis à l'institut, où il est resté deux ans.

— Ça paraît très long comme séjour.

— Une décision de son père. Kimball tenait à ne le reprendre qu'une fois qu'il marcherait droit. La mère aurait voulu l'avoir auprès d'elle, mais Kimball a obtenu ce qu'il voulait. Et Bradley paraissait raisonnablement satisfait chez nous. Nous avions des bois, des sentiers de randonnée et même un étang où pêcher… Il aimait la vie au grand air et il a réussi à se faire des amis.

— Des amis du style de Jimmy Otto ?

Hilzbrich avait fait la grimace en entendant ce nom.

— Ah, je vois que vous ne l'avez pas oublié lui non plus, remarqua Jane.

— Non, dit-il à voix basse. Jimmy était quelqu'un de… mémorable.

— Savez-vous qu'il est mort ? Il a été abattu en Californie il y a douze ans. Il était entré par effraction chez une femme.

Il hocha la tête.

— Un inspecteur de San Diego m'a appelé. Il voulait en savoir plus sur Jimmy. Il m'a demandé si je trouvais plausible qu'il ait été tué sur le lieu d'un de ses délits.

— J'imagine que vous avez répondu par l'affirmative ?

— J'ai traité des centaines de jeunes sociopathes, inspecteur. Des garçons qui déclenchaient des incendies, torturaient des animaux, agressaient leurs condisciples... Or j'en ai craint très peu.

Il la fixa droit dans les yeux.

— Jimmy Otto faisait partie de ceux-là. C'était un prédateur sexuel accompli.

— Ce qui a dû déteindre sur Bradley.

— Pardon ? demanda-t-il en papillotant des paupières.

— Vous ignorez donc qu'ils se sont associés ? Ils se sont mis à chasser ensemble, voyez-vous. Alors qu'ils s'étaient rencontrés dans votre institut. Ça vous en bouche un coin, hein ?

— Nous n'avions que trente patients en internat, donc ils se connaissaient, bien entendu. Ils ont même dû participer aux mêmes thérapies de groupe... Cela dit, ils avaient des personnalités tout à fait différentes.

— Raison pour laquelle leur tandem fonctionnait aussi bien, sans doute. Ils devaient se compléter. L'un devant, l'autre derrière. Nous ignorons lequel des deux choisissait les victimes et lequel se chargeait du meurtre proprement dit, mais ils faisaient manifestement la paire. Ils ont rassemblé leur collection ensemble. Jusqu'au soir où Jimmy a été tué, dit-elle en le fixant d'un regard dur. Et désormais, Bradley continue sans lui.

— Alors il s'est complètement transformé par rapport au jeune dont je garde le souvenir. Écoutez, je savais Jimmy dangereux. Même à quinze ans, il m'effrayait. Tout le monde le redoutait, y compris ses propres parents. Alors que Bradley... Certes, il est amoral, dit-il en secouant la tête. Certes, on peut le persuader de faire n'importe quoi, peut-être même de tuer. Mais, encore une fois, c'est un suiviste, pas un meneur. Il a besoin de quelqu'un qui le dirige, qui prenne les décisions.

— Un autre partenaire du genre de Jimmy, vous voulez dire.

Hilzbrich frissonna.

— Les monstres tels que Jimmy Otto ne courent pas les rues, Dieu merci. Je n'ose imaginer ce que Bradley a pu apprendre à son contact.

Jane baissa les yeux vers les photos étalées sur la table. Apparemment, Bradley en avait appris assez pour poursuivre seul. Pour devenir tout aussi monstrueux que Jimmy.

Elle releva la tête.

— Vous dites ne pas être en mesure de me communiquer le dossier de Bradley.

— Il a été détruit, je vous le répète.

— Alors confiez-moi celui de Jimmy Otto.

Il hésita, désarçonné par sa demande.

— À quoi bon ?

— Jimmy est mort, il ne peut donc se plaindre que vous violez le secret médical.

— Quelle utilité ces informations pourraient-elles avoir ?

— C'était l'associé de Bradley. Ils voyageaient et ils tuaient à deux. Si je parviens à comprendre Jimmy, ça me fournira une perspective sur l'homme qu'est devenu Bradley.

Le psychiatre médita un instant, puis il se leva en hochant la tête.

— Je vais devoir fouiller mes archives. Ça risque de me prendre un moment.

— Vous les conservez ici même ? s'étonna-t-elle.

— Croyez-vous que j'aie les moyens de payer un garde-meubles ? Tous les dossiers de l'institut sont stockés chez moi. Ayez la patience d'attendre, je vais vous le chercher, ajouta-t-il en quittant la pièce.

Les photos effroyables posées sur la table basse avaient rempli leur office, et Jane ne supportait plus de les avoir sous les yeux. Elle les rassembla tout en se représentant une quatrième victime, une autre beauté ténébreuse réduite à l'état de viande séchée, et elle se demanda si, en cet instant même, Joséphine ne basculait pas dans l'autre monde.

Son portable se mit à sonner. Elle laissa tomber les photos pour répondre.

— C'est moi, annonça Barry Frost.

Elle ne s'attendait pas à l'entendre. Se préparant psychologiquement à une mise au point sur ses mésaventures conjugales, elle lui demanda à voix basse comment il allait.

— Je viens de parler au professeur Welsh.

Elle n'avait pas la moindre idée de qui pouvait bien être ce Welsh.

— Le conseiller conjugal que tu avais l'intention d'aller voir ? Je trouve ça génial, comme idée. Alice et toi pourrez panser vos plaies et décider ensemble de la suite...

— Non, nous n'avons pas encore consulté. Je ne t'appelle pas pour ça.

— Mais qui c'est ce Welsh, alors ?

— La biologiste de l'université, tu sais, celle qui m'a mis au parfum pour les tourbières et les marécages. Elle m'a rappelé aujourd'hui, alors je me suis dit que je ferais bien de te mettre au courant.

Discuter tourbières et marécages était une grosse amélioration, songea-t-elle. Au moins, son coéquipier ne pleurait plus sur Alice. Elle consulta sa montre, en se demandant combien de temps le Dr Hilzbrich mettrait à trouver le dossier de Jimmy Otto.

— … très rare. Voilà pourquoi elle a mis des jours à l'identifier. Elle a été forcée de le porter à Harvard, au labo d'un confrère, qui vient de le confirmer.

— Excuse-moi, de quoi tu parles ?

— Ces traces de végétaux qu'on a prélevées dans les cheveux de la Tourbeuse… Il y avait des feuilles, ainsi qu'une sorte de cosse. Le professeur Welsh dit que ça provient d'une plante qui s'appelle…

Un silence plana sur la ligne, suivi d'un bruit de pages qu'on feuillette.

— … du *Carex oronensis*. C'est le nom scientifique. Une laîche, qu'on appelle l'Orono sedge.

— Ça pousse dans les tourbières ?

— Et aussi dans les champs. L'Orono sedge aime les sites souvent remués, par exemple les clairières et le bord des routes. Comme ce spécimen-ci paraissait récent, Welsh pense qu'il s'est coincé dans les cheveux du cadavre quand on l'a déplacé. Cette espèce de laîche ne produit pas de graines avant le mois de juillet.

À présent, Jane était pleinement concentrée sur ce qu'il disait.

— Tu parlais de plante rare… À quel point ?

— Elle ne pousse que dans un secteur donné au monde. La vallée de la rivière Penobscot.

— Et ça se situe où, ça ?

— Dans le Maine. Autour de Bangor.

Jane regarda par la fenêtre le rideau d'arbres denses qui entourait la maison du Dr Hilzbrich. Le Maine. Bradley Rose avait passé deux ans de sa vie dans la région.

— Rizzoli, je veux revenir, dit Frost.

— Hein ?

— Je n'aurais pas dû te lâcher. Je veux réintégrer l'équipe.

— Tu te crois d'attaque ?

— J'en ai besoin. Besoin d'aider les autres.

— Tu viens de le faire, dit-elle. Ravie de ta décision.

Au moment où elle raccrochait, le Dr Hilzbrich entra dans la pièce, trois grosses chemises à la main.

— Voici les dossiers concernant Jimmy, dit-il en les lui tendant.

— Il me manque une dernière précision.

— Oui ?

— Vous me dites que l'institut a fermé ses portes. Que sont devenus les locaux ?

Il secoua la tête.

— Ils sont restés en vente sans jamais trouver acquéreur pendant des années. Trop loin de tout pour intéresser un investisseur. Comme je n'ai pas réussi à régler les taxes, on ne va pas tarder à me les saisir.

— Ils sont vides, à l'heure actuelle ?

— Oui, condamnés depuis longtemps.

Jane regarda l'heure à nouveau, calculant combien de temps il lui restait avant la tombée de la nuit.

— Expliquez-moi comment m'y rendre.

31

Les yeux dans le vague, allongée sur le matelas moisi, Joséphine contemplait l'obscurité de sa prison en songeant au matin où sa mère et elle avaient fui San Diego, douze ans auparavant. Le lendemain de cette nuit où Médée avait épongé le sang et lessivé les murs, après s'être débarrassée de l'homme qui avait changé à jamais leur destinée en envahissant leur maison.

Elles avaient franchi la frontière vers le Mexique et, tandis que la voiture traversait en trombe le paysage désertique de Basse-Californie, Joséphine n'avait pas cessé de trembler de peur. Mais Médée était demeurée calme, concentrée, les mains fermes sur le volant. Joséphine n'avait pas compris comment elle pouvait prendre tout ça à la légère. Il y avait tant de choses qu'elle-même ne saisissait pas, à l'époque. Ce jour-là, elle avait découvert qui était vraiment sa mère.

Une lionne.

« Tout ce que j'ai fait, c'est pour toi. Pour nous permettre de rester ensemble, avait-elle expliqué dans la voiture cahotant sur le bitume irisé de chaleur. On forme une famille, ma chérie, et une famille, ça doit se serrer les coudes. »

Elle avait regardé sa fille terrifiée, prostrée à côté d'elle comme un animal blessé.

« Tu te rappelles ce que je t'ai appris à propos de la cellule familiale ? La définition qu'en donnent les ethnologues ? »

Un homme s'était vidé de son sang chez elles, elles venaient de se débarrasser de son corps et de fuir le pays, et voilà que sa mère lui donnait tranquillement un cours d'anthropologie ?

Malgré l'incrédulité visible dans le regard de sa fille, Médée avait poursuivi :

« Ils te diront que ce n'est pas le père, la mère et l'enfant, juste la mère et l'enfant. Les pères, ça va, ça vient. Ça part en mer ou à la guerre, et souvent, ça ne rentre pas. Alors que la mère et l'enfant sont liés à jamais. Ils sont l'unité de base. Nous en sommes une, toi et moi, et je suis prête à tout pour te protéger, pour nous protéger. Nous devions nous enfuir. »

Ce qu'elles avaient fait. Elles avaient quitté une ville qu'elles adoraient toutes les deux, qui avait été leur foyer pendant trois ans – assez pour y nouer des amitiés, forger des liens.

En l'espace d'une nuit, un coup de feu avait suffi à faire voler tout cela en éclats.

« Regarde dans la boîte à gants, avait dit Médée. Il y a une enveloppe. »

Encore hébétée, sa fille l'avait trouvée, puis ouverte. Elle contenait deux extraits de naissance, deux passeports et un permis de conduire.

« Qu'est-ce que c'est ?

— Ton nouveau nom. »

Sur le passeport, elle avait découvert son propre portrait – une photo pour laquelle elle se rappelait vaguement avoir posé, des mois auparavant, sur l'insistance de sa mère. Elle n'avait pas conscience, alors, de l'usage qui en serait fait.

« Qu'est-ce que tu en dis ? », avait demandé Médée.

La jeune fille avait cherché le prénom. Joséphine.

« C'est joli, tu ne trouves pas ? Tu t'appelles comme ça, désormais.

— Pourquoi je dois changer de prénom ? Pourquoi ça recommence ? »

Elle pleurait, maintenant. Sa voix avait pris des accents hystériques.

Médée s'était garée sur le bas-côté. Avait pris le visage de sa fille entre ses mains pour la forcer à la regarder droit dans les yeux.

« Parce qu'on n'a pas le choix. Si on ne s'enfuit pas, ils me mettront en prison. Ils t'enlèveront à ma garde.

— Mais tu n'as rien fait ! Ce n'est pas toi qui l'as tué, c'est moi ! »

Médée agrippait sa fille par les épaules pour la secouer durement.

« Ne répète jamais ça à personne, tu m'entends ? Jamais. Si un jour on nous attrape, si la police nous retrouve, tu devras leur raconter que c'est moi qui ai tiré, pas toi.

— Pourquoi faut-il que je mente ?

— Parce que je t'aime et que je ne veux pas te voir souffrir à cause de ce qui s'est passé. Tu as tiré sur lui pour me sauver, maintenant c'est moi qui te protège. Alors promets-moi que tu garderas le secret. Allez, promets. »

Et elle avait obtempéré, alors même que les événements demeuraient vivaces dans son esprit : sa mère étalée par terre dans sa chambre, l'homme qui la toisait. Le reflet étrange d'un pistolet sur la table de nuit. La lourdeur de l'arme au moment de l'empoigner. Le tremblement dans ses mains quand elle avait appuyé sur la détente. C'était elle, pas sa mère, qui avait tué cet envahisseur. Tel était le secret qu'elles partageaient, à l'exclusion de quiconque.

« Personne ne doit savoir que tu lui as tiré dessus. C'est mon problème, pas le tien. Tu vas grandir, vivre ta vie. Être heureuse. Et tout ça restera enfoui dans le passé. »

Sauf que ça a commencé à émerger, songea Joséphine, allongée dans sa prison. Les événements de cette nuit sont revenus me hanter.

Des rais de lumière perçaient lentement entre les planches qui condamnaient la bouche d'aération : le soleil finissait de se lever. Il donnait juste assez de clarté pour lui permettre de distinguer le contour d'une main quand elle la tendait sous son nez.

Encore quelques jours ici et je serai capable de m'orienter dans le noir comme une chauve-souris…

Elle s'assit, chassant la fraîcheur matinale. Audehors, la chaîne raclait le sol, le chien lapait de l'eau. Elle l'imita, buvant une gorgée à sa carafe. Deux soirs plus tôt, au moment de lui couper les cheveux, son kidnappeur lui avait déposé au passage un sachet de pain de mie. Elle découvrit, furieuse, de nouvelles traces de morsures dans le plastique. Les souris s'y étaient attaquées.

Démerdez-vous pour trouver à manger ailleurs, pensa-t-elle entre deux bouchées. J'ai besoin de cette énergie. Je dois trouver le moyen de sortir d'ici.

Je vais le faire pour nous, maman. Pour l'unité de base. Tu m'as appris à survivre, alors c'est ce que je vais faire. Parce que je suis ta fille.

Au fil des heures, elle entraîna ses muscles, répéta ses gestes. Je suis la fille de ma mère. Tel était son mantra. Encore et encore, elle parcourut sa cellule à cloche-pied, les yeux fermés, mémorisant le nombre de pas nécessaire pour se rendre du matelas au mur, du mur à la porte. L'obscurité lui serait propice, pour peu qu'elle sache la mettre à profit.

À l'extérieur, le chien se mit à aboyer.

Elle leva la tête, le cœur cognant subitement : des pas faisaient grincer le plancher du dessus.

Il est revenu. Ça y est, c'est l'occasion que j'attendais.

Elle se laissa tomber sur le matelas, s'y lova en position fœtale, la posture universelle des apeurés et des vaincus. Il verrait quelqu'un qui avait renoncé, qui était prêt à mourir. Qui ne lui donnerait pas de fil à retordre.

Le verrou grinça. La porte s'ouvrit.

La lueur de la torche dessina un pinceau depuis le seuil. L'homme entra dans la pièce et déposa un autre pichet d'eau, un autre sachet de pain. Elle resta parfaitement immobile. Qu'il se demande donc si je suis morte.

Des bruits de pas s'approchèrent, puis elle l'entendit respirer dans le noir au-dessus d'elle.

— Le compte à rebours est bientôt fini, Joséphine.

Elle ne bougea pas, même lorsqu'il se pencha pour caresser son crâne tondu.

— Elle ne t'aime pas, ou quoi ? Elle ne veut pas te sauver ?

Ne dis pas un mot, ne bouge pas un muscle. Oblige-le à s'incliner plus près.

— Elle s'est débrouillée pour rester introuvable toutes ces années, mais si elle ne se montre pas maintenant, c'est une lâche. Il n'y a qu'une lâche qui laisserait mourir sa fille.

Joséphine sentit le matelas s'incurver : il venait de s'agenouiller à côté d'elle.

— Où est Médée ? pressa-t-il. Où est-elle ?

Le silence le mit hors de lui. Il l'agrippa par le poignet.

— Peut-être que j'aurais dû faire plus que te couper les cheveux. Qu'il faut leur envoyer un autre souvenir. Un doigt, ça irait, d'après toi ?

Non. Bon sang, pas ça. Une peur panique lui hurlait d'arracher sa main de là, de le bourrer de coups de pied, de hurler, n'importe quoi pour repousser l'idée même de l'épreuve qu'il annonçait. Mais elle demeura sans bouger, jouant toujours les victimes paralysées par le désespoir. Lorsqu'il dirigea le rayon de la torche droit vers son visage, aveuglée, elle ne parvint pas à déchiffrer son expression, ni à lire quoi que ce soit dans les cavités noires qu'étaient ses yeux. Il se focalisait tant sur sa réaction qu'il ne remarqua pas ce qu'elle tenait dans sa main libre. Ni ses muscles tendus comme un arc.

— Peut-être que si je commence tout de suite tu te mettras à parler ?

Il brandissait un couteau.

Projetant la main vers le haut à l'aveuglette, elle lui enfonça le talon de l'escarpin dans la figure. Un bruit mou de chair entamée, puis il tomba à la renverse en hurlant.

Joséphine récupéra la torche, la fracassa par terre, brisant l'ampoule. La pièce fut plongée dans le noir.

L'obscurité est mon alliée.

Elle roula sur elle-même pour s'écarter, se mit debout en tâtonnant. Elle l'entendait ramper par terre en geignant à quelques pas de là, mais impossible de le voir, pas plus qu'il ne la distinguait. Ils étaient aussi aveugles l'un que l'autre.

Je suis la seule à savoir retrouver la porte dans l'obscurité.

Toutes ses répétitions, tous ses préparatifs avaient inscrit les prochains gestes dans son cerveau au fer rouge. Depuis le bord du matelas, il y avait trois pas jusqu'au mur. En le suivant sur sept autres, elle atteindrait la porte. Le plâtre avait beau la ralentir, elle ne perdit pas de temps à s'orienter. Elle franchit sept pas. Huit. Neuf.

Où est cette foutue porte ?

Elle entendait l'homme ahaner, pousser des grondements énervés : il se débattait pour retrouver des repères, pour la localiser dans le noir total.

Pas un bruit. Ne lui indique pas où tu te trouves.

Elle recula lentement, osant à peine respirer, posant chaque fois le pied avec un luxe de précautions pour éviter de trahir sa position. Sa main glissa sur une surface en béton lisse, puis ses doigts rencontrèrent du bois.

La porte.

Elle tourna la poignée, poussa le battant. Le brusque grincement des charnières lui fit l'effet d'un coup de tonnerre.

File !

Il plongeait déjà vers elle, bruyant comme un taureau. Joséphine passa le seuil en chancelant, rabattit la porte à la volée. Elle mit le verrou au moment même où il s'écrasait contre le battant.

— Tu ne réussiras pas à t'enfuir ! vociféra-t-il.

— Eh, connard, je viens de le faire !

Quand elle s'esclaffa, on aurait dit le rire d'une étrangère : un feulement de triomphe indifférent à tout.

— Tu vas le regretter ! On voulait te laisser la vie sauve, mais maintenant, tu vas mourir !

Il se mit à hurler de fureur, criblant la porte de coups de poing impuissants pendant que Joséphine gravissait à tâtons un escalier plongé dans le noir. Son plâtre soulevait des échos sourds au contact des marches en bois. Elle n'avait pas la moindre idée de l'endroit où elles menaient, et il faisait presque aussi sombre que dans sa cellule, mais la cage d'escalier semblait gagner en luminosité à chaque pas. Et à chaque pas, elle se répétait son mantra : Je suis la fille de ma mère. Je suis la fille de ma mère.

Arrivée à mi-chemin, elle commença à distinguer des rais de lumière en haut, autour d'une porte fermée. Ce n'est qu'en atteignant le battant qu'elle réfléchit soudain à ce qu'avait dit son ravisseur quelques instants plus tôt.

« On voulait te laisser la vie sauve. »

« On »…

Devant elle, la porte s'ouvrit d'un coup, l'aveuglant douloureusement. Elle cilla le temps que son regard s'accoutume. Une silhouette menaçante se découpait dans le rectangle lumineux.

Une silhouette qu'elle reconnut.

32

Vingt ans d'abandon, de rudes hivers et de gel avaient réduit la route privée de l'institut Hilzbrich à l'état de bitume disjoint ondoyant sous les racines. S'y aventurer ou pas ? Jane s'arrêta devant le panneau À VENDRE, mettant au point mort le temps de se décider. Aucune chaîne ne bloquait le passage. N'importe qui pouvait décider d'entrer.

Ou de s'arrêter là.

Elle sortit son téléphone de sa poche. Il y avait encore du réseau. Pourquoi ne pas appeler quelques policiers du coin en renfort ? Elle se ravisa. Ce serait humiliant. Pas question de leur donner matière à se payer sa tête. Elle les entendait d'ici évoquer la nénette de la ville qui avait réclamé une escorte pour mettre un pied dans leurs bois terrifiants. Z'avez raison, inspecteur, ça peut être mortel, tous ces sconses et ces porcs-épics...

Elle s'engagea en cahotant sur la chaussée défoncée. Les buissons qui prenaient la Subaru en tenaille venaient griffer les portières. Lorsqu'elle abaissa sa vitre, des odeurs de terre mouillée et d'humus l'assaillirent. Le revêtement se fit encore plus inégal, et elle slaloma entre les nids-de-poule, craignant vaguement pour ses amortisseurs. Se retrouver coincée seule dans les bois n'avait rien d'une perspective réjouissante. C'était bien pire que se hasarder dans des rues mal famées. La grande ville, elle connaissait. Elle la comprenait. Elle savait se dépêtrer de ses dangers. La forêt était un territoire inconnu.

Les arbres finirent par déboucher sur une clairière, et Jane se gara sur une aire de parking envahie par les herbes. Sortie de sa voiture, elle contempla l'institut Hilzbrich, qui se dressait devant elle. Tout, dans cette bâtisse aux allures de forteresse, évoquait le centre d'internement qu'elle était jadis. Le béton brut n'y était adouci que par des buissons de paysagiste à présent grignotés par le chiendent. Quel effet cette architecture avait-elle pu avoir sur les familles amenant leurs gamins à problèmes ? Celui d'un endroit où l'on corrigeait le comportement des gosses une fois pour toutes. Aucune main de velours dans le gant de fer, pas de demi-mesures. L'amour vache, des limites fermement établies. Les parents aux abois avaient dû retrouver espoir en découvrant ces murs.

Sauf qu'à présent ils révélaient le vide sur lequel ces espoirs reposaient. La plupart des fenêtres étaient condamnées par des planches. Des feuilles mortes s'étaient amoncelées devant l'entrée et des taches d'écoulement marron zébraient le béton à hauteur des gouttières bouchées mangées de rouille. Pas étonnant qu'Hilzbrich n'ait pas réussi à vendre. Cet endroit était une monstruosité.

Campée sur le parking, Jane tendit l'oreille. Juste le bruit du vent dans les arbres, des bourdonnements d'insectes. Les bruits d'un après-midi d'été en forêt.

Rien que de très ordinaire. Munie de la clé prêtée par le Dr Hilzbrich, elle s'avança jusqu'à l'entrée principale. En découvrant la porte, elle s'arrêta net.

On avait fracturé la serrure.

Elle posa la main sur son arme, poussa légèrement le battant du pied. Il s'ouvrit, laissant pénétrer un triangle de lumière dans l'obscurité. Jane projeta le rayon de sa Maglite de poche dans la pièce. Des canettes de bière vides et des mégots jonchaient le sol. Des mouches bourdonnaient dans le noir. Son pouls s'accéléra follement. Ses mains devinrent moites. Une odeur prenante de putréfaction planait : quelque chose de mort, qui avait déjà commencé à se décomposer.

Faites que ce ne soit pas Joséphine.

Elle fit un pas dans le bâtiment, écrasant des débris de verre sous sa semelle. Elle balaya lentement la pièce avec sa torche. Des graffitis sur les murs : GREG ET MOI, C POUR TOUJOURS ! KARI E UNE SUCEUSE ! Les habituelles conneries de lycéens, qu'elle laissa derrière elle, orientant la torche vers le fond. Son faisceau de lumière se figea.

Une masse sombre gisait par terre.

L'odeur de chair en décomposition se fit plus insoutenable à mesure qu'elle approchait. Un raton laveur. Des asticots se tortillaient sur le cadavre. Jane songea brièvement à la rage, aux chauves-souris... Y en avait-il, d'ailleurs, dissimulées dans le bâtiment ?

Prise de haut-le-cœur, elle revint à la hâte sur le parking, où elle se nettoya désespérément les poumons à coups de grandes goulées d'air. Ce n'est qu'à cet instant, face aux arbres, qu'elle remarqua les traces de pneus. Leur piste partait de l'aire de parking bitumée pour rejoindre la forêt, ornières jumelles qui tranchaient dans l'humus. On était passé là récemment, à en juger par les branchages fraîchement cassés.

Elle suivit ce chemin sur une courte distance. Il s'interrompait au départ d'un sentier de randonnée trop étroit pour laisser passer quelque voiture que ce soit. *PISTE CIRCULAIRE*, annonçait un panneau cloué à un arbre.

C'était l'un des anciens itinéraires de promenade de l'institut. Bradley adorait la vie au grand air, avait dit le Dr Hilzbrich. Jeune homme, il avait dû arpenter ce chemin. Jane sentit son pouls s'accélérer à l'idée de se risquer entre les arbres. Elle considéra les marques de pneus. Le visiteur qui les avait laissées était parti depuis un moment, mais il pouvait revenir n'importe quand. Le poids de son flingue à sa hanche ne suffisant pas à la rassurer, elle tapota l'étui en un geste réflexe : oui, son arme était toujours là.

Elle entreprit de descendre le sentier, par endroits tellement envahi qu'elle dut revenir sur ses pas à plusieurs reprises pour s'assurer qu'elle ne s'éloignait pas du tracé. Le couvert des arbres s'épaississait, bloquant la lumière. En vérifiant son portable, Jane se rendit compte avec consternation qu'elle n'avait plus de réseau. Elle jeta un regard en arrière. Les arbres s'étaient refermés derrière elle. Alors que, devant, le sentier semblait s'évaser. On distinguait des flots de lumière.

Elle se dirigea vers cette ouverture, dépassant des arbres aux troncs creux – à l'agonie ou déjà morts. Soudain, le sol céda sous son pied et elle eut de la gadoue jusqu'à la cheville. Elle retira sa jambe, y laissant presque sa chaussure.

Je déteste la forêt, songea-t-elle en regardant ses ourlets boueux. Je déteste la nature sauvage. Je suis flic, pas garde forestier.

C'est alors qu'elle repéra l'empreinte de semelle : celle d'un homme, de taille 42 ou 43.

Le moindre bruissement, le moindre vrombissement d'insecte parurent s'amplifier. D'autres empreintes s'écartaient du sentier, et Jane les suivit par-delà une touffe de roseaux. Peu importaient à présent ses chaussures trempées, ses ourlets souillés. Tout ce qui comptait, c'étaient ces empreintes qui la menaient dans la profondeur de la tourbière. À présent, elle avait perdu toute trace de l'endroit où elle avait quitté le sentier. La position du soleil dans le ciel indiquait midi passé et les bois étaient étrangement silencieux. Aucun chant d'oiseau, pas de vent, juste le ronronnement des moustiques autour de sa tête.

Les traces de pas bifurquaient pour se diriger vers le haut d'un talus, en terrain sec.

Elle s'arrêta, déconcertée par ce changement de direction, jusqu'à ce qu'elle remarque l'arbre. Une corde en Nylon entourait le tronc. Son autre extrémité plongeait dans la tourbière et disparaissait sous la surface d'une eau couleur thé.

Jane testa la corde. Une résistance s'exerça lorsqu'elle imprima sa traction. Lentement, l'autre bout commença à émerger de la fange. Elle se mit à tirer de toutes ses forces, inclinée en arrière à mesure qu'émergeait la corde emmêlée de matière végétale. Soudain, quelque chose vint percer la surface, lui arrachant un hurlement et la faisant tituber en arrière de stupeur. Elle eut le temps d'apercevoir un visage aux orbites creuses qui la dévisageait telle une grotesque naïade, puis la chose replongea lentement dans le marigot.

33

Le temps que les plongeurs de la police d'État du Maine aient terminé de fouiller la tourbière, le jour tombait. Jane les avait observés depuis la berge, au sec. L'eau ne leur montait que jusqu'au torse, et leurs têtes émergeaient par endroits : ils revenaient régulièrement en surface pour se repérer ou pour extraire de nouvelles trouvailles à inspecter. L'eau trop trouble ne permettait pas des recherches en visuel, ils devaient procéder au jugé, ratisser avec les mains la vase et les végétaux pourrissants. Jane se félicitait que cette tâche répugnante lui soit épargnée.

Surtout en considérant leur récolte.

Le cadavre de femme dénudé gisait à présent sur une bâche plastique. Une eau noire dégouttait de ses cheveux parsemés de mousse. Les tanins avaient tant imprégné la peau que l'origine raciale demeurait incertaine. Aucun indice criant non plus quant aux causes de la mort. Ce qu'on avait pu déterminer, néanmoins, c'était que le décès n'avait pas dû être accidentel : le torse avait été lesté au moyen d'un sac de lourdes pierres.

J'espère que tu étais morte quand il te l'a noué autour de la taille, songea Jane en contemplant l'expression d'angoisse imprimée sur le visage noirci de la femme. Lorsqu'il t'a fait rouler par-dessus la berge et qu'il t'a regardée couler dans les eaux noires.

— Ce n'est manifestement pas votre disparue, commenta le Dr Daljeet Singh.

Jane se tourna vers le médecin légiste qui se tenait à côté d'elle sur la berge. Son turban blanc de Sikh luisait dans le jour finissant, le distinguant des autres enquêteurs, habillés de façon plus conventionnelle. Au premier abord, elle avait été décontenancée par cette silhouette aux accents exotiques descendant de son 4 × 4 de fonction. Rien à voir avec ce qu'elle s'attendait à trouver dans cette région reculée des North Woods. Pourtant, à en juger par ses bottes éculées et par l'équipement de randonnée rangé à l'arrière de son véhicule, les étendues sauvages du Maine n'avaient pas de secret pour le Dr Singh. Il y était en tout cas mieux préparé que Jane dans son tailleur-pantalon.

— La jeune femme que vous cherchez a été enlevée il y a quatre jours, c'est bien ça ? demanda-t-il.

— Vous avez raison, ce n'est pas elle.

— Cette victime-ci a passé un bon moment sous l'eau. De même que les autres spécimens, précisa-t-il en désignant les restes d'animaux également retirés de la tourbière.

Il y avait deux chats bien préservés, ainsi qu'un chien et des fragments de squelettes d'autres bêtes impossibles à identifier à l'œil nu. Les sacs remplis de pierres attachés autour de chacun des corps ne laissaient aucun doute : il s'agissait là d'un charnier.

— Votre assassin a procédé à des expériences sur des animaux, énonça Singh en se tournant vers le cadavre humain. Et il semble qu'il ait perfectionné sa méthode de conservation.

Jane frissonna et se détourna vers le soleil qui se couchait à l'autre bout du marais. Frost lui avait affirmé que les tourbières étaient des endroits magiques abritant une variété fantastique d'orchidées, de mousses et de libellules. Ce soir-là, devant la surface ondoyante de cette terre gorgée d'eau, leur féerie lui échappait. Tout ce qu'elle voyait, c'était une infusion glacée de cadavres.

— Je pratiquerai l'autopsie demain matin, dit le Dr Singh. Vous êtes la bienvenue, si vous souhaitez y assister.

Jane brûlait de remonter dans sa voiture pour rentrer à Boston, prendre une douche brûlante, souhaiter bonne nuit à sa fille et se mettre au lit avec Gabriel… Cependant, sa tâche ici n'était pas terminée.

— Ce sera à Augusta ? demanda-t-elle.

— Oui, vers huit heures. Je vous y verrai ?

— Entendu… Bon, je ferais mieux de me dépêcher de trouver où dormir ce soir, dit-elle en prenant une grande inspiration.

— Il y a un motel sur la route, à quelques kilomètres d'ici. Le Hawthorn. On y sert un excellent petit déjeuner, des omelettes accompagnées de pancakes. Rien à voir avec ces atroces buffets à l'européenne.

— Merci du tuyau.

Il n'y avait que les légistes pour s'enthousiasmer sur des pancakes au-dessus d'un cadavre détrempé.

Elle regagna le sentier à la lueur de sa torche. Des petits tortillons de ruban de police délimitaient bien le passage, désormais. En émergeant des arbres, elle constata que le parking commençait à se vider. Il ne restait plus que quelques véhicules de police. Les flics du Maine avaient déjà fouillé le bâtiment sans rien trouver que des détritus et les restes du raton laveur en putréfaction qu'elle avait repéré plus tôt dans la journée. Pas de Joséphine ni de Bradley Rose.

Mais il est venu ici, songea-t-elle en scrutant la forêt. Il s'est garé près de ces arbres. Il a cheminé le long de ce sentier, jusqu'au marécage. Où il a tiré sur une corde pour hisser l'une de ses reliques hors de l'eau, comme un pêcheur remonte sa prise.

Elle s'installa dans sa voiture et s'éloigna le long de la route défoncée, la pauvre Subaru rebondissant au fil des nids-de-poule qui paraissaient encore plus traîtres de nuit.

Quelques instants après qu'elle eut atteint la route principale, son portable se mit à sonner.

— Ça fait au moins deux heures que j'essaie de te joindre, dit la voix de Frost.

— Il n'y avait pas de réseau dans la tourbière. Ils ont bouclé les recherches. On n'a trouvé qu'un corps. Je me demande s'il y a une autre...

— Tu es où, là ? la coupa Frost.

— Je dors ici cette nuit. Je tiens à assister à l'autopsie demain.

— Non, je veux dire maintenant ?

— Je m'apprête à prendre une chambre dans un motel. Pourquoi ?

— Il s'appelle comment ?

— Le Hawthorn, je crois. C'est quelque part dans le coin.

— D'accord, je t'y retrouve d'ici quelques heures.

— Tu montes dans le Maine ?

— Je suis déjà en route. Et j'ai donné rendez-vous à quelqu'un.

— Qui ça ?

— On en parlera à mon arrivée.

Jane commença par faire halte dans une supérette du coin histoire de se procurer des sous-vêtements et des chaussettes propres, puis elle commanda un plat à emporter. Tandis que son pantalon lavé à la main séchait pendu dans la salle de bains, elle s'attaqua au dossier de Jimmy Otto tout en grignotant sa pizza au chorizo. Il y avait trois chemises, une pour chacune de ses années de pensionnat à l'institut Hilzbrich. Non, pas un pensionnat, corrigea-t-elle mentalement au souvenir du bâtiment inesthétique, de son emplacement isolé. Un lieu d'internement. Un endroit où mettre à l'écart de la société des jeunes gens friqués que le commun des mortels ne voulait pas voir s'approcher de ses filles.

Et surtout Jimmy Otto.

Elle s'arrêta à la retranscription des propos qu'il avait tenus lors d'une séance de thérapie individuelle. Il n'avait que seize ans à l'époque.

À treize ans, j'ai découvert une photo dans un livre d'histoire. Un de ces camps de concentration où on a tué des tonnes de femmes dans les chambres à gaz. Les cadavres étaient nus, alignés par terre. Je repense souvent à cette photo, à toutes ces femmes. Elles sont allongées là par dizaines, on dirait qu'elles

attendent que je passe mes caprices sur elles. Que je
les baise par tous les pores de la peau. Je voudrais
leur planter des bâtons dans les yeux. Leur trancher
les seins. Je veux avoir des tas de femmes à la fois,
toute une série. Sinon, c'est pas marrant, hein ?

Mais comment faire pour en rassembler plusieurs
à la fois ? Et comment empêcher les cadavres de
pourrir ? Il y a moyen de les garder intacts ? J'aime-
rais bien savoir, parce que ça vaut pas le coup, si
elles pourrissent et qu'elles me quittent.

Un coup frappé à la porte de sa chambre la fit se
redresser comme un ressort. Elle laissa tomber sa
tranche de pizza à demi terminée dans le carton.

— Oui ? Qui est-ce ? lança-t-elle d'une voix altérée.

— Moi, répondit Barry Frost.

— Une seconde...

Elle fila dans la salle de bains enfiler son pantalon
toujours humide. Le temps de revenir à la porte, son
cœur ne battait plus à cent à l'heure. Lorsqu'elle
ouvrit, une surprise l'attendait sur le seuil.

Frost n'était pas seul.

La brune à la quarantaine bien entamée qui
l'accompagnait était d'une beauté frappante. Malgré
sa tenue, jean délavé et pull noir tout simple, sa silhouette mince et athlétique dégageait une impression
d'élégance. Elle se glissa dans la pièce sans saluer
Jane, en ordonnant :

— Fermez à clé.

Le fait que Frost ait mis le verrou ne suffit pas à
la détendre. Elle fonça aussitôt vers la fenêtre pour
resserrer les rideaux pourtant déjà tirés, comme si la

moindre ouverture risquait de les livrer à des regards hostiles.

— Enchantée, moi aussi, dit Jane. Vous êtes…

La femme se retourna pour lui faire face. Avant même qu'elle ait énoncé la réponse, Jane comprit. Ces sourcils en arc de cercle, ces pommettes en lame de couteau : des traits qu'on imaginait bien immortalisés sur une amphore grecque. Ou sur la paroi d'un tombeau égyptien.

— Je m'appelle Médée Sommer. Je suis la mère de Joséphine.

34

— Comment ? lâcha Jane, éberluée. Vous n'êtes pas morte ?

La femme éclata d'un rire las.

— Ne vous fiez pas à la version officielle.

— Joséphine…

— C'est ce que je lui ai dit de raconter. Hélas, tout le monde ne l'a pas crue.

Médée traversa la pièce pour éteindre la lampe, plongeant la chambre dans la pénombre. Puis elle se rapprocha de la fenêtre pour scruter l'extérieur entre les rideaux.

Jane coula un regard vers Frost, réduit à l'état d'ombre chinoise à son côté.

— Comment tu l'as trouvée ? murmura-t-elle.

— C'est elle qui m'a trouvé. Elle voulait s'adresser à toi. Quand elle a appris que tu étais partie dans le Maine, elle a remué ciel et terre pour obtenir mon numéro de téléphone.

— Pourquoi tu ne m'as rien dit, tout à l'heure ?

— Je l'en ai empêché, intervint Médée, qui observait toujours la rue. Ce que je m'apprête à vous révéler ne devra pas sortir de cette pièce. Vous ne pourrez en faire part à aucun de vos collègues. L'info ne doit pas circuler, même sous le manteau. Il n'y a que ça qui me permettra de rester… morte, pour que Tari… pour que Joséphine ait une chance de mener une vie normale.

Malgré l'obscurité, on distinguait la torsion qu'imprimait sa main au rideau.

— Tout ce qui compte à mes yeux, c'est ma fille, affirma-t-elle à voix basse.

— Alors, pourquoi l'avoir laissée tomber ? rétorqua Jane.

Médée pivota sur elle-même.

— Je ne l'ai jamais laissée tomber. Si j'avais su ce qui se tramait, ça fait des semaines que je serais venue.

— Ah oui ? J'ai cru comprendre qu'elle se débrouille toute seule depuis des années. Vous n'étiez pas là pour vous occuper d'elle.

— J'étais obligée de rester à distance.

— Pourquoi ?

— Parce que si je m'approchais, ça risquait de signer son arrêt de mort, répondit Médée en se tournant à nouveau vers la rue. Ce qui se passe n'a aucun rapport avec elle. Elle est juste un pion à leurs yeux. Une façon de m'attirer à découvert. Celle qu'ils veulent vraiment, c'est moi.

— Ça vous arracherait la bouche d'être plus explicite ?

Avec un soupir, Médée s'éloigna de la fenêtre et vint s'asseoir dans un fauteuil. Elle n'était qu'une ombre sans visage, une voix dans les ténèbres.

— Je vais vous raconter une histoire, dit-elle. Celle d'une jeune fille qui s'était amourachée du mauvais garçon. Une jeune oie si naïve qu'elle était incapable de faire la différence entre l'amour fou et… l'obsession fatale.

— C'est de vous que vous parlez.

— Oui.

— Et le jeune homme était…

— Bradley Rose.

Médée laissa échapper un râle et sa forme sombre parut se racornir dans le fauteuil, comme si elle se lovait sur elle-même pour se protéger.

— J'avais juste vingt ans. Les filles ne savent rien à cet âge-là. C'était mon premier séjour à l'étranger, ma première campagne de fouilles. Dans le désert, tout prenait un tour différent. Le ciel paraissait plus bleu, les couleurs plus vives. Alors, quand un garçon timide vous sourit, quand il se met à vous laisser des petits cadeaux, vous vous croyez amoureuse.

— Vous étiez en Égypte en même temps que Kimball Rose.

Médée hocha la tête.

— Pour retrouver l'armée de Cambyse. Lorsqu'on m'a proposé d'y aller, j'ai sauté sur l'occasion, comme l'ont d'ailleurs fait plusieurs dizaines d'étudiants. Et nous voilà dans le désert à concrétiser nos rêves : on creuse la journée, on dort la nuit sous la tente. Je n'avais jamais vu autant d'étoiles, des constellations entières d'une telle beauté… Tout le monde serait tombé amoureux dans un endroit pareil. Je n'étais qu'une gamine d'Indio prête à enfin commencer sa vie. Et j'avais devant moi Bradley Rose, pas moins. Le fils de notre mécène. Il était brillant, peu loquace. Les hommes timides, on a tendance à les croire inoffensifs.

— Sauf qu'il ne l'était pas.

— J'ignorais tout de sa vraie personnalité. Je n'en ai pas su grand-chose avant qu'il ne soit trop tard.

— Sa vraie personnalité ?

La tête de Médée se redressa dans la pénombre.

— C'était un monstre. Je ne m'en suis pas aperçue tout de suite. Je ne voyais qu'un camarade qui me contemplait d'un regard adorateur. Avec qui je discutais de l'unique sujet qui nous passionnait tous les deux. Il s'était mis à m'apporter des petits présents. On travaillait ensemble dans la tranchée. On prenait tous nos repas ensemble. On a fini par coucher ensemble… C'est à ce moment-là que les choses se sont mises à changer.

— Comment ?

— Soudain, c'était à croire qu'il ne me considérait plus comme quelqu'un d'autre. J'étais devenue une partie de lui. Comme s'il m'avait dévorée, absorbée. Si je me rendais à pied à l'autre bout du camp, il me suivait. Si je parlais à quelqu'un d'autre, il tenait à savoir de quoi. Il s'énervait si j'osais ne serait-ce que regarder un autre homme. Il me surveillait sans arrêt. Il m'espionnait.

Une histoire vieille comme le monde, songea Jane. Répétée tant de fois entre d'autres amants. Et qui se termine trop souvent avec un groupe d'inspecteurs de la Criminelle arpentant une scène de crime. Médée était vernie : elle avait réussi à rester en vie.

Malgré tout, elle n'avait jamais vraiment échappé à son passé.

— C'est Gemma qui m'a prise à part pour m'ouvrir les yeux, expliqua Médée.

— Gemma Hamerton ?

Médée acquiesça.

— Elle se trouvait également sur le site. Elle était en deuxième cycle, donc mon aînée de quelques années, mais elle me dépassait d'un siècle par la sagesse. Elle s'est rendu compte de ce qui se passait, alors elle m'a expliqué qu'il fallait que je m'affirme. Et que s'il ne s'amendait pas, je devais l'envoyer au diable. Elle était douée pour ne pas se laisser marcher sur les pieds. Seulement, moi, je n'avais pas la force de caractère nécessaire, à l'époque. Je n'ai pas réussi à rompre.

— Que s'est-il passé ?

— Gemma est allée voir Kimball. Elle lui a dit de contrôler son fils. Bradley a dû avoir vent de cette conversation, parce qu'il m'a dit, dans les heures qui ont suivi : « Tu ne dois jamais revoir Gemma. »

— Et vous ne l'avez pas envoyé balader, à ce moment-là ? !

— J'aurais dû, concéda Médée. Mais je n'avais pas assez de trempe. Ça paraît impossible à croire aujourd'hui. Quand je repense au genre de fille que j'étais, difficile de me reconnaître dans cette victime pitoyable incapable de se sauver elle-même.

— Comment avez-vous finalement réussi à vous détacher de lui ?

— À cause de ce qu'il a fait à Gemma. Une nuit où elle dormait, quelqu'un a cousu le rabat de sa tente avant de l'arroser d'essence et d'y mettre le feu. C'est moi qui ai réussi à découper une ouverture pour la tirer de là.

— Bradley est carrément allé jusqu'à tenter de la tuer ? !

— On n'en a jamais eu la preuve, mais j'en mettrais ma main à couper. C'est à ce moment-là que j'ai enfin compris de quoi il était capable. J'ai pris le premier avion et je suis rentrée à la maison.

— Mais ce n'était pas terminé.

— Oh que non, dit Médée en se levant pour regagner la fenêtre. Ça ne faisait que commencer.

Les pupilles de Jane s'étaient accoutumées à l'obscurité. Elle distinguait la main pâle de Médée qui empoignait le rideau. Ainsi que ses épaules, qui se voûtèrent un instant au passage d'un pinceau de phares. La voiture s'éloigna.

— J'étais enceinte, lâcha Médée à voix basse.

Jane la contempla, interdite.

— Joséphine est la fille de Bradley ?!

— Oui, dit Médée en se retournant pour regarder Jane. Mais elle ne doit jamais le savoir.

— Elle nous a raconté que son père était un archéologue français…

— Je lui ai menti toute sa vie. Et je continuerai. Je lui ai inventé un papa mort avant sa naissance, un homme bien. J'ignore si elle me croit vraiment, mais je n'ai jamais dévié de cette version.

— Et l'autre mensonge que vous lui avez servi ? Sur la raison qui vous poussait à déménager et à changer de nom sans arrêt avant le meurtre ? Elle est persuadée que la justice en avait après vous.

Médée écarta les bras.

— Ça tient la route, non ?

— Mais c'est faux.

— J'étais bien forcée de lui donner une raison pas trop terrifiante… Mieux vaut fuir la police qu'un monstre.

Surtout quand ce monstre est votre propre père.

— Puisqu'on vous harcelait, pourquoi vous être enfuie ? Pourquoi ne pas tout simplement être allée trouver la police ?

— Vous croyez que je n'ai pas essayé ? Quelques mois après mon retour, Bradley a fait irruption sur le campus de ma fac. En me disant que nous étions des âmes sœurs, que je lui appartenais. Je lui ai répondu que je ne voulais jamais plus le revoir. Il s'est remis à me suivre, me faisait livrer des bouquets chaque jour. Je les ai jetés, j'ai appelé la police et j'ai même réussi à le faire arrêter. Sauf qu'ensuite son père a envoyé ses avocats régler le problème. Être le fils d'un Kimball Rose vous rend intouchable... Par la suite, reprit-elle après un silence, ça a empiré. Gravement.

— Mais encore ?

— Bradley a surgi un jour, accompagné d'un de ses vieux amis. Quelqu'un qui m'a inspiré beaucoup plus de crainte que lui.

— Jimmy Otto.

Médée sembla tressaillir à la mention de ce nom.

— Bradley pouvait passer pour quelqu'un de normal – un taiseux comme il y en a tant. Alors qu'il suffisait de croiser le regard de Jimmy pour comprendre à quel point il ne l'était pas, normal. Il avait les yeux noirs comme ceux d'un requin. Lorsqu'il vous dévisageait, vous saviez avec certitude qu'il songeait à tout ce qu'il aimerait vous faire. Et lui aussi s'est découvert une obsession pour moi. Alors ils m'ont persécutée à deux. Je surprenais Jimmy occupé à m'observer à la bibliothèque. Ou Bradley qui m'espionnait par la fenêtre. Ils jouaient au chat et à la souris avec moi, ils essayaient de me faire craquer. Histoire que je passe pour folle.

Jane se tourna vers Frost.

— Ils chassaient déjà en tandem, à l'époque.

— J'ai fini par quitter l'université, poursuivit Médée. Arrivée là, j'étais enceinte de huit mois et ma grand-mère se trouvait à l'article de la mort. Je suis rentrée accoucher à Indio. Au bout de quelques semaines, Bradley et Jimmy ont pointé le bout de leur nez. J'ai obtenu une mesure d'éloignement et je les ai fait arrêter. Cette fois-ci, j'avais bien l'intention de me débarrasser d'eux une fois pour toutes. J'avais un bébé à protéger, il fallait que ça s'arrête.

— Mais ça n'a pas marché. Vous vous êtes dégon-flée, vous avez retiré votre plainte contre Bradley.

— Vous allez un peu vite dans vos conclusions.

— Comment ça ? Vous avez bien retiré votre plainte, non ?

— J'ai signé un pacte avec le diable. Kimball Rose tenait à éviter les poursuites contre son fils. Je voulais éviter tout danger à ma fille. Alors, j'ai retiré ma plainte et Kimball m'a donné un gros chèque. De quoi nous payer une nouvelle vie sous des noms d'emprunt.

Jane secoua la tête.

— Ça devait faire une sacrée somme, dites donc.

— La question n'était pas là. Kimball a fait jouer la corde sensible. Il a menacé de me prendre Tari si je refusais. C'est son grand-père, il a une armée d'avocats à son service. J'ai donc accepté son argent et retiré ma plainte. C'est pour elle que j'ai fait tout ça, que je n'ai jamais cessé de fuir. Pour la maintenir à l'écart de cette famille, de quiconque risquerait de lui faire du mal. Vous le comprenez, j'espère ? Une mère est capable de tout pour protéger son enfant.

Jane acquiesça. Elle comprenait tout à fait.

Médée regagna le fauteuil, puis s'y coula en soupirant.

— Je croyais que si je lui épargnais ce danger elle ne saurait jamais ce que c'était d'avoir quelqu'un à ses trousses. Qu'elle deviendrait une femme intelligente, hardie. Une guerrière. Voilà la vie que je voulais pour elle. Je lui ai toujours dit de se comporter ainsi. Et ça a marché. Elle n'en savait pas assez pour vivre dans la crainte... Jusqu'à ce qui s'est passé à San Diego.

— L'homme abattu dans sa chambre.

Médée hocha la tête.

— Ce soir-là, elle a su qu'elle aurait toujours la peur au ventre. Nous avons plié bagage le lendemain pour filer en voiture au Mexique. Nous avons atterri à Cabo San Lucas, où nous avons vécu quatre ans. Nous y étions bien. Cachées... Mais les enfants, ça grandit, ajouta-t-elle avec un nouveau soupir. À dix-huit ans, ça tient à choisir sa vie. Elle voulait aller à l'université, étudier l'archéologie... Telle mère, telle fille.

— Vous l'avez laissée partir ?

— Gemma avait promis de la surveiller de loin, alors je me suis dit qu'elle ne risquait rien. Elle avait changé de nom, d'identité... Je ne pensais pas que Jimmy réussirait à la retrouver.

Un long silence plana, tandis que Jane assimilait ce que Médée venait de dire.

— Jimmy ? Mais Jimmy Otto est mort.

Médée redressa la tête.

— Quoi ?

— Vous devriez le savoir. Vous l'avez abattu à San Diego.

— Non.

— Vous lui avez fait sauter la cervelle avant de traîner son corps dehors, où vous l'avez enterré.

— Détrompez-vous. Il ne s'agissait pas de Jimmy.

— Alors, qui a atterri dans ce jardin ?

— Bradley Rose.

35

— Bradley Rose ? s'étonna Jane. Ça contredit la version de la police de San Diego.

— Vous me croyez incapable de reconnaître le père de ma fille ? Ce n'est pas Jimmy qui s'est introduit dans sa chambre cette nuit-là. Oh, il devait certainement se tenir caché non loin, et la détonation a dû le faire détaler. Mais je savais qu'il reviendrait. Il fallait faire vite. Alors nous avons rassemblé nos affaires et nous sommes parties au matin.

— Le cadavre a été identifié comme étant celui de Jimmy, objecta Frost.

— Qui l'a identifié ?

— Sa sœur.

— Elle s'est trompée. Je sais que ce n'était pas lui.

Jane alluma une lampe et Médée s'écarta, comme si la clarté d'une simple ampoule de soixante watts était radioactive.

— Ça n'est pas logique. Comment la propre sœur de Jimmy Otto aurait-elle pu se tromper ainsi ?

Jane rafla le dossier psychiatrique posé sur le lit pour parcourir les notes du Dr Hilzbrich. Elle ne tarda pas à repérer ce qu'elle cherchait.

— Sa sœur s'appelait Carrie, annonça-t-elle à Frost. Appelle Crowe. Demande-lui de trouver où elle crèche.

Il tira son portable de sa poche.

— Je ne comprends pas, dit Médée. Qu'est-ce que la sœur de Jimmy a à voir dans tout ça ?

Jane feuilleta le portrait dressé par l'institut Hilzbrich, cherchant systématiquement les références à Carrie Otto. Jusque-là, elle n'avait pas pris conscience du nombre de fois où celle-ci était mentionnée.

Sa sœur lui a rendu visite aujourd'hui, pour la deuxième fois de la journée.

Sa sœur est restée au-delà de l'horaire des visites ; lui avons rappelé qu'elle doit respecter les règles.

Carrie a été surprise à apporter des cigarettes en catimini à son frère. Droit de visite suspendu pour deux semaines.

Visite de la sœur...

Visite de la sœur...

Jane parvint finalement à une entrée qui la figea tout net.

Une thérapie familiale plus large paraît recommandée. Avons prescrit à Carrie de voir un pédopsychiatre à Bangor, pour traiter son problème d'attachement anormal à son frère.

Frost raccrochait.

— Carrie Otto habite en grande banlieue de Boston, à Framingham.

— Dis à Crowe d'envoyer une équipe chez elle tout de suite. Avec du renfort.

— Il est déjà en route.

— Que se passe-t-il ? intervint Médée. Pourquoi vous fixez-vous ainsi sur la sœur ?

— Parce que Carrie Otto a déclaré à la police que le corps que vous avez enterré était celui de son frère, expliqua Jane.

— Pourquoi a-t-elle raconté ça ? Je sais bien que c'est faux.

— Un mandat d'arrêt avait été délivré au nom de Jimmy, dans le cadre de la disparition d'une femme dans le Massachusetts, expliqua Frost. Si les autorités étaient persuadées de sa mort, elles arrêtaient les recherches. Il pouvait se fondre dans le paysage. Elle a menti pour le protéger.

— Le pivot de tout ça, c'est cette sœur, énonça Jane. Et nous avons son adresse.

— Vous pensez que ma fille se trouve chez elle.

— Dans le cas contraire, je parie qu'elle sait où il la détient.

Jane faisait à présent les cent pas dans la pièce. Elle consulta sa montre, calculant combien Crowe et son équipe mettraient pour arriver à Framingham. Elle tenait à être sur place, à cogner à la porte avec lui, à forcer l'entrée de la maison. À tout fouiller.

C'est moi qui dois retrouver Joséphine.

Malgré l'heure tardive – il était plus de minuit –, elle se sentait au mieux de ses moyens. Ses veines vibraient d'une énergie effervescente.

On a passé des jours à poursuivre un mort alors qu'on aurait dû se concentrer sur Jimmy Otto, songea-t-elle.

L'homme invisible.

Et selon le Dr Hilzbrich, l'un de ses rares patients à lui avoir vraiment fait peur. Tout le monde redoutait Jimmy. Y compris ses propres parents.

Elle s'arrêta de déambuler pour se tourner vers Frost.

— Tu te rappelles ce qu'a dit Crowe à propos des parents de Jimmy ? De leur décès ?

— Ils sont morts dans un accident, non ? Un accident d'avion.

— Ce n'était pas dans le Maine ? Ils y avaient acheté une maison pour être proches de Jimmy...

Jane rouvrit le dossier psy, à la première page, cette fois – là où figurait la fiche d'identité dactylographiée de Jimmy. Ses parents, Howard et Anita Otto, disposaient de deux adresses à l'époque. La première était leur résidence principale, dans le Massachusetts. La seconde, dans le Maine, avait été rajoutée à la main par la suite sur le document.

Frost composait déjà le numéro de la police de Boston sur son portable.

— J'ai besoin que tu me vérifies un dossier de taxe foncière, dit-il en consultant l'adresse par-dessus l'épaule de Jane. Le 125 Valley Way, à Saponac, dans l'État du Maine.

Quelques instants plus tard, il raccrochait en regardant Jane.

— Ça appartient à une boîte, Evergreen Trust. La collègue nous rappelle dès qu'elle en sait plus.

Jane, surexcitée, avait repris ses allées et venues.

— Ça ne doit pas être très loin. On pourrait aller y faire un tour, passer devant...

— Ils sont morts depuis plus de vingt ans. Cette maison a dû changer de mains à plusieurs reprises depuis.

— Et si elle était restée dans la famille ?

— Un peu de patience, on va obtenir ces infos.

Mais Jane n'était pas d'humeur à attendre. C'était un cheval de course piaffant derrière la barrière de départ.

— J'y vais, annonça-t-elle en se dirigeant vers la commode sur laquelle elle avait laissé ses clés.

— Prenons ma voiture, proposa Frost, déjà à la porte. Le GPS peut servir.

— Je viens aussi, déclara Médée Sommer.

— Pas question, dit Jane.

— C'est ma fille.

— Voilà pourquoi vous devez vous tenir à l'écart. Vous risquez de nous déconcentrer.

Jane s'enfourailla. La vue de ce flingue aurait dû parler d'elle-même : c'était du sérieux. Il fallait laisser faire les professionnels.

— Je veux y aller, insista pourtant Médée. Je ne peux pas rester les bras croisés.

Jane avait devant elle une femme déterminée au possible, et prête à la bagarre. Sauf que cette bataille-là ne saurait pas être la sienne.

— Le mieux que vous puissiez faire ce soir, c'est de rester ici, jeta-t-elle. Et de vous enfermer à clé.

Valley Way était une route de campagne isolée, bordée de bois si épais que l'on ne distinguait pas les habitations derrière les arbres. Le numéro affiché sur la boîte aux lettres indiquait qu'ils se trouvaient bien à la bonne adresse, mais tout ce que l'on distinguait dans le noir, c'était le début d'une voie d'accès gravillonnée disparaissant dans la végétation. Jane ouvrit la boîte, remplie d'un tas de pubs gorgées d'eau. Aucune ne comportait de nom de destinataire.

— Cet endroit est peut-être habité, mais personne n'a relevé le courrier depuis longtemps. Je ne crois pas qu'il y ait quelqu'un.

— Bon, dit Frost, alors personne ne se plaindra si on y va regarder de plus près.

Leur voiture descendit lentement le chemin en faisant crisser le gravier. Le couvert était si dense qu'on ne discernait pas la maison. Soudain, elle se dressa devant eux au sortir du virage. Avec son toit à pignons et sa vaste terrasse couverte, ç'avait sans doute été une résidence secondaire coquette, mais des plantes grimpantes avides avaient escaladé les balustrades, comme décidées à étouffer la maison et ses éventuels occupants.

— Ça a l'air abandonné, constata Frost.

— Je vais faire le tour.

Jane tendit la main vers la poignée. Elle s'apprêtait à ouvrir la portière lorsqu'elle entendit un bruit aussi menaçant qu'un grelot de serpent à sonnettes : le claquement d'une chaîne. Quelque chose de noir jaillit des ténèbres.

Elle se recula dans un sursaut au moment où le pit-bull venait s'écraser contre la portière, labourant la fenêtre de ses griffes. Ses dents blanches brillaient derrière la vitre.

— Merde ! beugla-t-elle. Mais il sort d'où, ce con-là ?

Il s'était mis à aboyer de façon hystérique. Ses pattes grattaient la carrosserie, à croire qu'il s'apprêtait à lacérer le métal.

— J'aime pas ça, dit Frost.

Jane s'esclaffa, d'un rire aux accents fêlés dans l'espace clos de la voiture.

— Ça ne me comble pas de joie non plus.

— Non, je veux dire que je trouve louche qu'il soit là, attaché qui plus est. Qui le nourrit, si personne n'habite là ?

Elle contempla la maison. Les fenêtres obscures parurent lui rendre son regard comme autant d'yeux malveillants.

— Tu as raison, dit-elle tout bas. Ça sent mauvais.

— Appelons des renforts, dit Frost en tendant la main vers son portable.

Il n'eut pas le temps de composer le numéro. Un coup de feu retentit, la vitre de son côté explosa.

Des fragments de verre cuisants vinrent cribler le visage de Jane, qui piqua sous le tableau de bord au moment où une nouvelle détonation secouait la nuit. Une deuxième balle cingla la voiture. Frost s'était baissé, lui aussi. Tapi à quelques centimètres de Jane, il s'escrimait comme elle à sortir son arme, une expression angoissée sur le visage.

Une troisième balle fit tinter du métal.

Une odeur de mauvais augure s'infiltrait dans la voiture. Des vapeurs qui piquaient les yeux et la gorge. Frost et Jane se dévisagèrent. Lui aussi l'avait sentie.

De l'essence.

Dans un même mouvement, tous deux ouvrirent leur portière d'une ruade. Jane gicla de l'habitacle, puis elle s'écarta en chancelant au moment précis où la voiture s'embrasait dans un grand souffle. Impossible de voir si Frost était parvenu à sortir de son

408

côté. Il n'y avait plus qu'à prier pour que ce soit le cas, parce que, dans les secondes qui suivirent, le réservoir explosa. Les vitres se brisèrent en mille morceaux et un enfer de feu se mit à cracher vers le ciel.

Jane s'était jetée à terre tandis que les éclats de verre retombaient, formant un tapis par terre. Elle se précipita à couvert. Des buissons épineux déchirèrent ses manches, lacérèrent ses bras. Elle se laissa rouler derrière un tronc à l'écorce friable en s'agrippant fiévreusement pour tenter d'apercevoir le tireur, mais on ne distinguait que l'incendie qui consumait les restes de la voiture de Frost. Le chien, indemne et surexcité, courait de long en large dans le jardin, sa chaîne résonnant derrière lui.

Une nouvelle détonation, puis un cri de douleur, suivi d'un bruit de branches qui s'écrasent.

Frost est touché !

À travers le mur de fumée et de flammes, Jane vit leur agresseur émerger de la maison et pénétrer sur la véranda. Ses cheveux blonds reflétaient le brasier. Fusil brandi, sa silhouette parvint dans une zone éclairée. Ce n'est qu'à ce moment que Jane distingua son visage. Debbie Duke.

Non, corrigea-t-elle mentalement. Pas Debbie, Carrie. Carrie Otto.

La sœur de Jimmy entreprit de descendre l'escalier, le fusil à l'épaule, prête à achever Frost.

Jane fit feu la première. Elle tirait pour tuer. Elle n'éprouva aucune peur, aucune hésitation. Une fureur froide, maîtrisée, avait pris possession d'elle et guidait son bras. Trois balles à la suite, très vite. Elles frappèrent leur cible comme autant d'uppercuts au plexus. Projetée en arrière, Carrie laissa tomber son arme et s'effondra sur les marches de la véranda.

Jane prit une grande goulée d'air puis se propulsa en avant – sans lâcher son arme, les yeux braqués sur la femme abattue. Carrie gisait sur l'escalier. Encore en vie, elle gémissait. Ses yeux à demi fermés reflétaient la lueur démoniaque des flammes. Jane coula un regard vers Frost, à terre à l'orée du bois.

Tiens bon, je t'en prie.

Elle n'avait pu parcourir que quelques mètres dans cette direction quand le chien déboula, la heurtant dans le dos.

Elle s'était crue hors de portée de la chaîne et elle ne l'avait pas vu jaillir. Elle n'eut pas le temps de se protéger. L'impact l'envoya bouler en avant, la tête la première. Projetant ses mains devant elle pour amortir la chute, elle entendit le bruit d'un os qui se brise, puis son poignet s'affaissa sous elle. La douleur fut telle que même la mâchoire se refermant sur son épaule lui fit l'effet d'une simple gêne face au véritable supplice que son bras lui faisait vivre. Elle se tortilla pour rouler sur le dos, écrasant le molosse de son poids, mais il refusait de lâcher prise. L'arme de Jane avait glissé sur le sol, hors de portée. De toute façon, sa main droite était inutilisable. Impossible de cogner le pit-bull, de tordre le bras pour le prendre à la gorge. En désespoir de cause, elle lui flanqua de grands coups de coude, sans discontinuer, jusqu'à ce qu'elle entende ses côtes craquer.

Le clébard lâcha prise en glapissant de douleur. Jane s'écarta en roulant sur elle-même. Elle parvint à s'agenouiller. C'est seulement à ce moment-là, en contemplant le chien qui gémissait, qu'elle s'aperçut que la chaîne n'était plus fixée à son collier. Comment s'était-il libéré ? Qui l'avait lâché ?

La réponse émergeait de l'obscurité.

Jimmy Otto parvint à hauteur des flammes. Il poussait Joséphine devant lui en guise de bouclier. Jane plongea vers son arme, mais un coup de feu la stoppa net : la balle avait soulevé la poussière à quelques centimètres de ses doigts. Même si elle parvenait à atteindre le pistolet, elle n'oserait pas tirer, pas avec Joséphine dans sa ligne de mire. Impuissante, elle resta ainsi, à genoux dans la poussière, tandis que Jimmy Otto s'arrêtait devant la voiture incendiée. Ses traits luisaient à la lueur des flammes, une grosse ecchymose noircissait sa tempe. Joséphine, le crâne rasé, chancelait contre lui, gênée par son plâtre. Jimmy écrasa son arme contre la tempe de la jeune femme, dont les yeux s'écarquillaient sous l'effet de la peur.

— Éloigne-toi du flingue, ordonna-t-il à Jane. Je ne le répéterai pas !

Soutenant son poignet cassé de sa main valide, elle se redressa tant bien que mal. La fracture était si douloureuse que la nausée lui contractait la gorge, court-circuitant son cerveau au moment où elle en avait le plus besoin. Elle resta là, debout, titubante. Des taches noires dansaient devant ses yeux, une sueur glacée perlait sur sa peau.

Jimmy regarda, impassible, sa sœur blessée qui gémissait, toujours étendue sur l'escalier de la véranda. Il parut décider qu'elle n'était plus en état d'être sauvée et qu'elle ne méritait plus son attention.

Il revint à Jane.

— J'en ai ma claque d'attendre, jeta-t-il. Dis-moi où elle est.

Jane secoua la tête. Les taches noires tourbillonnèrent.

— Je n'ai pas la moindre idée de ce que vous me demandez, Jimmy.

— Putain, elle est où ?

— Qui ça ?

Cette réponse le fit voir rouge. Sans crier gare, il tira un coup de feu au-dessus de la tête de Jane.

— Médée ! Je sais qu'elle est revenue ! Et c'est toi qu'elle a dû contacter, alors où est-elle ?

Le coup de feu avait réveillé l'esprit englué de Jane. Malgré sa douleur et sa nausée, elle retrouvait ses moyens. Elle ne se concentra plus que sur Jimmy.

— Médée est morte.

— Mais non, elle est vivante, je le sais foutrement bien. Et il est temps qu'elle paye.

— Pour avoir tué Bradley ? Elle a fait ce qui s'imposait.

— Moi aussi, c'est ce que je ferai.

Jane comprit qu'il était tout à fait disposé à appuyer sur la détente.

— Au moins, si elle ne revient pas sauver sa fille, elle se pointera à l'enterrement.

Une voix s'éleva dans les ténèbres :

— Je suis là, Jimmy. Juste derrière toi.

Il se figea, scrutant les arbres.

— Médée ?

Elle nous a suivis jusqu'ici… se dit Jane.

La mère de Joséphine émergea de la forêt d'un pas décidé, sans faire montre de la moindre peur. La lionne arrivait pour sauver son petit. Elle se dirigea sans hésitation vers le théâtre de la lutte, pour s'arrêter à quelques mètres de Jimmy. Tous deux se firent face dans le cercle dessiné par les flammes.

— C'est moi que tu veux. Laisse partir ma fille.

— Tu n'as pas changé, murmura-t-il, émerveillé. Tu es exactement la même, au bout de toutes ces années.

— Toi non plus, tu n'as pas changé, répondit Médée sans une once d'ironie.

— Tu es la seule femme qu'il ait jamais désirée. Celle qu'il n'a pas pu avoir.

— Mais Bradley n'est plus parmi nous, alors pourquoi tout cela ?

— Pour moi. Pour te faire payer.

Il accentua la pression contre la tempe de Joséphine, et pour la première fois de la terreur apparut sur le visage de Médée. Si cette femme éprouvait une quelconque crainte, ce n'était pas pour elle, mais pour sa fille.

— Ce n'est pas elle que tu veux, Jimmy. Maintenant, tu m'as. Je suis là.

Elle s'était reprise, déjà. Elle masquait sa crainte sous un vernis décontracté de mépris.

— C'est à cause de moi que tu l'as enlevée, que tu t'es payé la tête de la police. Eh bien, me voilà. Laisse partir Joséphine et je me livre à toi.

— Vraiment ?

Il flanqua une bourrade à la jeune femme, qui trébucha et s'éloigna en clopinant de quelques pas. Il avait détourné son arme vers Médée. Malgré le canon braqué sur elle, elle réussissait à feindre un calme absolu. Elle adressa un coup d'œil éloquent à Jane : « Il se focalise sur moi, la suite repose sur vous. »

Elle fit un pas en direction de Jimmy et du pistolet pointé vers sa poitrine, puis sa voix vira au miel :

— Tu avais autant envie de moi que Bradley, n'est-ce pas ? Je l'ai lu dans tes yeux le jour où je t'ai rencontré. J'ai vu ce que tu voulais me faire. Pareil qu'à toutes ces autres femmes. Elles étaient encore vivantes quand tu les as baisées, Jimmy, ou as-tu attendu qu'elles meurent ? Parce que c'est comme ça que tu nous aimes, n'est-ce pas ? Froides. Mortes. À toi pour l'éternité.

Il ne répondit rien. Il se contentait de l'observer tandis qu'elle approchait, et qu'elle lui faisait miroiter tous les possibles qui s'offraient à lui. Bradley et lui l'avaient poursuivie pendant des années, et voilà qu'il la tenait enfin à sa portée. À sa merci. Entièrement sienne.

L'arme de Jane reposait par terre, à quelques pas à peine. Elle s'approcha centimètre par centimètre, répétant mentalement les gestes à accomplir. Se laisser tomber, s'en saisir. Tirer. Tout ça avec sa seule main gauche. Avant que Jimmy ne réplique, peut-être qu'elle parviendrait à faire feu une fois. Deux, au mieux.

Aussi rapide que je sois, je n'arriverai pas à l'abattre à temps, comprit-elle. Médée ou moi risquons de laisser notre vie ici ce soir.

La mère de Joséphine continuait d'avancer vers Jimmy.

— Tu me poursuis depuis toutes ces années, dit-elle à voix basse. Et maintenant que tu me tiens, tu n'as pas vraiment envie que ça s'arrête tout de suite, je parie ? Ça ne t'arrange pas que la traque soit terminée…

— Mais elle l'est.

Quand il leva son arme, Médée se pétrifia. C'était le dénouement auquel elle tentait d'échapper depuis toutes ces années. Une fin qu'aucune plaidoirie, aucune manœuvre de séduction ne parviendrait à changer. Si elle s'était interposée en croyant pouvoir contrôler ce monstre, son erreur devait maintenant lui sauter aux yeux.

— Le problème, ce n'est pas ce que je veux, dit Jimmy. On m'a ordonné d'en finir. Et c'est ce que je vais faire.

Les muscles de ses avant-bras se tendirent : il allait tirer.

Jane plongea vers son flingue. Au moment même où sa main gauche se refermait sur la crosse, une déflagration se fit entendre. Elle pivota sur elle-même et la nuit se mit à tourbillonner au ralenti, une myriade de sensations l'assaillant toutes ensemble. Elle vit Médée tomber à genoux, les bras croisés en posture défensive au-dessus de sa tête, elle sentit la chaleur crépitante des flammes, éprouva la lourdeur curieuse du flingue qu'elle brandissait, sur lequel ses doigts s'étaient refermés en position de tir.

Mais, au moment même où elle appuyait sur la détente, elle se rendit compte que Jimmy Otto avait déjà reculé en chancelant, que son projectile percutait une cible déjà atteinte par une autre balle.

Découpé en ombre chinoise par le brasier dans son dos, il tituba en arrière, tel un Icare condamné. Il alla s'affaler en travers de la voiture incendiée, où ses cheveux prirent feu, couronnant sa tête de flammes. Il s'écarta dans un glapissement. Sa chemise s'embrasa à son tour, puis il décrivit une danse de mort chancelante dans le jardin avant de s'effondrer.

— Non !

Le cri d'épouvante de Carrie Otto n'avait rien d'un hurlement humain. On aurait dit le vagissement guttural d'une bête à l'agonie. Elle rampa à grand-peine vers son frère en laissant une traînée de sang noir sur les gravillons.

— Ne me quitte pas, mon cœur… Ne me quitte pas !

Elle se glissa sur le corps sans prendre garde aux flammes, cherchant désespérément à les étouffer.

— Jimmy ! JIMMY !

Elle ne relâcha pas son étreinte quand ses cheveux et ses vêtements prirent feu à leur tour, quand les flammes lui léchèrent la peau. Le frère et la sœur demeurèrent accrochés l'un à l'autre, leurs chairs se mêlant dans le brasier.

Médée se releva, indemne. Elle ne fixait pas les corps crépitants de Jimmy et de Carrie Otto. Elle n'avait d'yeux que pour la forêt.

Et pour Barry Frost, qui était retombé le dos contre un arbre, sans pour autant lâcher son arme.

36

Frost admettait mal qu'il avait l'étoffe d'un héros.

Dans sa mince tunique en coton, il paraissait moins intrépide que gêné sur son lit d'hôpital. On l'avait transféré deux jours plus tôt au Boston Medical Center. Depuis, une théorie ininterrompue de visiteurs, du big boss au personnel de la cantine du commissariat central, avait effectué le pèlerinage jusqu'à son lit de douleur. En arrivant cet après-midi-là, Jane découvrit trois personnes au milieu d'une jungle de bouquets et de boîtes de chocolat.

Des gamins aux vieilles dames, tout le monde apprécie Frost, songea-t-elle depuis le seuil de la chambre. Et ce n'est pas difficile de comprendre pourquoi. Le boy-scout vertueux qui dégage votre trottoir à la pelle sous la neige, qui vous pousse votre chariot de courses ou qui grimpe à un arbre pour récupérer votre chat.

Quand il ne vous sauvait pas tout bonnement la vie.

Elle attendit le départ des autres avant d'entrer enfin.

— Encore une, tu vas supporter ?

Il lui adressa un sourire blafard.

— Salut. J'espérais bien que tu viendrais.

— Dis donc, c'est Fort Knox, cette piaule. Il faut affronter un mur de groupies rien que pour pouvoir entrer.

Elle se sentit godiche avec son bras dans le plâtre quand il lui fallut attirer une chaise vers le lit pour s'asseoir.

— Mince, regarde-nous, lâcha-t-elle. Quel duo pitoyable ! On dirait des blessés de guerre.

Frost ravala un rire : son premier mouvement venait de déclencher une salve de douleur à l'endroit de sa laparotomie. Il se plia en avant avec une grimace.

— J'appelle l'infirmière… lança Jane.

— Non, dit-il en avançant la main, c'est supportable. Je ne veux plus de morphine.

— Arrête de jouer les machos. Accepte les médicaments.

— Je ne veux pas être dans les vapes ce soir. Je dois avoir les idées claires.

— Pour quoi faire ?

— Alice passe me voir.

La note d'espoir qui perçait dans sa voix était douloureuse à entendre, et Jane se détourna pour qu'il ne puisse pas lire la compassion qui habitait son regard. Alice ne méritait pas Frost. C'était un mec bien, un gentil, et tout ce qu'il allait y gagner, c'était un cœur brisé.

— Je ferais sans doute mieux de partir.

— Non. Pas encore. Reste, je t'en prie.

Il se redressa pour se caler contre les oreillers, avant de lâcher un soupir prudent.

— Mets-moi au parfum des dernières nouvelles, dit-il d'un ton faussement enjoué.

— On a la confirmation que Debbie Duke n'était autre que Carrie Otto. Selon Mme Willebrandt, elle s'était présentée au musée au mois d'avril en proposant ses services en tant que bénévole.

— En avril ? Peu après l'embauche de Joséphine, donc.

Jane hocha la tête.

— Il ne lui a fallu que quelques mois pour se rendre indispensable. Elle a dû voler les clés de la petite. C'est sans doute elle qui a laissé les cheveux dans le jardin de Maura Isles et qui a permis à Jimmy d'entrer et de sortir du bâtiment à sa guise. Le frère et la sœur faisaient la paire sur tous les plans.

— Quand même, qu'est-ce qui a pu la convaincre de jouer le jeu de Jimmy ?

— On a eu droit à un aperçu de ses motivations, l'autre soir, non ? Le dossier psy de Jimmy parle d'un attachement déraisonnable entre eux. J'ai eu le Dr Hilzbrich au téléphone hier. D'après lui, Carrie était tout aussi atteinte que son frère. Elle en serait venue à n'importe quelle extrémité pour lui et d'ailleurs c'est sans doute elle qui entretenait le cachot. Les techniciens de scène de crime ont trouvé des tas de cheveux et de fibres dans la cave de la maison. Le matelas était taché du sang de plus d'une victime. Les voisins ont déclaré qu'ils croisaient parfois Jimmy et Carrie ensemble. Ils séjournaient plusieurs semaines dans la maison avant de disparaître pendant des mois.

— J'avais entendu parler de couples de serial killers, mais un tandem frère-sœur, jamais.

— Ça fonctionne selon la même dynamique. Une personnalité faible associée à une forte. Jimmy était le dominateur, si écrasant qu'il parvenait à exercer un contrôle absolu sur les individus comme sa sœur – ou comme Bradley Rose. Avant de se faire tuer, Bradley l'aidait pour la traque. C'était lui qui préservait les victimes et qui dénichait des endroits où stocker les corps.

— Donc, il ne faisait que le suivre.

— Non, ils y trouvaient chacun leur compte. Enfin, à en croire Hilzbrich. Jimmy concrétisait son fantasme adolescent de collectionner les mortes tandis que Bradley pouvait se laisser aller à son obsession concernant Médée Sommer. Médée était leur point en commun, l'unique proie qu'ils désiraient tous les deux, sans jamais réussir à l'attraper. Même après la mort de Bradley, Jimmy n'a jamais cessé de la rechercher.

— À la place, il a trouvé sa fille.

— Il avait dû repérer sa photo dans le journal. C'est le portrait craché de Médée, et l'âge collait. Elle allait jusqu'à travailler dans la même branche… Ça n'a pas dû demander trop de recherches pour se rendre compte qu'elle vivait sous une fausse identité. Alors, il l'a surveillée, histoire de voir si la mère allait se pointer.

Frost secoua la tête.

— Quelle obsession de dingue ! Au bout de toutes ces années, on aurait pu croire qu'il passerait à autre chose…

— Rappelle-toi Cléopâtre. Hélène de Troie. Elles aussi, elles ont déclenché ce genre de passion.

— Hélène de Troie ? s'esclaffa-t-il. Dis donc, cette histoire d'archéologie commence à déteindre sur toi. On dirait Robinson.

— Bon, tout ça pour dire que les hommes se créent des obsessions. Il y a des mecs qui s'accrochent à une bonne femme pendant des années… Même si elle ne les aime pas, ajouta-t-elle à voix basse.

Il s'empourpra et détourna les yeux.

— Certaines personnes n'arrivent tout bonnement pas à tourner la page, et elles perdent leur vie à attendre quelqu'un d'inaccessible.

En disant cela, elle ne faisait pas qu'enfoncer le clou pour secouer Frost, elle songeait à Maura Isles, autre amie dans ce cas, prise au piège de ses propres désirs, de ses mauvais choix amoureux. Le soir où elle avait eu besoin de lui, le père Daniel Brophy n'avait pas été là pour la soutenir. C'était Anthony Sansone qui l'avait hébergée chez lui, Sansone aussi qui avait appelé Jane pour s'assurer qu'elle ne risquait plus rien à rentrer chez elle. Parfois, songea-t-elle, la personne qui peut vous rendre le plus heureux c'est celle que vous négligez et qui vous attend patiemment en coulisse.

Un coup fut frappé à la porte, puis Alice entra. Dans son tailleur de bonne coupe, elle paraissait plus blonde et plus superbe encore que dans le souvenir de Jane, mais sa beauté ne dégageait aucune chaleur. On l'aurait crue de marbre : ciselée à la perfection, mais pas faite pour être touchée, juste regardée. Les deux femmes se saluèrent poliment, crispées, comme deux rivales proches de l'affrontement. Elles s'étaient partagé Frost des années durant, Jane en tant que coéquipière, Alice en tant qu'épouse, pourtant Jane n'avait aucun atome crochu avec elle.

Elle se leva, prête à partir. Malgré tout, au moment d'atteindre la porte, elle ne put retenir une dernière remarque :

— Sois sympa avec lui, c'est un héros.

Frost m'a sauvée, et maintenant ça va être mon tour de le ramasser à la petite cuillère, songea-t-elle en sortant de l'hôpital pour monter dans sa voiture.

Sa femme allait lui bousiller le cœur, exactement comme on cautérise une chair à l'azote liquide avant de l'écraser au marteau. Elle l'avait lu dans le regard d'Alice, qu'habitait une résolution farouche : celle de quelqu'un qui a déjà renoncé à son couple et qui vient régler les ultimes détails pratiques.

Frost aurait besoin d'une épaule pour pleurer, ce soir. Jane reviendrait plus tard ramasser les morceaux.

Alors qu'elle démarrait, son portable se mit à sonner. Un numéro inconnu.

La voix masculine qui la salua l'était tout autant.

— Je pense que vous avez fait une grossière erreur, inspecteur.

— Pardon ? Qui est à l'appareil ?

— Inspecteur Potrero, de la police de San Diego. Je raccroche à l'instant d'avec l'inspecteur Crowe. Il m'a expliqué comment les choses ont tourné par chez vous. Vous êtes persuadée d'avoir abattu Jimmy Otto.

— Ce n'est pas moi qui ai tiré, c'est mon coéquipier.

— Ouais, peu importe. Je ne sais pas qui est le mort, mais en tout cas ça ne peut pas être Jimmy Otto, parce qu'il a été zigouillé en Californie il y a douze ans. C'est moi qui ai conduit cette enquête, alors je sais de quoi je parle. Bon, je dois interroger la femme qui l'a tué. Elle est en garde à vue ?

— Médée Sommer ne bougera pas d'ici. Vous la trouverez à Boston. Si vous souhaitez lui parler, libre à vous de lui rendre visite, mais je peux vous assurer qu'elle avait toutes les raisons de tirer sur cet agresseur. C'était de la légitime défense. Et l'homme qu'elle a tué n'était pas Jimmy Otto, mais un jeune du nom de Bradley Rose...

— Ouh, ça non. La sœur de Jimmy l'a identifié.

— Carrie Otto ? Elle vous a menti. Ce n'était pas son frère.

— Nous en avons la preuve, pourtant. Un échantillon ADN.

— Pardon ?

— Le rapport ne faisait pas partie du dossier que nous vous avons adressé, parce que le test a été pratiqué plusieurs mois après qu'on a bouclé l'affaire. Jimmy était soupçonné de meurtre dans une autre région. Les enquêteurs nous ont contactés pour s'assurer que leur suspect était bien mort. Ils ont demandé à la sœur de Jimmy de leur fournir un écouvillon...

— Avec son ADN dessus ?

Potrero laissa échapper un soupir impatient, comme s'il s'adressait à une retardée mentale.

— Oui, inspecteur Rizzoli. Son ADN. Ils voulaient la preuve que le macchabée était véritablement son frère. Carrie Otto a envoyé un prélèvement buccal que nous avons comparé aux gènes de la victime. Verdict : ils étaient de la même famille.

— Quelqu'un s'est trompé.

— Allons, vous savez ce qu'on dit : la génétique ne ment jamais. Selon notre labo, Carrie Otto avait tout d'une parente au premier degré de l'homme que nous avons exhumé dans ce jardin. Soit elle avait un autre frère qui s'est fait tuer à San Diego, soit Médée Sommer ne vous a pas dit la vérité. En tout cas, une chose est sûre : elle n'a pas descendu celui qu'elle prétend.

— Carrie Otto n'avait qu'un frère.

— Je ne vous le fais pas dire. Conclusion, Médée Sommer vous a menti. Alors, elle est en garde à vue ?

Jane ne répondit pas. Les idées se bousculaient dans son cerveau comme autant de papillons de nuit, impossible d'en attraper une seule.

— Merde, me dites pas que vous l'avez laissée partir ? lança le Californien.

— Je vous rappelle.

Elle raccrocha et resta les yeux perdus dans la contemplation du pare-brise. Deux médecins sortaient de l'hôpital, la blouse au vent, avançant avec des allures de princes. Sûrs d'eux. Le contraste était saisissant avec ses propres doutes. Jimmy Otto ou Bradley Rose ? Lequel de ces hommes Médée avait-elle abattu à son domicile douze ans plus tôt, et quel intérêt avait-elle à mentir sur ce point ?

Qui Frost avait-il vraiment descendu ?

Jane songea aux événements dont elle avait été témoin dans le Maine l'autre soir. La mort de Carrie Otto. Celle d'un homme qu'elle avait pris pour son frère. Médée l'avait appelé « Jimmy » et il avait répondu à ce prénom. Ce devait donc bien être Jimmy Otto, exactement comme le prétendait Médée. Et Carrie, jusque dans la mort...

Malgré tout, l'obstacle de l'ADN ne cessait de refaire surface, indice irréfutable contredisant tout le reste. À en croire la génétique, ce n'était pas Bradley qui était décédé à San Diego. C'était un parent au premier degré de Carrie Otto.

Il n'y avait qu'une conclusion : Médée leur avait menti.

Bordel de merde, songea-t-elle, on a forcément déconné, la preuve ultime, c'est l'ADN. Parce que, comme Potrero l'a si bien dit, la génétique ne ment jamais !

Elle composa le numéro de Crowe sur son portable, avant de se figer brusquement.

Et si elle mentait quand même, pour une fois ?

37

Joséphine dormait. Ses cheveux allaient repousser et ses ecchymoses s'étaient déjà résorbées, mais, en la regardant dans la lumière feutrée de sa chambre, Médée se fit la réflexion que sa fille avait la jeunesse et la vulnérabilité apparentes d'une petite fille. Elle était d'ailleurs retombée en enfance, par certains côtés. Elle tenait à ce qu'une lampe reste allumée la nuit. Elle n'aimait pas qu'on la laisse seule plus de quelques heures. Ces craintes ne dureraient pas. Le moment viendrait où elle reprendrait courage. Pour l'heure, la guerrière en elle sommeillait, convalescente, mais elle ferait son retour. Médée connaissait sa fille autant qu'elle se connaissait elle-même, et elle savait que sous cette carapace d'aspect fragile battait le cœur d'une lionne.

Elle se tourna vers Nicholas Robinson, qui se tenait sur le seuil de la pièce à les observer. Il avait accueilli Joséphine à bras ouverts et Médée la savait en sécurité chez lui. Au cours de la semaine écoulée, elle avait eu l'occasion de se familiariser avec cet homme, qui avait su l'apprivoiser. Bien sûr qu'il n'avait rien de flamboyant, qu'il se montrait trop précautionneux, trop cérébral, pourtant, par bien des aspects, il était fait pour Joséphine. Sans parler de son dévouement. C'était tout ce que Médée demandait à un homme. Elle ne s'était fiée qu'à de rares personnes au fil des ans, or, dans le regard de Nicholas se lisait la même loyauté que dans celui de Gemma Hamerton. Qui était morte pour Joséphine.

Médée le savait prêt à cette extrémité, lui aussi.

Au sortir de la maison, elle se sentit rassurée en l'entendant tirer le verrou : quoi qu'il lui arrive à elle, sa fille serait entre de bonnes mains. À défaut d'autre chose, elle pouvait compter là-dessus, ce qui lui donna le courage de monter dans sa voiture pour rouler vers le sud, en direction de Milton.

Elle y avait loué une maison, sur un vaste terrain isolé envahi par le chiendent. Les souris y avaient élu domicile, et elle les entendait la nuit dans son lit, lorsqu'elle guettait des bruits beaucoup plus menaçants. L'idée de retourner là-bas n'avait rien de réjouissant, mais elle poursuivit sa route, remarquant dans le rétroviseur les phares de la voiture qui la filait.

Ils la suivirent jusqu'à Milton.

À son entrée, elle fut accueillie par des odeurs de vieille maison : poussière et tapis élimés, sans doute agrémentés d'un chouïa de moisissure. Elle avait lu quelque part que certains champignons microscopiques pouvaient vous gâcher la santé. Ils vous abîmaient les poumons, déclenchaient des maladies auto-immunes et finissaient par vous tuer. La précédente locataire était une grand-mère de quatre-vingt-sept ans, qui s'était éteinte dans la maison. Peut-être achevée par la moisissure ? En parcourant les lieux pour vérifier que les fenêtres étaient bouclées comme elle le faisait systématiquement, Médée se dit qu'elle inhalait des particules mortelles – trouvant quelque ironie dans le fait que son obsession sécuritaire l'oblige à s'enfermer dans un lieu clos à l'atmosphère possiblement létale.

Dans la cuisine, elle se prépara un café corsé. Sa pente naturelle l'aurait plutôt portée vers une vodka tonic, et l'envie qui la dévorait tenait de l'état de manque. Une simple gorgée d'alcool aurait suffi à calmer sa tension, à dissiper la sensation de menace qui semblait planer dans les moindres recoins de cette maison. Mais la vodka n'était pas indiquée ce soir-là et elle résista à la tentation. Elle préféra avaler sa tasse de café, de quoi stimuler son esprit sans pour autant la mettre sur les nerfs. Elle devait être en mesure de maîtriser son stress.

Avant d'aller se coucher, elle revérifia une dernière fois la fenêtre de devant. Pas un bruit dans la rue. Peut-être qu'il ne frapperait pas aujourd'hui. Qu'un nouveau répit lui serait accordé. Rien que de très temporaire, sûrement, comme quand on se réveille chaque matin dans sa cellule du couloir de la mort sans savoir si c'est le jour où on vous traînera à la potence. L'incertitude du rendez-vous avec la destinée peut rendre fous les condamnés.

La nuit se déroulerait-elle sans incident, à l'image des dix précédentes ? Autant l'espérer, même si c'était reculer pour mieux sauter. Quoi qu'il en soit, Médée se sentait très proche de ces condamnés au moment de se diriger vers sa chambre. Parvenue au bout du couloir, elle se tourna une dernière fois vers l'entrée, jetant un ultime regard avant d'éteindre le plafonnier. Dans l'obscurité, elle aperçut des phares scintillant à travers la fenêtre de devant. Une voiture avançait avec lenteur, à croire que le conducteur prenait le temps de scruter la maison de près.

C'est alors qu'elle sut. Un frisson la parcourut, comme si de la glace se cristallisait dans ses veines.

C'est pour ce soir.

Soudain, des tremblements s'emparèrent d'elle. Elle ne se sentait pas prête pour cette épreuve, et elle fut tentée une fois encore de recourir à la stratégie qui lui avait permis de survivre pendant près de trente ans : la fuite. Seulement, cette fois, elle s'était promis de tenir le choc, de se battre. Ce n'était pas la vie de Joséphine qui se trouvait dans la balance ce soir, juste la sienne. Elle voulait bien affronter la mort si ça signifiait avoir une chance d'être enfin libre.

Elle pénétra dans l'obscurité de la chambre aux rideaux beaucoup trop vaporeux. Si elle allumait maintenant, sa silhouette se distinguerait sans mal par la fenêtre. Comme on ne pouvait pas mettre en joue ce qu'on ne voyait pas, elle n'allumait jamais. La porte ne comportait qu'un fragile loquet de poignée, mais c'était le précieux répit dont elle avait besoin. Elle tourna le bouton, prête à se diriger vers le lit.

Une exhalaison dans les ténèbres.

Sa nuque se couvrit de chair de poule. Pendant qu'elle s'était affairée à boucler les portes, à vérifier chaque fenêtre, l'envahisseur attendait déjà entre ces murs. Dans sa chambre.

— Écartez-vous de la porte, lança-t-il d'une voix calme.

À peine si on percevait sa silhouette, assise sur un fauteuil dans un coin de la pièce. Médée n'avait

aucun besoin de voir l'arme pour savoir qu'il en brandissait une. Elle obtempéra.

— Vous commettez une grosse erreur, dit-elle.

— C'est votre erreur à vous, le problème, Médée.
Celle d'il y a douze ans. Quel effet ça fait, de flanquer
une balle dans le crâne d'un jeune homme sans
défense ? Alors qu'il ne vous a jamais fait le moindre
mal ?

— Il avait pénétré chez moi. Il se trouvait dans la
chambre de ma fille.

— Elle était indemne.

— Il risquait de l'attaquer.

— Bradley n'avait rien de violent. Ni de dangereux.

— Son comparse l'était, vous le savez pertinemment. Vous avez conscience du genre d'être qu'était
Jimmy…

— Ce n'est pas Jimmy qui a tué mon fils, c'est
vous. Lui, au moins, il a eu la décence de m'appeler
le soir des événements. Pour me prévenir de la mort
de Bradley.

— De la décence, ah oui ? Il s'est servi de vous,
Kimball.

— Et moi de lui.

— Pour débusquer ma fille ?

— Non, c'est moi qui l'ai trouvée. J'ai payé Simon
pour qu'il l'engage, histoire qu'elle reste en lieu sûr,
là où je pourrais la garder à l'œil.

— En vous moquant du sort que lui ferait subir
Jimmy ? C'est votre petite-fille !

Malgré l'arme dirigée vers elle, Médée, révoltée,
avait haussé le ton.

— Il lui aurait laissé la vie sauve. Nous avions passé un accord. Il était censé la libérer quand je vous tiendrais enfin. Vous êtes la seule dont je souhaite la mort.

— Ça ne vous ramènera pas Bradley.

— Mais ça bouclera la boucle. Vous avez tué mon fils, vous devez payer. Je regrette juste que Jimmy n'ait pas pu s'en charger à ma place.

— La police saura que c'est vous. Vous acceptez donc de renoncer à tout pour une simple vengeance ?

— Oui. Parce que personne n'a le droit de foutre ma famille en l'air.

— C'est votre femme qui en souffrira le plus.

— Cynthia est morte, jeta-t-il, ces mots tombant comme des pierres glacées dans l'obscurité. Elle s'est éteinte hier soir. Tout ce qu'elle voulait, son seul rêve, c'était revoir Bradley. Vous l'avez privée de cette joie. Elle n'a jamais su la vérité, Dieu merci. C'est la seule chose que j'ai réussi à lui épargner : elle a toujours ignoré l'assassinat de notre fils.

Il inspira profondément, puis, avec un fatalisme tranquille :

— À présent, il ne me reste plus que ça à accomplir.

Elle vit son bras se lever dans la pénombre, et elle comprit que l'arme se braquait sur elle. La suite avait toujours été écrite, à partir de cette nuit où Bradley avait trouvé la mort. Le coup de feu de ce soir ne serait qu'un écho de l'autre détonation, à douze ans de distance. C'était une forme de justice très particulière, et Médée en comprenait les raisons, parce qu'elle était mère et qu'elle aussi elle aurait crié vengeance si quiconque avait fait du mal à son enfant.

Elle n'en voulait pas à Kimball Rose du geste qu'il s'apprêtait à commettre.

Singulièrement, lorsqu'il appuya sur la détente et que la balle vint s'écraser sur son buste, elle se sentait prête.

38

Voilà, tout pourrait se terminer ici. Je suis allongée par terre. Une souffrance incendiaire me ravage le torse, c'est à peine si je parviens à respirer. Kimball n'a plus qu'à s'avancer de quelques pas pour m'achever d'une balle dans la tête. Mais une cavalcade retentit dans le couloir et je sais qu'il l'entend, lui aussi. Le voilà coincé dans cette chambre en compagnie de la femme qu'il vient d'abattre. Des coups de pied ébranlent la porte – celle que j'ai si bêtement bloquée en me disant que ça me protégerait des intrus. Je ne m'étais pas imaginé que ça signifiait barrer le passage à mes sauveurs, aux policiers qui m'ont suivie jusque chez moi et surveillée ces derniers jours en attendant qu'il attaque. Ce soir, nous avons tous commis des erreurs, peut-être fatales. Nous ne pensions pas que Kimball se glisserait dans la maison en mon absence. Qu'il m'attendait déjà, tapi dans ma chambre.

Mais la plus grosse erreur, c'est lui qui l'a faite.

Du bois qui se fend. La porte fracassée s'ouvre. Les policiers chargent comme des taureaux. Ils se précipitent à l'intérieur à grands cris, dans un assaut de sueur et de violence. On dirait une meute de pillards, mais voilà que quelqu'un allume, et je me rends compte qu'il n'y a que quatre hommes, quatre inspecteurs aux pistolets tous braqués sur Kimball.

— Lâchez votre arme ! ordonne l'un d'eux.

Kimball semble trop éberlué pour réagir. Il a les yeux creusés de chagrin, l'air incrédule. Il a l'habitude de donner des ordres, pas d'en recevoir, alors il se tient là, l'arme à la main, comme greffée à son poignet, incapable de la lâcher même s'il le voulait.

— Monsieur Rose, posez cette arme, dit Jane Rizzoli. Nous pourrons parler, après.

Je ne l'avais pas repérée. Les autres inspecteurs, beaucoup plus carrés, la cachaient à ma vue. Mais elle les contourne pour entrer dans la pièce, petite bonne femme intrépide qui se déplace avec une assurance redoutable malgré son bras droit plâtré. Elle regarde dans ma direction, un simple coup d'œil rapide pour vérifier que j'ai les yeux ouverts et que je ne saigne pas. Puis elle revient à Kimball.

— Ça se passera mieux si vous posez cette arme.

Elle a parlé d'un ton neutre, comme une mère qui tâche d'apaiser un enfant agité. Les autres inspecteurs irradient la violence et la testostérone, mais elle semble d'un calme olympien, alors même qu'elle ne porte pas d'arme.

— Il y a déjà eu trop de morts, insiste-t-elle. Il est temps que ça se termine.

Il secoue la tête – non qu'il se rebelle : par indifférence.

— Peu importe, maintenant, murmure-t-il. Cynthia a rendu son dernier soupir. Elle n'aura pas à souffrir.

— Toutes ces années, vous lui avez caché la mort de Bradley ?

— Elle était malade, au moment où ça s'est passé. Malade au point que je ne la croyais pas capable de tenir jusqu'à la fin du mois. J'ai voulu la laisser partir dans l'ignorance de cette nouvelle.

— Seulement, elle s'est remise.

Il laissa échapper un rire exténué.

— Elle a connu une phase de rémission. Un miracle inattendu, qui a duré douze ans. Alors j'ai été forcé de continuer à mentir. J'ai dû aider Jimmy à maquiller la vérité.

— C'est un échantillon de la joue de votre femme qui a servi à identifier le corps. Son ADN à elle, pas celui de Carrie Otto.

— Il fallait convaincre la police que le corps était celui de Jimmy.

— La place de Jimmy Otto était derrière les barreaux. Vous avez aidé un assassin.

— C'est Cynthia que je protégeais.

Il lui a épargné le mal infligé il y a douze ans à sa famille – par ma faute, selon lui. J'ai beau refuser de me sentir coupable de quoi que ce soit, dans la nécessité où j'étais de me protéger, j'admets que la mort de Bradley a détruit plus d'une vie. Je lis ses ravages sur les traits tourmentés de Kimball. Pas étonnant qu'il crie vengeance, qu'il ait continué à suivre ma piste ces douze dernières années, me pourchassant de façon aussi obsessionnelle que Jimmy.

Malgré le peloton d'inspecteurs qui lui fait face, pistolet au poing, il n'a toujours pas lâché son arme. Ce qui arrive ensuite ne surprendra personne dans cette pièce. Je devine tout dans le regard de Kimball aussi sûrement que Jane Rizzoli doit le voir. L'acceptation. La résignation. Sans crier gare, il flanque le canon de son arme dans sa bouche d'une main ferme et il tire.

La détonation projette une trombe de sang écarlate sur le mur. Ses jambes cèdent sous lui, son corps s'affale comme un sac de cailloux.

Ce n'est pas la première fois que je vois la mort en face. Je devrais être immunisée. Pourtant, à contempler sa tête en charpie, le sang qui suinte de son crâne éclaté et qui se répand sur le sol de la chambre, j'ai soudain l'impression d'étouffer. J'ouvre mon chemisier, griffant le gilet que Jane Rizzoli m'a obligée à enfiler. Le Kevlar a stoppé la balle, mais l'impact me brûle encore. J'ôte le gilet, je le jette. Je me fiche que les quatre hommes me voient en soutien-gorge. J'arrache le micro et les fils scotchés à même la peau qui m'ont sauvé la vie ce soir. Si les policiers ne m'avaient pas équipée ainsi, s'ils n'avaient pas épié mes propos, ils n'auraient pas surpris ma conversation avec Kimball. Pas su qu'il se trouvait déjà entre ces murs.

Dehors, des bruits de sirènes se rapprochent.

Je reboutonne mon chemisier et je me lève pour sortir, en tâchant d'éviter de regarder le cadavre du père de Bradley.

À l'extérieur, la chaleur de la nuit vibre de conversations radio. Les barres de gyrophares scintillent sur les voitures de patrouille. Je suis très visible dans cette clarté kaléidoscopique, mais je ne recule pas devant elle. Pour la première fois depuis un quart de siècle, je ne dois plus me dissimuler.

— Ça va ?

Je tourne la tête. L'inspecteur Rizzoli se tient à côté de moi.

— Oui.

— Désolée pour ce qui s'est passé. Il n'aurait jamais dû pouvoir s'approcher autant de vous.

J'inspire un doux air de liberté.

— Mais c'est enfin terminé. C'est tout ce qui compte.

— Vous allez quand même devoir répondre à pas mal de questions. La police de San Diego tient à vous interroger sur la mort de Bradley et sur ce qui s'est passé cette nuit-là.

— Pas grave, je m'en débrouillerai.

Un silence plane.

— Oh, je vous fais confiance pour ça, dit-elle enfin. Je suis sûre que vous pouvez vous débrouiller de tout.

Elle a parlé d'une voix teintée de respect, le même que celui que j'ai appris à éprouver à son égard.

Je demande :

— Je peux partir, maintenant ?

— Du moment que nous savons toujours où vous joindre.

— Vous n'aurez aucun mal.

Je serai là où sera ma fille. J'esquisse un petit geste d'adieu, puis je me dirige vers ma voiture.

Au fil des ans, j'ai fantasmé sur cet instant, sur le jour où je n'aurais plus besoin de rester aux aguets, où je pourrais enfin me faire appeler par mon vrai nom sans crainte des conséquences. Dans mes rêves, c'était un instant d'exaltation, les nuages se déchirent, le champagne coule à flots et je hurle mon bonheur à la face du ciel. Mais cette réalité-ci n'est pas comparable. L'émotion qui est la mienne n'a rien d'une joie délirante. Je me sens soulagée, exténuée et quelque peu perdue. La peur a été ma compagne toutes ces années. Je dois désormais apprendre à vivre sans elle.

En roulant vers le nord, je la sens se détacher de moi comme des couches de tissu élimé qui volettent et s'envolent, emportées dans la nuit. Je lâche prise. Je laisse tout ça derrière moi pour me diriger vers une petite maison de Chelsea.

Je rejoins ma fille.

Composé par Nord Compo
à Villeneuve-d'Ascq (Nord)

Imprimé en France par

MAURY IMPRIMEUR
à Malesherbes (Loiret)
en mai 2013

POCKET – 12, avenue d'Italie – 75627 Paris Cedex 13

N° d'impression : 182092
Dépôt légal : juin 2013
S23016/01